Für Inna...

...und alle Träumer, so wie ich es einer bin.

Träume müssen nicht immer wahr werden –
sie können nicht immer wahr werden –
aber sie sind es immer wert, ausgiebig geträumt zu werden!

Danke!

Danke an meinen Ehemann Karsten sowie meine Kinder Carmen, Steffen und Sascha. Erstaunlich, was meine Familie alles aushalten kann.

In Worte kaum zu fassen ist der Dank an meine beste Freundin Inna, die nicht nur mit mir gesponnen und geträumt, sondern auch dieses Buch lektoriert hat.

Kiitos an Natalie und Nicole für die schöne Zeit in Helsinki – wir hatten wirklich richtig viel Spaß!

Danke auch an alle die mich fachlich und/oder moralisch unterstützt haben: Andi, Angelika, Anne, Barbara, Bea, Birgit, Jutta, Kathrin, Mama und Papa, Muna, Nik, Sandra, Uli, Ute, Frau Kuchenbecker...

...und ...und ...und...

...und kiitos **Sunrise Avenue** für Eure mitreißende Musik, die mich erst zum Schreiben inspiriert hat!

Rock on!!!

Sabine Mary Kunz

Versuchung
küsst
finnisch

Roman

IATROS Verlag

Bibliografische Information der Deutschen Bibliothek
Die Deutsche Bibliothek verzeichnet diese Publikation in der Deutschen Nationalbibliografie; detaillierte bibliografische Angaben sind im Internet über http://www.ddb.de abrufbar.

Gesamtherstellung: Iatros-Verlag & Services GmbH, Potsdam
Druck & Bindung: SdL, Berlin

ISBN 978-3-86963-230-8

1

„Where do I begin? To tell the story of how great a love can be - the sweet love story, that is older than the sea - the simple truth about the love he brings to me. Where do I start?"

(Where do I begin - Shirley Bassey)

Brav saß ich mit meinen Eltern an einem Tisch in der Ecke dieses großen Saals. Vor uns standen drei Gläser Wein und der Raum war festlich dekoriert.

Ich trug ein zartrosafarbenes Kleid mit weit schwingendem Rock und Spaghettiträgern.

Mein Vater starrte mürrisch auf die Bühne, auf der ein paar Kellner und Gäste verzweifelt versuchten, ein *Clublied* zu singen, mehr schlecht als recht. Meine Mutter schaute missmutig zu mir herüber – zu mir, der Bösen. Ich hatte meine Eltern enttäuscht, vor allem meinen Vater. Wie konnte ich mich auch in einen Mann unter meinem Stand verlieben! Nie hätte ich gedacht, dass mein Vater so ein Snob sein könnte. Für mich war er immer ein Abbild der Gerechtigkeit und Fürsorge gewesen. Alle Menschen waren gleich, so hatte er es mir beigebracht. Aber in diesem Fall hatte ich mich geirrt. Gleich waren nur die, die finanziell abgesichert lebten. Für einen einfachen Tänzer hatte man in diesen Kreisen kein Verständnis.

Johnny, was soll ich tun, ich liebe dich doch.

Meine Gedanken waren nicht bei der Sache und ich achtete kaum auf das, was vorne auf der Bühne vor sich ging. Bis, ja bis zu dem Moment, als meine Schwester hoch und schrill zu singen anfing. Meine Schwester? Ich habe doch überhaupt keine Geschwister! Als ich noch darüber nachdachte, was es mit dieser Schwester auf sich hatte, kam ein junger Mann schnellen Schrittes an unseren Tisch.

Johnny, endlich!

Er baute sich vor meinem Vater auf und sagte forsch: „Mein Baby gehört zu mir, ist das klar!"

Erschrocken sah ich meinen Vater an, der in diesem Moment langsam aufblickte. Aber da war gar nicht mehr sein vertrautes Gesicht. Stattdessen schaute ich in eine schrecklich verzerrte Fratze, Würmer krochen aus den Augenhöhlen. Ich hörte die Stimme meiner Schwester immer intensiver, sie schrie mir förmlich ins Ohr. *„Kellermanns will come together…"*

Meine Mutter durchbohrte mich mit ihrem Blick, in dem jetzt blanker Hass lag. Sie keifte schrill: „Schau ihn dir an! Daran bist du Schuld, du hast deinen Vater umgebracht, du, du, du…"

Panik überkam mich. Ich muss hier weg! Verzweifelt schaute ich Johnny an, meine große Liebe. Er reichte mir seine Hand und glücklich darüber, endlich Halt zu finden, fasste ich danach.

Doch ich griff ins Leere, da war niemand mehr. Wo war er hin? Warum hatte er mich nicht mitgenommen?

Ich drehte mich wieder zu meinem Vater um, wollte ihn anschreien, dass er wieder gut mit mir sein und zu mir zurück kommen solle. Aber er konnte mich nicht hören. Blutüberströmt, den Kopf unnatürlich nach hinten gebogen starrte er leblos an die Decke.

In meinem Kopf drehte sich alles, ich hörte Schreie, Bremsen quietschen, einen fürchterlichen Knall. Mutters Stimme war überall in meinem Kopf. „…du hast ihn umgebracht, du, du, du…"

Ich fing an zu schreien, ich konnte nicht mehr aufhören zu schreien, ich…

*

„Lia! Wach auf und hör mit dem Gekreische auf! Du weckst ja Tote auf." Unsanft wurde Emilia jetzt an den Schultern gepackt und durchgeschüttelt. Als sie die Augen aufschlug, erkannte sie Joachim, der sie noch immer an den Schultern festhielt. Daneben stand ihre Mutter, sichtlich genervt angesichts dieser nächtlichen Störung.

Gott sei Dank – nur ein Traum.

„Was ist denn jetzt schon wieder los?" Vera blickte missbilligend auf Emilia herab

„Ich hatte wohl wieder einen Alptraum. Tut mir leid, dass ich euch geweckt habe." Entschuldigend und noch nicht ganz bei sich schaute sie die beiden an.

Im Gegensatz zu ihrer immer perfekt aussehenden Mutter wirkte Joachim verschlafen und zerknautscht.

„Wie spät ist es?"

„Es ist kurz vor halb drei. Ich muss morgen früh raus und brauche meinen Schlaf. Hast du deine Tabletten schon wieder nicht genommen?"

Zerknirscht schaute sie ihren Ehemann an. „Die muss ich wohl vergessen haben."

„Das dachte ich mir schon. Hier, nimm sie gleich ein." Ihre Mutter hielt ihr zwei kleine grüne Pillen und ein Glas Wasser hin.

Widerwillig griff Emilia danach. „Danke, das mache ich gleich. Erst mal muss ich mich frisch machen, ich bin total verschwitzt. Ihr könnt wieder schlafen gehen, ich komme jetzt zurecht. Danke."

Ihre Mutter ging zur Tür. „Kommst du, Joachim?"

„Ja, ich komme gleich. Lia, schlaf gut und vergiss bitte nicht, die Tabletten zu nehmen. Du kannst morgen auch erst gegen Mittag ins Büro kommen. Schlaf dich erst mal richtig aus." Er küsste Emilia flüchtig auf die Stirn und folgte seiner Schwiegermutter aus dem Zimmer. Emilia sah ihnen gedankenverloren nach.

Seit mehreren Jahren schliefen sie und Joachim in getrennten Zimmern. So bekam Joachim ihre immer wiederkehrenden Alpträume, die in unregelmäßigen Abständen und verschiedener Intensität auftraten, nur in Extremfällen wie heute mit. Zu meist handelten sie vom Unfalltod ihres Vaters, dass sie sich heute als *Baby* aus *Dirty Dancing* gesehen hatte, verwirrte Emilia allerdings. Sie versuchte sich zu konzentrieren, bekam aber kein Gesicht zu ihrem Traum–Johnny hin.

Emilia hatte auch nach all den Jahren den Versuch noch nicht aufgeben, ihre Träume zu analysieren, was ihr jedoch leider nur selten gelang.

Langsam stand sie auf und ging in das angrenzende Badezimmer. Sie liebte diesen hellen Raum, dessen Herzstück die riesige Badewanne in der Mitte des Raumes war.

Sie ließ sich Wasser einlaufen, zog ihren Pyjama aus und setzte vorsichtig einen Zeh in die Wanne. Sie war erhitzt und empfand das Wasser angenehm kühl, in das sie sich nun hinein gleiten ließ. Noch einmal dachte sie über den seltsamen Traum nach. Ihr wurde bewusst, dass sie jedes Mal, wenn sie so schlecht träumte, das Gefühl hatte, als wäre sie gerade zehn Jahre alt und würde in das offene Grab ihres Vaters schauen. Zuvor hatte ihre Mutter sie noch gezwungen, sich seinen aufgebahrten Leichnam anzuschauen. Dabei hatte sich vorgebeugt, Emilia in den Arm genommen und ihr hasserfüllt ins Ohr geflüstert: „Nur weil Daddys kleiner Liebling unbedingt schwimmen gehen wollte, liegt er nun hier. Tot! Schau genau hin, das ist alles deine Schuld."

Von Zeit zu Zeit überlegte Emilia, ob sie sich das alles nur eingebildet hatte. Bekanntlich sind Erinnerungen oft trügerisch. Aber sobald ihre Mutter wieder herrisch und gemein zu ihr war, wusste Emilia, dass die Situation am Sarg ihres Vaters, Veras Worte, nicht ihrer Fantasie entsprangen sondern damals genauso ausgesprochen worden und bis heute so gemeint waren. Erst durch die Heirat mit Joachim hatten die mütterlichen Attacken allmählich nachgelassen.

Joachim! Seit nunmehr knapp fünfzehn Jahren ihr Ehemann.

Sie spürte, wie sie immer unruhiger wurde – Emilia versuchte ihre wirren Gedanken zu ordnen. Die Erinnerungen an die Vergangenheit vermischten sich nun mit dem aktuellen Erlebnis vor knapp einer Woche. Hatte ihr heutiger Alptraum damit zu tun?

Sie hatte etwas für sie völlig untypisches getan – etwas völlig unmögliches. Mit einem verträumten Lächeln auf den Lippen, schloss Emilia die Augen und rief sich den Abend des Konzerts der finnischen Band Moonset Road im Schlosshof in Alzey am vergangenen Samstag nochmals genau ins Gedächtnis.

2

„Met you by surprise. I didn't realize that my life would change forever. Saw you standing there. I didn't know I'd care. There was something special in the air..."

(Reality – Richard Sanderson)

Emilia tanzte und sang euphorisch mit. Die Musik war berauschend, der Wein, den sie bisher getrunken hatte, tat sein Übriges. Es war heiß... sie war heiß!

Sie empfand eine angenehme sexuelle Spannung beim Hören dieser tiefen erotischen Stimme des blonden Hünen, der nur wenige Meter vor ihr auf der Bühne stand.

Der Leadsänger Panu von Moonset Road sang gerade eine gefühlvolle Ballade und trat von der Bühne in die Menge hinab. Von allen Seiten fassten ihn die Frauen und jungen Mädchen an. Ein Lächeln breitete sich auf seinen Lippen aus.

Da bemerkte er sie, wie sie sich mit geschlossenen Augen im Takt der Musik hin und her bewegte. Wie in Trance, dachte er und ging langsam auf sie zu.

Emilia bekam von alldem nichts mit. Sie war in ihre eigene heile Welt abgetaucht. Ihre kurzen Haare waren nass von dem Regenschauer vor einer halben Stunde. Ihr rotes Top war feucht und entblößte mehr als es verbarg. Sie streckte die Arme über den Kopf und wiegte sie im Takt der Musik.

Als er vor ihr stand berührte er mit seiner freien Hand sanft ihre glänzende Wange. Sie schlug ihre Augen mit den langen dichten Wimpern verwundert auf und er schaute in die faszinierendsten grauen Augen, die er je gesehen hatte.

Sie lächelte ihn sanft an und legte ihre zierliche Hand auf seine, die immer noch auf ihrer Wange ruhte.

Mein Text, verdammt! Verwirrt hielt sich Panu das Mikro wieder an den Mund und sang die Textzeilen weiter. Dann beugt er sich vor und hauchte an ihrem Ohr: *„...and than he kissed her!"* Sanft hob er ihr Kinn an. Sie musste sich strecken, um einigermaßen auf Augenhöhe mit ihm zu sein. Ein leichtes Grinsen machte sich auf seinem Gesicht breit, als er sich zu ihr herunter beugte und sie sanft auf die vollen Lippen küsste.

Das Publikum grölte lautstark.

Emilia hörte nicht, wie die Menge um sie herum zu toben anfing. Sie spürt nur diese weichen Lippen, roch den herben Duft und nahm einen leichten Salzgeschmack wahr. Entzückt presste sie sich fester an ihn, griff in seinen Nacken, um ihn noch näher an sich zu ziehen und öffnete verheißungsvoll ihre Lippen.

Fasziniert von so viel Offenheit, erforschte er sekundenlang mit seiner Zunge ihren verlockenden Mund. Mit derselben Faszination erwiderte sie hungrig seinen Kuss.

Panu hörte ein Rauschen und ließ vor Schreck sein Mikro fallen. Widerwillig löste er sich aus ihrer Umarmung. Das immer lauter werdende Kreischen der Menge und das, von einem Fan, wieder in seine Hand gedrückte Mikro holten ihn in die Wirklichkeit zurück. Er schaute auf die kleine, leidenschaftliche Küsserin herab, blickte ihr nochmals tief in die rauchgrauen Augen, lächelte und wandte sich wieder singend zur Bühne um. Er hob seine Hände über den Kopf und klatschte seinem Publikum auffordernd zu. *„...and than he kissed her!"*

Emilia berührte mit den Fingern ihre Lippen, sie hatte das Gefühl sie stünden in Flammen. War das gerade wirklich passiert?

Wahnsinn, was habe ich da getan?

Sie schaute ihm verwundert nach – er stand schon wieder auf der Bühne und zog auf ein Neues das Publikum in seinen Bann. Die Fans tobten. Weibliche Fans schrien ihm Liebesschwüre zu und bildeten Chöre. „Küss mich, küss mich."

Sie schaute sich um. Ein paar Frauen warfen ihr neidvolle Blicke zu. Eine davon, so um die zwanzig, quietschte aufgeregt. „Ich würde mich nie wieder waschen ...oh, hätte er nur mich geküsst!"

Emilia dachte kurz, aber nur sehr kurz, darüber nach, das Konzert zu verlassen. Suchend schaute sie sich um, aber es beobachtete sie keiner mehr. Die volle Aufmerksamkeit der Leute war wieder auf die Band gerichtet. Glücklich lächelnd schloss sie die Augen und gab sich wieder ganz der Musik hin.

„...I will hunt you, and when I get you ...I will kiss you ...and you will love me..."

Emilia öffnete die Augen. Panus und ihr Blick trafen sich bei diesen Liedzeilen.

Er sah ihren verzückten Blick, bemerkte ihre feuchten, leicht geöffneten Lippen, ihr schüchternes aber verheißungsvolles Lächeln. Ein Ziehen macht sich in seinen Lenden bemerkbar und er musste sich förmlich zwingen sie nicht weiter anzustarren. Er legte all seine Energie in das Songfinale und brachte die Menge erneut zum Toben.

Als das Lied fertig war, ging er seitlich an den Bühnenrand um etwas zu trinken. Jetzt war Miros großer Auftritt. Der Gitarrist der Band spielte nun sein Solo mit Gesang.

Panu hatte kurz Zeit sich wieder zu fassen. Er winkte einen Roadie zu sich. „Schau zu, dass du die Kleine nach dem Konzert auf die Party bringst."

„Welche Kleine?"

Wie welche Kleine? Hatte er geträumt und sich nur eingebildet, diese scharfe Braut geküsst zu haben?

„Na die, die ich eben geküsst habe", er zeigte in die Menge. „Da vorne."

„Ach so die."

„Wenn sie nicht will, frag sie nach Namen und Telefonnummer, okay?"

Wenn sie nicht will? Der Roadie lächelte in sich hinein. Das hatte es bisher noch nie gegeben, dass eine der Auserwählten nicht wollte, wenn Mr. Bombastic rief!

„Mach ich, ich frag sie gleich."

Panu sprang auf, schnappte sein Mikro und schaute nochmals in ihre Richtung. Sie war weg! Mist, wo war sie?

Etwas verspätet setzte sein Gesang ein und Rami, der am Keyboard stand, warf ihm einen verwunderten Blick zu. Jetzt musste er sich wieder voll auf seinen Auftritt konzentrieren. Und das tat er auch. Ganz Profi brachte er das Megakonzert mit drei Zugaben zum Ende.

Das Mädchen mit den grauen Augen aber sah er nicht mehr.

*

Kurz hatte Emilia an verschwinden gedacht, als sie sah wie Panu mit einem Mann sprach und dabei auf sie deutete. Doch sie beschloss zu bleiben und verdrückte sich in der Menge, um das Ende dieses tollen Konzerts abzuwarten und danach sofort zu gehen.

Sie hatte sich unter einen Baum im hinteren Teil des Schlosshofs gestellt und alles aus nun sicherer Entfernung beobachtet. Langsam wurde es richtig dunkel, die Lichter gingen an und ließen den Hof und die Bühne in traumhaften Farben erstrahlen.

Nachdem sie sich einen Wein geholt hatte, obwohl Wasser wahrscheinlich besser für sie gewesen wäre, blickte sie immer noch erstaunt über sich selbst, zur Bühne.

Panu, der jungenhafte blonde Sänger der Band, war ganz in seinem Element. Er sang, sprang, tanzte, kniete und rannte auf der Bühne herum, als ob er heute sein letztes Konzert geben würde. Auch seine drei Bandmitglieder gaben alles.

Das gefiel Emilia. Man spürte, dass sie Freude an dem hatten was sie hier taten und sie ihren Fans etwas zurückgeben wollten. Sie spürte wie sich ihre Eingeweide bei seinem Anblick zusammenzogen und ihr Herz wie wild zu pochen anfing.

Sie dachte darüber nach, welch verwirrenden Verlauf dieser Tag genommen hatte. Als sie heute Morgen in einem kleinen Cafe mit ihrer Klassenkameradin Patricia gesessen hatte, war die Welt noch in Ordnung gewesen.

Auch beim anschließenden Bummel durch die Stadt und einem Glas Wein bei ihrem Lieblings-Italiener in der Altstadt war alles so gewesen wie immer.

Nichts hatte Emilia darauf vorbereitet, dass sie heute Abend von diesem begehrenswertem Sänger geküsst und diesen Kuss auch noch mit so viel Leidenschaft erwidern würde, von der sie gar nicht wusste, dass sie in ihr war. Erst recht war sie total unvorbereitet auf die Gefühle, die sich danach in ihr breit machten. Am liebsten wäre sie wieder nach vorne gegangen und hätte das Ganze wiederholt. Sie hätte abwarten sollen was passiert wäre, wenn der Mann mit dem Panu gesprochen hatte, zu ihr gekommen wäre. Was hätte er ihr wohl gesagt? Beinahe war sie versucht, es auszutesten.

Als sie noch darüber nachdachte weiter nach vorne zu gehen, kündigte Panu das nächste Lied an.

Sie drehte den Kopf Richtung Bühne und lauschte fasziniert seiner tiefen Stimme. „Das ist nun für alle Paare, die schon jahrelang zusammen sind, die durch Höhen und Tiefen gemeinsam gehen, die trotz vieler Versuchungen nicht vom Weg abkommen. Hier ist: *‚Share your life with me.'"*

Emilia horchte erschrocken auf. Sie war verheiratet. Was hatte sie da eben getan? Und was würde Joachim sagen, wenn er das wüsste?

Erregt und von der für sie absolut neuen Situation überfordert, ging sie schnellen Schrittes Richtung Ausgang. Am Torbogen des Schlosses angekommen, schaute sie noch einmal zurück. Sie wollte wenigstens noch einen letzten Blick auf ihn werfen.

„...forever... always... anywhere... everywhere... share your life with me..."

Verdammt! Sie war verheiratet, wie hatte sie das nur vergessen können?

*

Ja, wie hatte sie das vergessen können?

Emilia ließ sich tiefer in die Wanne gleiten – spürte wie das angenehm kühle Wasser ihr vor Erregung gerötetes Gesicht erfrischte. Sie fühlte sich, wie so oft in ihrem Leben, verwirrt – und einsam. Sie hatte das Gefühl, dass sie alles hatte und doch nichts. Als sie wieder auftauchte, summte sie leise die Melodie von Whitney Houstons Welt Hit *„Greatest love of all"* vor sich hin. Nach wenigen Minuten reichte ihr das Summen nicht mehr und sie begann zu singen. Ihre Stimme hallte durch das große Badezimmer. Emilia hatte die Augen geschlossen und beruhigte sich langsam wieder. Das Singen gab ihr Selbstvertrauen und stärkte die Hoffnung in ihr, dass irgendwie, irgendwann alles gut werden würde.

„I found the greatest love of all inside of me..." Ihre dunkle, rauchige Stimme war fest und sicher.

Außer ihrer besten Freundin Eva hatte sie noch nie jemand singen hören. Emilia tat dies eigentlich nur, um sich wie jetzt zu beruhigen oder um Eva ab und zu eine Freude zu machen. Diese hatte schon oft versucht, Emilia zu überreden, aus ihrem außergewöhnlichen Talent mehr zu machen, bisher jedoch ohne Erfolg. Emilia war viel zu schüchtern – zu introvertiert und sie konnte es sich beim besten Willen nicht vorstellen, vor fremden Menschen zu stehen und zu singen. Allein der Gedanke drückte ihr schon die Schamesröte ins Gesicht.

Emilia stieg aus der Wanne und hüllte sich in ein weiches Handtuch. Auf der Ablage unter dem Spiegel sah sie die Tabletten liegen, die sie nun vorsichtig in die Hand nahm. Diese würden ihre verdrehten Gedanken stoppen – aber auch jegliche Emotionen unterdrücken. Sie hatte jedoch die vergangenen Nächte so verdammt schlecht geschlafen. Nicht nur, weil fast jede Nacht die Alpträume zurückkehrten, sondern auch immer wieder das Gesicht des finnischen Sängers auftauchte, sobald sie die Augen schloss.

Emilia strich sich fahrig durch die Haare. Sie schaute in den Spiegel und berührte mit den Fingerspitzen ihre Lippen. Noch immer konnte sie seinen Kuss spüren.

Sie war verwirrt – von ihrem Verhalten aber vor allem von den Gefühlen, die dieser Kuss in ihr ausgelöst hatte. Sie fühlte sich wie ein Teenager, der seinem Lieblingsstar näher gekommen war. Gab es so etwas überhaupt? Wenn ja, dann doch nur in Teenie-Serien, Kitsch-Romanen oder Rosamunde-Pilcher-Filmen.

Emilia schloss die Augen und blickte direkt in die stahlblauen Augen des Sängers von gestern – fühlte seine große, kräftige Hand auf ihrer Wange und seine Lippen auf ihren. Sie hatte tatsächlich noch immer das Gefühl, ihn zu schmecken, leicht salzig und... ja, was noch? Genau, irgendwie süßlich hatte er geschmeckt. Verträumt schmunzelte sie vor sich hin. Süßsauer? Sie liebte *chinesisch süß-sauer!* Über den Gedanken, dass sie jetzt auch *finnisch süß-sauer* gut fand, musste sie heftig lachen.

Emilia schüttelte den Kopf und öffnete die Augen. Sie musste mit diesem Unsinn aufhören. Sie war eine 32-jährige, verheiratete Frau, die ein angenehmes, konstantes und vor allem komfortables Leben führte. Sie lebte in einem schönen Haus in der Mainzer Oberstadt und ihr gehörte eine hervorragend gehende Firma, was sie letztendlich ihrem Mann zu verdanken hatte.

In knapp zwei Monaten würden sie ihren 15. Hochzeitstag feiern. Am Mittwoch, den 2. Oktober 1996 wurden sie in einem kleinen Standesamt in Joachims Heimatort in Norddeutschland getraut. Es war eine kurze, recht unpersönliche Zeremonie gewesen. Für Emilia lief der Tag damals wie ein Film ab und sie konnte gar nicht alles realisieren, was dort passiert war. Sie hatten sich auf eine schlichte Trauung ohne Kirche geeinigt. Besser gesagt Joachim und ihre Mutter hatten es so gewünscht und Emilia war viel zu jung und überwältigt von dieser Situation gewesen, um ihre eigene Meinung zu äußern. Der Standesbeamte sprach unsentimentale und wenig romantische Worte.

Zum Schluss streifte ihr Joachim protokollgemäß den Ring über und küsste sie mechanisch.

Das Einzige was ihr bis heute noch als schönste Erinnerung an diesen Tag im Gedächtnis war, war die Musik. Eva fragte sie vorher das ein oder andere Mal, was ihre Lieblingslieder seien und organisierte dann genau den richtigen Song für sie: *„Have you ever really loved a woman"* von Bryan Adams.

In Emilias Erinnerungen mischten sich plötzlich wieder ganz andere Bilder...blaue Augen... sanfte Hände... raue Stimme...

Ich muss verrückt geworden sein – was habe ich mir nur bei dieser kindischen Knutscherei gedacht? Missmutig wandte sie sich von ihrem Spiegelbild ab, zog ihr Nachthemd an und ging zurück ins Schlafzimmer. Im Regal stand das Fotoalbum ihrer Hochzeit. Sie nahm es heraus, legte die CD von Bryan Adams ein und ließ sich samt Album aufs Bett fallen.

So! Zurück in die Wirklichkeit!

„Have you ever really loved a woman? To really love a woman, to understand her, you gotta know her deep inside, hear every thought, see every dream, and give her wings if she wants to fly, and when you find yourself lying helpless in her arms, you know you really love a woman!"

Emilia blätterte das Foto-Album durch und fühlte sich schon viel besser.

Das war die Wirklichkeit. Der Kuss gestern war ein Ausrutscher, ein Spiel gewesen und hatte keinerlei Bedeutung, auch für die Zukunft nicht. Sie war eine verheiratete Frau – und glücklich!

Sie blickte noch einmal auf die Hochzeitsfotos...

...glücklich?

Konfus stand Emilia noch einmal auf und holte sich die Tabletten aus dem Bad – sie brauchte sie jetzt – sie musste dieses Gefühlskarussell stoppen. Deren Wirkung war Emilia nur allzu bekannt. Sie würde innerhalb weniger Minuten in einen traumlosen Schlaf fallen, was ihr für den Rest der Nacht bestimmt gut tun würde.

Sie wollte ihr Denken abschalten – das Denken an die Vergangenheit, die Gegenwart und auch an die Zukunft. Und außerdem war ihr klar, dass sie einen weiteren Alptraum heute kaum mehr verkraften würde.

Sie füllte sich Wasser in ein Glas und spülte die Tabletten schnell hinunter. Sie erblickte zwei große, bekümmert dreinblickende graue Augen, als sie in den Spiegel sah. Sie musste ihr Leben ändern, das wusste sie – aber wie? Und wann?

Heute nicht mehr!

In nächsten Moment merkte sie, wie die Wirkung des Medikaments einsetzte. Eine bleierne Müdigkeit überkam sie. Sie schaffte es gerade noch zurück in ihr Schlafzimmer und noch bevor sie sich richtig zugedeckt hatte, war sie auch schon eingeschlafen.

*

Die Sonne war an diesem schönen Juli-Tag schon lange aufgegangen, als Emilia gegen elf Uhr aus einem traumlosen Schlaf erwachte. Sie brauchte lange, um einigermaßen zu sich zu kommen. Die Tabletten hatten wie immer ihre Wirkung nicht verfehlt. Sie hatten Ruhe und Entspannung gebracht, aber auch Erschöpfung und Lethargie. Sie stand auf, ging ins Bad, putze sich energielos die Zähne und zog sich ihren Badeanzug an. Langsam, wie auf Eiern laufend, schritt sie die Treppe hinunter. Emilia huschte unter die kalte Dusche, öffnete dann die Tür zum Garten und lief ein paar Stufen hinauf zum nierenförmigen Schwimmbecken. Mit einem eleganten Kopfsprung tauchte Emilia in das kühle Nass ein. Mit kräftigen Zügen durchquerte sie das Becken und zog ohne Unterbrechung eine halbe Stunde ihre Bahnen.

Ihre graute davor, heute auf ihre Mutter zu treffen. Emilia hatte das ungute Gefühl, dass die nächtliche Ruhestörung ihre ohnehin ständig genervte Mutter noch ärgerlicher gestimmt hatte.

Vera hatte ihr über all die Jahre immer wieder unmissverständlich klar gemacht, dass sie, Emilia, am Tod ihres Ehemannes schuld gewesen sei und ihr Leben dadurch zerstört habe.

Vera hatte nie wieder geheiratet und auch sonst keine männlichen Bekanntschaften mit nach Hause gebracht. Emilia vermutete, dass ihre Mutter nie wieder einen andern Mann in Betracht gezogen hatte, weil sie Emilias Vater so abgöttisch geliebt hatte. An mangelndem Interesse seitens der übrig gebliebenen Männerwelt hatte es sicherlich nicht gelegen.

Vera war bildhübsch gewesen. Selbst heute, mit ihren fünfundfünfzig Jahren, war sie noch eine Schönheit. Sie war groß und hatte braunes, leicht gelocktes Haar, das ihr über die Schultern fiel. Aufgrund ihrer Traummaße war sie nicht grundlos bis zu ihrer frühen Heirat als Model sehr gefragt gewesen. Ihre Eltern hatten sich auf einer Modenschau kennengelernt. Emilias Vater besaß ein erfolgreiches Modeunternehmen, *Fahnenbruck Design*, und Vera war von Anfang an sein Lieblingsmodel gewesen. Aus früheren Erzählungen ihres Vaters, denen sie als Kind immer interessiert und ehrfurchtsvoll gelauscht hatte, wusste sie, dass er ihre Mutter, die russische Schönheit, über Monate umworben hatte. Diese hatte sich zuerst geziert. Aber aus nie erwähnten Gründen hatte sie von heute auf morgen ihre Meinung geändert und dem Werben des reichen Unternehmers nachgegeben. Mit einundzwanzig Jahren heiratete Vera daher den sechs Jahre älteren Bernhard Fahnenbruck und bekam kurz darauf deren einzige Tochter – Emilia! Nach Emilias Geburt hatte sie das Modeln dann aufgegeben und sich auf Wunsch ihres Gatten ganz auf Haus, Firma und Familie konzentriert.

Emilias Vater hatte jahrelang sehr gewinnbringend exklusive Mode aus Italien vertrieben. Nach seinem frühen Tod hatte ihre Mutter zwar die Geschäfte weitergeführt, jedoch gingen die Verkäufe ab diesem Zeitpunkt stark zurück, was durchaus auf die überaus arroganten Art ihrer Mutter zurückzuführen war. Vielleicht besaß sie aber auch einfach nicht das richtige Händchen und Einfühlungsvermögen, das nötig gewesen wäre, um eine Modefirma in diesem großen Stil fortzuführen. Durch Emilias Hochzeit mit Joachim und dessen Engagement für die Firma, fingen die Geschäfte langsam an, wieder besser zu laufen. Joachim war smart und konnte, wie ihr Vater, die Menschen mit seinem Charme um den kleinen Finger wickeln.

Ein Blick auf die große Uhr über der Seitentür sagte ihr, dass es kurz nach zwölf Uhr war. Sie stemmte sich aus dem Wasser und hüllte sich in einen der Bademäntel, die seitlich in einem Regal lagen.

Emilia musste sich ranhalten, um endlich in Gang zu kommen. Joachim hatte zwar gesagt, dass sie auch erst mittags mit ihrer Arbeit beginnen könne, aber sie wusste, dass heute viel zu tun war und wollte daher schnellst möglich alles erledigt haben.

Gegen halb zwei Uhr lief sie frisch geduscht über den Hof ins Nebengebäude des Hauses, in der sich ihr Büro befand. Von hier aus organisierte sie zusammen mit ihren Mitarbeitern die Termine mit den Fabrikanten, Modeagenturen und letztlich den Einzelhändlern. Heute, am Freitag, war sie jedoch um diese Zeit allein, da die Kolleginnen und Kollegen ab dreizehn Uhr Feierabend machen konnten.

Emilia setzte sich an ihren Schreibtisch und genoss für einen kurzen Moment die Ruhe in diesem sonst so betriebsamen Büro. Normalerweise saß sie hier mit zwei Angestellten und einem Praktikanten. Die kleinen Arbeitszimmer ihres Mannes und ihrer Mutter befanden sich am Ende des Raums. Diese nutzten die beiden jedoch nur, wenn sie sich Arbeit mit nach Hause brachten. Die meiste Zeit arbeiteten

Joachim und Vera allerdings im Hauptsitz der Firma in Frankfurt. Auf der anderen Seite des großen Büros führte eine Tür in das sogenannte Begrüßungszimmer. Hier lagen unter anderem Stoffe, Präsentationsmappen und Zuschnitte. Außerdem stand ein kleiner Laufsteg für Vorführungen zu Verfügung. In diesem Raum wurden auserwählte Geschäftsleute und Modedesigner mit der Firmen-Ideologie von Fahnenbruck Design vertraut gemacht.

Emilia versuchte, konzentriert und effektiv zu arbeiten, spürte die Medikamente jedoch noch immer in ihrem Körper. Als Emilia gegen achtzehn Uhr alles erledigt hatte und gerade Feierabend machen wollte, trat ihre Mutter hinter ihr aus dem kleinen Büro. Die beiden Frauen schauten sich erstaunt an.

„Lia, ich wusste gar nicht, dass du noch hier bist."

„Hallo, Mutter, ich habe gar nicht mitbekommen, dass du schon zu Hause bist. Ich wollte das heute noch alles erledigen, da ich morgen nicht da bin."

Verwirrt schaute Vera sie an. „Ach so, ja."

Emilia ging auf ihre Mutter zu. „Hast du Joachim gesehen? Ist er auch schon aus Frankfurt zurück? Ich wollte ihn noch etwas fragen."

Die Bürotür ihrer Mutter stand offen. Vera blickte zur Tür. „Joachim, ja der ist..."

In diesem Moment trat Joachim aus Veras Büro und blickte lächelnd auf Emilia. „Lia, wie geht es dir. Hast du letzte Nacht noch gut schlafen können?"

„Ja, danke." Sie schaute von ihrer Mutter zu Joachim. „Hattet ihr noch eine Besprechung?" Die zwei hatten eigentlich immer etwas zu besprechen. Emilia wunderte sich manchmal, wie oft die beiden sich trafen, um die Geschicke der Firma zu leiten.

„Ja, deine Mutter und ich haben uns wegen der Präsentation der neuen Designerin nächsten Monat Gedanken gemacht. Wir haben mit Frau Simer nochmals besprochen, wie wir ihre erste Kollektion am besten präsentieren können. Sie ist total motiviert und ihre Stücke sind wirkliche Hingucker. Ich glaube, ihre Modelinie *Gieva* wird gut angenommen werden. Ich stehe dem Ganzen sehr positiv gegenüber. Deine Mutter sieht das allerdings etwas anders, aber ich denke, ich konnte sie überzeugen. Oder, Vera, was meinst du?"

Vera schaute ihn an und antwortete geringschätzig: „Dass du immer an diesen kleinen Designern gefallen findest. Sie bringen uns lange nicht das, was uns *Tuzzi, Cavalli* oder irgendein anderer berühmter Modemacher an Ansehen bringen würde", sie winkte ab und fügte resigniert hinzu: „Aber da du ja immer so ein gutes Händchen hast, muss ich dem Ganzen wohl zustimmen."

Emilia blickte bewundernd von ihrem Mann zu ihrer Mutter. Keiner konnte ihre Mutter so überzeugen wie Joachim. Wenn sie sich auch anfangs immer gegen seine neuen Ideen sträubte, am Schluss gab sie meist doch nach. Und der Erfolg des seit Jahren gutgehenden Unternehmens gab Joachim auch Recht. Er war wirklich gut in dem was er tat.

Joachim wandte sich Emilia zu. „Hast du alles erledigt?"

„Ja, habe ich. Ich wollte nur noch wissen, ob die Akte von Herrn Marodia abgelegt werden kann oder ihr noch etwas hinzugefügt werden muss?"

„Nein, die kann wieder ins Archiv, Danke."

„Kommst du mit zum Essen? Maja hat heute Abend Lammkoteletts zubereitet." Ihre Mutter schaute sie lächelnd an.

Emilia schluckte. Ihre Mutter wusste genau, dass sie Lamm hasste. Ebenfalls lächelnd erwiderte Emilia. „Danke, nein. Ich werde mir ein Brötchen schmieren und dann gleich wieder ins Bett gehen. Ich bin immer noch nicht ganz fit."

„Gut, Liebling!" Joachim beugte sich zu ihr vor und gab ihr einen Kuss auf die Wange. „Wir sehen uns dann morgen."

„Ja, bis dann." Emilia drehte sich um und ging zurück zum Schreibtisch. „Ich räume nur noch kurz auf. Ach übrigens...", sie hielt kurz inne und blickte abwechselnd zu Joachim und ihrer Mutter, „... ich fahre morgen nach Wiesbaden zum Shoppen und treffe mich mittags mit einer Freundin zum Essen. Ich weiß noch nicht, wann ich wieder zurück bin."

Joachim, der schon an der Tür stand, fragte irritiert: „Mit wem triffst du dich denn? Hast du mir das schon einmal erzählt?"

Über den Kontrollwahn ihres Mannes verärgert, erwiderte Emilia nur kühl: „Es handelt sich um eine alte Klassenkameradin, die du nicht kennst."

„Gut! Na dann viel Spaß!" Ohne weiteres Interesse zu zeigen verließen Joachim und Vera das Büro.

Emilia seufzte erleichtert auf und ließ sich in ihren Schreibtischstuhl fallen. Sofort schossen ihr wieder tausend Bilder durch den Kopf – ihr Hirn arbeitete auf Hochtouren und sie dachte hadernd über ihre Zukunft nach – ihr Leben – was würde es noch für sie bereithalten?

Sie blickte aus dem Fenster zum Hof – sah die blühenden Weinreben, die sich an der sonnigen Hauswand entlang schlängelten. Ihr

Blick wanderte weiter – sie schaute aus dem anderen Fenster auf den Rhein, beobachtete den Ausflugsdampfer der gemütlich über den Fluss schipperte. Sie dachte kurz darüber nach, wie es wäre, einfach mitzufahren, egal wohin – nur weg!

Sie nahm ihren MP3 Player vom Schreibtisch, setzte die Kopfhörer auf und spielte die Musik von Moonset Road ab. Als die Stimme des blonden Frontsängers ertönte, überlief sie ein Schauer. Er hatte eine der fantastischsten Stimmen, die sie je gehört hatte und sah obendrein auch noch zum Anbeißen aus – und konnte so wunderbar küssen! Emilia kicherte vor sich hin.

Wenn sie seiner Stimme lauschte und die Liedtexte für sich übersetzte, überfiel sie jedes Mal ein unglaubliches Glücksgefühl, verbunden mit einem Kribbeln im Bauch, das sie zum Lächeln brachte. Sie liebte Texte und Stimmen. Vor allem die Stimme von Panu Turunen. Gefühl und Erotik pur.

Emilia schüttelte bei dem Gedanken lächelnd den Kopf – was verstand sie schon von Erotik!

*

Emilia saß auf der Terrasse des In-Cafés *Alex* an einem schönen Holztisch vorm Mainzer Staatstheater und genoss einen prickelnden Aperol Spritz. In unmittelbarer Nähe spielte ein junger Straßenmusiker, vermutlich aus Peru, auf seiner Panflöte. Im Moment gab er *„Guantanamera“* zum Besten.

Emilia gefiel was sie hörte. Verträumt beobachtete sie das bunte Treiben um sich herum. Es war ein schöner, heißer Sommertag. Die Menschen wirkten fröhlich. Vom Nachbartisch, an dem sich angeregt ein junges Paar unterhielt, wehte Zigarettenrauch herüber. Emilia schnupperte und bekam plötzlich Lust, auch einmal wieder eine Zigarette zu rauchen. Sie zögerte. Sollte sie die beiden fragen, ob sie sich eine schnorren dürfe? Sie kaufte sich nur äußerst selten ein Päckchen. Das bewahrte sie davor, diesem Laster zu oft nachzugeben.

„Entschuldigung, wäre es sehr unverschämt, wenn ich sie um eine Zigarette bitten würde?“

Der junge Mann schüttelte den Kopf. „Überhaupt nicht. Hier bitte.“ Er hielt ihr sein Päckchen hin und gab ihr Feuer.

„Vielen Dank.“ Emilia zog genüsslich und lehnte sich zurück. Sie blickte weiter auf das Geschehen um sie herum und fing an zu träumen. Sie träumte von einem kleinen Seekonzert. Ein Hautnahkonzert mit Moonset Road. Ihr war schon klar, dass es ein wenig albern war. An einem Tag versuchte sie das Ganze zu vergessen, am anderen hoffte sie auf eine Wiederholung. Sie hatte ihrer Freundin Eva erzählt, dass sie gerne zu diesem Konzert gehen wollte und es doch schön wäre, den Abend dort gemeinsam zu verbringen. Eva hatte nicht nachgefragt warum oder wieso, sondern sofort zugesagt und Emilia versprochen, ihre Beziehungen spielen zu lassen, um an Karten zu kommen.

Emilia schreckte aus ihren Tagträumen auf, als ihr Handy klingelte. Sie musste etwas länger in ihrer großen Handtasche kramen um es zu finden. „Ja?"

„Hallo, Süße, sitzt du?"

Erfreut erkannte Emilia die Stimme ihrer Freundin. „Hallo, Eva. Ja warum, ist etwas passiert?"

„Samstag, den 23.Juli fahren wir auf die Ebsch Seit[1], irgendwo in den Odenwald und hören uns so eine Rockband aus dem hohen Norden an. Eine Pension habe ich auch schon gebucht. Ich hole dich um sechzehn Uhr ab."

„Eva, veräppel mich nicht. Ehrlich?"

„Habe ich dich schon jemals belogen? Natürlich ehrlich. Das wolltest du doch so gerne, oder?"

„Ja", Emilia lachte erfreut auf. „Das wollte ich wirklich. Wie hast du das geschafft?"

„Betriebsgeheimnis, Süße. Freu dich einfach. Wir beide machen uns einen schönen Abend. Ich muss Schluss machen. Bis dann." Schon hatte die immer unter Strom stehende Eva aufgelegt.

Ungläubig blickte Emilia auf ihr Handy. Sie lächelte selig. Eva war ein Phänomen. Was diese Frau alles bewirkte war schon verrückt. Emilia hätte zu gerne gewusst, wie sie die Sache mit den Karten wieder angestellt hatte. Aber eigentlich war es ja auch egal. Sie war einfach nur froh darüber, dass sie mit ihrer Freundin auf das Konzert gehen würde.

Emilia schloss erneut die Augen und ließ ihrer Fantasie freien Lauf.

In Gedanken war sie schon bei Samstag. Noch fünf Tage, dann würde sie ihn wiedersehen. Ihr Herz fing an schneller zu schlagen und ein Ziehen machte sich in der Magengegend breit. Nur noch fünf Tage!

---

1 (Rhein)hessisch für falsche (schlechte) Seite

3

„It's my life – It's now or never – I ain't gonna live forever – I just want to live while I'm alive!"

(It`s my life - Bon Jovi)

Er sah sie schon von Weitem, ihre kurze braune Wuschelfrisur fiel ihm sofort ins Auge. Da war sie, die grauäugige Küsserin. Sie hatte etwas von Natalie Portman aus dem Film *Black Swan*. Sie war genauso klein und zierlich.

Wow, diese Lippen! ...die sich so gut angefühlt hatten. Beim Gedanken an ihre vollen Lippen fuhr ihm ein kleiner elektrischer Stoß in die Lenden. Er zog nochmals tief an seiner Zigarette und machte Miro in seiner Muttersprache auf sie aufmerksam. „Miro, schau, da ist die Kleine vom letzten Konzert."

Miro legte seine Gitarre in die Ecke und drehte sich um, damit er sehen konnte, wohin Panu zeigte. „Süß", murmelte er. „Aber was ist an der besonders?"

„Ja, das weiß ich auch noch nicht, aber küssen kann sie. Was meinst du, wie alt sie wohl ist?"

„Seit wann interessiert es dich, wie alt die Weiber sind, die du angrabschst?" Er schlug Panu spielerisch auf die Schulter.

„Ja, ja! Ich meine ja nur, sie kommt mir so reif vor. Als ich ihr in die Augen geschaut habe, dachte ich, das sind tiefgründige, wissende Augen." Sein Blick ging wieder in ihre Richtung. Sie unterhielt sich mit einer großen dunkelhaarigen Frau und lachte soeben laut auf, als diese anfing hektisch um sich zu schlagen.

„Ich denke, sie wird in deinem Alter sein. Heiße Figur!" Grinsend schaute er zu Panu. „Na dann – mach sie 'mal klar."

„Mmh", Panu trank seine Cola leer und fragte sich, was er machen sollte. Er ließ seinen Blick durch die kleine Menge wandern. Heute spielten sie irgendwo im hessischen Odenwald an einem kleinen See. Ein ganz kleines Konzert für knapp fünfzig Fans. Das Ganze hatte ein hiesiger Radiosender organisiert.

Er liebte diese Konzerte. Nur er, Miro und ihre Gitarren. Live und unplugged – ganz nah am Publikum.

Panu, der Leadsänger von Moonset Road, war wahrlich ein Blickfang – und das wusste er auch. Er war knapp 1.90 Meter groß, hatte blonde, kurze Haare und ein spitzbübisches Lächeln auf den Lippen.

Mit seinen stahlblauen Augen und seiner tiefen, äußerst erotischen Stimme, sorgte er beim weiblichen Publikum dafür, dass es dahin schmolz, wenn er auf der Bühne stand. Er war mit seinen achtundzwanzig Jahren der Jüngste in der Band. In ihrem Heimatland Finnland tourten sie nicht mehr ganz so oft wie am Anfang ihrer Karriere. Die meisten Konzerte spielten sie seit Jahren in Deutschland, Österreich und der Schweiz. Überhaupt gefiel Panu Deutschland sehr gut, denn von hier aus konnte man jedes andere europäische Land bestens erreichen. Im belgischen Viertel, einem Stadtteil von Köln, lebte seine Mutter, die er dort häufig besuchte. Mit seinem Vater und seiner Stiefmutter bestand wenig Kontakt. Dafür hatte er zu seinen Stiefschwestern, den Zwillingen Viivi und Satu, einen sehr guten Draht. Seine Eltern hatten sich getrennt als er sechs Jahre alt war. Seine deutsche Mutter konnte es damals nicht mehr ertragen, ständig von ihrem finnischen Ehemann betrogen zu werden. Als sie heraus fand, dass er sie seit Jahren mit einem Möchtegernfotomodel betrogen und bereits zwei Jahre zuvor Zwillinge gezeugt hatte, floh sie in einer Nacht- und Nebel-Aktion aus Finnland und ließ Panu beim Vater zurück. Erst war Panu total sauer auf sie gewesen, doch das legte sich schnell wieder. Er war ein unkompliziertes und kontaktfreudiges Kind. Schon sehr früh hatte er seine Begeisterung für die Musik entdeckt und sich so seine eigene schöne Welt geschaffen. Außerdem war Vaters neue Freundin, die kurz darauf seine Stiefmutter wurde, auch immer liebevoll mit ihm umgegangen. Er bekam alles, was er sich wünschte. So ein armes verlassenes Scheidungskind zu sein hatte auch viele Vorteile. Mit achtzehn Jahren war er von zu Hause in eine kleine Wohnung in Helsinki gezogen und erst vor kurzem hatte er sich ein Apartment im Stadtteil Eira, ganz in der Nähe seiner Oma, gekauft.

Panu war mit sich und der Welt rundum zufrieden. Er hegte keinen Groll gegen irgendjemand – nicht gegen Mutter, Vater oder Stiefmutter. Er war der Meinung, dass alles im Leben einen Sinn hatte. Und der Sinn seines Lebens war die Musik. Seine Band, Frauen sowie Alkohol und ein paar harmlose Drogen machten seine Welt perfekt.

Sie wäre im Moment natürlich noch perfekter, wenn er dieses hübsche deutsche Fräulein ins Bett bekommen würde. Oder auf den Waldboden, oder – oder... egal wohin – Hauptsache er konnte diese sinnlichen Lippen nochmals küssen und mit den Händen durch ihre kurzen Haare fahren. Und ihre, für so eine kleine Frau, riesigen Brüste umfassen.

Bei dem Gedanken merkte er, wie sich in seiner Hose etwas regte. Scheiße, die macht mich total an.

*

Emilia spürte einen Blick, wusste aber nicht woher er kam. Eva kämpfte weiter mit Wespen und Emilia musste erneut auflachen. „Jetzt halt doch mal still. Du machst die doch ganz wild. Das muss dein Parfüm sein."

„Das ist nicht mein Parfüm, das ist deine Cola. Musst du diesen Mist trinken." Vorwurfsvoll schaute sie ihre beste Freundin an.

Emilia, war gerade mal 1,60 Meter, zierlich und außer den Brüsten, die dann doch D-Körbchen brauchten, gertenschlank. Während Eva gut fünfzehn Zentimeter größer war, weiblich geformt und schon beim Anblick von Essen den Zeiger der Waage nach oben wandern sah.

„So, jetzt bin ich ja 'mal gespannt, wie das hier wird. Hat mich ja ein paar Euro gekostet, um an die Karten 'ranzukommen. Hoffentlich sind die Jungs ihr Geld wert?!"

Emilia schaute sie lachend an. „Bestimmt! Sie sind einfach nur der Hammer. Wenn du den Sänger hörst, willst du ihn einfach nur noch ins Bett ziehen – purer Sex die Stimme."

„Also, Süße, du bist eine glücklich – naja sagen wir, du bist eine verheiratete Frau. Diese Worte aus deinem Munde zu hören, schockt mich schon ein bisschen."

„Als ob dich noch was schocken könnte", verschmitzt schaute sie ihre Freundin an. „Aber ich kann dir ja mal erzählen, was ich vor drei Wochen für ein Erlebnis mit dem Leadsänger hatte." War das erst drei Wochen her? Ihr kam es wie eine Ewigkeit vor und sie konnte sich kaum noch an alles erinnern. Sie wusste nicht mehr wie sie heimgekommen war, ob das Konzert schon zu Ende gewesen war oder ob sie vielleicht alles doch nur geträumt hatte.

„Was meinst du mit „Erlebnis"? Mit wem? Emilia du hast Geheimnisse vor mir?" Mit erhobenem Zeigefinger blickte Eva die Freundin strafend an. Emilia musste erneut lachen.

*

Panu hatte sich ein bisschen in den Wald verzogen. Im Schutz der Bäume konnte er sie gut beobachten. Sie stand immer noch lachend und wild gestikulierend bei der Dunkelhaarigen Frau und sprach eindringlich auf sie ein. Suchend blickte diese um sich. Wen oder was sie wohl suchte? Gerade streckte sich die kleine Grauäugige und zeigte in der Luft eine Größe an, dann legte sie ihren Kopf schief und tat so als ob sie Jemanden küsste.

Sein Herz schlug schneller. Erzählte sie etwa von dem Kuss. Jetzt drehte sie sich klatschend um und tat so, als ob sie weggehen und in ein Mikro singen würde.

Ja, das war genau ihre Szene gewesen. Warum ist sie damals bloß verschwunden? Er lief näher zum Waldrand, ohne den Blick von ihr abzuwenden. Vielleicht konnte er ja unauffällig so nah heran kommen, um ihre Stimme zu hören. Wie diese wohl klang?

„Hey, Panu, come on, let's have a beer before the show starts." Sein Produzent und Freund Mikka legte einen Arm um seine Schultern und zog ihn mit sich zu dem Zelt, in dem sie für den heutigen Abend untergebracht waren.

Er blickte nochmals über die Schulter zu der schönen Unbekannten. Er musste sie unbedingt kennenlernen. Er wusste nur noch nicht wie.

*

„...und dann hat er seine Hand auf meine Wange gelegt und...", Emilia beschrieb Eva voller Euphorie die Situation auf dem Konzert als Panu sie geküsst hatte, „...ich wusste erst nicht ob ich träume, aber ich glaube nicht, weil alle Fans so gegrölt haben und dann wurde mir bewusst, was passiert war und das war mir total peinlich." Aufgeregt erzählte Emilia weiter. „Als er dann auf mich gezeigt hat, während er mit irgendeinem Typen redete, geriet ich in Panik und bin abgehauen... ja, das war es eigentlich, und jetzt stehe ich hier und frage mich, was ich hier eigentlich soll?"

Evas verwundertes Gesicht sprach Bände. „Du, die liebe, treusorgende Emilia hast einen Rockmusiker geküsst ohne es deinem Mann zu beichten? Dann hast du mich dazu animiert, mit dir auf dieses kleine, intime Konzert zu gehen, wo die Band des geküssten Sängers spielt? Und jetzt fragst du mich, was du hier willst? Na, wenn du das nicht selbst weißt, muss ich dir wohl auf die Sprünge helfen. Du möchtest mal einen richtig guten Fi...!"

„Eva!" Entsetzt unterbrach Emilia ihre beste Freundin. „Wie redest du denn? Natürlich will ich das nicht. Ich, ich...", verlegen stammelte sie vor sich hin und wurde rot, „...ich finde die Musik gut."

„Das glaubst du doch selbst nicht. Na gut, ich glaube schon, dass du die Musik magst, aber ansonsten willst du auch mal richtig vom Sänger genommen werden. Gib's zu!" Anzüglich bewegte Eva ihre Hüften vor und zurück.

Emilia gab ihr einen Schubs. „Hör auf, das ist ja peinlich. Wenn dich jemand sieht."

„Das ist dir peinlich, aber sich vor ein paar hundert Leuten abknutschen lassen, das ist okay?"

Jetzt wusste sie nichts mehr zu erwidern. Knallrot vor Scham senkte Emilia ihre Augen.

Wie konnte ich das nur erzählen? Wie konnte ich das nur machen, warum bin ich mit Eva hierhergekommen?

Die erfahrene, weltoffene Eva, die an jeder Hand zehn Männer haben konnte. Die in einer lockeren Beziehung mit Moritz Anders, einem attraktivem, erfolgreichen Autor lebte und sich immer nahm, was sie wollte.

Ihr diese kleine Geschichte zu erzählen war ja lächerlich. Kein Wunder, dass sie sich darüber lustig machte.

*

Wie ihre Freundschaft entstanden war, war genauso kurios, wie die Tatsache, dass die Freundschaft dieser grundverschiedenen Frauen, nun schon seit Jahren Bestand.

Es war Emilias achtzehnter Geburtstag und ihre Mutter hatte in ein schickes Restaurant eingeladen. Veras Bekannte, Theresa und Heinrich Schreiber sowie deren Sohn Joachim waren auch dabei.

Emilia kannte die Schreibers nur flüchtig und hatte sie in ihrem Leben nur ein paar Mal gesehen. Sie lebten in Hamburg und unterhielten eine geschäftliche Beziehung mit *Fahnenbruck* Design. Seit ein paar Monaten wurde das Verhältnis jedoch freundschaftlicher und so kam es, dass die Eheleute Schreiber mit ihrem Sohn Joachim die beiden Frauen in Mainz vermehrt besuchte. Vor allem Joachim stand des Öfteren vor ihrer Tür, da er geschäftlich im Rhein-Main-Gebiet zu tun hatte. Emilia war begeistert von Joachim, seinem weltmännischen Auftreten, seiner Aufmerksamkeit, die er ihr, dem unscheinbaren, stillen Mädchen zuteilkommen ließ. Er war nicht wirklich gutaussehend. Er hatte eine ausgeprägte Nase, schmale Lippen und war nicht besonders groß – ein Typ wie John Malkovich. Doch er besaß Charme und den setzte er gekonnt ein. Die bis dato ungeküsste Emilia wünschte sich demnach nichts sehnlicher, als dass er, Joachim, ihr erster und letzter Mann werden würde.

Ein paar Tage vor ihrem Geburtstag, die Schreibers waren bereits angereist, kam es zwischen Emilia und Joachim zu einer kurzen, aber nachhaltigen Begegnung.

Sie lag auf der Terrasse, sonnte sich und las ein Buch, als plötzlich ein Schatten auf sie fiel.

„Mutter?" Emilia schaute auf die Uhr. „Ich komme gleich, noch ein paar Minuten, dann habe ich das Kapitel fertig und helfe dir, das Essen vorzubereiten."

„Bleiben sie ruhig noch ein wenig liegen, liebe Lia. Ich genieße gerne ihren Anblick."

Durch die männliche Stimme aufgeschreckt, ließ sie ihr Buch fallen und sprang entsetzt auf. Dabei blieb sie ungeschickt mit dem Fuß am Liegestuhl hängen und schnitt sich an einer scharfen Kante den Fuß auf. „Aua." Emilia fasste an ihren Fuß.

Erst jetzt kam Bewegung in Joachim. „Entschuldigen Sie! Ich wollte sie nicht erschrecken. Zeigen sie mal. Tut es sehr weh?" Er beugte sich vor und nahm vorsichtig ihre Hand weg, um sich die Verletzung anzuschauen.

Emilia war so verblüfft, dass sie nicht antworten konnte.

„Kommen sie, ich trage sie 'rüber ins Wohnzimmer." Er ignorierte ihren schwachen Protest, hob sie hoch und presste sie an sich. Dabei kam seine Hand ihrer Brust gefährlich nahe.

So war es also in den Armen eines richtigen Mannes zu liegen. Das kannte sie bisher nur aus den zahlreichen Büchern, die sie schon immer verschlungen hatte. Seit sie Joachim das erste Mal gesehen hatte, war der 32-Jährige für sie der Mann ihrer Träume. Auch ihre Mutter war begeistert von ihm und hörte gar nicht auf, von seinem Charme und seinem guten Namen in den höchsten Tönen zu schwärmen.

Sanft legte Joachim sie nun auf die Couch, zog ein Seidentuch aus seiner Hosentasche und berührte ihren Fuß. „Wo haben sie Desinfektionsmittel und Pflaster?"

„Im Bad im oberen Stockwerk. Ich gehe es holen." Vorsichtig versuchte sie, sich aus seinem Griff zu lösen, aber das ließ er nicht zu.

„Sie bleiben liegen und ich hole es. Keine Widerrede!" Er erhob sich und Emilia traute sich nicht, etwas zu erwidern. Sie ließ sich zurück in die Kissen sinken und schaute ihm nach als er die Treppen hochging.

„Die zweite Tür rechts."

Oh Gott, sie hatte alles herumliegen. Hoffentlich schaute er sich nicht so genau um. Ihr Fuß fing an zu pochen. Sie schaute an sich herunter und sah, dass das Taschentuch schon völlig mit Blut getränkt war. Wie peinlich.

Joachim kam mit verschiedenen medizinischen Mittelchen wieder die Treppe herunter.

„So, dann wollen wir sie mal verarzten. Still halten, jetzt brennt es ein bisschen." Fachmännisch säuberte er die Wunde und legte ihr sorgfältig einen Verband an. „Okay! Ich denke, sie werden ihren achtzehnten Geburtstag noch erleben." Er grinste sie verschmitzt an. „Ich freue mich schon darauf und bin eigentlich nur vorbeigekommen, um Bescheid zu sagen, dass meine Eltern und ich gerne mit ihnen feiern würden. Als an der Haustür niemand aufmachte und ich sie im Garten liegen sah, bin ich einfach, ohne Erlaubnis 'reingegangen. Es tut mir sehr leid, dass ich sie so erschreckt habe."

Erneut hochrot im Gesicht antwortet Emilia zaghaft. „Das war doch nicht ihre Schuld, Herr Schreiber. Sie konnten ja nicht wissen, dass ich so schreckhaft bin. Ich bringe nur schnell die Sachen wieder nach oben und packe ihr Tuch in die Wäsche bevor meine Mutter kommt."

Wieder versuchte sie aufzustehen und wieder drückte er sie sanft in die Kissen zurück. „Sie bleiben noch liegen, ich mache das schon."

Schnellen Schrittes ging er zur Treppe und als er Sekunden später wieder herunter kam fragte er sie neckend: „Jetzt da ich schon weiß, was für niedliche Dessous sie tragen, glaube ich, wäre es an der Zeit, das förmliche „Sie" wegzulassen." Er trat an die Couch, setzte auf den kleinen Beistelltisch und schaute ihr tief in die Augen. „Einverstanden?"

Emilias Gesichtsfarbe wechselte ins Dunkelrote und sie konnte nur noch verschämt nicken. Das nahm er zum Anlass, sich vorzubeugen und sie leicht auf die Lippen zu küssen.

„Dann ist das jetzt abgemacht, liebe Lia. Für dich ab jetzt nur noch Joachim."

Sie fasste sich erstaunt an den Mund. „Okay! Danke."

Laut auflachend stand er auf. „Ich gehe jetzt. Grüße deine Mutter herzlich von mir. Bis Freitag!" Immer noch lachend schritt er durch die Balkontür davon und ließ eine absolut verwirrte, aber selige Emilia zurück.

*

Als Emilia in dem Restaurant erschien, in dem sie zu ihrem Geburtstag verabredet waren, stand Joachim mit einer bildhübschen, großgewachsenen, jungen Dame an der Bar. Sie hatten vertraulich die Köpfe zueinander gewandt und redeten angeregt miteinander. Emilia konnte nicht hören, um was es ging und wartete unsicher, dass er sie bemerkte.

Als er Emilia erblickte schob er die junge Frau sanft von sich, sprach leise aber eindringlich auf sie ein und erhob sich. Die Dunkelhaarige blickte in Emilias Richtung, zog lachend an Joachims Krawatte und gab ihm einen Kuss auf die Wange. Etwas brüsk drehte er sich um und ging auf Emilia zu.

„Hallo, meine Liebe“, er beugte sich über ihre Hand und hauchte einen Kuss darauf. „Ich wünsche dir alles Liebe zu deinem achtzehnten Geburtstag, mögen sich all deine Wünsche erfüllen. Ich hoffe deinem Fuß geht es wieder besser?“

Er führte Emilia zu einem festlich gedeckten Tisch, schob ihr den Stuhl zurecht und setzte sich dicht neben sie. Mit seiner rechten Hand umfasste er ihre schmalen Hände.

„Liebste Lia, bevor unsere Eltern gleich kommen, wollte ich dich gerne noch etwas fragen“, wie vor ein paar Tagen sah er ihr tief in die Augen. „Es mag sich für dich total verrückt anhören, aber seit ich dich das erste Mal gesehen habe, fühle ich mich zu dir hingezogen. Ich kann an nichts anderes mehr denken und habe nur auf den heutigen Tag gewartet. Ich möchte dich bitten...“, er zögerte kurz und sprach dann hastig weiter, „...mich zu heiraten, lieber heute als morgen. Werde meine Frau! Du musst auch nicht aus Mainz weg, ich werde zu dir ziehen. Ich möchte mein restliches Leben mit dir verbringen. Bitte sag mir, dass du genauso empfindest. Ich weiß ich bin viel älter als du, aber ich werde dich glücklich machen.“ Er streckte der erstaunt und gleichzeitig verwirrt dreinschauenden Emilia ein Etui mit einem funkelnden Brillantring entgegen. „Sag ja und erlöse mich von meinen Qualen“, flehentlich lächelnd blickte er sie an.

„Ich... ja, ich will.“ Emilia brachte diese vier Worte nur flüsternd heraus. Sie war so erstaunt, dass ein Mann wie Joachim Schreiber, der ihres Erachtens jede haben konnte, sie wollte. Sie, die stille, unscheinbare Emilia Fahnenbruck.

Glücklich über ihre Zusage klappte Joachim das Etui zu und gab seiner zukünftigen Frau einen leichten Kuss auf die Wange. „Das hätten wir dann. Jetzt müssen wir es nur noch unseren Eltern beibringen. Ich denke, sie werden sich sehr für uns freuen. Meine Eltern mögen dich und deine Mutter mag mich auch. Das weiß ich." Selbstbewusst schaute er Emilia an. „Deinen Ring stecke ich dir später an, Liebling, du musst dich nur noch ein wenig gedulden. Da kommen sie ja schon."

Joachim erhob sich. „Hallo Mutter, Vater, liebe Vera. Bitte nehmt doch Platz. Wir haben euch etwas mitzuteilen."

Mehr hörte Emilia nicht mehr. In ihren Ohren rauschte es.

Sie war verlobt! Mit Joachim! E r wollte sie heiraten! So bald wie möglich! Sie bekam nur noch Gesprächsfetzen mit. „Schnellstmöglich..." „In der kleinen Kirche auf dem Berg..." „Ihr seid ein reizendes Paar."

Sie kam erst wieder zu sich, als sich der Geschäftsführer des Restaurants zu ihr beugte und gratulierte. „Meinen herzlichsten Glückwunsch, Frau Fahnenbruck. Zum Geburtstag und natürlich zur Verlobung."

Ein zufriedenes Lächeln machte sich auf Emilias Lippen breit. Sie war glücklich.

Eine immer größere Menschenmenge bildete sich um ihren Tisch und die Kellner schoben weitere Stühle hinzu. Nach einer Weile bemerkte sie, dass sich in der Zwischenzeit noch etliche Personen zu ihnen gesellt hatten. Zu ihrer Linken saß jetzt nicht mehr ihre Mutter, sondern die große, braunhaarige Frau, mit der Joachim zuvor an der Bar gesessen war.

„Auch von mir alles Liebe. Ich bin Eva und würde mich total freuen dich in Zukunft besser kennenzulernen."

Emilia blickte in ein offenes, freundliches Gesicht und war angetan von der herzlichen Direktheit dieser Frau.

Eva prostete ihr zu und zwinkerte verschmitzt. „Auf deine Zukunft – und hoffentlich auf eine neue Frauenfreundschaft!"

Der 1. August 1996 war nicht nur der Tag an dem Emilia ihre Volljährigkeit gefeiert und das gemeinsame Leben mit Joachim Schreiber begonnen hatte – an jenem Tag hatte Emilia den Pakt ihrer Freundschaft mit Eva geschlossen.

*

Jetzt weiß ich wieder, warum ich Eva dies alles erzählt habe. Weil ich ihr schon immer alles erzählen konnte. Meine Ängste, meine Hoffnungen, meine Liebe zur Musik, mein Leben mit Mr. Perfekt, mein Leben mit Mutter unter einem Dach. Die Selbstzweifel nach meinen Fehlgeburten und der Kinderlosigkeit. All das und noch mehr konnte ich über die ganzen Jahre bei meiner besten Freundin abladen. Sie war immer für mich da gewesen und passt auf mich auf. Emilia hing ihren Gedanken nach.

„Hey, Süße, jetzt mach nicht so ein Gesicht. Ich wollte dich doch nur ein bisschen ärgern und außerdem bin ich schon ein wenig sauer, dass du mir das alles nicht früher erzählt hast. Jeden Mist lädst du bei mir ab, aber wenn endlich mal etwas Aufregendes in deinem tristen Leben passiert, erfahre ich es nur mal so nebenbei."

„Tristes Leben? Danke schön!" Emilia blickte leicht beleidigt zu Eva.

Grinsend stupste diese sie an. „Sei nicht sauer! Ich kann ja schlecht sagen, dass dein Leben bisher irgendwie aufregend war." Liebevoll legte sie den Arm um ihre Freundin. „Komm wir holen uns eine Flasche Wein und du erzählst mir Alles noch 'mal ganz genau."

Evas Herzlichkeit und offene Art holten Emilia wieder in die Wirklichkeit zurück. Zurück an diesen kleinen romantischen Platz am See.

Und plötzlich war sie wieder total aufgeregt. Nur noch wenige Minuten und sie würde **ihn** wiedersehen. Ihr lief ein Schauer über den Rücken und ihre Hände wurden feucht. Ob er sie überhaupt erkannte? Für ihn war das bestimmt nichts Neues oder Aufregendes, er war schließlich ein Rockstar.

Etwas eingeschüchtert folgte Emilia ihrer Freundin. Mittlerweile war schon viel los auf der kleinen Lichtung im Wald. Der Radiosender spielte laute Musik und erwartungsvoll standen überall die Fans herum.

Schnell huschten die Zwei unter ein Zelt, drängelten sich ein wenig nach vorne durch und ergatterten schließlich eine Flasche Wein. Wenig später saßen sie, die Füße im Wasser baumelnd, am See und Emilia gab alles noch einmal zum Besten.

„Du kannst dir nicht vorstellen, wie komisch ich mich gefühlt habe. Ich habe doch noch nie jemand anderen als Joachim geküsst. Es war auch wirklich nur ganz kurz, aber mit Zunge!" Verlegen schaute Emilia ins Wasser.

„Na und! Endlich wurde Aschenputtel wach geküsst. Ich sage dir doch schon seit Jahren, dass du dir einen Liebhaber suchen sollst. Joachim muss es doch nicht erfahren. Er ist doch sowieso mit seiner Arbeit verheiratet. Wann hattet ihr das letzte Mal Sex? Vor deinem 25. Geburtstag oder etwa danach?"

„Also, hör mal“, entrüstet blickte Emilia auf. „Ich bin jetzt zweiunddreißig Jahre alt, du spinnst wohl? Das wären ja sieben Jahre.“ Emilia tippte sich an die Stirn.

„Wann?“

„Das weiß ich nicht mehr so genau. Ich bin schließlich nicht so sexbesessen wie du und kann auch ganz gut ohne.“

„Ja, genau! Deswegen hast du mich auch heute hierher geschleppt, weil du eine total befriedigte Frau bist und nur deinen ach so lieben, alten Ehemann liebst. Also wann?“

Eva konnte penetrant an einem Thema bleiben. Sie würde nicht eher Ruhe geben bis sie erfahren hatte, was sie wissen wollte. Lügen war nicht Emilias Art, also sagte sie tapfer: „Weihnachten…“, sie holte noch einmal Luft, „…vor zwei Jahren.“

„Waaaaaaaaaas!“, Eva schrie so laut, dass sich ein paar Leute nach ihnen umdrehten. Denn just in diesem Moment hatte auch die Musik eine Pause eingelegt.

„Halt die Klappe, du Nuss! Das muss doch nicht jeder hören.“

Schier fassungslos entgegnete Eva: „Dieser alte Ochse kann nicht mehr, ich glaub es ja nicht. Warum hast du mir das nie erzählt. Das sind über zwei Jahre. Du könntest wieder zugewachsen sein.“

Die Freundinnen schauten sich an und fingen lauthals an zu lachen.

„Ja, das könnte ich. Vielleicht sollte ich das ändern!“, murmelte Emilia leise vor sich hin.

Fragend schaute Eva ihre beste Freundin an. „Ja, vielleicht. Aber denk bitte an alle Konsequenzen.“ Liebevoll drückte sie Emilia fest an sich.

Der Sprecher des Radiosenders verkündete, dass es sich alle auf den Heuballen rund um den Steg bequem machen sollten, da in wenigen Minuten Panu und Miro von Moonset Road zum heutigen Hautnah-Konzert aufspielen würden.

Die Freundinnen standen vom Steg auf, schnappten ihre Schuhe und gingen auf einen nahegelegenen Heuballen zu.

„Nicht so nah.“

„Jetzt komm, Emilia, stell dich nicht so an. Du wolltest das hier.“ Eva zog die Freundin mit sich.

Gerade wollten es sich zwei übergewichtige Damen auf den Heuballen bequem machen, als Eva laut zu ihnen sagte: „Sorry, aber die sind für uns reserviert. Wir sind VIP‘s!“ Sie wedelte wichtig mit ihrer Eintrittskarte und Emilia musste beim Anblick derer verdutzter

Gesichter lachen. Als sie sich beleidigt verzogen hatten, ließen sich Emilia und Eva lachend auf die Heuballen fallen und stießen mit ihren Weingläsern an. „Auf einen schönen Abend, meine Süße."

„Prost, Aufpasser. Vergiss nicht, was dein Job ist. Mmmh ...oder vielleicht solltest du es doch vergessen!"

Eva und Emilia lächelten sich wissend an.

Applaus brandete auf, als die zwei Männer im leichten Joggingschritt auf den Steg liefen. Mit ihren verwaschenen Jeans und T-Shirts sahen sie aus wie zwei Jungs von nebenan. Auf den soeben bereitgestellten Barhockern nahmen sie Platz. Sie trugen Sonnenbrillen, da die Sonne noch immer recht hoch stand. Auch das Publikum musste sich mit der Hand die Augen beschatten, um einen guten Blick auf die beiden Jungs zu erhaschen.

„Einen wunderschönen guten Abend, liebe Gäste. Wir freuen uns hier bei euch zu sein", Miro sprach englisch und winkte ins Publikum.

Schnell drehte sich Emilia zu ihrer Freundin um. „Schließ die Augen!" Verwirrt schaute Eva sie an. „Na los, mach schon!"

Eva schloss die Augen.

„Und jetzt hör nur auf seine Stimme und dann sag mir was du denkst!"

„Hei ystävät, kiva olla täällä teidän kanssanne![2] Wir freuen uns auf einen tollen Abend mit euch. Singt mit, klatscht mit und sagt uns, was ihr hören wollt."

„Heiliger Bimbam! Den möchte ich im Bett haben und dann soll er nur reden. Allein die Stimme führt ja schon zum Höhepunkt.", lachend öffnete Eva wieder die Augen. „Und sollte heute irgendwann noch 'mal die Sonne untergehen, sehe ich vielleicht, ob er auch ein optisches Highlight ist."

Selig strahlte Emilia ihre Freundin an. „Glaub mir, das ist er!"

„Hey, Kleines...", sanft drückte Eva Emilias Hand „...nicht verlieben, nur Spaß haben."

„Ja, ja, klar, was sonst."

Sie blickte ungeduldig zum Steg und hielt voller Spannung den Atem an, als die Töne des ersten Songs erklangen.

„Sometimes, I leave my heart...“, seine rauchige Stimme hallte in den Bäumen wieder und sanfte Gitarrenklänge unterstützten dieses gefühlvolle Lied einer unerfüllten Liebe. Als die letzten Töne verklun-

---

2 Hallo Freunde, schön hier bei euch zu sein!

gen waren, war es einen Moment mucksmäuschenstill, dann setzte tosender Beifall ein.

„So, das war zum Warmwerden", Panu griff nach der Bierflasche am Boden. „Prost Leute, auf euch." Er nahm einen kräftigen Schluck und gab seinem Gitarristen ein Zeichen. „Auf Miro, hau rein – *I will get you!*"

Panu hatte das Publikum längst in seinen Bann gezogen und hielt unauffällig Ausschau nach der unbekannten Schönen. Verdammte Sonne! Sie blendete noch immer. Sein Gefühl sagte ihm jedoch, dass das Mädchen nicht weit entfernt sein konnte. Wie auch?! Bei einem so intimen Konzert saßen die Fans nicht weiter als fünfzehn Meter von den Musikern entfernt.

Panu legte seine ganzen Gefühle in das nächste Lied. Wenn er sang, vibrierte sein ganzer Körper und seine Mimik und Gestik spiegelten, wie gerne er hier vor all diesen Leuten auf diesem Steg stand und sang.

Miro spielte die letzten Akkorde, während die Sonne endgültig versank. Und da endlich erblickte Panu sie. Keine fünf Meter von ihm entfernt lehnte sie an einem Heuballen, schaute in seine Richtung und nippte verträumt an einem Weinglas. Er konnte ihr direkt in die Augen sehen und meinte, darin ein Funkeln zu erkennen. Er hob die rechte Hand und zeigte direkt auf sie, während die letzten Liedzeilen verheißungsvoll über seine Lippen kamen.

„...I will hunt you and when I get you...I will kiss you and you will love me!"

Den Applaus bekam Emilia nur nebenbei mit, denn sie schaute wie hypnotisiert zu dem irrsinnig gutaussehenden Sänger auf dem Steg. Die blonden Haare fielen ihm fransig ins Gesicht und die Sonnenbrille verdeckte seine Augen.

Nimm sie ab! Ich möchte in deine Augen blicken. Noch als Emilia das dachte, nahm Panu diese ab und schob sie sich auf den Kopf. Erschrocken blickte Emilia zu Eva. Hatte sie das eben laut gesagt? Nein, das konnte nicht sein. Sollte das etwa Telepathie gewesen sein? So ein Quatsch!

Eva war außer sich vor Begeisterung. Sie pfiff durch die Zähne und johlte mit den übrigen Fans. „Also, nur um das mal kurz abzuklären. Wenn du diesen Adonis nicht klar machst, erledige ich das. Ich glaub zwar nicht, dass ich eine Chance habe, so wie der dich anhimmelt, aber ein Versuch wäre es immerhin wert."

„Vergiss es!“ Emilia hob ihr Glas. „Auf ihn und diesen tollen Abend...!“ So unbeschwert hatte sie sich schon lange nicht mehr gefühlt. Schon lange nicht mehr? Eigentlich noch nie. Jetzt, kurz vor ihrem 33. Geburtstag, hatte sie das erste Mal das Gefühl, richtig Spaß zu haben und zu leben. Na gut – das zweite Mal. Das erste Mal war vor gut drei Wochen gewesen. Langsam ging ihr Blick wieder Richtung See.

Panu nahm gerade seine Gitarre in die Hand, während Miro das nächste Lied ankündigte: *„Choose me, come on, sing with us* – wir wollen euch singen hören.“ Während Miro sprach suchte Panu ihren Blick. Sie fuhr sich mit der Hand durch ihre kurzen Haare, die nach allen Seiten abstanden.

Sie war erhitzt, er sah die Schweißperlen auf ihrer Haut glitzern. Ihr Atem ging schnell und er beobachtete das Heben und Senken ihrer Brüste. Sie sah unverschämt gut aus. Die enge, hochgekrempelte Jeans und das grüne Top verbargen nicht viel von ihrer guten Figur. Sein Mund wurde trocken und er griff wieder nach seinem Bier. Es war leer. Provokativ schwenkte er die Flasche in Richtung Publikum. „Ohne Ölung geht nichts.“

Bevor ein Betreuer auch nur reagieren konnte, sprang Eva auf und hielt ihm ihre Weinflasche hin. „Ist zwar nicht mehr viel, aber für den Anfang dürfte es reichen.“, leise nur für ihn hörbar fügte sie hinzu: „Wenn du noch mehr möchtest, komm nachher zu uns.“, sie zwinkerte ihn kokett an und nickte leicht in Emilias Richtung. „Ich denke, da würde sich jemand freuen.“ Bevor er etwas erwidern konnte, saß sie schon wieder bei ihrer Freundin und feixte ihn frech an.

Warum nicht? Das ging ja leichter als er gedacht hatte. Angesichts der Tatsache, dass er gleich mit der Grauäugigen sprechen würde, versuchte er sich wieder voll und ganz auf seinen Gesang zu konzentrieren.

4

„Each day I live – I want to be – A day to give – The best of me. I'm only one – But not alone – My finest day – Is yet unknown. I want one moment in time – When I'm more than I thought I could be. When all of my dreams are a heartbeat away."

(One moment in time – Whitney Houston)

Emilia rutschte nervös auf ihrem Platz neben dem Heuballen herum. Eva, die zwischenzeitlich eine weitere Flasche Wein besorgt hatte, füllte ihre Gläser nach. „Nervös?" Besorgt schaute sie Emilia an.

„Total."

„Das wird schon, bleib locker. Was soll schon passieren außer, dass eine heiße Zunge deine Mundhöhle inspiziert?" Eva streckte frivol ihre Zunge heraus und ließ sie vor Emilias Nase kreisen.

„Du bist echt voll peinlich!" Hoffentlich hatte das keiner gesehen – Emilia blickte sich unsicher um und traute ihren Augen nicht – Panu kam direkt auf sie zu.

Sie nahm einen kräftigen Schluck Wein.

Lächelnd kniff Eva ihrer Freundin in die Wange und flüsterte: „Mach langsam mit dem Alkohol, sonst funktioniert deine Zunge später nicht mehr! Und das wäre doch schade!" Noch als Eva das sagte beobachtete sie ihre Freundin genau und befürchtete diese würde gleich in Ohnmacht fallen. „Jetzt gaaanz locker bleiben – er kommt!"

Locker bleiben?! Das war leichter gesagt als getan. Emilia zitterte nun am ganzen Körper, obwohl es ein ungewöhnlich warmer Sommerabend war. Hastig nippte sie nochmals an ihrem Wein. Mist, ich sollte echt langsam machen.

Eva war aufgestanden und reichte Panu entspannt die Hand. „Hey, tolle Show. Ich heiße Eva, schön dich kennenzulernen.

„Hey, danke für den Wein." Während er ihr die Hand reichte fiel sein Blick auf Emilia, die immer noch am Boden saß. „Hei, kaunis!"[3]

Er war riesig!

Oh Gott, ich muss aufstehen. Ich muss reden. Ich muss ihn anfassen. Emilia gingen tausend Sachen durch den Kopf aber nichts davon geschah. Sie blickte ihn einfach nur fasziniert an.

---

3 Hallo Schöne!

Bevor es jedoch für die arme Emilia zu peinlich wurde, rettete Eva die Situation. „Das ist meine liebe Freundin Emilia, sie ist nicht immer so stumm. Maybe the wine?“

Lachend schaute sie auf Emilia herab, die ihr einen bösen Blick zuwarf. Als diese gerade aufstehen wollte, bedeutete ihr Panu mit der Hand, sie solle sitzen bleiben. Er ließ sich rechts neben sie auf den Boden fallen und lehnte sich im Schneidersitz lässig an den Heuballen.

Als er ihr sein Gesicht zuwandte, blickte auch sie ihn an.

Ihr Mund öffnete sich.

Diese Lippen, wow, ich möchte ihre Stimme hören – sprich mit mir! Panus Gedanken fuhren Achterbahn.

„Hey, Panu! Schön dich wiederzusehen. Tolles Konzert!“

Sie sprach leise, gewählt und ihre Stimme war viel tiefer als er gedacht hatte. Verraucht, nein besser – verrucht! Das heizte seine Fantasie noch weiter an – er musste sie einfach noch einmal küssen.

„Du weißt gar nicht, wie sehr ich mich freue, dass du hier bist.“ Mit seiner rechten Hand berührte er leicht ihre Wange.

Ein Stromschlag durchfuhr sie. Emilia hob ihre Hand und legte sie auf seine. In der gleichen Geste wie vor drei Wochen verharrten beide wie elektrisiert.

Ihre Hand fühlte sich eiskalt an. Sein Mund wurde trocken und er musste schwer schlucken. Zart streichelte er über ihr Gesicht. Sie schloss verzückt die Augen. „Nein, nicht die Augen schließen, Harmaa-silmä.“

Sie verstand nicht wie er sie nannte, aber es hörte sich wie eine Liebkosung an. Schnell öffnete sie die Augen wieder und sah sein Gesicht ganz dicht vor ihrem.

„Ich werde dich jetzt küssen und möchte dir dabei in die Augen sehen.“

Jetzt setzte ihr Herzschlag wirklich aus. Ihr stockte der Atem und ihre Augen weiteten sich. Sie spürte seinen heißen Atem auf ihren Lippen. Er roch nach Wein und wieder irgendwie angenehm süßlich.

Ein gehauchtes „Okay“ kam noch über ihre Lippen bevor sein Mund den ihren umschloss. Es war kein zarter Kuss, er war fordernd und leidenschaftlich. Ein Kuss, wie sie ihn noch nie zuvor gespürt hatte.

Er hielt ihr Gesicht mit seinen großen Händen fest. Selbst wenn sie gewollt hätte, sie hätte ihre Augen nicht schließen können, denn seine stahlblauen Augen hypnotisierten sie.

Als er sanft mit seiner Zunge an ihren Zähnen entlang fuhr, gab sie sich seinem Kuss bereitwillig hin.

Alles um sie herum wurde still, als wären sie alleine auf der Welt. Sie hörten weder die lauten Stimmen der Gäste, die sich langsam entfernten, noch die hämmernde Musik aus den Boxen. Sie hatten nur noch Augen und Ohren füreinander.

Langsam wurden Emilias Lider doch schwer und senkten sich. Er löste sich sanft von ihr.

„Nein!“ Erschrocken von ihrem gestöhnten Widerspruch, riss sie die Augen wieder auf. Nicht aufhören! In Gedanken schrie sie ihn förmlich an.

Ein kehliges Lachen entsprang seinen Lippen. Er beugte sich wieder vor, strich seine Wange an ihre und flüsterte lächelnd. „Tämä on vasta esimakua!“[4] Sie spürte seine Bartstoppeln, als er mit seinen Lippen langsam an ihrem Hals entlang fuhr. Behutsam löste er sich von ihr und sie sah ihn fragend an, da sie nicht verstand, was er gesagt hatte. „Später mehr?!“

Stellte er eine Frage oder eine Forderung? Emilia war hin und weg. „Ja?“

„Definitiv, ja!“ Herzhaft lachend stand er auf und zog sie mit einem Ruck auf die Beine. Sie stolperte, doch er fing sie mit seinen kräftigen Armen geschickt auf.

Sie betrachtete das Tattoo auf seinem rechten Oberarm – Choose me.

„Ich liebe unsere Songtexte. Das“, er deute auf seinen Arm, „ist nicht das Einzige.“

Eigentlich konnte sie Tätowierungen nichts abgewinnen, aber bei Panu sah es gut aus – als ob es so sein musste.

Sie strich leicht drüber.

Ein Schauer überlief ihn.

„Gefällt mir“, sanft lächelte sie ihn an.

Bevor er etwas erwidern konnte, mischte sich Eva in das Gespräch ein. „Hier! Zur Stärkung.“ Sie drückte Emilia eine Flasche Mineralwasser und eine Laugenbrezel in die Hand. „Du siehst aus, als ob du ‘was essen müsstest, Süße.“

Noch immer lag Emilias Hand auf Panus Oberarm. Eva reichte ihm ein Glas Rotwein.

---

4 Dies ist nur ein kleiner Vorgeschmack!

„Habt ihr überhaupt schon miteinander gesprochen? Also, für mich sah das nicht so aus." Eva grinste die beiden süffisant an.

„Mmh, ich habe genug gehört, gesehen und gespürt", spitzbübisch lächelnd legte er den Arm um Emilia. „Sie hat immerhin schon mal „ja" gesagt."

Zum ersten Mal seit Langem blieb Eva fast die Sprache weg. „Sie hat was gesagt?"

Emilia schaute von Einem zum Anderen; etwas schüchtern, aber bestimmt antwortete sie an seiner Stelle: „Ja, Aufpasserin, ich habe „ja" gesagt". Sie wusste zwar nicht wozu, aber das Gesicht ihrer Freundin war es wert, hier mitzuspielen.

„Na, wenn du meinst? Du weißt ja noch was nach deinem letzten „ja" passiert ist. Damals kam ich leider zu spät und konnte das Schlimmste nicht mehr verhindern. Aber heute kann ich ja noch ein bisschen Einfluss nehmen." Sie blickte streng auf Panu. „Egal zu was sie „ja" gesagt hat. Sie ist angetrunken und sehr verletzlich. Du überlegst dir also besser nochmal was du vorhast."

„Eva, hör auf! Ich bin weder angetrunken noch verletzlich", ärgerlich erhob Emilia die Stimme.

Angesichts Emilias harscher Worte schaltete Eva einen Gang zurück. „Okay, du bist alt genug. Ich passe nur ein bisschen auf und wir haben alle unseren Spaß." Versöhnlich blickte sie auf ihre Freundin.

Hoffentlich geht das alles gut! Ihr Gefühl sagte ihr das Gegenteil, aber vielleicht würde sie sich diesmal ja täuschen. Eva hing ihren Gedanken nach, versuchte sich zu entspannen und alles nicht zu negativ zu sehen.

Panu der dem schnellen Wortwechsel der Freundinnen nicht ganz folgen konnte, hob beschwichtigend die Hände.

„Hei, tytöt[5], locker bleiben. Wir haben alle noch ein bisschen Spaß nach dem Konzert. Wir setzen uns ans Lagerfeuer und schauen, was so passiert", er drückte Emilia kurz an sich und blickte Eva offen an. „Glaub mir, Eva, ich bin ein Guter", schelmisch grinsend gab er Emilia einen leichten Kuss auf die Wange und zwinkerte ihrer Freundin zu. „Bis später. Dann trinken wir noch einen Wein auf mich. Habt noch ein bisschen Spaß und genießt die Musik."

Lässig schlenderte er davon.

---

5 Hallo Mädels,

*

Miro und Mikka schauten ihm lachend entgegen.

„Na, wenn das mal nicht geklappt hat, wie du dir das gewünscht hast!" Gratulierend schlug Miro ihm auf die Schulter. Da die Drei nun unter sich waren, sprachen sie in ihrer Muttersprache.

„Mmh, ja, ich kann nicht meckern. Die ist wirklich lecker, und ihre Freundin ist auch richtig scharf. Wäre die nichts für dich?", fragend schaute er Mikka, seinen Produzenten und Ersatzkeyboarder an.

„Langsam, langsam mit den jungen Pferden, du weißt, ich bin wählerisch. Wo ist sie?"

Panu deutete in Richtung der beiden Frauen. „Da, die große Dunkelhaarige. Ein richtig netter Feger."

Eva schaute in diesem Moment lachend in ihre Richtung und winkte ihnen zu.

Mikka hob den rechten Daumen hoch. „Okay, möchte ich kennenlernen." Alle drei fingen an zu lachen und machten sich noch schnell ein Bier auf bevor es weiterging.

Panu lachte aus Gewohnheit mit, aber seine Gedanken waren nicht ganz bei der Sache. Er hatte schon viel erlebt mit Fans und Groupies, aber irgendwie ließ ihn der Eindruck nicht los, dass es dieses Mal anders war. Aber wie anders? Er konnte es sich selbst noch nicht erklären. Im Moment genoss er einfach nur dieses Gefühl. Welches Gefühl eigentlich? Nicht einmal das konnte er deuten.

Miro und Panu spazierten zurück auf den Steg und scherzten ausgelassen miteinander. Panu fühlte sich total high, er konnte das Ende der Show kaum noch abwarten. Diese kribbelige Ungeduld kannte er überhaupt nicht an sich. Er überlegte kurz. Wie konnte er dieses Empfinden nur beschreiben? War es ein Lust-Gefühl?

Nein! Es war mehr!

*

„Na das nenne ich mal Körpereinsatz, Frau Schreiber", lachend kniff Eva Emilia in die Wange. „Und wie soll das weitergehen?"

Abwesend wischte Emilia die Hand der Freundin weg. „Hhmm, keine Ahnung! Ich weiß nur, dass es irgendwie weitergehen muss." Sie straffte die Schultern, um den Schauer zu unterdrücken, der sie bei dem Gedanken an seinen Kuss gerade wieder überlief.

„Ey, komm jetzt. Hör auf, so dämlich zu grinsen, das kenne ich gar nicht von dir. Du weißt schon, dass du hier was ganz Heißes am Start hast?“

„Ja, ja, das ist mir schon klar. Er ist total heiß, oder?“

„Das meinte ich nicht. Dass er heiß ist, vor allem auf dich, steht außer Frage! Was ich meine ist eher dein Ehemann und dein biederes Leben, das du seit Jahren krampfhaft aufrecht hältst.“

„Ach, Eva, lass mich heute mit solchen Dingen in Frieden. Ich will einfach nur meinen Spaß und sonst nichts.“

„Süße, ich will dich nicht ärgern und auch nicht die Böse spielen. Ich möchte doch nur, dass du auf dich aufpasst. Du bist so unschuldig was Männer betrifft. Ich habe einfach nur Angst, dass du verletzt wirst und die Gefahr, dass das passiert ist groß, glaub mir.“

„Ja, ja – ich pass schon auf. Still jetzt, es geht weiter!“ Erwartungsvoll schaute sie zum Steg, wo Panu und Miro gerade wieder ihre Gitarren in die Hand nahmen und das nächste Stück ankündigten.

„„Ja, ja“ heißt „Leck mich am Arsch“!“ Eva warf Emilia einen zweifelnden Blick zu und dachte erneut. Ob das mal alles gut geht?

Aber auch Eva ließ sich wieder von der Musik in den Bann ziehen, von Panus toller Stimme, seinem Charme und seinem Witz. Als Vollblutfrau verstand sie ihre Freundin in dieser Hinsicht voll und ganz.

Emilia machte es sich wieder an dem Heuballen gemütlich und nahm einen kräftigen Schluck aus der Wasserflasche. Das kühle Nass tat gut und sie fühlte sich gleich viel besser. Die Wirkung des Rotweines schien nachzulassen, ihr Kopf wurde wieder klarer. Aber längst nicht so klar, dass sie an irgendetwas anderes hätte denken können, als an seinen Kuss, seine Hände und seine Stimme.

*

Panu versuchte sich zu konzentrieren. Normalerweise konnte er sehr gut abschalten, sobald er seine Musik spielte. Heute wollte es ihm jedoch nicht ganz gelingen. Dennoch gab er sein Bestes. Er wusste was er seinen Fans schuldig war.

Zwischenzeitlich war es ziemlich dunkel geworden; um sie herum brannten Fackeln, die den See und den Wald in ein flackerndes, romantisches Licht tauchten.

Er versuchte, nicht zu oft zu Emilia zu schauen, aber der Versuch scheiterte nach wenigen Augenblicken meist kläglich. Sie sah so verdammt sexy aus, wie sie so entspannt da saß mit diesem unwiderstehlichen Lächeln auf ihren Lippen. Als sie einen kräftigen Schluck aus ihrer Wasserflasche nahm, beobachtete er, wie ihr ein Schwung Wasser vom Kinn in den Ausschnitt lief. Sie strich sich mit der Hand den Hals entlang und schien die Feuchtigkeit auf ihrer Haut zu genießen.

Verdammt! Ihm wurde heiß und in seinen Gedanken sah er heute nicht zum ersten Mal, wie er sie leidenschaftlich lieben würde.

Lieben? ...so ein Mist! Bilder – raus aus meinem Kopf, langsam geht das Ganze zu weit.

Ups, ein schräger Ton und auch noch den Einsatz verpasst. Er schaute entschuldigend zu Miro, nahm sich zusammen und beendete das Hautnah-Konzert, ohne noch einmal in ihre Richtung zu blicken.

Naja, beinahe!

*

Der letzte Akkord war verklungen, die Fans johlten und klatschten und die Musiker bedankten sich herzlich. Als der Radiosender ihnen allen einen guten Heimweg wünschte, fing Emilia an, nervös zu werden. Ihr erster Gedanke war: weglaufen, so wie immer, wenn es kompliziert wurde.

Eva durchschaute ihre Freundin sofort und legte beruhigend ihre Hand auf Emilias Arm. „So, Frau Schreiber. Jetzt nicht wieder den Schwanz einziehen. Hier musst du durch. Du musst ja nichts Schlimmes machen, aber du stellst dich dieser für dich aberwitzigen Situation. Und wenn du dich nur anständig bei ihm verabschiedest. Alles klar? Ich bin bei dir!"

Emilia stieß gepresst die Luft aus.

„Auf komm, so ein bisschen Zunge versüßt den Abschied ungemein." Eva fuhr sich verführerisch mit der Zunge über die Lippen und lachte frivol.

Emilia versuchte das Feixen der Freundin zu ignorieren. „Du hast ja recht. Ich hatte nur kurz ein bisschen Panik, aber jetzt geht's wieder. Gib mir bitte den Rotwein. Ich glaube, ich brauche nochmal einen kräftigen Schluck."

Sie füllte sich einen Schluck Wein in ihr Glas. Als sie gerade trinken wollte, wurde es ihr jedoch sanft von hinten aus der Hand genommen und eine rauchige Stimme flüsterte ihr ins Ohr: „Bitte! Nicht auch noch Rotwein im Ausschnitt, das halte ich nicht aus. Dem Wasser konnte ich ja noch widerstehen, aber was soll ich sagen – ich liebe Rotwein, und diesen zwischen deinen Brüsten...", er stockte, „...olen vain kaveri!"[6]

Sie drehte sich um und schaute ihn erneut fasziniert an. Seine Stimme, sein gutes, ein wenig gebrochenes Deutsch mit diesem verlockenden finnischen Akzent. Überhaupt diese fremde Sprache, von der sie kein Wort verstand, sich jedoch seltsam liebkost fühlte. Sie blickte ihn an und alles andere verschwand. Sie hörte und sah nur noch ihn. Sie fühlte keine Panik mehr und ihre Schüchternheit war wie weggeblasen. Kokett blickte sie zu ihm auf und griff nach ihrem Glas. Ihre Finger berührten sich dabei leicht. „Warum sprichst du eigentlich so gut deutsch?"

Perplex von dieser rationalen Frage, öffnete er verwirrt den Mund. „Ich habe eine deutsche Mutter und besuche sie oft in Köln."

„Okay." Sie lächelt ihn an.

„Okay?"

„Ja! Jetzt weiß ich wenigstens etwas über dich. Dadurch fühlt sich alles nicht mehr so surreal an!"

„Du möchtest etwas Reales? Wie wäre es hiermit?" Er beugte sich zu ihr herunter und fuhr mit seinen Lippen über ihre Stirn, ihre Wange und berührte dann ganz sanft ihren Mundwinkel.

Sie zog scharf die Luft ein, ihr Mund öffnete sich leicht und sie fuhr sich mit der Zunge über die Lippen. Dabei berührte sie nur ganz kurz die seine, so dass es nun an ihm war die Luft einzuziehen. Er richtete sich auf. „Wow, real genug?"

Ihr tiefes Lachen erklang. „Ja!" Schelmisch hob sie ihr Glas. „Prost! Was heißt das auf Finnisch?"

„Kippis!"

„Kippis, Panu!"

„Prost!" Er nahm ihr das Glas aus der Hand nachdem sie getrunken hatte und leerte es. „Komm, lass uns zum Lagerfeuer gehen." Er reichte ihr die Hand und sie drehten sich zu Eva um, die sich gerade mit Miro auf Englisch unterhielt und sich gut zu amüsieren schien. Sie hatte jedoch Emilia und Panu aus dem Augenwinkel beobachtet.

Emilia bekam sofort mit, dass ihre Freundin in Hab-Acht-Stellung war. Ein falsches Wort, eine falsche Geste und Eva würde wie eine Furie dazwischen fahren.

---

6 Ich bin auch nur ein Kerl!

Auch Panu schien das zu spüren und bezog Eva sofort ins Gespräch ein. „Eva, wir gehen alle noch auf ein paar Drinks und ein wenig Musik ans Lagerfeuer, da spricht doch nichts dagegen, oder?“

Er machte das sehr geschickt. Sie hatte kaum eine Chance, „nein“ zu sagen. Warum auch?

„Klar! Ich würde euch ja gerne mal richtig hautnah singen hören. Immer diese vielen Menschen um einen herum, man hat ja gar keine freie Sicht auf die Bühne und hören konnte man auch nicht alles, es war ja so laut hier.“ Sarkastisch sah sie die Drei an, als Panu und Emilia zu lachen anfingen.

Miro verstand nur die Hälfte und schaute fragend zu Panu.

„Hier haben wir es wohl mit einer Komikerin zu tun, Miro, ‘mal sehen ob sie uns heute Abend noch ein bisschen mehr in den Genuss ihres Humors kommen lässt.“

Panu sprach auf Englisch mit Miro und Eva gefiel was sie hörte und lachte daher auch herzlich mit.

„Wir werden noch viel Spaß haben, da bin ich mir ziemlich sicher.“ Sie hakte sich auf der einen Seite bei Emilia und auf der anderen bei Miro ein.

Es wurde wirklich ein schöner Abend. Außer Panu und Miro waren noch Mikka und ein paar Leute vom Radiosender da, sowie ein paar Helfer des Konzerts. Sie saßen alle um ein kleines Lagerfeuer herum und unterhielten sich auf Deutsch und Englisch.

Miro und Mikka verstanden so gut wie kein Wort Deutsch, außer: „Scheiße, Sauerkraut, Wurst oder geil.“

Als ob es das Normalste der Welt wäre, saß Emilia auf dem Boden zwischen Panus Beinen, während dieser sie von hinten umschlungen hielt. Sie saßen ein wenig abseits von den anderen, an einen Baum gelehnt.

Eva, die zwischen Mikka und Tom, einem Radiomoderator, saß, unterhielt sich angeregt mit dem Produzenten der Band.

Mikka war etwas größer als Eva, hatte blaue Augen und braune Haare. Man sah ihm seine fünfundvierzig Jahre an – konnte sehen, dass er gut lebte und Nichts ausließ.

„Eine tolle Band, die du hier betreust – einfach locker und cool.“

„Ja, es sind tatsächlich meine Lieblinge. Die Jungs und ich haben viel Spaß miteinander und ich mag ihre Musik wirklich. Ab und zu spiele ich bei den Gigs auch mal an den Keyboards. Leider kann ich nicht von allen Bands und Sängern die ich produziere behaupten, dass ich sie gut finde.“

„Ich weiß, was du meinst. Ich habe einen kleinen Verlag und ich betreue wirklich gute Autoren, die etwas ganz Besonderes sind und auch tolle Bücher schreiben. Aber daneben gibt es in meinen Augen auch viel Schund, aber selbst diese finden ihr Publikum. Und solange ich sie menschlich mag, kann ich es auch ganz gut verantworten, sie zu vertreten."

„Deine Einstellung gefällt mir, wir würden gut zusammen passen", er grinste Eva herausfordernd an.

Sie beugte sich provozierend weit zu ihm herüber. „Wir zusammen passen? Um das 'rauszufinden, müsstest du dich noch ein bisschen mehr ins Zeug legen!"

Mikka schaute erst verdutzt, sah dann aber den Anflug eines Lachens in ihrem Gesicht. „Touché! Du bist gut!"

Sie brach in schallendes Gelächter aus. „Ich weiß, dass ich gut bin, aber wie gut bist du?"

*

Emilia schaute zu ihrer Freundin hinüber, als sie diese laut auflachen hörte. Sie schien sich wie immer blendend zu amüsieren. Sie war einfach unschlagbar und Emilia erinnerte sich für einen Moment an die vergangenen fünfzehn Jahre ihrer Freundschaft, denn die schönsten und witzigsten Momente ihres Lebens hatte sie mit Eva erlebt.

Sie war es gewesen, die ihr durch die hektischen Hochzeitsvorbereitungen geholfen hatte, obwohl sie sich da erst wenige Wochen kannten. Sie wurde ihre Trauzeugin und hat sich wiederholt mit ihrer Mutter und Joachim angelegt, wenn es um Emilias Belange ging. Ob Konzerte, Urlaube, Einkaufsbummel, Autorenlesungen oder ganz normale Spiele-Abende. Eva war immer für sie dagewesen und verbreitete gute Stimmung.

Wie auch jetzt gerade wieder. Eva erzählte auf Englisch einen absolut blöden Blondinen-Witz und brachte alle rund ums Feuer zum Lachen.

Sie hörte wie Panu hinter ihr leise auflachte. Sie fand es schön, so angelehnt in seinen Armen zu liegen, aber blöderweise konnte sie so sein Gesicht nicht sehen. Sie drehte sich leicht nach hinten, um ihn anschauen zu können.

Er beugte sich zu ihr vor. „Alles klar, Harmaa-silmä?"

Die ganze Zeit hatte er ihr sanft über die Arme gestrichen, jetzt umfasste er ihr Kinn und hob es sanft an.

„Mmh, ja! Was bedeutet Harmaa-silmä?"

Er blickte ihr tief in die Augen. „Grauauge."

„Okay! Was heißt „Blauäugiger"?"

„Baluäugiger?", fragend schaute Panu sie an. Emilia musste kichern.

„Nicht „Baluäugiger", sondern „Blauäugiger" – oder besser „Blauauge"."

„Ach „Blauauge"! Manchmal ist eure Sprache schon kompliziert."

„Das sagt der Richtige. Finnisch ist doch überhaupt nicht verständlich, man kann ja noch nicht mal irgendetwas ableiten. Aber „Baluauge" find ich witzig – wie der Bär im Dschungelbuch. Das passt zu dir, der ist nämlich auch so groß."

„Balu der Bär?"

„Ja, genau. Aber was heißt denn jetzt „Blauauge"?

„Siniset-silmä."

„Schön, das gefällt mir." Sie wollte sich wieder umdrehen und an seine Brust lehnen. Sanft aber bestimmt hielt er jedoch ihr Gesicht weiter fest. „Olet uskomaton tyttö!"

Fragend schaute sie ihn an.

„Du bist so ein außergewöhnliches Mädchen", sachte zeichnete er mit seinem Finger ihre Lippen nach. „Und so verdammt sexy."

Sie? Sexy? Das hatte ihr bisher noch niemand gesagt. Aber es fühlte sich gut an, endlich einmal als Frau wahrgenommen zu werden. „Danke."

Sie hörte wieder dieses leise, markige Lachen. „Ich sag's ja: außergewöhnlich! Wofür bedankst du dich?"

Erstaunt blickte sie in seine blauen Augen, die nur wenige Zentimeter von ihrem Gesicht entfernt waren. „Das hat noch nie jemand zu mir gesagt. Und da ich mich darüber freue, gehört es sich doch dass ich mich bedanke."

Er lachte laut auf, warf seinen Kopf in den Nacken und bebte am ganzen Körper.

Emilia richtete sich auf und drehte sich entrüstet zu ihm um. Das gefiel ihr nicht. Nicht, dass er über sie lachte. Das störte sie überhaupt nicht. Sondern, dass sein schönes Gesicht auf einmal so weit entfernt von ihrem war.

Er tippte ihr an die Nase. „Du bist total süß. Ich pack dich ein und nehm dich mit."

„Okay!" Sie sah ihm ernst in die Augen. „Ich bin dabei!"

Ihm wurde heiß – was hatte er da gesagt.

Erschrocken sah er sie an. „Ich meinte...", er kam ins Stocken, „...das sollte ... ein Scherz sein."

„Ohh", sie schaute treuherzig zu ihm auf. „Aber ich dachte, das zwischen uns wäre etwas Ernstes?!" Sie wusste nicht, welcher Teufel sie gerade ritt, aber sie fand es witzig und amüsierte sich köstlich über seinen entsetzten Gesichtsausdruck. „In Deutschland bedeutet „pack dich ein und nehm dich mit", dass du auf ewig mit mir zusammen sein willst!"

Jetzt kam Panu wirklich ins Grübeln und er schaute sie durchdringend an. Da nahm er das leichte Zucken um ihren Mundwickel wahr. „Du kleines Biest. Du vereierst mich doch – oder wie sagt ihr gleich noch 'mal dazu?"

In diesem Moment konnte sie nicht mehr anders und lachte laut heraus ihr tiefes kräftiges Lachen, dass so herzlich, so natürlich war. „Derb heißt es verarschen. Etwas niveauvoller sagt man wohl verkackeiern."

„Na warte." Er warf sie sanft zur Seite. Als sie auf dem Rücken lag, hielt er mit einer Hand ohne Probleme ihre Hände über ihrem Kopf fest. Mit der anderen fuhr er an ihrem Hals entlang, legte sie leicht um ihre Kehle und tat so, als ob er zudrücken wolle. Er grinste sie frech an. „Und jetzt? Keine Frechheiten mehr?"

Sie schluckte schwer, ihre Augen weiteten sich. „Nein."

Oh Gott, er war so heiß – sie verging fast vor Verlangen. Sie wollte, dass er sie küsste, sie anfasste. Ihr waren die anderen rundherum egal. Sie wollte ihn wie sie noch nie im Leben einen Mann gewollt hatte.

Er sah die Veränderung in ihrer Mimik und auch sein Gesichtsausdruck wandelte sich. Pure Begierde lag nun darin. Mit einem Seufzen beugte er sich zu ihr herab und umschloss leidenschaftlich ihre Lippen.

Fast schmerzhaft empfand sie das Aufeinandertreffen ihrer Münder, aber sie genoss jeden Moment. Gierig öffnete sie ihre Lippen um seiner Zunge Einlass zu gewähren. Ein minutenlanges schamloses Spiel begann. Als er sich von ihr löste, dröhnte ihr Kopf. Sie war total benommen, aber sie wollte mehr.

Panu richtete sich auf. „Wow, what a kiss."

Emilia kicherte. „Oh, ja!"

*

Eva schaute zu den beiden hinüber. Was sie sah amüsierte sie. Aber ein wenig war sie auch geschockt. Ihre kleine, schüchterne Emilia so zu sehen war ungewohnt und irgendwie beunruhigend.

Miro griff gerade nach seiner Gitarre und fing leise zu spielen an. Er war der ruhigere Part des heutigen Duos. Überhaupt war er der Schweigsamste der Band, die er und Panu mit Janis und Rami vor etlichen Jahren gegründet hatte. Er war gut 1,80 Meter groß und schlaksig. Seine fast schulterlangen Haare waren braun, wie seine Augen. Im Gegensatz zu Panu fühlte sich Miro im Hintergrund deutlich wohler und überließ Panu daher gerne die Bühne. Denn dieser war in der Band die Rampensau, aber welcher Leadsänger war das nicht.

„Oh, Simon and Garfunkel, wie schön." Eva klatschte begeistert in die Hände.

„Cecilia..." Miro begann zu singen.

Die Stimmung war gut und so stimmte jeder mit ein. Aus dem Augenwinkel konnte Eva beobachten, dass auch Panu und Emilia wieder am Geschehen teilnahmen und halbwegs die Finger von einander ließen. Halbwegs. Jetzt saß Emilia im Schneidersitz an einen Baum gelehnt und Panu hatte sich ausgestreckt und seinen Kopf in ihren Schoss gebettet. Sie fuhr mit den Fingern einer Hand durch seine Haare. Die andere Hand hielt er fest und streichelte sie zärtlich.

„Auf Panu! Sing etwas für uns! Wie wär's mit *„Bed of roses"* von deinem geliebtem Jon Bon Jovi." Miro stimmte das Lied an und Panu erhob sich widerwillig aus seiner angenehmen Position. Lächelnd schaute er zu Emilia und fing sanft an zu singen: *„...sitting here wasted and wounded at this old piano..."*

Sofort war es Mucksmäuschen still. Nur das Prasseln des Feuers, Miros Gitarre und Panus Stimme waren noch zu hören.

Verträumt schaute Emilia zu Panu. Er hatte ihre Hand losgelassen und sie fühlte sich seltsam verlassen. Aber als sie ihn beobachtete, verstand sie. Er brauchte seine Hände beim Singen. Mit jedem Ton, den er sang, bewegte er einen Teil seines Körpers. Ob Kopf, Fuß, Hand oder Schultern – sein ganzer Körper war beschäftigt und lebte mit der Musik.

Als das Lied endete, wurde begeistert Beifall geklatscht.

Panu verbeugte sich artig und frotzelte in die Runde. „Jetzt kann ja jeder 'was zum Besten geben. Mikka, wie wäre es mit dir?"

Mikka schüttelte den Kopf. „Danke, mein Lieber. Heute nicht, aber vielleicht möchte ja die Dame zu meiner Rechten etwas singen."

Lachend deutete er auf Eva. Alles johlte und rief: „Eva, Eva!"

Geschmeichelt stand Eva auf. „Okay, ihr habt es so gewollt. Gib mir bitte noch einen Schluck Wein, und ihr...", sie deutete in die Runde, „...ihr trinkt besser auch noch etwas, weil es fürchterlich werden wird, versprochen!"

Sie hatte die Lacher auf ihrer Seite. Emilia versuchte durch die Finger zu pfeifen, was kläglich misslang.

Panu unterstützte sie jedoch tatkräftig und feuerte Eva an, in dem er schrill durch zwei Finger pfiff.

„Los geht's! Haltet euch die Ohren zu!" Sie stellte sich in Pose, führte ein imaginäres Mikro an den Mund und begann. *„Muss i denn, muss i denn, zu-hum Städtele hinaus..."*

Eva konnte keinen Ton halten, es klang total schräg, aber sie sang mit so viel Spaß, dass alle mit einstimmten. Als sie geendet hatte, verbeugte sie sich tief und warf dann lachend die dunklen Haare zurück.

Emilia war wieder einmal begeistert von ihrer Freundin. Bis zu dem Moment, als diese zu ihr herüber schaute und verkündete. „Das war ja noch gar nichts. Ihr solltet erst 'mal Emilia singen hören. Sie ist wirklich grandios."

Emilia zeigte ihr den Vogel. „Vergiss es! Mich bringen keine zehn Pferde dazu, hier zu singen."

Tom, der Radiomensch, rief ihr zu. „Auf junge Dame, warum nicht?"

„Darum! Sing du doch."

„Okay, ein Lied von mir und dann du!"

Alle applaudierten und stimmten Tom zu.

„Okay, Tom, it's your turn." Miro klopfte auf seine Gitarre. „Was soll ich spielen?"

„Help!" Tom fing lauthals an zu singen und wieder stimmten alle mit ein.

Emilia nagte nervös an ihrem Weinglas und überlegte, wie sie aus dieser Nummer wieder 'raus kam „Ich gehe mal kurz zur Toilette."

Panu lachte. „Okay, aber glaub nicht, dass wir bis du wiederkommst vergessen haben, dass du danach dran bist."

Er gab ihr einen sanften, verheißungsvollen Kuss auf die Lippen. „Bleib nicht zu lange weg, oder soll ich mitkommen?"

„Ja, ich meine, nein, ich bin gleich wieder da." Verlegen stand sie auf und verschwand hinter einem Zelt.

Er schaute ihr nach. Ihr Top war ein wenig hochgerutscht und er konnte einen Blick auf ihre nackten Hüften werfen. Sie lief barfuß, ihre Schuhe lagen neben ihm im Gras.

Erschöpft ließ er sich lang nach hinten fallen und starrte in den Sternenhimmel. Er konnte nicht fassen, was diese Frau in wenigen Stunden in ihm ausgelöst hatte. So etwas hatte er bisher noch nicht erlebt und er konnte sich beim besten Willen nicht vorstellen, wie das weitergehen sollte. Oder vielleicht doch? Eine Vorstellung hatte er – er wollte sie, und das, wenn es ginge, gleich oder wenigstens bald.

„...please help me, help me...“ Tom kam gerade zum Ende seiner Performance.

Help me! Welch wahre Worte. Panu richtete sich stöhnend auf.

„Na, Panu, wo ist die Schöne hin? Vor dir geflüchtet?“ Miro deutete lachend auf den leeren Platz neben ihm.

„Idiootti, sie kommt gleich wieder. Wenn überhaupt, ist sie eher vor euch geflüchtet – hoffe ich wenigstens.“

In diesem Moment kam Emilia zurück und bekam die letzten Gesprächsfetzen mit. „Gut, ich bin bereit etwas zu singen. Ich würde gerne...“

Eva unterbrach sie schnell. „...oh, darf ich mir etwas wünschen? Bitte, Süße, sag ja.“ Flehend schaute sie Emilia an.

„Wenn es sein muss“, etwas angesäuert erwiderte sie Evas Blick.

Eva wandte sich den Anderen am Feuer zu. „Ich kann euch nur sagen, **sie** ist gut! Wirklich gut!“

Emilia blickte verlegen um sich. „Sie labert nur. Maybe the wine.“ Entschuldigend schaute sie zu Panu.

Prüfend blickte er sie an und fragte sich gespannt, was ihn gleich erwarten würde. „Wenn deine Freundin so viel von dir hält, dann weiß sie sicher, von was sie redet.“ Er breitete die

Arme aus und deutete auf die Zuschauer rundum. „Wir sind gespannt, pieni kaunis!“[7]

„Okay, dann geht es jetzt erst richtig los. Tom, ich übernehme mal kurz deinen Part.“ Eva schaute schelmisch zum Radiomoderator und fing an. „Meine sehr verehrten Damen und Herren, dear audience, sie werden Zeugen wie ein Superstar geboren wird.“ Sie hielt sich wieder das imaginäre Mikro an den Mund. „Bisher nur in der Badewanne, unter der Dusche oder für mich, ihre allerbeste Freundin. Erleben sie heute Abend hier auf der großen Showbühne Emilia mit *„Baby can I hold you“* von Tracy Chapman! Beherrschst du das?“ Sie schaute Miro fragend an.

---

7 Kleine Schöne!

„Klar beherrsche ich das", entrüstet schaute er Eva an. „Ich muss nur mal kurz Pause machen, aber Panu kann das ebenso mühelos begleiten." Er stand auf und gab Panu die Gitarre.

Emilia stöhnte auf. „Ihr macht einen Umtrieb. Du hast doch auch ohne Begleitung gesungen."

Eva zuckte mit den Schultern. „Ich bin auch nur ein kleines Licht. Aber duuuuuu!" Lachend reichte sie Emilia die Weinflasche. „Auf, trink noch 'mal, dann wird es leichter."

Das ließ sich Emilia nicht zweimal sagen. Sie nahm einen kräftigen Schluck aus der Flasche und nickte dann Panu zu.

„Okay."

„Ich mag es wie diese Frau immer wieder „Okay" sagt." Er grinste vor sich hin und begann zu spielen.

„Sorry, is all that you can't say..." Emilias Stimme klang durch den nächtlichen Wald.

Panu war fast versucht, sein Gitarrenspiel zu unterbrechen. Fasziniert lauschte er ihrer rauchigen Stimme. Er war zutiefst beeindruckt.

Eva strahlte wie eine stolze Mutter. Sie blickte sich Beifall heischend um. Habe ich es euch nicht gesagt, wollte dieser Blick sagen.

Emilia bekam von alldem nichts mit. Wenn sie sang war sie in ihrer eigenen Welt, einer heilen Welt. Wo kurz zuvor noch das schüchterne Mädchen stand, überzeugte nun eine selbstbewusste Frau mit geraden Schultern, festem Blick und einer Wahnsinnsstimme.

„...at the right time, you'd be mine..." Als Emilia endete war es still um sie herum.

Sie schaute sich um und ein verlegenes Lächeln machte sich auf ihren Lippen breit. „Wer ist jetzt dran?" Sie versuchte die Situation zu deuten. „Hallo! Erde an Zuhörer. Ihr könnt euch wieder entspannen, ihr habt es überstanden."

„Was hat sie gesagt?" Mikka hatte es nicht verstanden und Panu übersetzte schnell. „Wahnsinn! Was für eine Stimme. Mädchen du gehörst auf die Bühne." Seine Stimme überschlug sich und auch in den Rest der Zuhörer kam wieder Leben. Begeistert klatschten sie in die Hände und johlten. Emilia lachte scheu, aber glücklich.

Mikka wandte sich Eva zu. „Wenn sie noch keinen Manager und Produzenten hat – ich stehe sofort zur Verfügung."

„Zu spät, junger Mann, sie hat ja schon mich."

„Mist, immer bin ich einen Schritt zu langsam."

„Stimmt, bei mir könntest du auch mal einen Zahn zulegen". Eva schaute ihn lüstern an und Mikka vergaß, was er eben noch von Emilia wollte. Jetzt wollte er etwas ganz anderes: Eva!

Zielstrebig nahm er ihre Hand, zog sie hoch und führte sie in Richtung Wald. „Komm! Wir müssen uns dringend unterhalten."

„Ja? Reden? Gerne! Zieh dich aus, leg dich hin und dann reden wir." Herausfordernd lachend löste sie sich von ihm und lief leichtfüßig voraus.

*

Es war spät geworden, schon nach zwei Uhr und wie auf ein Zeichen hatten sich alle erhoben und voneinander verabschiedet.

Miro blickte zu Panu und sagte etwas auf Finnisch. Panu antwortete ebenfalls in seiner Heimatsprache und gestikulierte. Emilia konnte daraus schließen, dass er noch nicht gehen, sondern noch mit ihr am Feuer bleiben wollte.

Dann waren sie endlich allein – mitten im Wald an einem romantischen Lagerfeuer.

Sie stand noch immer an der gleichen Stelle, wo sie eben gesungen hatte. Panu legte seine Gitarre zur Seite und erhob sich.

„Du bist wirklich der Wahnsinn!" Langsam kam er auf sie zu. „Es schafft selten jemand, mich so zu überraschen."

„Ja?"

„Ja, klar. Wir kennen uns jetzt fünf Stunden und fünf Minuten, und ich bin hin und weg von dir."

„Fünf Stunden und fünf Minuten! Wie kommst du darauf?"

Immer wieder diese Fragen, die scheinbar nebensächliche Dinge betrafen. Ich sage ihr, sie überrasche mich, ich sei hin und weg und sie fragt nach dem Zeitmaß?

„Fünf Stunden heute und fünf Minuten auf dem Konzert vor ein paar Wochen."

„Das waren keine fünf Minuten, höchstens zwei, und das Konzert ist genau drei Wochen her." Unschuldig blickte sie ihm entgegen, als er immer weiter auf sie zukam.

Er hielt eine Weinflasche in der rechten Hand, mit der linken fasste er sich an die Stirn. „Gott, du bist so anders. Was soll ich bloß mit dir machen?" Er blieb stehen und schaute sie gespielt vorwurfsvoll an.

„Ich kann ja gehen." Sie hob ihr Kinn und schaute ihm keck in die Augen.

„Wag dich, zu gehen, Beauty. Wir sind noch nicht fertig miteinander."

Sofort wurde ihr Blick weicher und sie ging einen Schritt auf ihn zu. Er hielt ihr die Flasche Wein entgegen. Sie griff danach, trank und gab sie ihm zurück.

„Du hast wundervoll gesungen!"

„Danke, du auch." Sie lächelte ihn an.

„Vielleicht sollten wir etwas gemeinsam singen, nur für uns, jetzt gleich?" Er stand nur noch wenige Zentimeter von ihr entfernt.

Emilia hob ihre Hand und griff ihm in den Nacken. „Ja, vielleicht sollten wir das, aber erst möchte ich dich küssen." Besitzergreifend zog sie ihn zu sich herunter.

Panu ließ die Flasche fallen und umfasste ihr Gesicht mit beiden Händen. Atemlos trafen sich ihre Lippen zu einem nicht mehr enden wollenden Kuss.

Wie konnte sich etwas, das moralisch so falsch war, so gut anfühlen? Emilia zitterte am ganzen Körper. Vor Erregung, vor Aufregung und aus Angst vor dem, auf was sie sich hier gerade einließ.

Panus Hände wanderten durch ihr Haar, ihren Rücken entlang zu ihren Hüften und wieder zurück zu ihrem Gesicht. Er konnte gar nicht genug von ihr und ihren Küssen bekommen und befürchtete, dass wenn er sie losließe, sie es sich anders überlegen und davon laufen würde. Sanft drückte er sie an sich.

In Emilias Kopf schwirrte es. Sie hatte das Gefühl zu fallen. Sie suchte nach Halt und fasste ihn fest um die Hüfte. Ihre Hände gruben sich in sein Shirt. Dieser Mann nahm ihr die Luft und sie genoss es wie sie noch nie in ihrem Leben etwas genossen hatte. Sie spürte seine Leidenschaft. Seine Zunge erforschte ihren Mund mit einer Wildheit, die sie faszinierte. Tausend Gedanken schossen ihr durch den Kopf.

So sollte eine Frau geküsst werden. So sollte eine Frau begehrt werden. So wollte **sie** geküsst und begehrt werden.

Er hob sie hoch und ihre Beine schlangen sich wie von selbst um seine Hüften. Immer weiter küssend trug er sie wenige Schritte nach hinten und lehnte sich mit ihr gegen einen Baum. Ihr Top war hochgerutscht, so dass sie seine Hände nun auf ihrer nackten Haut spürte.

Ein Schauer überlief Emilia. Sie fühlte die harte Baumrinde in ihrem Rücken und Panus gestählten Körper an ihrer Brust. Sie brannte

– sie brannte lichterloh und konnte keinen klaren Gedanken mehr fassen.

Ein gequältes Stöhnen entfuhr ihm. Emilia stockte und öffnete erschrocken die Augen.

Panu bemerkte ihr Zögern und schaute fragend in ihre großen, wunderschönen Augen. „Are you all right, Beauty?"

Emilia blickte auf seine Lippen, sie wollte weiter geküsst werden. „Ja, alles okay, und bei dir?"

Wieder dieses Stöhnen. „Also, ich würde lügen wenn ich sagte, bei mir sei alles okay. Du bist so heiß, dass es um meine Beherrschung bald geschehen ist."

„Echt?" Unschuldig blickte Emilia ihn an. „Ich könnte dich noch stundenlang küssen. Du schmeckst so gut."

Da war es wieder – dieses Unschuldige, fast Naive, aber so verdammt Ehrliche.

„Ich kann dir gar nicht sagen, wie gut **du** schmeckst, wie gut du dich anfühlst und wie süß du bist. Aber ich bin auch nur ein Mann und du machst mich fertig." Panus verzweifelter Blick brachte sie zum Lachen.

„Vielleicht sollten wir eine kurze Pause machen, um ein bisschen abzukühlen?" Schon als sie das sagte bereute sie es und hoffte er würde „Nein" sagen.

Während sie noch darüber nachdachte, ob er sie gleich wieder küssen würde, packte er sie unter den Armen und hob sie hoch. Mit einer Unbeschwertheit, die ihr unbekannt war, blickte sie von oben auf ihn herab. Seine Augen glommen vor Leidenschaft. Aber da war noch etwas anderes, das ihn so unwiderstehlich machte – der Schalk, der sich darin widerspiegelte. Mit einem Ruck warf er sie über die Schulter und Emilia quiekte vor Entsetzen und Übermut. „Lass mich runter."

Lachend lief er mit ihr in Richtung See. „Du wolltest eine Abkühlung? Die kannst du haben." Er lief bis zum Ende des Stegs und setzte sie ab. An beiden Händen festhaltend, so dass sie nicht fliehen konnte, schaute er sie fragend an.

„Springen wir gemeinsam oder willst du zuerst?"

„Du spinnst! Das Wasser ist viel zu kalt."

„Na und, es wird uns aber abkühlen."

„Ich möchte gar nicht abgekühlt werden. Ich fand es gut, so wie es war."

„Du machst mich wirklich wahnsinnig. Meinst du, ich fand es nicht gut? Aber dir ist hoffentlich auch klar, wo das endet?"

Emilia drängte sich ihm sanft entgegen und blickte treuherzig zu ihm auf. „Klar weiß ich, wo das enden könnte!"

Sie brauchte nichts weiter zu sagen. Hungrig trafen sich ihre Lippen.

Scheiß auf die Selbstbeherrschung! Ich will sie! Und zwar jetzt sofort – und hier!

„Hallo ihr zwei! Seid ihr das da auf dem Steg? Wolltet ihr schwimmen gehen?"

Entnervt ließen Panu und Emilia voneinander ab und schauten Richtung Wald. Eva und Mikka kamen langsam auf sie zu. Panu beugte sich vor und flüsterte ihr verschwörerisch ins Ohr: „Nur aufgeschoben, okay?"

„Okay!"

Da war es wieder, dieses gehauchte und so verdammt glaubwürdige **okay**.

*

Wie konnte ein so schöner Abend nur so abrupt enden? Emilia war mit dem Ausgang des gestrigen Abends unzufrieden!

Sonnenstrahlen schienen ihr ins Gesicht. Mürrisch drehte sie sich um und schaute auf die schlafende Eva neben sich.

Sie hatte ihren Spaß gehabt, und nicht zu wenig nachdem was sie Emilia letzte Nacht oder besser gesagt am frühen Morgen noch erzählt hatte. Finster dreinblickend drehte sie sich wieder um. Die Sonne, die zwischen den Gardinen durchleuchtete, blendete sie. Emilia schloss die Augen. Aber was sie nun sah, ließ sie nicht wirklich ruhiger werden. Im Gegenteil, es erregte sie mehr als ihr lieb war.

Emilia sah blaue Augen, blonde Haare, sinnliche Lippen – hörte eine tiefe, rauchige Stimme.

Sie musste sich regelrecht zwingen, die Augen erneut zu öffnen. Aber da war immer noch dieses verdammte Sonnenlicht. Schnell senkte sie ihre Lider wieder.

Sie wollte die letzte Nacht zurück. Sie wollte nicht in diesem verdammten Zimmer einer kleinen Pension aufwachen, schon gar nicht neben ihrer Freundin. Sie wollte zurück an den kleinen See. Sie wollte die letzte Nacht immer und immer wieder erleben. Sie kniff ihre Augen fest zu, um so abermals in den Schlaf zu finden. Ein kurzer Blick auf den Wecker sagte ihr, dass es gerade einmal 5.47 Uhr war. Viel zu früh um aufzustehen. Sie dachte an den gestrigen Abend zurück, an den

Moment, an dem sie von Eva und Mikka gestört wurden. Aber da war noch mehr...

*

Wow, hatte mir jemand was in den Drink getan ...ich war hemmungslos!!! Vor mir stand der extrem heiße Typ aus dieser finnischen Rockband. Ich zog ihm grade das Shirt über den Kopf, erforschte mit Händen und Lippen seinen muskulösen Oberkörper und schaute dabei zu ihm auf.

Ein erstauntes Lächeln überzog sein Gesicht. Schwer atmend zog er mich hoch und suchte nach meinen Lippen. Jetzt erst fiel mir der Größenunterschied auf. Die Bierflasche, die er bis eben noch in der Hand gehalten hatte, flog an den Reifen des Wohnwagens und zerbarst.

Sein Atem roch nach Bier, Rauch und irgendwie süßlich... antörnend. Ich öffnete meine Lippen wie im Rausch – sein Atem machte mich regelrecht high.

Uaaha... was ein heißer Typ! Er griff mit einer Hand unter meinen Hintern, hob mich hoch und schaute mir fragend in die Augen. Das war meine letzte Chance, um aus dieser Situation heil 'raus zukommen. Aber wollte ich das überhaupt? Sanft fuhr ich mit den Fingern die Konturen seiner Tattoos nach und ohne lange nachzudenken fing ich an, mit meiner Zunge über seine Brustwarzen zu lecken.

Auch mit meinem geringen Erfahrungsschatz war mir klar, dass kein halbwegs normaler Mann jetzt noch „Nein" sagen konnte. Meine Finger glitten fordernd von seinem Bauchnabel aus abwärts und schoben sich in seine Jeans. Kurz stockte ich, als ich merkte, dass er nichts darunter trug.

Ein tiefes Lachen entwich seinem Mund, als er mein Erstaunen bemerkte. „Du bist so heiß, alles für dich heute, oh ja, Baby, fass mich an...!"

Ich fasste ihn an und es fühlte sich gut an.

*

„Hey, Süße, aufwachen! Und lass die Finger von mir." Eva stupste die Freundin leicht in die Seite. Emilia rollte sich zur Seite und fluchte leise vor sich hin. Eva rüttelte sie an den Schultern. „Komm, aufstehen! Wir müssen frühstücken. Ich habe in zwei Stunden einen wichtigen Termin. Mann, was ist denn los mit dir? Du bist doch sonst nicht so mürrisch."

Emilia drehte sich wieder zu ihrer Freundin und schaute ihr missmutig ins Gesicht. „Ich hatte so einen schönen Traum. Hättest du mich schlafen lassen, wäre ich jetzt mitten im schönsten Sex."

Eva fing laut an zu lachen. „Geträumter Sex ist lange nicht so schön wie echter. Das solltest du dir merken und deinen Ehemann mal wieder ran lassen." Eva blickte auf Emilia herab und hob den Zeigefinger. „Glaube mir, Kleine, ich habe dich gestern Abend gerettet. Du warst zu Sachen bereit, die du heute bereuen würdest."

„**Das** würde ich auf keinen Fall bereuen." Emilia setzte sich auf. „Ich wollte es – wirklich!" Und mit fester Stimme fügte sie hinzu: „Ich würde mich nicht verlieben. Nur heißen Sex mit einem heißen Typ. Kein Bereuen!"

Eva setzte sich zu ihr aufs Bett.

„Emilia", ihr Ton wurde ernst. „Du bist zu ehrlich, zu treu und würdest es natürlich bereuen! Außerdem würdest du dich verlieben – so bist du nun 'mal. Du bist nicht wie ich, die einfach mal einen One-Night-Stand hat und dann so weiter macht als sei nichts gewesen. Du bist völlig anders! Du bist eine Frau für **einen** Mann, nicht für Affären. Ich sollte doch auf dich aufpassen, schon vergessen?"

Emilia blickte Eva traurig in deren braunen Augen. „Ja, das solltest du, aber… aber ich war so glücklich, ich war so… so Frau. So habe ich mich noch nie gefühlt."

„Ja, das kann ich mir vorstellen. Aber dieser Panu, so heiß er auch ist, wird dieses Gefühl ganz, ganz vielen Frauen geben – leider nicht nur dir!"

„Mmmh, ja, ich weiß", Emilia schloss grübelnd die Augen. „Aber du hast doch auch immer gesagt, ich solle mir einen Liebhaber nehmen, und als ich so kurz…", sie öffnete die Augen, presste Daumen- und Zeigefingerkuppe zusammen und fuchtelte damit vor Evas Gesicht herum, „…davor bin, kommst du daher und sagst, dass wir gehen müssen. Ich bin einfach nur enttäuscht, dass ich **es** nicht getan habe."

„Wenn es wirklich passieren soll, egal mit wem, dann passiert es, glaub mir."

„Pffft", griesgrämig stand Emilia auf und ging ins Bad. „Ich gehe duschen, vielleicht fühle ich mich danach besser?!"

„Am besten eiskalt, damit dein Sexualtrieb wieder unter Kontrolle kommt." Eva lachte über ihren eigenen Scherz.

Emilia warf ihr einen bösen Blick zu und verschwand im Bad. Unter der kalten Dusche dachte sie noch einmal über ihren Traum nach und wie es gestern noch hätte sein können, wenn Eva und Mikka nicht im falschen Moment aufgetaucht wären. Allein bei dem Gedanken an Panu fuhr es ihr schon wieder in den Magen.

*

Nachdem die beiden auf den Steg gekommen waren, war alles sehr schnell gegangen. Eva erinnerte Emilia daran, dass es bereits kurz nach drei Uhr war, und Mikka ermahnte Panu, dass sie jetzt los müssten, wenn sie um halb acht das Flugzeug in Frankfurt erreichen wollten. Emilia und Panu standen wie begossene Pudel da und wurden gnadenlos in die Realität zurückgeholt.

Panu antwortete Mikka auf Finnisch, worauf dieser die nun völlig irritierte Eva wieder mit sich zurück in den Wald zog. So blieben Emilia und Panu noch ein paar Minuten Zweisamkeit. Panu blickte Emilia tief in die Augen. Er hielt ihre Hände. „Was jetzt?"

„Ich weiß es nicht."

„Du hast „Okay" gesagt!"

„Das habe ich auch so gemeint!"

„Ich fliege heute in die Schweiz, dann nach Österreich und Estland. Wir haben die nächsten Wochen noch jede Menge Konzerte."

„Ich weiß."

„Ich würde dich gerne wiedersehen."

Emilia zögerte kurz mit ihrer Antwort. „Ich dich auch, aber..."

„Aber?" Er schaute sie fragend an.

„Ich weiß nicht wie das funktionieren soll. Ich muss wieder arbeiten, und...", hilflos brach sie ab und zuckte mit den Schultern.

„Ich ruf dich an!"

Emilia zuckte erneut mit den Schultern, ihr wurde unbehaglich zu Mute – soweit hatte sie nie gedacht. „Lass uns über Facebook in Kontakt bleiben, klick mich einfach an."

„Okay?!" Panu schaute sie leicht verunsichert an. „Kann ich machen."

Emilia blickte hinüber zu Eva und Mikka, die am Waldrand standen und auf sie warteten. „Ich glaube wir müssen jetzt gehen."

„Ja, das denke ich auch." Er hob ihr Kinn und kam langsam mit seinen Lippen näher.

„Ich nehme dein „Okay" beim Wort, Harmaa-silmä. Versprochen?!"

„Okay!" Sie streckte sich und fieberte dem Moment entgegen bis sich ihre Lippen trafen. Der Kuss war zaghaft, abwartend! Keiner wollte mehr irgendetwas von sich offenlegen. Zuviel Gefühl war heute schon im Spiel gewesen. Es wurde ein Abschiedskuss.

Definitiv ein Abschiedskuss!

*

Emilia drehte die Dusche ab und wickelte sich in ein Handtuch. Sie wischte mit der Hand über den angelaufenen Spiegel und schaute sich prüfend an. Komm zurück in die Realität, Mädchen.

Es war so, wie Eva gesagt hatte. Er war ein Rocksänger, der an jeder Hand mehrere willige Mädchen hatte. Sie war nur eine von Vielen. Emilia brauchte nicht lange, um das zu glauben, was sie sich nun immer wieder vorsagte. Sie hatte andere Aufgaben. Sie musste heute noch zurück nach Mainz in die Firma – arbeiten. Joachim hatte nachmittags einen wichtigen Termin, wofür Emilia noch einige Vorbereitungen treffen musste.

Als sie aus dem Bad kam, stand Eva am Fenster und telefonierte.

Emilia war froh darüber, dadurch konnte sie noch einen Moment ihren Gedanken nachhängen. Was sollte sie tun, wenn er sie tatsächlich auf Facebook anschrieb? Und was, wenn er es nicht tat? In ihr kroch ein unangenehmes Gefühl hoch. Sie wusste weder wie sie auf das eine, noch auf das andere reagieren würde.

Eins nach dem anderen – erst einmal anziehen. Als sie aus dem Koffer ein frisches Shirt zog, fiel das grüne Top zu Boden, das sie am Abend zuvor getragen hatte. Als sie es aufhob, zögerte sie einen Moment und schnupperte vorsichtig daran. Es roch noch leicht nach ihrem Parfüm, nach Apfel. Aber da war noch ein anderer Geruch und sie wusste sofort, was es war. Sie hätte nicht genau sagen können, nach was Panu roch aber sie fand es berauschend und atmete den Duft tief ein.

Sofort erschien vor ihren Augen die Szene kurz nach dem Konzert, als Panu von hinten an sie herangetreten war und ihr das Weinglas aus der Hand genommen hatte. Sie war in diesem Moment wie elektrisiert gewesen und auch jetzt machte sich wieder dieses Gefühl der... ja, welches Gefühl eigentlich? Sie konnte es nicht beschreiben aber sie wusste, dass sie so noch nie empfunden hatte.

Emilia wurde zornig, zerknüllte das Top und warf es zurück in den Koffer. Schluss damit! Sie benahm sich ja wie ein verliebter Teenager. Eva hatte völlig Recht. Sie verrannte sich da in etwas, das ihr nicht gut tat und ihr aus den Fingern zu gleiten drohte!

„Alles klar bei dir, Süße? Abgekühlt?" Eva hatte ihr Telefonat beendet und sah Emilia skeptisch an.

„Mmh, nicht wirklich, aber was soll's. Der Alltag hat uns wieder." Sie lächelte verkrampft. „Auf geht's, lass uns frühstücken und dann ab nach Hause."

Alarmiert schaute Eva ihrer besten Freundin dabei zu, wie sie fahrig die letzten Klamotten in den Koffer stopfte.

Ich wusste es, ich wusste es. So ein Mist! Meine Süße hat sich verknallt und ist nun unzufrieden mit sich und der Welt.

Eva war erschüttert!

„Ach, Kleine", sie legte den Arm um Emilia und zog sie fest an sich. „Das wird schon wieder, glaub mir." Sie versuchte überzeugt zu klingen, aber selbst in ihren Ohren hörte sich das Ganze ziemlich lahm an.

Emilia löste sich von Eva und schnappte ihren Koffer. „Ja, ja, ich weiß – auf komm jetzt!"

Sie sprachen während des gesamten Frühstücks kein einziges Wort miteinander. Als sie bereits im Auto saßen, startete Eva einen letzten Versuch, mit Emilia zu reden. Aber diese blockte ab und so verbrachten sie auch die Fahrt nach Hause schweigend.

*

Der silberne Audi TT hielt vor dem imposanten Haus von Emilia und Joachim.

„Du musst nicht mit 'reinkommen", Emilia beugte sich zu ihrer Freundin hinüber und drückte sie fest. „Es war ein wunderschöner Abend mit dir. Danke, dass du mitgekommen bist."

„Kleines, ich..."

Emilia unterbrach sie. „...ich weiß, du bist für mich da und ich soll mir keine Gedanken machen."

„Wie gut du mich doch kennst." Eva gab ihr einen dicken Kuss auf die Wange. „Ruf an, wenn du es gar nicht mehr aushältst, Okay?"

„Klar, mach ich. Tschüss."

Als das Auto um die Kurve verschwunden war, blickte sie zweifelnd auf ihr Zuhause, straffte die Schultern und ging zur Haustür. Gerade, als sie nach ihrem Schlüssel greifen wollte, öffnete sich die Tür und ihre Mutter stand vor ihr.

„Na, das wird aber auch Zeit. Wir haben schon auf dich gewartet."

Sie warf einen Blick auf ihre teure Breitling Uhr und sagte schneidend: „Du bist spät. In zwei Stunden hat Joachim diesen enorm wichtigen Termin. Schaffst du es überhaupt noch, Alles vorzubereiten?"

Emilia war genervt. „Ja, Mutter, das schaffe ich noch."

„Nicht so schnippisch, junge Dame, während du dich amüsiert hast, hat Joachim schwer für die Firma gearbeitet, und ich übrigens auch."

„Ja, Mutter", Emilia blickte zerknirscht. „Ich weiß. Ich mache mich sofort an die Arbeit."

Sie ging frustriert an ihrer Mutter vorbei ins Haus, wo sie auch sofort auf Joachim traf. „Ah, da bist du ja endlich. Schaffst du es überhaupt noch, Alles vorzubereiten?"

Sie meinte eine Schallplatte zu hören, die hängen geblieben war. Kein Hallo. Kein nettes Wort. „Ja, das schaff ich noch."

Sie ließ ihn stehen und ging deprimiert nach oben. Wieder einmal drehte sich alles nur um die Firma. Wie sie sich fühlte, ob ihr Abend schön gewesen war oder ob sie Spaß gehabt hatte, interessierte in dieser Familie keinen. Aber was hätte sie auch sagen sollen? Die Wahrheit? Ganz bestimmt nicht.

Emilias Kopf dröhnte. Sie ging in ihr Zimmer, nahm eine Schmerztablette und gönnte sich eine kurze Verschnaufpause.

Sofort zogen die Bilder der letzten Nacht vor ihrem inneren Auge vorbei.

Panu, wie er auf dem Steg gesessen und gesungen hat. Sie hörte seine rauchige Stimme. Sie roch seinen betörenden Duft und spürte seine Wärme. Sie fühlte seine Lippen auf ihren und hörte seine Worte „Versprochen, okay?"

Emilia schüttelte ihren Kopf wild hin und her, um wieder klare Gedanken fassen zu können. Sie stand auf, straffte die Schultern und ging hinüber ins Büro.

Nach einer kurzen Nacht im sorglosen Glück hatte sie der Alltag wieder.

5

„...and I don't know – the right words I should say. I never felt anything this way – can't you say something. And break the goddamn silence..."

(Damn silence – Sunrise Avenue)

Emilia öffnete die Augen und fühlte sich augenblicklich schlecht. Heute war Montag, der 1. August 2011, ihr 33. Geburtstag! Ihre Mutter und Joachim hatten eine große Tee-Party geplant und alle Mitarbeiter, Kunden und potenziellen Geschäftspartner dazu eingeladen. Natürlich kamen auch ihre Schwägerin Corinne mit Ehemann Jürgen, ihre Schwiegereltern und Eva. Eva war Emilias einziger Lichtblick, denn unter einer Geburtstagsparty stellte sie sich nun wirklich etwas ganz anderes vor.

Ihre Gedanken schweiften ab an den Abend vor acht Tagen.

War das schon so lange her? Noch immer konnte sie sich jeden Moment bis ins kleinste Detail in ihr Gedächtnis zurückrufen. Noch immer konnte sie **ihn** vor sich sehen – ihn hören, riechen und schmecken. Und noch immer kribbelte es dann in ihrem Magen, als ob dort tausende von Ameisen einen Staat bildeten.

Wann hörte das endlich auf? Wollte sie überhaupt, dass es aufhörte? Waren es nicht diese kleinen Augenblicke der Erinnerung, die sie jedes Mal für kurze Zeit glücklich stimmten?

Er hatte sich gemeldet, gleich am nächsten Tag. Aber **sie** hatte es ignoriert.

Emilia wusste nicht wie sie reagieren sollte, also hatte sie bisher gar nicht reagiert. Das war nun eine Woche her. Seitdem hatte sie im Internet verfolgt, wo er und seine Band gerade spielten und die eingestellten Interviews gelesen.

Emilia merkte, wie sie sich immer unwohler fühlte. Sie tastete nach einer Gute-Laune-Tablette auf ihrem Nachttisch und nahm sie ohne Flüssigkeit ein. Sie wartete einige Minuten und stand dann auf.

*

„Danke, vielen Dank." Emilia schüttelte gefühlte tausend Hände und lächelte mechanisch. Sie war bester Dinge. Sie empfand ein seliges Glücksgefühl, fernab von allem Bösen und jeglichen Problemen. Alles war lustig und entspannt. Sie hielt ein Sektglas in der Hand und prostete ihren Gästen zu.

Die am Nachmittag gestartete Geburtstagsfeier neigte sich so langsam dem Ende zu. Im Hause Schreiber/Fahnenbruck gab es keine Partys, sondern gediegene Teekränzchen. Im Garten hatte man weiße Pavillons aufgestellt und Bistrotische platziert, die in edle rosafarbene Hussen gehüllt waren. Außerdem standen überall weiße Gartentische und Stühle, die mit pinkfarbenen Blumen dekoriert waren.

Emilia hasste pink! Und sie hasste rosa! Aber was machte das schon? Es waren nun 'mal die Lieblingsfarben ihrer Mutter.

Emilia lächelte stoisch. Sie dachte an den heutigen Morgen zurück und schon wurde ihr Lächeln wieder etwas weicher. Sie hatte eine Nachricht von Panu bekommen.

<Hei, Harmaa-silmä, was ist los, warum antwortest du nicht?>

Es waren nur wenige Worte und auch überhaupt nichts Weltbewegendes, aber er hatte noch nicht aufgegeben. Sie war kurz davor gewesen, ihm zu antworten, hatte dann aber doch gekniffen. Vielleicht würde sie ihm ja später zurück schreiben – nur was?

Ich habe gerade meinen 33. Geburtstag mit meinem Ehemann gefeiert – ich bin jetzt in dem Alter, in dem ich mir ab und zu einen jüngeren Geliebten halten könnte – würdest du mir dafür zur Verfügung stehen? Emilia musste laut auflachen.

Verwundert schauten einige der Gäste zu ihr herüber. Sie hielt sich die Hand vor den Mund und blickte sich suchend um. Wo war Eva? Und als ob diese Gedanken lesen könnte, stand sie Sekunden später an ihrer Seite.

„Na, Süße, alles klar? Ich glaube, du hast genug Sekt." Sanft nahm sie ihr das Glas aus der Hand.

Eva blickte in Emilias große, graue Augen, sah die erweiterten Pupillen und wusste, dass Emilia wieder eine dieser Be-Happy-Pillen genommen hatte. Eva kannte diesen Gesichtsausdruck mittlerweile zu gut. Sie wusste, dass Emilia gerade sehr wenig von dem mitbekam, was um sie herum geschah. Sie war wie in Watte gepackt. Normalerweise schluckte sie diese Tabletten nur, wenn sie aufgrund dieser schrecklichen Alpträume wieder tagelang nicht schlafen konnte.

„Hast du ein paar harte Nächte hinter dir?"

„Mmh, ja – nein, ...es geht so. **Er** hat mir zweimal geschrieben." Emilia erwähnte es so beiläufig, als ob es das Normalste der Welt wäre.

Eva war perplex. Sie schaute sich um und stellte fest, dass zu viele Personen in der Nähe waren, für deren Ohren das eben Gesagte nicht bestimmt war. Sie zog die Freundin mit sich, in eine Ecke des Gartens unter einen großen Kirschbaum.

„Erzähl!"

„Da gibt es nicht viel zu erzählen. Er hat sich am Montag gemeldet und gefragt, ob wir gut heimgekommen sind. Und heute hat er gefragt, warum ich mich nicht melde?"

„Und warum meldest du dich nicht?" Eva sah ihre Freundin prüfend an.

„Was soll ich denn schreiben? Das geht doch so alles gar nicht ... ich weiß nicht, ich ..." Emilia ließ verzagt die Schultern hängen, „... ich weiß überhaupt gar nichts mehr. Weder was ich machen soll, noch was richtig oder falsch ist. Das war so ein unglaublicher Abend – wie ein schöner Traum."

„Wenn du denkst, dass das alles nicht geht, dann schreib ihm das doch einfach. Schreib ihm, dass du verheiratet bist und nur deinen Spaß haben wolltest."

„Nein!", erschrocken blickte Emilia auf. „Das will ich nicht."

„Emilia, entspann dich! Was willst du machen? Wenn du jetzt nicht die Fronten klärst, verstrickst du dich immer weiter in etwas, aus dem du nur ganz schwer wieder heraus kommst. Ich möchte doch nur, dass du auf dich aufpasst." Sie legte die Hände auf Emilias Schultern und schaute der Freundin fest in die Augen. „Emilia, er ist ein Rockstar, vergess das nicht. Heute hier, morgen dort – hier die Eine, dort die Andere! Glaub mir, ich weiß wovon ich rede."

Emilia blickte in das besorgte Gesicht ihrer Freundin. „Ich weiß, aber hast du nicht immer gesagt, ich solle etwas tun, um aus diesem langweiligen Leben auszubrechen?" Sie schüttelte resigniert den Kopf „Weißt du Eva, heute ist mein Geburtstag. Ich sollte mir keine Gedanken über so etwas machen. Ich lasse einfach alles auf mich zukommen. Was passieren soll, passiert. Komm, gehen wir Geschenke auspacken."

Emilia hakte sich bei der Freundin unter und lief mit ihr belanglos plaudernd zu ihrem Gabentisch.

Eva fühlte sich schlecht. Sie hatte keine Ahnung, was sie ihrer Freundin raten sollte. Natürlich hatte sie ihr jahrelang gepredigt, sie solle etwas aus ihrem Leben machen und sich nicht von Mann und Mutter herumkommandieren lassen. Aber sie hätte doch nie gedacht, dass sich Emilia in einen Rockstar mit Tattoos und gefährlich heißem Körper verknallen würde. Sie hatte an einen geradlinigen, normalen jungen Mann gedacht, der sie aus diesem tristen Leben herausholen würde. Ein Arzt, ein Banker oder auch ein Bürohengst. Aber ein Rockstar?! Mist, wo soll das alles noch hinführen?

Aber das Schlimmste daran war, dass Eva sie nur zu gut verstehen konnte. Panu war einfach zu lecker. Groß, gutaussehend, charismatisch und dazu auch noch charmant und lustig!

Eva beobachtete die Freundin, wie sie ihre Geschenke auspackte. Bei jedem noch so bescheuerten Präsent lächelte sie erfreut und dankte einem der Gäste dafür. Sie war wirklich ein über die Jahre gut trainiertes Vorzeigefrauchen geworden. Joachim stand neben ihr und reichte ihr nach und nach die Geschenke. Dabei sprach er immer wieder laut seine Dankbarkeit darüber aus, dass sie mit ihm ihr Leben teile und lächelte gekünstelt in die Kamera des engagierten Pressefotografen. Eine gute Publicity, das betonte Joachim immer wieder, war das, was jede angesehene Firma von Zeit zu Zeit brauche.

Eva wurde beinahe schlecht. Blöder, alter Sack, am liebsten hätte sie ihm in seinen aalglatten Hintern getreten. Aber leider hatte er immer noch etwas gegen sie in der Hand, das sie selbst nach all den Jahren noch ruinieren oder zumindest bis auf die Knochen blamieren könnte. Als sie vor fünfzehn Jahren in Emilias Leben getreten war, wusste sie schon, dass Joachim Emilia nicht gut tun würde. Aber sie hatte es nicht verhindern können. Deshalb hatte sie es sich auch zur Aufgabe gemacht, Emilia zu beschützen so gut es ging. Aber nun war sie an einem Punkt angelangt, an dem sie sich die Frage stellte, ob das alles richtig gewesen war.

War es wirklich gut für eine Frau, solch ein Leben zu führen? Hatte Emilia nicht Besseres verdient?

Eva zuckte zusammen – die Erkenntnis traf sie wie ein Schlag: Natürlich hatte sie das! Emilia war jung, hübsch und intelligent. Eva blickte in die langweilige Runde; das hier konnte doch nicht alles in ihrem Leben gewesen sein. Betrübt sah sie wieder zu ihrer besten Freundin hinüber, die noch immer Geschenke auspackte und dabei brav in die Kamera lächelte.

Auch wenn sie wusste, dass jeder Schritt in Richtung Freiheit Emilia verletzen könnte – konnte es wirklich noch schlimmer werden als es jetzt ohnehin schon war? Nein!

Eva schnappte sich zwei Gläser Sekt und bewegte sich langsam auf Emilia zu, die gerade eine scheußliche rosafarbene Vase hochhielt und sich dafür bei ihrer Mutter bedankte.

„Komm, Süße, lass uns noch einmal auf deine Schnapszahl anstoßen“, Eva ignorierte die missbilligenden Blicke von Vera und Joachim und drückte der völlig überrumpelten Emilia ein Glas Sekt in die Hand. „Auf Dich!“ Sie stieß ungestüm gegen das Sektglas der Freundin und drückte ihr einen lauten Kuss auf die Wange. „Schreib ihm zurück!“, flüsterte sie ihr ganz leise ins Ohr, damit keiner der Umstehenden es hören konnte. „Es ist dein Leben! Versuche einfach, ein bisschen Spaß zu haben.“

Emilia starrte sie zunächst erstaunt an. Dann wurde ihr Blick weich und Tränen traten in ihre Augen. Sie stellte Vase und Sektglas ab und umarmte Eva herzlich. „Danke! Das werde ich gleich tun.“

„Und hier mein Geschenk für dich.“ Eva sprach jetzt wieder so laut, dass jeder es hören konnte. Emilia nahm das kleine viereckige Päckchen entgegen und öffnete es.

„Oh Eva! Danke. Es ist wunderschön.“ Emilia hielt ein von Eva selbstgemaltes Bild in den Händen, auf dem Musiknoten über Wellen tanzten.

Eva hatte mit diesem kleinen Bild all das künstlerisch zum Ausdruck gebracht, was Emilia liebte.

Das Meer und die Musik – das waren ihre Träume!

Nochmals drückte sie die beste Freundin fest an sich und wisperte ihr ins Ohr. „Ich gehe gleich noch an den PC.“ Freudestrahlend lachte sie Eva ins Gesicht. „Ich liebe dich, Große.“

Glücklich blickte Eva auf ihre Freundin.

Joachim hatte die beiden genau beobachtet und obwohl er nicht verstehen konnte, was sie redeten, war ihm sofort klar, dass hier irgendetwas vor sich ging. Schon in den Wochen zuvor hatte sich Emilia seltsam verhalten. Er musste sie im Auge behalten. Sein Blick fiel auf seine Schwiegermutter. Auch Vera betrachtete das Ganze mit gerunzelter Stirn. Beide warfen sich einen besorgten Blick zu, der in stummer Übereinstimmung signalisierte, dass hier Redebedarf bestand.

*

Emilia legte Simon and Garfunkel-CD ein, setzte sich an ihren Schreibtisch und öffnete den Laptop. Nach wenigen Klicks war sie auf ihrer Facebook-Seite.

Sie hatte eine neue Nachricht, öffnete aber zunächst Panus Mail vom Vormittag.

<Hei, Harmaa-silmä, was ist los, warum antwortest du nicht?>

Was sollte sie schreiben. Ihr Kopf qualmte, ihr Herz raste. Jetzt eine Zigarette. Hektisch durchkramte sie ihre Schubladen. Mist, nichts. Sie stand auf und schaute im Regal nach. Auch keine Zigaretten. Leicht genervt von ihrer inneren Unruhe setzte sie sich wieder an den Schreibtisch.

Sie öffnete die neue Nachricht und erstarrte.

<Ok, letzter Versuch... geht es dir gut?>

Emilias Finger flogen über die Tasten. <Hallo, Panu, bin Ok. Sorry hatte viel zu tun. Was machst du, wo bist du?>

Mit einem kurzen Klick drückte sie auf senden und fühlte sich augenblicklich wie befreit. Sie war sich in diesem Moment so verdammt sicher, dass sie alles meistern konnte.

Sie war sich so sicher.

*

Emilia blickte aus dem Zugfenster und ließ sich die letzten paar Tage nochmals durch den Kopf gehen.

Sie war auf dem Weg nach Finnland, nach Helsinki. Sie konnte es kaum fassen. Sie saß im Zug Richtung Frankfurt Flughafen und zitterte leicht vor Aufregung.

In den Tagen nach ihrem Geburtstag hatte sie zu Hause viel diskutieren, argumentieren und streiten müssen. Soviel wie noch nie zuvor. Irgendetwas in ihrem Leben hatte sich verändert. Sie hatte sich verändert. Plötzlich nahm sie sich, ihre Bedürfnisse und ihr Leben viel intensiver wahr, was dazu führte, dass sie gegen die ständige Bevormundung seitens ihrer Mutter und Joachims zunehmend aufbegehrte.

Ihre Gedanken wanderten zu Panu. Wäre er nicht in ihr Leben getreten, hätte sie diese Reise vor ihrem Mann und ihrer Mutter nie durchsetzen können, vielleicht auch nicht durchsetzen wollen? Und natürlich Dank Eva und ihrer Schwägerin Corinne. Sie schloss die Augen und dachte über die vergangenen Gespräche nach.

*

Es war vor vier Tagen, an einem schönen Augustvormittag gewesen, als Emilia an ihrem Schreibtisch im Büro gesessen hatte und ihr die Krankmeldung ihrer Kollegin Michelle in die Hände gefallen war.

„Oh die Arme, was sie wohl hat?"

Michelle war eine der Eventmanagerinnen und für die Promotion im europäischen Ausland verantwortlich. Emilia hatte sie immer wieder um ihren Job beneidet. Sie flog durch die Welt, kundschaftete Plätze aus und knüpfte Kontakte mit Firmen, die ihre Mode präsentieren wollten. Gerade vor zwei Tagen erst war sie aus Mailand zurückgekommen und sollte Ende der Woche schon wieder auf Reisen gehen. Emilia hatte nur leider vergessen, wohin. Fieberhaft blätterte sie in ihren Unterlagen auf der Suche nach den Reisepapieren.

Da Emilia im Familienunternehmen das Mädchen für alles war, kümmerte sie sich unter anderem auch um die Organisation der Geschäftsreisen. Wo waren nur diese verdammten Reiseunterlagen?

Moment – na klar! Sie konnte es ja gar nicht wissen. Birgit, ihre Assistentin, hatte doch alles vor ein paar Wochen erledigt, als Emilia für ein paar Tage krank gewesen war.

Ihr fiel ein, dass Birgit diese Woche frei hatte und so nahm Emilia den Telefonhörer und rief bei Michelle zu Hause an. Sie machte das nur ungern, da sie nicht wollte, dass ihre Angestellten das Gefühl bekamen, sie würde sie kontrollieren, aber Michelle hatte in diesem Fall sicher Verständnis dafür.

„Ja?", eine krächzende Frauenstimme meldete sich am anderen Ende.

„Hallo, Michelle, ich bin es, Emilia. Oh je, wie hörst du dich denn an? Da muss ich ja gar nicht erst fragen, wie es dir geht."

„Hey, Emilia", antwortete Michelle mit dünnem Stimmchen. „Hör mir auf, mir geht es richtig scheiße! Ich habe eine Lungenentzündung. Liege nur im Bett und döse vor mich hin."

„Das tut mir leid. Ich will dich auch gar nicht lange stören. Ich muss nur wissen, wohin deine Reise am Freitag gehen sollte und ob du zufällig weißt du, wo die Unterlagen sind?"

„Die Unterlagen sind hier bei mir. Ich wollte Peter später vorbeischicken, um sie euch zu bringen. Ich befürchte das wird nichts bei mir. Tut mir echt leid", sie hustete beängstigend laut ins Telefon. „Wer macht denn jetzt meine Tour? Der Termin ist wirklich wichtig!"

„Darüber mach du dir mal keine Gedanken, das kriegen wir schon irgendwie hin. Vielleicht könnten das ja Robert oder Tanja übernehmen?!"

„Ne...", wieder ein mitleiderregendes Husten, das für eine länger anhaltende Redepause sorgte, „...bloß nicht Robert! Und Tanja ist zu jung, das geht auf gar keinen Fall."

„Wie gesagt, mach dir keinen Kopf sondern werd erst mal wieder richtig gesund!" Michelle tat Emilia unwahrscheinlich leid. Sie war außerordentlich engagiert und es war gewiss hart für sie, so ausgeknockt zu werden.

Emilia hörte sie ins Telefon krächzen. „Am besten wäre es, du fährst. Dich mögen die Leute und du kennst doch auch schon den ein oder anderen Kunden... zum Beispiel Herrn...", ein erneuter Hustenanfall hinderte sie, den Satz zu Ende zu bringen

„So, meine liebe Michelle – das reicht jetzt! Du bist still, ruhst dich aus und ich kümmere mich um alles Weitere. Ich sag Dominik Bescheid, dass er die Reisepapiere bei dir abholen soll. Und sobald er zu deiner Tür wieder draußen ist, machst du dir bitte keine Gedanken mehr, verstanden? Ich wünsche dir gute Besserung, Tschüss!" Sie legte auf, bevor Michelle wieder zu krächzen anfangen konnte und rief nach ihrem Praktikanten.

Emilia checkte ihren Terminkalender und stellte erleichtert fest, dass am heutigen Tag keine Termine mehr mit Mann und Mutter anstanden. Im Moment konnte sie die beiden kaum ertragen. Aber das lag wohl in erster Linie an ihr selbst, denn im Gegensatz zu ihr hatten sich die beiden nicht verändert.

Sie hatte Panu seit nunmehr zwei Wochen nicht gesehen.

Er war erst mit seiner Band in Deutschland auf Tour gewesen und seit gestern wieder zurück in Finnland. Sie wusste auch nicht, ob sie ihn je wiedersehen würde und ob sie das überhaupt wollte. Sie war schließlich eine verheiratete Frau und das solide Leben hier in Mainz gewohnt. Abenteuer hatten in ihrem Leben leider keinen Platz.

Leider?!

Als sie ihm nach seiner dritten Mail geschrieben hatte, wartete sie gespannt auf Antwort. Schon nach einem Tag war eine Nachricht von ihm im Posteingang. Sie hatten über recht belanglose Dinge geschrieben – Panu erzählte von seinen Konzerten und dass er wieder nach Helsinki fahren würde. Er berichtete weiter, dass sie für die weitere Tour proben und eventuell ein paar Studioaufnahmen machen wollten. Sie hingegen beklagte sich knapp über die viele Arbeit und kommentierte mitfühlend seine Konzerteindrücke.

Mit jeder Zeile von ihm wurde ihr wieder bewusst, wie fantastisch der Abend am See mit ihm gewesen war. Wie glücklich sie sich gefühlt hatte – wie unbeschwert und jung.

Emilia musste sich dazu zwingen, weiter zu arbeiten und ihre Gedanken nicht abschweifen zu lassen. Üblicherweise war sie sehr gut darin, sich auf die wesentlichen Dinge zu konzentrieren und professionell zu arbeiten – nur leider fehlte ihr im Moment der Antrieb. Zu viel ging ihr durch den Kopf – zu viel Panu!

„Hallo, ich bin wieder da. Viele Grüße von Frau Gründer, sie sagte ich soll ihnen ausrichten, dass es ihr wahnsinnig leid tut, dass sie Ende der Woche nicht nach Helsinki fahren kann.“ Dominik wedelte mit den Papieren, die er abgeholt hatte. „Bitte schön, ihre Unterlagen.“ Er schaute die schneeweiß gewordene Emilia erstaunt an. „Frau Schreiber? Ist ihnen nicht gut?“

Emilia starrte ihn entgeistert an. Hatte er Helsinki gesagt? Finnland? Natürlich, das war Michelles Reiseziel gewesen. 2012 war Helsinki die Welt-Designhauptstadt und Michelle hatte sich dort schon mal etwas umschauen und Bericht erstatten wollen.

„Alles in Ordnung, Dominik, Danke!“ Sie griff nach den Unterlagen und gab dem jungen Praktikanten mit der Hand ein Zeichen, dass er gehen könnte.

*

War **das** nun ein Zeichen? Und wenn **ja** , für **was**?

Emilia starrte aus dem Fenster in den Garten und überlegte was sie tun sollte. Wenn sie, wie Michelle vorgeschlagen hatte, diese Fahrt übernehmen würde, wäre sie eine Woche lang in Finnland – Helsinki! Da wo sich im Moment der Mann aufhielt, mit dem sie vor gut zwei Wochen noch diesen absolut heißen Flirt hatte. Und an den sie, wenn sie ganz ehrlich zu sich selbst war, seither pausenlos denken musste.

Sie griff zum Telefon. Nach kurzem Klingeln meldete sich Eva. „Hey, Emilia, was gibt's?“

„Ich hab die Möglichkeit, nach Helsinki zu reisen. Ganz offiziell. Ich muss es nur noch Mutter und Joachim verkaufen. Würdest Du mich dabei unterstützen?“ Emilia hatte so schnell sie konnte und ohne Luft zu holen gesprochen. Jetzt wartete sie ängstlich auf die Antwort ihrer Freundin.

„Also, Süße, du überraschst mich wirklich immer wieder. Wie kommst du jetzt darauf und überhaupt, was ist los?“

Mit kurzen Worten erklärte Emilia was passiert war. „Eva...“, sie sprach beschwörend auf sie ein, „...ich möchte wirklich fahren. Ich glaube es wäre gut für mich. Bitte hilf mir.“

„Wow, das nenne ich mal Zufall. Ich habe zwar kein so gutes Gefühl dabei, aber ich bin selbstverständlich dabei. Wann soll ich kommen?“

„Ohh ich liebe dich...danke. Gib mir noch ein paar Stunden, dann kannst du vorbeikommen, oder nein, warte, besser...“, Emilia überlegte kurz, „...du kommst heute zum Abendessen. Ich lade noch Corinne und Jürgen ein. Corinne wird sich ganz sicher auch für mich einsetzen. Sie findet es sowieso mies, dass ich von ihrem Bruder und von meiner Mutter oft wie ein Kleinkind behandelt werde. Was meinst du?“

„Dein Plan ist ein guter Plan! Wir sehen uns also heute Abend. Ich bin um halb sieben bei dir.“

Glücklich lächelnd legte Emilia auf. Schritt eins war geschafft. Nun musste sie nur noch die Hintergründe für die Reise recherchieren, was ein Leichtes war. Später musste sie sich dann noch ein paar gute Argumente zurechtlegen und schon könnte sie in vier Tagen auf dem Weg nach Finnland sein. Wow, ein Schauer überlief sie.

Ohne lange nachzudenken loggte sie sich bei Facebook ein und schrieb Panu eine Mail. Seine letzte Mail lautete: <Würde dich gerne wiedersehen, wie sieht es bei dir aus?>

Hastig tippte sie. <Bin zu 99% ab Freitag geschäftlich in Helsinki. Vielleicht können wir uns dort ja ‘mal treffen?>

Emilia drückte auf senden und ihr Herz stockte. Sie musste wirklich wahnsinnig geworden sein. Minutenlang starrte sie auf die gesendete Nachricht. Sie wollte sich gerade wieder ausloggen, als eine neue Nachricht aufblinkte.

<You‘re kidding me?!>

<Nein, mache ich nicht!>

<When, where... melde dich doch sobald du weißt, wann du wo bist... I‘m looking forward to see you!>

Was hatte sie getan, sie war drauf und dran in diesem heißen Finnen mehr zu sehen als einen kurzen Flirt.

<Mach ich, bis dann Baluäugiger!> Ihre Finger schrieben wie von selbst. All die bisherigen Nachrichten hatten etwas irreales. Aber das hier heute?! Wenn alles gut ging könnte sie ihn wenigen Tagen wiedersehen.

<Baluäugiger? Willst du mich wieder auf den Arm nehmen?>

Emilia musste grinsen. <Nein, ich habe mich nur vertippt, aber so ein bisschen was von Balu hast du ja schon.>

<So hat mich noch niemand genannt. Aber Ok, das ist ein großer, lieber Kerl, so wie ich es halt mal bin, damit kann ich leben.>

<Ok, großer, lieber Kerl, ich muss nun weiterarbeiten, ich melde mich bei dir. Kiss!>

Kiss?! Emilia schaute auf das Geschriebene und lächelte amüsiert. Maulheldin! Aus der Ferne riskiere ich eine dicke Lippe, aber wenn er mir dann gegenüber steht kriege ich wieder kein Wort heraus.

<Kiss?! Das wird hoffentlich nicht alles sein was ich von dir bekomme? Meine Erwartungshaltung ist groß, so groß wie ich!>

<Ein lieber Bär mit großer Erwartungshaltung? Das passt nicht zusammen. Balu ist genügsam!> Emilia machte dieses Geschreibe immer mehr Spaß.

<Nicht wenn es um sein Fressen geht, da ist er eher maßlos.>

<Du vergleichst mich doch nicht etwa mit den Ameisen, die Balu normalerweise frisst?>

<Doch tue ich! Ich erinnere mich nämlich noch genau an das Kribbeln auf meiner Haut, als du mich angefasst hast. Wie tausend Ameisen… und diesmal werde ich nicht mehr ganz so genügsam sein!>

Noch während Emilia die Mail las wurde ihr heiß, sie spielte mit dem Feuer, so viel stand fest. Aber wie von selbst flogen ihre Finger erneut über die Tastatur.

<Lieber Balu, ich werde diesmal nicht nur auf deiner Haut und in deinem Mund kribbeln…ich werde…!>

<Ok, es reicht, du musst arbeiten, und ich sitze in einem öffentlichen Park auf einer Wiese. In der Nähe spielen kleine Kinder, und ich glaube, die Mütter denken weiß Gott was von mir… ich drehe mich mal besser um und lege mich auf den Bauch. Unbequem, aber besser für mein Seelenheil …Süße, wenn das jemand gesehen hätte, die hätten mich glatt verhaftet. Ich habe nur Shorts an, das ist Erregung öffentlichen Ärgernisses. Schluss damit!>

<…nur Shorts? Sexy! Soll ich dir verraten was ich anhabe?> Emilia ritt der Teufel.

<Ich gehe jetzt gleich off, wenn du so weiter machst – du treibst mich in den Wahnsinn! …Schreib! Was hast du an?>

<Nur 'mal zum runterkommen, damit die Shorts nicht mehr kneifen. Ich trage ganz normale Jeans und ein grünes Shirt – ganz bieder. Gut so?>

Auch Emilia rutschte mittlerweile unruhig auf ihrem Schreibtischstuhl herum. Das war schon heiß, was sie hier machten. Verstohlen schaute sie sich um, ob auch keiner sie beobachtete. Aber es war niemand da. Erwartungsvoll blickte sie auf den Bildschirm. Hoffentlich war er noch nicht *off* gegangen.

<Danke, es wird besser. Nur meine Gedanken gehen gerade schon wieder weiter und ich frag mich, was dieses bieder aussehende Mädchen wohl drunter trägt?>

Emilia spürte, wie sie errötete. Sie kicherte vor sich hin.

<Einen schwarzen String mit zartgrünen Blättern und den dazu passenden BH, mit viel Spitze. Auch ganz bieder.>

Sie konnte sich nun lebhaft sein Gesicht vorstellen, wenn er dies las. Beim Lachen würden sich diese kleinen Grübchen an seinen Wangen bilden und seine blauen Augen würden von Lachfältchen umzogen sein.

<Stopp! So geht das nicht.>

Mehr schrieb er nicht, Emilia wurde nervös. Sie atmete erleichtert auf, als erneut eine Nachricht aufblinkte.

<Joko – tai – Entweder – oder! Kein Theater mehr! Wenn du hierher kommst, dann mach dich darauf gefasst, dass wir Sex haben und zwar richtig guten Sex. Das verspreche ich!>

Erschrocken zuckte sie zusammen, aber was hatte sie erwartet? Wenn man mit dem Feuer spielte, blieb es nicht aus, dass man sich verbrannte. Sie schluckte schwer und antwortete. <Ok?!>

Seine nächste Mitteilung klang schon nicht mehr so forsch. So, als ob er versuchte sich zusammenzureißen. Während sie las, hörte sie in ihrem Kopf seine tiefe Stimme.

<Ok, Harmaa-silmä?! Ich verlasse mich auf dein OK! ...also mach bitte keinen Rückzieher.>

<Ich werde kommen! Bis Freitag... ich freu mich!>

<Und ich erst!>

Jetzt konnte sie sein Gesicht wieder vor sich sehen, seine lachenden Augen. In ihrem Magen grummelte es. Gerade als sie anfing zurückzuschreiben, machte ihr Herz einen Satz. Sie fuhr zusammen. War das dieses Glücksgefühl, von dem so viele Verliebte redeten?

Verliebte?!

Emilia wurde schwindelig und sie musste kurz den Kopf auf die kühle Schreibtischplatte legen. War sie tatsächlich verliebt? Quatsch, höchstens ein bisschen verknallt, versuchte sie sich selbst zu beruhigen.

„Was ist denn hier los, ist dir nicht gut, Lia?" Sie hatte ihren Mann nicht hereinkommen hören.

Schnell richtete sie sich auf, tippte planlos auf der Tastatur herum und loggte sich augenblicklich bei Facebook aus. Zum Glück kam Joachim aus dem circa fünf Meter vor ihr gelegenen Empfangsraum und nicht aus seinem Büro, das sich hinter ihrem Rücken befand.

„Oh, Joachim", hastig öffnete sie an ihrem Rechner irgendein Dokument, als er auch schon neben ihr stand. „Bei mir ist alles klar. Ich habe Eva zum Abendessen eingeladen und wollte eben noch Corinne und Jürgen Bescheid sagen." Unschuldig blickte sie zu ihm auf.

„Von mir aus", er durchstöberte geistesabwesend die Akten auf ihrem Schreibtisch.

„Suchst du etwas Bestimmtes?"

„Ja, die Unterlagen von Michelle. Da sie krank ist, muss ich wohl Robert nach Helsinki schicken. Passt mir zwar nicht in den Kram, aber was soll ich machen?"

Panik überkam Emilia. „Ich habe auch schon darüber nachgedacht." Mist, sie hatte doch bis zum Abend warten wollen. „Ich habe schon mit Michelle gesprochen. Sie meinte, Robert wäre keine gute Idee und Tanja auch nicht. Ihrer Meinung nach sollte ich fahren." Sie versuchte, ihre Stimme fest klingen zu lassen, aber ein bisschen Unsicherheit schwang dennoch mit.

„Du?" Joachim glotze sie an und zweifelte ganz offensichtlich an ihrer Zurechnungsfähigkeit. Diesen Blick warf er ihr in letzter Zeit immer häufiger zu und sie fühlte sich mehr und mehr davon provoziert.

„Ja, ich!", sie bedachte ihn mit einem bösen Blick. „Warum nicht? Ich war schließlich letztes Jahr auch in München und diesen Frühjahr in Düsseldorf."

„Ja schon, aaaber ...", wie er dieses „Aber" zog, Emilia hätte ihm am liebsten ins Gesicht gehauen und laut geschrien. „...aber, du warst zusammen mit Michelle unterwegs und innerhalb Deutschlands, aber Finnland? Und dann so ein wichtiger Termin? Ich glaube, da übernimmst du dich, Liebling."

Er tätschelte mitleidig ihre Hand und suchte weiter in den Unterlagen. Für ihn war das Thema damit erledigt, das wusste sie. So war es schon immer gewesen: Wenn er in diesem Ton mit ihr redete, nickte Emilia meist stumm und die Diskussion war beendet. Tatsächlich überlegte Emilia kurz, ob sie wirklich noch etwas sagen sollte? Gegen ihre sonstige Gewohnheit nickte sie seine Entscheidung jedoch nicht still ab, sondern sprang aufgebracht von ihrem Stuhl auf.

„Das ist nicht fair! Michelle sagte, dass ich am besten dafür geeignet bin. Bis Freitag bleibt mir noch genug Zeit, mich durch die Akten zu wühlen und mit den wichtigsten Informationen vertraut zu machen und außerdem kenne ich Herrn Vänskä schon. Ich habe hier mit ihm sehr gute Gespräche geführt, als er uns vergangenes Jahr besucht hat. Ich bin mir sicher, dass ich das hinkriege." Sie schaute Joachim fest in die Augen.

„Ja, ähh, Lia was ist denn in letzter Zeit mir dir los? Du warst doch sonst nicht so...", er stockte kurz, um Worte zu finden, „...so bestimmt, wenn es um solche Sachen geht. Du weißt doch, dass ich am besten weiß, was gut für die Firma ist. Ich mache doch wirklich alles für dich und deine Mutter, damit der Betrieb läuft und ihr ein gutes, angenehmes Leben führen könnt."

Er blickte sie vorwurfsvoll an. Auch das kannte Emilia zu gut. Normalerweise knickte sie spätestens jetzt ein – nur nicht dieses Mal.

„Ich weiß, dass du alles Erdenkliche für uns tust, und dafür bin ich dir sehr dankbar. Drum möchte ich dir mit dieser Reise auch etwas zurück geben. Ich kann das, glaub mir!" Obwohl sich seine Miene noch nicht verändert hatte, legte Emilia nach. „Lass uns heute beim Abendessen nochmal darüber reden. Bis dahin habe ich auch Michelles Reiseunterlagen gefunden. Wäre das für dich in Ordnung?" Nach knapp fünfzehn Jahren wusste sie, wie sie ihren Ehemann anpacken musste. Er wollte gefragt werden. Für Joachim gab es nichts Schlimmeres, als vor vollendente Tatsachen gestellt zu werden.

„Ja, das wäre in Ordnung", er warf ihr einen letzten fragenden Blick zu und ging. „Bis später."

„Bis dann!" Erschöpft ließ sich Emilia in ihren Stuhl fallen. Dank Joachims Gegenwehr, die sie zwar erwartet jedoch vollkommen unvorbereitet getroffen hatte, fühlte sich Emilia total erledigt. Angesichts der Kopfschmerzen, die sich gerade ankündigten, nahm sie eine Schmerztablette aus der Schublade und spülte sie mit einem Schluck Wasser hinunter.

Jetzt nur nicht klein beigeben. Sie straffte die Schultern, fühlte sich aber total erledigt. Ihr Blick folgte leer den springenden Bällen ihres Bildschirmschoners. Unbewusst bewegte sie die Maus und schaute nun auf ihr Facebook-Lesezeichen. Sie loggte sich ein. Zwei Nachrichten leuchteten auf und sie klickte sie nacheinander an.

<Was bedeutet: Ich sehe dich la...?>

<Was ist los, kam dein Chef gerade vorbei, als du verbotenerweise während deiner Arbeitszeit „sehr" private Mails geschrieben hast?>

Wenn Panu wüsste, wie nah er an der Wahrheit war. Sie hatte ihm bisher nicht viel über sich erzählt. Nicht viel war übertrieben, eigentlich gar nichts. Er wusste nur, dass sie Emilia hieß. Weder wo sie wohnte oder wie alt sie war noch wie ihre Familienverhältnisse aussahen waren öffentlich, nur Name und ein Bild. Er hatte keine Chance, etwas Privates von ihr zu erfahren. Das Einzige, was sie ihm geschrieben hatte war, dass sie in einem großen Betrieb im Büro als Mädchen für Alles arbeitete. Dass dieser Betrieb ihr gehörte, musste er ja nicht wissen. Zu ihrer Entschuldigung konnte sie vorbringen, dass er auch nicht danach gefragt hatte.

<Ja genau, der Chef war da. Ging gerade nochmal gut. Er will mir die Tour nach Finnland vermasseln. Mal sehen, was ich machen kann? Ich fände es zu schade, wenn das nicht klappen würde!>

Sie wollte gerade aufstehen, als schon wieder eine Nachricht aufblinkte. War er immer noch online?

<Bloody pomo[8], I'll go crazy if it doesn't work, damn paska[9], do something!>

Trotz dem angestauten Verdruss über ihren Ehemann musste Emilia über seinen Kommentar lachen. Vor lauter Ärger hatte Panu nur noch finnisch und englisch im Kopf. Sein süßes Deutsch war ihm wohl auf die Schnelle abhanden gekommen.

<Crazy, about me? I do my very best, I swear!>

<Ja, verrückt nach dir, Kaunis. Ich vertraue darauf, dass du dein Bestes gibst. Kiss, der wenig genügsame Balu!>

Immer wieder diese verbalen Liebkosungen – ihr zog es dabei jedes Mal den Magen zusammen und ihr wurde heiß.

<See you next week, bye bye Balu!>

Schnell drückte sie auf senden und loggte sich wieder aus. So, fertig! Jetzt hieß es darum kämpfen, damit alles so klappte wie sie es wollte.

Kämpfen! Ein ganz neues Wort für Emilia!

*

Ihre Mutter brummte etwas vor sich hin. Emilia versuchte es zu überhören, was ihr jedoch nicht ganz gelang. „Nach Finnland will das Kind, vielleicht gleich nach Amerika? So ein Blödsinn."

---

8 Chef

9 Scheiße

Emilia versuchte ruhig zu bleiben. Sie deckte gerade erst den Tisch und hatte jetzt schon die von ihr befürchtete erste Auseinandersetzung mit ihrer Mutter hinter sich.

Joachim hatte natürlich nichts Besseres gewusst, als umgehend zu Vera zu laufen, um ihr alles brühwarm zu erzählen. Die beiden hielten wie immer zusammen. Egal, ob es ums Geschäft oder sonstige Aktionen von Emilia ging. Eigentlich hätte sie gewappnet sein müssen, aber die geballte Macht traf sie mit voller Wucht.

„Mutter, jetzt lass doch. Wir können das gleich bei Tisch ganz sachlich besprechen."

Ihre Mutter wollte eben etwas erwidern, als es klingelte. Glücklich über diese Unterbrechung lief Emilia zur Tür. Als sie diese öffnete, standen Corinne, Jürgen und Eva vor ihr.

„Bin ich froh, dass ihr da seid. Ich dreh gleich durch, bitte, bitte...", flehend schaute sie die drei an, „...ihr müsst mir helfen. Allein schaff ich das nicht. Dieses Mal muss ich mich echt durchsetzen."

Corinne umarmte ihre Schwägerin. „Hallo, Emilia. Ich habe Jürgen schon alles erzählt. Wir stehen voll hinter dir. Mein alter Bruder soll dir mal ein bisschen Freiheit und Verantwortung geben."

Emilia strahlte die beiden glücklich an. „Oh, Danke! Was würde ich bloß ohne euch machen?"Etwas unbeholfen drückte sie nun ihren kräftigen Schwager. Jürgen war ein sehr ruhiger und sachlicher Mann. Er machte nie viele Worte. Doch wenn er etwas sagte, hatte es Hand und Fuß. Er und seine Frau gingen bereits Richtung Esszimmer, als sich Emilia leise an Eva wandte. „Und? Freund oder Feind?" Sie blickte ihre Freundin durchdringend an.

„Was denkst du denn? Natürlich Freund! Auch wenn ich diese Geschichte ein bisschen anders kenne als die anderen." Sie zwinkerte Emilia verschmitzt zu. „Kleine, du begibst dich da auf sehr dünnes Eis, ohne dass du Schlittschuhlaufen kannst, geschweige denn in die Schuhe passt. Am liebsten würde ich ja mit dir fahren, zum Aufpassen, aber leider kann ich nicht." Langsam folgten sie den Beiden.

„Aufpassen? Du?" Emilia musste grinsen. „Soll ich dich an dein klägliches Scheitern vor zwei Wochen erinnern? Du und Mikka – verschwunden im Wald! Mich arme Unschuldige meinem Schicksal überlassen – mit einem wildfremden Mann – am nächtlichen Lagerfeuer. Also, wenn du das unter aufpassen verstehst, dann brauchst du nicht mitkommen, das kriege ich sooooo auch ohne dich hin." Lachend hakte sie sich bei ihrer Freundin unter.

„Du dabbische Kuh! Als wir weg sind, waren noch mindestens fünf Leute bei euch. Konnte ich ahnen, dass die innerhalb weniger Minuten alle gleichzeitig verschwinden?"

„Nein, natürlich nicht. Aber jetzt mal im Ernst", Emilia blieb stehen und hielt ihre Freundin am Arm fest. „Eva, ich **muss** nach Helsinki! Ich **muss** ihn wiedersehen. Bitte hilf mir."

Eva beobachtete die Freundin genau. Ihre Miene war ernst und voller Hoffnung. „Natürlich helfe ich dir", sie schaute sich um, um sicher zu sein, dass niemand sie hören konnte. „Aber pass bitte ganz doll auf dich auf, ja!"

Tatsächlich konnte Eva jetzt einen Anflug von Zweifel in Emilias Gesicht lesen.

„Ja, Eva, das mache ich. Ich werde auf mich aufpassen und auch nicht vergessen, dass ich verheiratet bin und mein Platz hier in Mainz ist. Versprochen!"

Die beiden sahen sich nun entschlossen an, „Auf in den Kampf!" Sie betraten das Esszimmer, wo sie von Vera, Joachim und den beiden anderen schon erwartet wurden.

Jürgen hatte es sich bereits am Tisch bequem gemacht, während Corinne an der Bar noch mit ihrem älteren Bruder scherzte. Emilia ging in die Küche und trug die restlichen Speisen zum Tisch. Es gab Hausmacherwurst sowie verschiedene Brot- und Käsesorten. Alles was zu einer ordentlichen Brotzeit dazu gehörte. Joachim liebte deftiges Abendessen. Vielleicht hatte ihn das ja milde gestimmt? Als Emilia alles aufgetischt und sich alle gesetzt hatten, fing ihre Mutter von ganz alleine an, auf dem Thema Finnland herumzureiten.

Emilia musste nicht viel dazu tun, um das Gespräch in Gang zu halten es wurde ein Selbstläufer!

*

Emilia blickte kurz auf, als im Flugzeug, ein älteres Paar neben ihr Platz nahm. Sie nickte ihnen freundlich zu, setzte die Kopfhörer ihres iPhone auf und schaltete die Musik ein. Cat Stevens – sie liebte seine Lieder.

Immer noch dachte sie an den Abend „der Entscheidung" zurück. Joachims Argument, sie sei zu unerfahren, wurde von Corinne und Jürgen mit handfesten Gegenargumenten niedergeschmettert.

„Mein lieber Bruder! Emilia kennt den Betrieb in- und auswendig. Wenn **sie** das nicht kann, wer dann?" Beschwichtigend legte Corinne ihre Hand auf Joachims Schulter. „Du hast eine tolle Frau! Trau ihr doch 'was zu."

„Da bin ich ganz deiner Meinung, Schatz", pflichtete Jürgen seiner Frau bei, „Emilia ist so natürlich, sie wird die Finnen im Handumdrehen um den Finger wickeln."

Eva hustete und hätte sich beinahe an ihrem Brot verschluckt. Na, wenn Emilia nicht weiß, wie man Finnen um den Finger wickelt? Vor allem die großen Blonden, wer dann? Eva musste über diesen Gedanken grinsen.

Strafend funkelte Emilia ihre Freundin an. Sie wusste genau was in ihr vorging.

Eva riss sich jedoch zusammen und äußerte laut. „Also Joachim, ich bin auch der Meinung, dass Emilia das ohne Probleme schaffen wird. Du wärst erstaunt, was sie alles bewegen kann."

Wenn Blicke töten könnten, wäre Eva in diesem Moment leblos vom Stuhl gefallen.

„Ihr entschuldigt mich kurz? Bin gleich wieder da." Eva schob ihren Stuhl ruckartig zurück und ging hastig in Richtung Badezimmer. Am Zucken ihrer Schultern konnte Emilia erkennen, dass Eva kurz davor war, lauthals loszulachen.

Auch Emilia musste sich beherrschen, um dem Irrwitz dieser Situation nicht mit einem Lachanfall Tribut zu zollen.

Nach endlosen Diskussionen und Abwägens des Für und Wider, stimmten Joachim und Vera dem Vorhaben „Emilia fliegt nach Helsinki" zähneknirschend zu.

Als ihre Mitstreiter gegen Mitternacht den Heimweg anbrachen, bedankte sich Emilia bei allen mit einer liebevollen Umarmung.

*

Emilia sah auf den Umschlag in ihrer Hand. Eva hatte ihr zum Abschied dieses kleine Kuvert überreicht. Als sie es jetzt hoch über den Wolken öffnete, kam eine kleine Karte mit einer Karikatur zum Vorschein.

Emilia musste lächeln. Eva liebte es, Karikaturen zu zeichnen.

Sie hatte eine Weltkugel gezeichnet, auf der Finnland größer als die übrigen Länder hervorgehoben war. Drumherum flog ein kleines lachendes Herz mit Flügeln. Ein Pfeil bedeutete Emilia; dass sie die Karte umdrehen sollte. Auf der Rückseite war nun nur noch der Umriss Finnlands abgebildet und darunter lag das kleine Herz und weinte. In ihrer wunderschönen Handschrift hatte Eva geschrieben: *Pass auf dein Herz auf! Es kann leicht zerbrechen! Ich wünsche dir alles Liebe und eine herrliche Zeit! Drück dich ganz fest, Eva!*

Emilia schaute sich die Karte nochmals genau an. Sie wusste, dass ihre Freundin besorgt war. Eva hatte Emilia in all den Jahren noch nie so erlebt. So frei, so rastlos und so voller Leben. Eigentlich war Eva immer die Lebenslustige, die sich nahm was sie wollte und das tat, worauf sie Lust hatte. Emilia lehnte sich zurück und ließ in Gedanken die vergangenen Jahre dieser Freundschaft Revue passieren.

*

Am Abend ihres 18. Geburtstags hatte sich Eva, nachdem sie Emilia zu deren Geburtstag sowie Verlobung mit Joachim gratuliert hatte, neben sie gesetzt und ein lockeres Gespräch begonnen. „Lia ist doch ein Spitzname, oder?"

„Ja, eigentlich heiße ich Emilia!"

„Oh! Emilia – ein wunderschöner Name. Und warum nennt dich dann jeder Lia? Magst du deinen Namen nicht"

Emilia stockte. „Doch, ich mag ihn sogar sehr gerne. Meiner Mutter hat er allerdings noch nie gefallen, also kürzte sie ihn ab."

„Warum hat sie dich dann nicht gleich Lia getauft?"

Emilia war verwirrt über das Interesse, das diese fremde Frau ihr entgegenbrachte und schaute sich verlegen um. „Mein Vater hat den Namen ausgesucht. Er erzählte mir, dass er damals für eine Schauspielerin schwärmte, die seinerzeit die *Emilia* in Shakespeares *Othello* spielte. Mein Vater ist tot."

Eva überlegte kurz. „Wenn dir dein Name so gefällt wie dein Vater ihn für dich ausgesucht hat, dann solltest du auch darauf bestehen, so genannt zu werden."

Mit dieser knappen, sachlichen Feststellung hatte Eva Emilias Herz berührt.

Eva hatte danach ganz lässig Smalltalk betrieben und sich, als Eva von Lechtow, angehende Lektorin, vierundzwanzig Jahre alt und verdammt clever vorgestellt.

„Süße...", sie hatte vertrauensvoll ihren Arm um Emilia gelegt, „... wenn du mit einem älteren Mann wie Joachim glücklich werden willst, musst du viel Geduld haben und wenige Widerworte geben. Glaub mir, er ist ein Macho. Liebevoll, aber ein Macho!" Sie hob warnend ihren Zeigefinger. „Aber, trotzdem, lass dich von ihm nicht unterbuttern. Du bist auch wer, das musst du ihm immer wieder klar machen."

Emilia schaute die große dunkelhaarige Schönheit verwundert an. Joachim ein Macho? Zugegeben, so gut kannte sie ihn wirklich noch nicht – woher auch.

„Sie scheinen Joachim sehr gut zu kennen."

„Du", sie grinste Emilia an, „Wir waren beim „Du", schon vergessen?"

„Oh – ja, natürlich. Also, warum kennst du Joachim so gut?"

„Ich war bis vor ein paar Wochen seine Geliebte. Bis er sich in dich verliebt hat." Offen blickte sie Emilia an. „Gott, schau doch nicht so erschrocken. Das ist vollkommen okay so! Es war keine Liebe, eher eine Interessengemeinschaft." Lachend hob sie ihr Glas und prostete in die Luft.

Emilia starrte Eva noch immer mit offenem Mund an und sah zu, wie diese, sichtlich amüsiert, einen tiefen Schluck Sekt nahm. Sie war sprachlos. Noch nie zuvor hatte sie jemanden getroffen, der so entwaffnend direkt war. Sie schaute von Eva zu Joachim. Dieser sah finster zu ihnen herüber und beobachtete das Geschehen ganz genau. Sie konnte seinen Missmut erkennen, als er Eva mit zusammengekniffenen Augen fixierte. Irritiert trank Emilia aus ihrem Glas und überlegte. Wenn Joachim nicht gefiel was er sah, warum holte er sie dann nicht von dieser Frau weg?

Doch seltsamerweise wollte sie gar nicht weg. Sie fühlte sich in Evas Gegenwart pudelwohl. Diese Frau hatte einfach einen Charme, dem sich keiner entziehen konnte. So empfanden es scheinbar auch die anderen Gäste am Tisch. Sie lachten gerade herzlich über einen derben Witz, den Eva zum Besten gegeben hatte.

Emilia blickte wieder zu Joachim. Er lachte nicht.

Schon am nächsten Tag war Eva bei ihr vor der Haustür gestanden, um mit Emilia die Hochzeit zu planen. Vera war davon ganz und gar nicht begeistert gewesen, sagte aber nichts. Auch Joachim hatte sein Missfallen nicht verbergen können, dass Eva nun allgegenwärtig war. Aber er äußerte sich nicht dazu. Emilia machte sich viele Gedanken um das seltsame Verhalten ihrer Familie und ihr fiel nichts Besseres ein, als Eva direkt zu fragen. „Eva, warum mögen dich Mutter und Joachim nicht? Und warum tust du das alles für mich?"

Eva lachte laut auf. Sie waren gerade dabei, die Gästeliste durchzugehen. „Kein Mann ist begeistert, wenn sich die Ex-Geliebte mit der zukünftigen Ehefrau versteht. Ich könnte ja peinliche sexuelle Details ausplaudern." Sie zwinkerte und kniff der erschrocken drein blickenden Emilia in die Seite. „Das könnte ein Grund sein. Vermutlich liegt es aber daran, dass ich Joachim sehr gut kenne und er mich. Ich weiß Dinge über ihn und er über mich, die jeder gern für sich behalten möchte. Und so wie sich hier gerade alles ergibt, ist es tatsächlich gut, auch weiterhin ein Auge auf ihn zu haben – und auf dich, zu deinem eigenen Wohl!"

Emilia war mit Evas Antwort nicht ganz zufrieden, aber sie spürte, dass sie für den Moment nicht mehr erfahren würde.

„Also, lass mich deine Freundin sein und wir werden eine schöne Zeit miteinander haben." Bittend schaute sie auf Emilia, die in dem großen Ohrensessel, in dem sie mittlerweile Platz genommen hatte, noch zarter wirkte, als sie es ohnehin schon war.

Diese strich sich verlegen die langen braunen Haare aus dem Gesicht und antwortete schlicht: „Okay!"

Die beiden Frauen lächelten sich an und mit diesem einfachen „Okay", das für Emilia so typisch war, war ihre Freundschaft besiegelt.

*

Emilia blickte aus dem Fenster in die Wolken. Sie wählte eine andere Wiedergabeliste ihres Handys aus. Kurz darauf ertönte die rauchige Stimme von Panu. Sie hörte ein paar Lieder der Acoustic Tour von Moonset Road aus dem vergangenen Jahr.

In wenigen Stunden würde sie **ihn** wiedersehen. Eigentlich hätte sie sich ja schon an das kribbelnde Ziehen in der Magengegend gewöhnt haben müssen, sobald sie an ihn dachte aber so einfach ging das nicht. Wie schon so oft fing ihr Herz an zu rasen und ihr Atem ging schneller.

Sie lauschte seinen Worten.

„When I get you, I will love you……"!

6

„Take my breath away – Watching every motion, in this foolish lover's game – Haunted by the notion, somewhere there's a love in flames..."

(Take my breath away – Berlin)

Ihr Lufthansaflug landete pünktlich um zwölf Uhr in Helsinki-Vantaa. Emilia hatte sich schon während des Fluges erkundigt, wo die Helsinki-Card, mit der sie hier alle öffentlichen Verkehrsmittel nutzen konnte, zu erwerben war. Zielstrebig machte sie sich auf den Weg zur Information im Terminal 2. Als sie dort aus dem Sicherheits-Bereich in die Flughafenhalle trat, schaute sie sich suchend um. Würde sie jemand abholen? Im Moment sah es nicht danach aus, zumal mit den finnischen Kunden auch nichts vereinbart worden war. Die Halle war übersichtlich. Zu ihrer Linken befand sich ein riesiges Holzgebilde, ein Kunstwerk – weiß der Teufel, was es darstellen sollte?! Schräg gegenüber, neben dem Ausgang befand sich eine *Picnic Cafe Bar*. Ihr Blick schweifte weiter umher. Wo war bloß diese verdammte Information?

Emilia spürte wie ihre ganze Selbstsicherheit, ihre Zielstrebigkeit und Unbekümmertheit, die sie die letzten Tage vorangetrieben hatte, in diesem kleinen finnischen Flughafen dahinzuschwinden drohte. Die letzten Nächte hatte sie kaum beziehungsweise schlecht geschlafen. Sie war jetzt seit knapp sechsundzwanzig Stunden auf den Beinen und völlig erschöpft. Auch gestern Nacht hatte sie einfach nicht einschlafen können, da ihr zu viele Gedanken durch den Kopf gegangen waren. Zu sehr hatte sie der bevorstehende Aufenthalt in Helsinki und die möglichen Schwierigkeiten, die auf sie zukommen könnten, beschäftigt. Der rege Mailverkehr mit Panu hatte noch seinen Teil dazu beigetragen, dass sie mittlerweile komplett verunsichert war.

Was hatte sie sich nur dabei gedacht, ins Ausland zu fahren und für die Firma diese Riesenverantwortung zu übernehmen. Außerdem war sie auf dem besten Weg, die Geliebte eines Rockstars zu werden.

Oder war es gerade andersrum?! Bei diesem Gedanken musste Emilia lächeln. Sie und sich etwas nehmen, etwas, das **sie** wollte! Das war ihr vollkommen fremd, aber es hatte schon 'was.

Wie sie so planlos in der Ankunftshalle stand, fühlte sie einen hysterischen Lachanfall langsam in sich hochkriechen. Sie ging noch ein paar Schritte und stellte dann ihre Sachen neben einer großen Anzeigetafel ab.

Okay, lieber lachen als losheulen. Sie setzte sich auf ihren Koffer, kramte in ihrer Handtasche vorsichtshalber nach einem Taschentuch und gluckste bereits im nächsten Augenblick los. Sie lachte bis ihr die Tränen liefen. Als das Lachen jedoch versiegt war, kullerten ihr weiter die Tränen der Verzweiflung aus den Augen und so weinte sie still vor sich hin.

Die wenigen Menschen, die an ihr vorbei liefen, schauten sie mitleidig und verwundert an.

*

Panu beobachtete Emilia aus einiger Entfernung. Er stand rechts von ihr etwas verdeckt hinter einem Pfosten. Bis vor wenigen Minuten war er sich noch nicht sicher gewesen, ob er den Weg zum Flughafen überhaupt antreten sollte. Wie würde sie reagieren? Außerdem hätte es ja sein können, dass sie abgeholt würde. Im Moment sah es aber nicht danach aus. Schon etliche Minuten zuvor hatte sich Emilia suchend umgeschaut. Jetzt setzte sie sich auf ihren Koffer und begann schallend zu lachen.

Ihr kehliges Lachen jagte ihm einen Schauer über den Rücken. Doch schon nach wenigen Augenblicken ging das Gelächter in ein leises Weinen über. Er wusste nicht, was er von dem Ganzen halten sollte.

Nach dem witzigen und teils hocherotischen Mailverkehrs, wollte er sie eigentlich hier am Flughafen überraschen und noch bevor sie irgendetwas Geschäftliches hätte tun können, sie in ein Hotel entführen und stundenlang Sex mit ihr haben. Aber als er sie dort sitzen sah, dachte er nicht mehr an Sex. Jetzt wollte er nur eins – zu ihr hinübergehen, sie wie ein kleines Kind in den Arm nehmen und ihr die Tränen vom Gesicht küssen.

Langsam machte er ein paar Schritte auf sie zu. Er hatte eine Wollmütze und eine große Sonnenbrille auf, damit er nicht sofort erkannt werden konnte. Die Hände tief in den Hosentaschen seiner verwaschenen Jeans und den Kragen seiner Lederjacke hochgeschlagen, blickte er wieder zu Emilia. Als er vor ihr stand, schlug sie verwundert ihre Augen zu ihm auf. Und auch jetzt, bei ihrem dritten Aufeinandertreffen, traf es ihn wie Schlag – diese Augen, dieser Blick.

*

„Harmaa-silmä, nicht weinen!"

So musste sich eine Herzattacke anfühlen. Emilias Herz setzte sekundenlang aus, um dann wieder im Galopp weiterzurasen. Ihre Hautfarbe wechselte von leichenblass zu hochrot.

Da stand er, dieser nordische Hüne. Mit Sonnenbrille, Mütze und hochgeschlagenem Kragen sah er aus wie der Buchstabendetektiv aus der Sesamstraße. Fehlte nur noch, dass er sie fragte, ob sie ein „A" kaufen wolle. Ein zögerliches Lächeln machte sich in ihrem erschöpften Gesicht breit. Sie knetete verkrampft das Taschentuch in ihren Händen, während eine weitere Träne über ihre Lippen lief. Sie stand auf und zuckte verlegen mit den Schultern. Sie stand jetzt ganz dicht vor ihm und reichte ihm gerade 'mal bis zum Schlüsselbein.

Zart griff er unter ihr Kinn, hob es an und wischte mit dem Daumen sanft eine Träne von ihren Lippen.

„Hey", Emilia wollte etwas sagen, wollte ihn fragen, was er hier machte, ihm von ihrer Fahrt erzählen, ihm erklären, warum sie hier heulend saß, aber sie kam nicht mehr dazu.

Panu hatte sich bereits ihren Koffer geschnappt und die Tasche über seine linke Schulter gehängt. Dann griff er nach ihrer Hand und zog sie eilends mit sich.

Verwirrt, ihre Handtasche an die Brust gepresst, stolperte Emilia hinter ihm her. Sie kamen nicht weit, nur bis zu einer kleinen Nische in der eine Putzmaschine abgestellt war. Panu ließ alles fallen, drängte sie in die Ecke und fing an, sie leidenschaftlich zu küssen.

Seine Hände waren überall – in ihren Haaren, ihrem Gesicht, auf ihrem Rücken, den Hüften. Auf ihrem Po ließ er sie einen Moment verweilen, griff dann fest zu und drückte sie an sich. so dass sie seine Erregung nun hautnah an ihrer Scham spüren konnte. Ihr wurde schwindelig. Sie fuhr mit ihren Händen unter seine Jacke, unter sein Shirt und berührte vorsichtig die nackte Haut auf seinem Rücken. Sofort spannten sich seine Muskeln an. Ein Stöhnen entsprang Panus Lippen. Emilia seufzte glücklich. So eine Reaktion kannte sie bisher nicht.

Für einen kurzen Moment ließ er von ihren Lippen ab und hauchte in ihr Ohr: „I'm going nuts! Maistut niin hyvältä!"[10]

Sie musste trotz aller Leidenschaft kichern. Das war wirklich Wahnsinn, auch sie glaubte jeden Moment verrückt zu werden. „Ich, warum...?" Bevor sie weitersprechen konnte verschloss er ihre Lippen erneut mit seinem Mund.

---

10 Du schmeckst so gut!

Sein Kuss wurde sanfter und er versuchte dadurch, seine Begierde unter Kontrolle zu bringen.

Plötzlich hörte Panu ein leises Klicken und er fuhr erschrocken herum. Wäre er nicht so abgelenkt gewesen, hätte er es sicher früher bemerkt. Er hatte in Bezug auf die Presse einen ganz guten Instinkt entwickelt, aber der war ihm hier in dieser Situation völlig abhanden gekommen.

Volltreffer! Frontal ins Gesicht mit Frau im Arm – schützend stellte er sich vor Emilia.

„Verdammt das ist privat, hau ab!", wütend fuhr er den Paparazzo auf Finnisch an. Am liebsten hätte er ihm die Kamera ins Gesicht gedrückt aber Emilia zuliebe versuchte er ruhig zu bleiben.

„Wer ist die Kleine?", fragte der ebenso kleine Fotograf und versuchte aus dem Handgelenk weitere Fotos zu schießen.

„Niemand den du kennst. Hör jetzt auf damit." Panu hob den Arm um sein Gesicht abzuschirmen.

Emilia war total geschockt und tat ihr Möglichstes, sich nicht zu bewegen. Sie verstand kein Wort Finnisch! Aber an Panus Tonfall konnte sie erkennen, dass er sauer war.

Sie griff besänftigend nach seinen Arm und Panu verstand die Geste richtig. „Mach dir keine Sorgen, Süße, ich hab alles im Griff!" Er sprach ganz leise auf Deutsch zu ihr. „Ich muss dir jetzt leider nur deine Jacke über den Kopf ziehen, um dich heil hier rauszubringen."

Er hörte sie erschrocken Luft holen und drehte sich dann so geschickt zu ihr um, dass der Reporter keine Chance hatte, ein weiteres Bild von ihr zu machen. „Es sei denn, dir macht es nichts aus, morgen in sämtlichen Zeitungen und Internetblogs mit mir abgelichtet zu sein?!"

Ihre Augen weiteten sich vor Panik, was ihm einen leichten Stich versetzte. Aber darauf konnte er jetzt keine Rücksicht nehmen. Ruckartig zog er ihr die Kapuze übers Gesicht und drehte sich wieder dem Paparazzo zu. „Okay, heute keine weiteren Aufnahmen! Maybe the next time." Immer noch schützend den Arm um Emilia haltend drängte er sich unwirsch an dem Mann vorbei, griff nach Emilias Gepäck und lief los. Gemeinsam rannten sie Richtung Ausgang.

Etwas außer Atem fragte Emilia: „Ist er noch da?"

Panu schaute sich um. „Ja, aber er folgt uns nicht, er schießt nur noch von Weitem Fotos."

Was auch immer Emilia in dem Moment geritten hatte, sie würde es später nicht mehr erklären können. Ob es die Müdigkeit, die Euphorie oder der Schreck war. Jedenfalls zog sie Panu am Arm und bedeutete ihm, stehenzubleiben.

Unter ihrer Jacke immer noch gut versteckt, drehte sie sich zunächst um und zeigte dem Fotografen erst einmal den Stinkefinger. Und als ob das nicht schon gereicht hätte, zog sie ihre locker sitzende Hose herunter, und entblößte zum Entsetzen des kleinen Mannes ihren wohlgeformten nackten Hintern.

War Panu geschockt? Erschrocken stellte sich Emilia gerade diese Frage und erhielt im nächsten Moment die Antwort, als sie ihn laut auflachen hörte – sein unwiderstehliches tiefes Lachen. „Du bist wirklich unglaublich, Harmaa-silmä!

Immer noch lachend liefen sie weiter zu seinem Auto, das er direkt vor dem Flughafengebäude geparkt hatte.

*

Panu öffnete die Beifahrertür des BMW, schob sie vorsichtig hinein und verstaute ihr Gepäck im Kofferraum.

„Warte noch einen Moment unter der Jacke, der Typ ist schon wieder auf dem Weg zu uns."

Emilia tat wie ihr geheißen. Weit vorgebeugt, den Kopf auf ihre, auf den Knien liegende Handtasche gesenkt, saß sie mucksmäuschenstill und mit klopfendem Herzen da und wagte nicht, sich zu bewegen.

Panu warf seine Jacke samt Mütze auf den Rücksitz setzte sich ans Steuer und fuhr langsam los. Er zeigte dem Fotografen noch eine wütende Faust und stieß ein paar finnische Flüche durch die Zähne.

Emilia hörte den Ärger in seiner Stimme und machte sich jetzt doch Gedanken über ihr unüberlegtes Handeln. Er war schließlich ein Rockstar. Ob das was sie da eben getan hatte bei den Leuten so gut ankommen würde?

„Okay, du kannst wieder vorkommen, wir sind weit genug weg." Panu hob leicht die Kapuze ihrer Jacke an.

Sie warf ihm von unten einen schrägen Blick zu. „Bist du sauer?"

„Ich, sauer? Wieso?"

Sie richtet sich auf, fuhr sich mit den Händen durch die wirren kurzen Haare und verstand mal wieder die Welt nicht mehr. Wieso? Weil ich mich so blöd benommen habe!

Laut sagte sie. „Naja, weil ...wegen der Aktion eben." Unsicher schaute sie ihn an.

Panu konzentrierte sich auf den Straßenverkehr. Er sah so gut aus. Seine blonden Haare waren verstrubbelt wie immer. Von der Seite konnte sie seine langen, dichten Wimpern bewundern. Sie wünschte, er würde sie ansehen, denn in seinen Augen hätte sie lesen können, was er dachte.

„Mach dir deswegen keinen Kopf, das war schon okay. Was heißt okay? Das war total witzig! Wir gehen gleich mal ins Internet, das wird dort bestimmt schon breitgetreten."

Jetzt schaute er endlich zu ihr herüber und sie sah das Lachen in seinen Augen.

Glücklich strahlte sie zurück. „So etwas habe ich noch nie gemacht. Aber es hat verdammt viel Spaß gemacht. Leider konnte ich das Gesicht dieses Typen nicht sehen."

„Das Gesicht war klasse! Das hätte ich eigentlich fotografieren müssen…", beiläufig fügte er hinzu, „…und die Gesichter der Schulklasse und Nonnen waren auch sehenswert."

Entsetzt verschluckte sich Emilia an ihrem Lachen. „Waas?! Du scherzt!"

„Nein! Wieso sollte ich? Schau doch mal unter *Promi-heute* nach." Er deutete auf sein iPhone, „Da kannst du bestimmt schon alles nachlesen", mit der rechten Hand schrieb er in die Luft und zitierte die imaginäre Schlagzeile: „Panu, der Sänger von Moonset Road macht seinem Namen als finnischer Keith Richards wieder einmal alle Ehre. In einer Nische knutschend mit einer kleinen Brünetten erwischt, fällt er betrunken über den Reporter her. Zu guter Letzt entblößt die offensichtlich stark mit Drogen zugedröhnte Fremde ihren nackten Hintern und zeigt dem Fotografen sowie den umstehenden Besuchern des Flughafens Helsinki den bösen Mittelfinger. Wer ist die unbekannte Deutsche mit dem knackigen Hinterteil?" Panu sprach todernst und Emilia wurde es ganz schlecht.

„So etwas würden sie nicht schreiben?!" Ihre Stimme zitterte und sie starrte entsetzt vor sich hin. „Und außerdem kann keiner Wissen, dass ich Deutsche bin. Woher auch?"

„Warum sollten die so etwas nicht schreiben? So sind die Medien. Dass du Deutsche bist, kann sich der Typ zusammenreimen, weil ich deutsch mit dir gesprochen habe. Wenn sie dann noch herausfinden, wer du bist, ist die Jagdsaison eröffnet." Er sagte das, ohne mit der Wimper zu zucken.

„Nein!" Emilia stöhnte entsetzt auf. Soweit durfte es nicht kommen, wie konnte sie nur so blöd sein. Erst die Fahrt hierher, dann das

Geknutschte und zu guter Letzt diese total bescheuerte Aktion am Flughafen.

Sie hielten an einer roten Ampel.

Langsam bekam Panu Mitleid mit ihr. Er beugte sich zu ihr hinüber und legte den Arm um ihre Schultern. „Süße, mach dich locker. Ganz so schlimm wird es nicht."

„Nein?"

„Nein, so bekannt bin ich hier in Finnland auch wieder nicht. Außerdem wird in ein paar Stunden schon wieder etwas Anderes, Interessanteres passiert und wir somit vergessen sein."

Sie blickte ihn fragend an. „Ehrlich? ...und die Anderen? Die Umstehenden, die Kinder?"

Er war versucht, sie noch ein bisschen weiter zu foppen, aber als er in ihre ängstlichen großen Augen sah, konnte er nicht anders, als ihr sanft über die Wange zu streicheln und sie zu beruhigen. „War nur ein Scherz. So viele Leute waren es gar nicht, also beruhige dich. Es wird schon nicht so schlimm werden." Er hob ihr Kinn mit dem Zeigefinger an und blickte ihr tief in die Augen. „Aber mit einem Foto in den Gazetten von deinem Allerwertesten musst du wohl rechnen."

Panus blaue Augen, seine rauchige Stimme, seine Lippen, sein Lächeln, alles war so nah. Sie konnte seinen Atem auf ihrer Haut spüren. Auf einmal war es ihr egal, was irgendjemand über sie schrieb oder dachte. „Okay", hauchte sie kaum hörbar. Sie legte ihren Kopf in den Nacken, um ihn noch besser ansehen zu können. Sie fuhr sich mit der Zunge über ihre trockenen Lippen und verspürte wieder dieses wunderbare Ziehen in der Magengegend.

„Damned, du bist so heiß". Panus Gesicht kam näher und er verschloss ihre leicht geöffneten Lippen mit seinen. Er drängte zuerst sanft mit seiner Zunge vor, als er jedoch die Breitwilligkeit spürte, mit der Emilia sich seinem Kuss hingab, war es um seine Zurückhaltung geschehen. Fest drückte er sie an sich und nahm mit einem Stöhnen Besitz von ihren vollen, weichen Lippen.

In ihrem Kopf dröhnte es und sie sah funkelnde Sterne tanzen. Mit einer Leidenschaft, die ihr Ehemann bisher noch nie in ihr ausgelöst hatte, erwiderte sie seinen Kuss. Sie umfasste seinen Nacken mit beiden Händen und zog ihn noch enger an sich.

Panu spürte wieder die bekannte Enge in seiner Hose, als er sie küsste und fühlte sich dem Wahnsinn nahe. Er fuhr mit seiner rechten Hand ihren Hals hinab und machte sich am Reißverschluss ihrer Jacke zu schaffen.

Sie hörte wie sich dieser öffnete. Spürte im nächsten Moment wie seine Hand ihre Jacke nach hinten streifte und unter ihren Pulli glitt. Sie fühlte seine Wärme auf ihrem Rücken und zog unwillkürlich die Luft an. Sie vergrub ihre Hände tiefer in seinen Haaren. „Panu, ich"...

Ein langanhaltendes Hupkonzert unterbrach sie. Erschrocken fuhren sie auseinander. Die Ampel war auf grün umgesprungen und sie konnten nun lautstark hören, was die anderen Autofahrer von ihrer wilden Fummelei hielten.

Panu setzte sich wieder ordentlich auf seinen Sitz, legte den Gang ein und fuhr los.

Emilia lehnte sich zurück und schloss verwirrt die Augen. Ihre Gefühlswelt war auf Achterbahnfahrt. Irgendwie musste sie das stoppen. Sie warf ihm vorsichtig einen Seitenblick zu. Was er wohl dachte?

Sein Kiefer war angespannt, sein Blick starr auf die Straße gerichtet. Sie konnte die Sehnen an seinen Händen hervortreten sehen, so verkrampft hielt er das Lenkrad.

Der Verkehr in Helsinki war überschaubar. Sie fuhren auf einer zweispurigen Bundesstraße, die Richtung Innenstadt führte.

Mist, was sie wohl gerade sagen wollte? Panu dachte nach und starrte ärgerlich vor sich hin. Dass er so wenig Selbstbeherrschung in ihrer Gegenwart hatte, wurmte ihn.

„Panu, ich muss in mein Hotel". Mit diesem kleinen Satz holte sie ihn wieder auf den Boden zurück.

„Klar", er hörte sich verstimmter an als er eigentlich war. Natürlich musste sie irgendwann ins Hotel, sie war seit Stunden unterwegs und war schließlich geschäftlich hier. Dennoch fiel es ihm schwer, nach dieser leidenschaftlichen Umarmung wieder klar zu denken.

Schüchtern fuhr sie fort. „Ich muss mich heute noch mit einem Kunden treffen...", sie hob gestikulierend die Hände, als wollte sie sich entschuldigen, „...ich muss mich zu Hause melden und überhaupt...."

„...und überhaupt was tun wir hier eigentlich? Wolltest du das sagen?"

Erschrocken schaute sie ihn an. „Nein, das wollte ich ganz und gar nicht sagen. Ich versuche nur so zu sein, wie ich eigentlich bin: vernünftig!" Sie hob herausfordernd ihr Kinn, bereit zur Gegenwehr, egal, was er jetzt sagen würde.

Panu sah eine Möglichkeit einen Parkplatz anzusteuern.

„Wir halten hier kurz an und reden. Okay, du süße, vernünftige Kleine with a bare butt?" Grinsend wehrte er ihre Hand ab, mit der sie ihm auf die Schultern schlagen wollte. „Nicht auch noch gewalttätig werden, Harmaa-silmä, das wäre zu viel für einen Tag."

Sie nahm ihre Hand runter und schimpfte leise vor sich hin. Ihr Blick war starr auf die Windschutzscheibe gerichtet und sie versuchte sich für das anstehende Gespräch zu sammeln.

Sie waren zuvor an einem kleinen Fußballfeld vorbeigefahren und Emilia hatte gerade das Bushalteschild *Velodrom* gelesen. Sie fragte sich wie weit es wohl noch bis zu ihrem Hotel war? In ihrem Kopf drehte sich alles. Sie war so müde und verwirrt.

Schweigend lenkte Panu den Wagen auf einen etwas abseits gelegenen kleinen Parkplatz. Er hielt unter einem Baum, dessen Äste soweit herabhingen, dass sie vor ungebetenen Zuschauern oder aufdringlichen Paparazzi zunächst einmal sicher waren.

Er stellte den Motor ab und schnallte sich ab. In dem Moment, als er seinen Arm um die Rückenlehne des Beifahrersitzes legte und zu sprechen anfangen wollte, sah er, dass sie die Augen geschlossen hatte und gleichmäßig atmete.

Sie war eingeschlafen.

Verwundert beugte er sich vor. Sie schlief tatsächlich. Ihre Lippen waren leicht geöffnet und es waren regelmäßige Atemzüge zu hören. Nur am Zucken ihrer geschlossenen Lider konnte Panu erkennen, dass sie nicht friedlich schlief. Seine linke Hand bewegte sich zu ihrer Wange. Er hätte Emilia am liebsten gestreichelt und an sich gedrückt, doch er hatte Angst, sie zu wecken. Er hielt inne, als sie sich bewegte und ihm ihr Gesicht zuwandte. Ihr Kopf war im Schlaf noch immer leicht zur Seite geneigt. Vorsichtig legte er seinen Arm um sie und zog sie sanft an seine Schulter. Atemlos wartete er, ob sie aufwachte. Seine Position war absolut unbequem, aber um nichts in der Welt hätte er sich jetzt bewegen wollen. Ihre Haare kitzelten ihn an der Wange. Ein leises Seufzen kam über ihre halbgeöffneten Lippen und sie kuschelte sich an ihn. Etwas Warmes durchzog ihn, diesmal nichts Sexuelles, obwohl er immer noch heiß auf sie war.

Nein, es war irgendwie anders – ein Gefühl der Zuneigung.

Er war fasziniert vor dieser kleinen Deutschen, die ihr Herz auf der Zunge trug und so natürlich – so anmutig wirkte.

Sie war null sein Typ.

Er stand auf, langbeinige, nordische Schönheiten. Frauen, die wussten was sie wollten. Und die genau wussten, was sie von ihm zu halten hatten. Ein Typ der nur seinen Spaß haben wollte. Nicht mehr und nicht weniger! Er wollte sich nicht binden, noch nicht. Er wollte feiern, trinken, Musik machen und sein junges Leben in vollen Zügen genießen.

Wenn er so über Emilia nachdachte, passte sie so gar nicht in sein Beuteschema. Sie war irgendwie ganz anders. Er konnte sich einfach nicht vorstellen, dass sie nur auf eine kurze Affäre aus war. Das wollte einfach nicht zu ihr passen.

Aber er und die Jungs waren im Moment nur auf Spaß aus und das sollte auch noch eine Weile so bleiben.

Vor zwei Jahren dachte er einmal, dass er so weit sei, sich festzulegen – aber da hatte er sich gewaltig geirrt.

Ihr Name war Finja. Ein großes, blondes Model, die seine Band-Kollegen nicht besonders mochte. Sie mochte eigentlich gar nichts – weder wie noch wo er lebte. Sie versuchte ihn stetig zu ändern und beinahe wäre es ihr damals auch gelungen. Aber irgendwie hatte er dann doch noch die Reißleine gezogen und klargestellt, dass es zwischen ihnen nur etwas werden könne, wenn sie mitzog und nicht Alles ablehnte, was er liebte. Finja hatte es sich dann ganz schnell anders überlegt und kurz nach der Trennung einen wohlhabenden englischen Banker geheiratet, von dem sie jetzt das zweite Kind erwartete. Am Anfang war er sauer gewesen, stellte dann aber schnell fest, dass es ihm gar nicht so viel ausmachte, wie anfangs befürchtet. Die langen Gespräche mit Mikka und Miro hatten ihm letztlich bestätigt, die richtige Entscheidung getroffen zu haben. Finja wollte ein gesichertes Leben mit Kind und Kegel, was er ihr nicht geben konnte und zur damaligen Zeit definitiv auch nicht geben wollte.

Emilia stöhnte an seiner Schulter leicht auf, bewegte sich unruhig und legte ihre rechte Hand an seine Brust. Er konnte die Wärme ihrer Hand durch sein Shirt spüren. Ihm wurde wieder heiß. Ihre Berührung fühlte sich an, als ob sich ihre Hand in seine Brust einbrennen würde.

Er schnupperte an ihren Haaren. Sie duftete wie in der Nacht am See. Schon dort hatte er diesen Geruch genossen. Noch einmal sog er ihn begierig ein. Es roch so frisch – nach Blumen. Oder war es Apfel? Genau, das war es. Apfel! Zärtlich küsste er ihr Haar. Er schaute auf die Uhr. Es waren bereits zehn Minuten vergangen, seit sie eingenickt war.

Wie lang sollte er sie noch schlafen lassen? Oder besser gefragt: Wie lang konnte er noch so neben ihr verharren, ohne über sie herzufallen?

Ja, wie lange noch?

*

Sie rannte, sie rannte mit einem kleinen Baby auf dem Arm, auf einen Abgrund zu. Keiner konnte sie aufhalten. Der Abgrund kam immer näher, sie spürte die Steine unter ihren Füßen, sie kam ins Rutschen. Sie versuchte das Kind in ihren Armen zu schützen. Gleich, gleich würden sie hinabstürzen. Sie wollte schreien, aber es kam nur ein ängstliches Stöhnen über ihre Lippen. Während sie noch darüber nachdachte ob sie schreien sollte, fielen sie…!

Ein ohrenbetäubendes Quietschen war zu hören. Sie zuckte zusammen.

„Hey, Süße, nicht erschrecken, dein Handy klingelt nur." Sanft streichelte Panu ihr über den Rücken. Sie hatte sich erschrocken aufgesetzt und schaute verwirrt abwechselnd von ihm zu ihrer Tasche.

„Mmh, ja. Ich bin wohl kurz eingeschlafen?"

Das Handy hörte auf zu klingeln.

„Kurz? Naja, knapp fünfzehn Minuten hast du selig geschlummert. Dann wurdest du auf einmal unruhig. Alles klar bei dir?"

Er hörte nicht auf, ihren Rücken zu streicheln – was sie noch mehr verwirrte. Sie konnte kaum einen klaren Gedanken fassen.

„Ja, alles okay! Habe nur irgendwie schlecht geträumt. Sorry, dass ich eingeschlafen bin. Habe ich 'was verpasst?"

Panu musste grinsen. „Ob du etwas verpasst hast? Ja, klar! Ich habe dir mein ganzes Herz ausgeschüttet, und als ich fertig war habe ich erst bemerkt, dass du vor Langeweile eingeschlafen bist."

„Nein, hast du nicht", erstaunt blickte sie ihn an. „Das wüsste ich."

„So, **das** wüsstest du. Dann weißt du bestimmt auch noch, dass ich ein bisschen an dir 'rumgefummelt habe – sexy grünes Unterhöschen." Er grinste sie frech an.

Verlegen fuhr sich Emilia durch die Haare. Sie konnte sich beim besten Willen an nichts erinnern. Aber woher wusste er, welchen Slip sie trug?

„Ich …Panu, ich – wieso…?", sie stammelte wirr vor sich hin und blickte hilflos auf ihre Hände.

Sein tiefes Lachen erklang nun leise an ihrem Ohr. Er fasste in ihren Nacken und zog sie sanft an sich. „Süße, du lässt dich zu leicht aufs Glatteis führen"

Sie schlug die Augen zu ihm auf und funkelte ihn nun böse an. Sein Gesicht war nur noch wenige Zentimeter von ihrem entfernt. Sie kaute missmutig auf ihrer Unterlippe und setzte zu einer Erwiderung an. In Sekundenschnelle beugte er sich weiter vor und verschloss ihren Protest mit einem Kuss.

Sie stöhnte auf, ob vor Zorn oder Lust, konnte er in diesem Moment nicht beurteilen. Ihre rauchgrauen Augen fixierten ihn dabei immer noch wütend.

Fordernd öffnete er mit seiner Zunge ihre Lippen. Er leckte über ihre Unterlippe, erkundete ihre Mundhöhle und suchte ihre Zunge. Noch immer spürte er Widerstand. Das gefiel ihm nicht. Er nahm ihr Gesicht in beide Hände und fuhr fort, sie leidenschaftlich zu küssen. Er blickte ihr währenddessen noch immer in die Augen – er wollte sehen, wie ihre Gegenwehr erstarb.

Da! Noch einmal tief seufzend schloss sie ihre Lider und gab endlich auf. Sie wurde wachsweich in seinen Händen. Ihre heiße Zunge suchte nun den Weg zu ihm, ihre Schultern senkten sich und sie drängte ihren Oberkörper an seinen.

Am liebsten hätte er triumphierend den Daumen gehoben – eins zu null für ihn.

Emilia war wie berauscht und küsste ihn mit aller Leidenschaft derer sie fähig war. Ihre Finger vergruben sich in seinem Haar. Schnell hatte sie vergessen, dass sie eigentlich sauer auf ihn war. Aber seinen Küssen konnte sie einfach nicht widerstehen. Ihre Hand streichelte über seine Brust und Panu dachte von Neuem, er müsse verbrennen. Schweiß bildete sich auf seiner Stirn. Ohne, dass er es richtig mitbekommen hatte, hatte Emilia nun die Führung übernommen.

Sie lehnte sich zurück und zog ihn mit sich, ohne auch nur eine Sekunde von seinen Lippen zu lassen. Ihre Hände wanderten unter sein Shirt. Äußerst unbequem lag er quer über Schaltknüppel und Zwischenkonsole, merkte davon freilich nichts, da er völlig von ihr berauscht war.

Leicht löste er sich von ihr.

Erschrocken öffnete sie ihre Augen. „Nein!“, sie hauchte es nur, aber das gab ihm endgültig den Rest.

Er setzte sich auf, zog sein Shirt über den Kopf, rutschte zwischen den Sitzen auf die Rückbank und zog sie sanft aber bestimmt mit sich. Emilia zog hörbar die Luft ein. Sie blickte auf seine kräftige, unbehaarte Brust. Sie sah das Tattoo auf seinem Oberarm und berührte es vorsichtig. Emilia saß jetzt breitbeinig auf seinem Schoss und konnte spüren wie erregt er war. Sie beugte sich vor, um seinen Hals zu küssen, fuhr mit ihrer Zunge langsam am Kinn entlang und umschloss heiß seinen Mund mit ihrem, während ihre Hände weiter seinen Oberkörper erkundeten.

Panu stöhnte gequält auf. Er fühlte sich wie ein Teenager beim ersten Mal. Auf dem Rücksitz eines Autos und kurz davor zu kommen, ohne das auch nur einmal Hand angelegt, geschweige denn, irgendetwas anderes passiert war. Er streifte ihr die Jacke von den Schultern, um ihr daraufhin mit einer flinken Handbewegung den Pulli über den Kopf zu ziehen. Jetzt hielt er sie mit gestreckten Armen ein wenig von sich weg, um sie genau anschauen zu können.

Sie war wunderschön! Ihre großen Brüste steckten in einem süßen, grünen Spitzen-BH, sie hatte einen flachen Bauch und die Hüfthose saß so tief, dass er ihren Slip sehen konnte.

Er hörte sie murren und dachte schon sie wolle seine Musterung nicht.

„Nicht aufhören zu küssen", sie beugte sich wieder vor und stieß erregt ihre Zunge in seinen Mund.

Okay, wenn es nur das war. Dass Küssen mit ihr war der Hammer.

Emilia war so... so ganz anders. So etwas hatte er noch nie erlebt. Sie war einerseits schüchtern und zurückhaltend, doch von einem Moment auf den anderen brodelte sie wie ein Vulkan, der zu lange still gelegen hatte und nun wieder zum Ausbruch kam.

Ihre Lippen fuhren seinen Hals hinab und sie fing an seine Brust mit Zunge und Händen zu liebkosen.

Panu fürchtete zu explodieren. Mit einem Ruck drehte er sie seitlich von sich runter und legte sich zwischen ihre Beine. Mit seiner linken Hand stützte er sich ab, damit er nicht mit seinem ganzen Gewicht auf ihr lag. Mit der Rechten fuhr er unter ihren BH-Träger und schob ihn beiseite. Sein Blick ruhte auf ihrem Gesicht, sie hatte die Augen geschlossen und ihre Lippen waren leicht geöffnet. Er konnte nicht anders, eigentlich wollte er sie ansehen, wollte sie langsam ausziehen – aber er musste sie wieder küssen. Er senkte sich sanft auf sie und ergründete hungrig ihren Mund. Sie stöhnte genussvoll auf und grub ihre Finger fest in seine Schulterblätter. Seine rechte Hand wanderte zu ihrer Brust und strich sanft über ihre Brustwarzen, bis sie hart wurden. Sie stieß einen kurzen, spitzen Schrei aus und grub ihre Finger noch fester in seine Haut. Er wusste nicht wie lange er es noch aushalten konnte, er hatte das Gefühl, gleich zu zerbersten. Er löste sich leicht von ihr. „Emilia, wir müssen..."

Weiter kam er nicht, sie zog ihn wieder zu sich herunter und umschloss gierig seinen Mund.

Es war helllichter Tag, sie standen auf einem öffentlichen Parkplatz mitten in Helsinki und er war im Begriff, diese süße, kleine Deutsche auf dem Rücksitz seines Autos zu vernaschen. Er wollte sich gerade wieder von ihr lösen, als ihr Handy erneut klingelte.

Sie erstarrte. Auch er bekam einen riesen Schreck. Er blickte in ihre weit aufgerissenen Augen. „Okay, Beauty, Gnadenfrist. Ich dachte sowieso eher an mein Bett, als an den Rücksitz meines Autos." Grinsend küsste er sie auf die Nasenspitze.

Sie wurde rot. Verwundert schaute er sie an, wie sie nur noch mit Hose und BH bekleidet vor ihm lag. Sie war die leidenschaftlichste Küsserin, die er kannte – so voller Feuer. Warum wurde sie jetzt wieder rot und bekam diesen verschämten Gesichtsausdruck?

„Ich sollte wohl mal dran gehen", sie drehte sich zur Seite und versuchte sich von ihm zu lösen.

„Kaunis...", er hob ihr Kinn an, „...du brauchst dich für nichts zu schämen. Du bist fantastista!"

Fantastisch? Hatte sie ihn richtig verstanden? Meinte er, dass sie fantastisch oder das, was hier passierte, fantastisch war? Das war es wirklich! Nein, das war es nicht – es war der pure Wahnsinn!

Er versuchte sie erneut zu küssen. Emilia drehte verlegen den Kopf weg. „Nein, ich...", sie stemmte die Hände gegen seine nackte Brust, „...ich ...wir müssen aufhören. Ich muss telefonieren. Das ist doch irre, was wir hier machen." Sie schaute ihn verunsichert an. Wenn er nur wüsste wie verrückt das alles war.

„Gut", er ließ ihr ein wenig Platz zum Aufrichten und schob ihr den BH-Träger wieder über die Schulter. Seine Finger zeichneten zart ihre pochende Halsschlagader nach. „Für jetzt ist hier Schluss. Doch bevor du telefonierst und in deine Geschäftswelt abtauchst, möchte ich von dir wissen, wann wir uns wiedersehen." Er sagte zwar „möchte" und sprach sanft, aber Emilia wusste, dass sie hier nicht vor die Wahl gestellt wurde.

Sie schluckte hart, als sein Daumen über ihre Lippen fuhr. „Heute Abend, wir treffen uns heute Abend! Okay?" Hastig sprach sie die gewünschte Antwort aus. Emilia blickte auf seinen Mund. Sie wiederstand jedoch der Versuchung und blickte ihm nur tief in die Augen.

„Okay, Kaunis, heute Abend. Tonight's the night!" Und um das Gesagte zu besiegeln, drückte er seine Lippen fest und besitzergreifend auf ihre. Als er sich von ihr löste, fiel sie fast nach vorne. „Und jetzt zieh dich bitte an, sonst kann ich für nichts mehr garantieren." Lachend hielt er ihr ihren Pulli hin.

Während sie sich anzog, beobachtete sie ihn dabei, wie auch er sich sein Shirt überstreifte und berührte erneut, sanft, die Tätowierung auf seinem Oberarm. Scharf zog er die Luft ein. „Emilia, hör auf!"

*

Der Rest der Fahrt verlief still. Panu hatte nur kurz gefragt, in welchem Hotel sie untergebracht sei und war dann in Richtung *Hilton Strand Hotel* gefahren. Er konzentrierte sich auf den Verkehr und Emilia hing ihren Gedanken nach.

Ihr wurde immer bewusster, was sie hier eigentlich tat. Sie war kurz davor, eine heiße Affäre mit diesem Traummann anzufangen und hatte keinerlei Gewissensbisse. Naja – fast keine.

Als sie am Hotel ankamen, holte Panu ihr Gepäck aus dem Kofferraum und gab es dem Gepäckboy. Er trat zu ihr an die Beifahrertür, als sie gerade ausstieg, gab ihr einen sanften Kuss auf die Lippen und verabschiedete sich, nicht ohne sie noch einmal an ihr Versprechen zu erinnern.

Emilia fröstelte. Es war bewölkt und regnerisch, bei gerade einmal 17°C. Für Anfang August war das Wetter nicht gerade sommerlich. Sowohl Finnen als auch Touristen liefen daher dick eingemummt durch die Straßen Helsinkis. Der Wind blies heftig, besonders hier am Wasser.

Emilia wartete noch bis er wegfuhr und schaute dem Wagen sehnsüchtig nach. Eine bleierne Müdigkeit machte sich in ihr breit. Sie wollte nur noch auf ihr Zimmer, sich frisch machen und Herrn Vänskä anrufen.

Emilia trat in das noble Foyer des Hotels.

Sie nahm jedoch kaum wahr, wie schön die Einrichtung war. Eindruckslos nahm sie ihren Zimmerschlüssel entgegen und stieg in einen der beiden Fahrstühle. Ein gläserner Lift brachte sie in den zweiten Stock, wo sie erschöpft die Tür zu ihrem Hotelzimmer öffnete.

Es war jetzt gerade mal halb drei Uhr mittags. Sie musste dringend etwas essen und bestellte sich eine Kleinigkeit aufs Zimmer. Danach rief sie Herrn Vänskä an und verabredete sich mit ihm zum Nachmittags-Kaffee im Hotelrestaurant. Im Anschluss ging sie ins Bad, um zu duschen.

Was würde nach dem Treffen mit ihrem finnischen Geschäftspartner wohl passieren?

Ein Schauer überlief sie, als sie aus der Dusche trat. Emilia schaute sich in dem großen Spiegel von oben bis unten an. Sie war am ganzen Körper leicht gebräunt. Ihre Taille war schmal, der Bauch straff und ihre Brüste waren wohlgeformt. Sie hatte einen knackigen Po und schöne Oberschenkel, alles frei von Cellulitis. Hier zeigte sich, dass das tägliche Schwimmen nicht nur Balsam für ihre Seele war sondern auch ihren Körper in Form hielt. Den hatte ihr Ehemann schon jahrelang nicht mehr zu Gesicht bekommen, geschweige denn angefasst. Das letzte Mal war vor gut drei Jahren, nach einer Weihnachtsfeier. Joachim hatte zu viel getrunken und in jener Nacht ihre ehelichen Pflichten eingefordert. Er war damals nicht gerade sanft mit ihr umgegangen, so dass sie keinerlei Lust dabei empfunden hatte und stocksteif dagelegen war. Als er ihr Zimmer dann ziemlich schnell nach dem Akt verließ, hatte sie erleichtert aufgeatmet. Zuvor hatte er ihr allerdings noch deutlich zu verstehen gegeben, dass sie ziemlich frigide sei und er nur deshalb so selten zu ihr käme. Das war das letzte Mal gewesen, dass ein Mann, ihr Ehemann, ihren Körper nackt gesehen hatte.

Schier unfassbar war für sie daher, dass sich das heute Nacht ändern könnte. Wieder überlief sie ein Schauer.

Wie Panu sie wohl lieben würde? Wie er sich wohl anfühlte? Emilia war mit ihren dreiunddreißig Jahren so unerfahren, dass sie keinerlei Erwartungshaltung hatte. Sie wusste nur, dass es schön werden würde und die Vorfreude zauberte ein Lächeln in ihr hübsches Gesicht.

Sie zog sich ihre Unterwäsche an, setzte sich aufs Bett und machte sich über den Snack her, den der Zimmerservice in der Zwischenzeit gebracht hatte. Emilia schaltete den Fernseher ein und wählte einen Musiksender. Erschrocken fuhr sie zusammen, als ihr das Klingeln ihres iPhone den Eingang einer Mitteilung meldete.

<Was machst du gerade?>

Lächelnd blickte sie auf Panus Nachricht. <Liege auf dem Bett, esse ein Sandwich und höre Musik.>

<Im Bett essen? Tztztz, im Bett isst man nicht, man macht da ganz andere Sachen… wirst du jetzt wieder rot?>

Emilia wurde wirklich rot und ärgerte sich, dass sie so leicht zu durchschauen war. <Nein, bin nicht rot geworden. Das einzig Rote hier im Bett, sind mein Slip und BH!>

Sie war gespannt auf seine Antwort, sie liebte diese SMS-Spielchen.

<Du lügst.>

<Nein.>

<Und ob du lügst, du bist viel zu brav um nicht rot zu werden.>

Angesichts der Tatsache, dass er sie ertappt hatte, fiel ihr zunächst gar nicht auf, dass er auf ihre Unterwäsche gar nicht eingegangen war.

<Erzähl mir mehr von deiner Wäsche.>

<Nein, bin beleidigt.>

<Och, bitte, ich kann doch nichts dafür, dass du so schamhaft wie ein kleines Mädchen bist und ich genau weiß, wie du jetzt aussiehst. Aber was du anhast kann ich leider nicht sehen.>

Dafür konnte sie ihn vor sich sehen, was ihr aber auch nicht schwerfiel, da Panu gerade in Großaufnahme auf dem Bildschirm auftauchte. Der Musiksender spielte ein Lied der Band aus dem vergangenen Jahr. Sie lauschte seiner Stimme und schmolz dahin.

<Das rot ist sehr kräftig – Erdbeerrot – viel Spitze – ziemlich knapp. Bin frisch geduscht und gecremt – die Wäsche fühlt sich toll auf meiner Haut an.> Lächelnd schickte sie die Mitteilung weg.

Das Lied im Fernseher endete und Panu verschwand vom Bildschirm.

<Little Beauty, ich würde dir die Wäsche jetzt gerne ganz langsam ausziehen. Aber erst würde ich dich lange betrachten und überall streicheln und küssen ...und...>

Emilia fühlte wie seine Worte sie erregten. <...und?>

<...ich habe deinen Duft in meinem Kopf. Du riechst nach Apfel – ich mag deinen Duft!!! Und weiter sag ich nichts, das musst du erleben!>

<Das möchte ich auch gerne erleben.>

<Und ich erst! Ich muss aufhören, die Jungs meckern schon, da wir weitermachen müssen. Bis später.>

<Ja, bis dann.> Bedauernd legte Emilia das IPhone zu Seite.

Plötzlich war sie wieder unendlich müde. Sie musste noch zu Hause anrufen und das konnte sie wirklich nicht mehr länger vor sich herschieben. Sie griff erneut zum Telefon und wählte Joachims Nummer.

*

„Schreiber."

„Hallo, Joachim, ich bin's. Ich wollte mich nur kurz melden, dass ich gut angekommen bin und alles klar ist", sie sprach hastig und gekünstelt.

„Lia, alles klar? Du hörst dich so komisch an?"

„Das macht die Müdigkeit.“ Was ja nicht ganz gelogen war.

„Warum bist du vorhin nicht an dein Phone, ich habe es schon zweimal bei dir probiert?“ Joachims Stimme klang ärgerlich.

„Ich habe es nicht gehört“, Emilia versuchte glaubhaft zu wirken.

„Ja, aber als du gesehen hast, dass ich angerufen habe, hättest du dich gleich melden müssen. Hat Herr Vänskä dich abgeholt?“

Emilia ärgerte sich, wie so oft, über Joachims herrischen Ton. Sie schluckte heftig und antwortete gespielt betreten: „Nein, ich habe mir ein Taxi genommen, hier im Hotel erst einmal eincheckt und mich frisch gemacht. Tut mir leid, dass ich mich nicht gleich gemeldet habe.“

„Ja, ja, ist ja jetzt auch egal. Hast du schon mit Herrn Vänskä gesprochen?“

Emilia bejahte seine Frage und erklärte wie ihr weiterer Tagesablauf aussah.

„Gut, sieh zu, dass du den Auftrag bekommst. Damit verschaffst du uns gute Voraussetzungen für nächstes Jahr.“ Joachim hörte sich immer noch genervt an.

Plötzlich wurde Emilia sauer. Sie spürte, dass Nervosität, Übermüdung und Schwindelei an ihren Nerven zerrte. „Ja, Joachim, mache ich. Ich weiß, warum ich hier bin – bestimmt nicht zu meinem Vergnügen.“

„Lia! Was ist das den für ein Ton? Joachim meint es doch nur gut mit uns und der Firma.“ Erstaunt blickte Emilia auf ihr Handy. Ihre Mutter war bei Joachim und hörte offenbar schon die ganze Zeit zu.

„‘tschuldigung, Mutter. Ich weiß. Bin einfach nur etwas müde.“ Emilia versuchte zerknirscht zu klingen.

„Gut“, Joachims Stimme ertönte wieder. „Ruh dich heute Abend am besten aus, damit du für die Woche fit bist und wir freundlichere Gespräche führen können. Wir rufen wieder an.“

Ein Knacken machte Emilia bewusst, dass ihr Mann aufgelegt hatte. Erschöpft ließ sie sich wieder aufs Bett fallen. Jetzt schlafen! Sie schloss die Augen und versuchte, das unerfreuliche Telefonat zu vergessen. Nicht einschlafen! Ohne ihre Tabletten würden wieder diese schrecklichen Alpträume kommen, wie immer wenn sie gestresst oder ruhelos war.

Emilia richtet sich auf und überlegte, ob sie eine Pille nehmen sollte, um ein wenig Ruhe zu finden. Aber wenn sie das tat, würde sie gesichert einschlafen und den Termin mit Herrn Vänskä verpassen.

Sie schaute auf die Uhr, es war genau halb vier. Noch eine halbe Stunde bis zu ihrem Treffen. Sie überlegte noch immer was sie tun sollte, als eine weitere Nachricht auf ihrem Handy aufleuchtete.

Ihr Herz fing wie verrückt zu rasen an. Ein wenig enttäuscht sah sie, dass die SMS von Eva kam.

<Hey, Süße, alles OK bei dir? Melde dich mal! Tausend Küsse!>

Schnell wählte sie Evas Nummer.

Die Mailbox ihrer Freundin sprang an. „Hallo, Eva, ich bin gut angekommen und mir geht es gut." Sie wollte gerade enttäuscht auflegen als sich Eva gehetzt meldete: „Emilia, nicht auflegen."

„Oh, Eva, schön das du da bist!"

„Hallo, Kleine, alles klar bei dir?"

„Ja, alles super."

„Und gibt es schon was zu berichten?"

„Mmh, ja, schon eine ganze Menge. Ich habe aber nicht viel Zeit. Möchtest du eine Kurzfassung?"

„Ob ich das möchte? Schieß los, ich bin total gespannt." Emilia hörte, dass Eva mit Jemandem im Hintergrund sprach. „Störe ich dich? Ich kann auch später nochmal anrufen."

„Wag dich, ich bin schon total gespannt. Die im Büro müssen jetzt kurz warten. Leg los."

Das musste sie Emilia nicht zweimal sagen. Schnell und umfassend, wie es in ein paar Minuten möglich war, erzählte Emilia alles, was seit ihrer Ankunft in Helsinki passiert war.

Als sie von ihrem blanken Hintern und dem gezeigten Stinkefinger berichtete, hörte sie ihre Freundin am anderen Ende lauthals lachen. Beim Bericht über die Autofahrt wurde es jedoch still in der Leitung. Als Emilia geendet hatte, wartete sie gespannt auf Evas Reaktion.

„Wow, Süße, ganz schön viel für ein paar Stunden Finnland, ich bin platt."

Emilia musste kichern. „Du und platt? Ich fasse es nicht. Sorry, aber ich muss jetzt weg. Ich rufe dich wieder an. Versprochen!"

„Na das will ich doch hoffen. Bitte bald! Versprochen?!"

„Ja, natürlich, bis dann. Fühl dich geküsst."

„Du dich auch, Kleine. Tschüss!"

„Tschüüüss!" Emilia legte auf, schnappte ihre Tasche und ging in die Hotellobby.

*

Es wurde ein angenehmer Nachmittag. Herr Vänskä war sehr zuvorkommend und erklärte Emilia, weshalb es für ihre beiden Firmen von Vorteil wäre, zukünftig zusammen zu arbeiten. Sie sprachen über die finnischen Designer und deren Modelinien. Hauptaugenmerk der Gespräche aber war, in welcher Weise die zukünftige Zusammenarbeit aussehen könnte. Da beide Parteien im jeweils anderen Land Fuß fassen wollten, überlegte man, eine Kooperation anzustreben.

Von der Führung in seinem Betrieb war Emilia wirklich fasziniert. Die Menschen waren alle sehr aufgeschlossen und beantworteten bereitwillig Emilias Fragen.

Das, was man gemeinhin über die Finnen sagte, nämlich dass sie zurückhaltend und eher fremdenscheu seien, konnte Emilia bisher nicht bestätigen.

Fast wäre es ihr gelungen, alles was mit Panu zu tun hatte für einen Moment zu vergessen – aber nur fast. Um kurz nach achtzehn Uhr brummte ihr iPhone. Sie schaute auf die Nachricht und war wieder enttäuscht, dass diese von Eva kam.

<Ich will dich ja nicht beunruhigen, Süße, aber dein Arsch ist im world-wide-web! **NICHT** dein Ehemann, sondern dein Allerwertester!>

Emilia fiel alle Farbe aus dem Gesicht.

Sie hatte sich gerade mit ein paar von Herrn Vänskäs Mitarbeitern unterhalten, als Evas Nachricht einging.

„Geht es ihnen nicht gut, Emilia?", fragte eine der Angestellten besorgt.

„Nein, ähh – doch.... danke, alles okay. Ich glaube ich habe nur schon wieder Hunger." Emilia steckte das Handy schnell weg und beteiligte sich wieder am Gespräch. Zwar nicht mehr ganz so lebhaft wie zuvor, doch sie versuchte sich so gut wie möglich zu konzentrieren.

Um zwanzig Uhr, nach einem ausgiebigen Essen, zu dem Herr Vänskä eingeladen hatte, schloss Emilia die Tür ihres Hotelzimmers hinter sich, kramte ihr iPhone aus der Handtasche und ließ sich lang aufs Bett fallen. Sie hatte sich nach Evas SMS nicht mehr getraut, einen Blick darauf zu werfen.

Sie öffnete den Link den ihr die Freundin geschickt hatte und starrte geschockt auf ihren nackten Hintern. Darunter stand:

Promi-News - Panu T. in Flagranti erwischt mit einer unbekannten Blankzieherin. Hier das Neueste vom charismatischen Sänger der Band „Moonset Road". Nach schon vielen veröffentlichten Partyfotos, auf denen man den Sänger betrunken und/oder zugekifft mit diversen

Frauen gesehen hat, dürfte das für seine weiblichen Fans ein erneuter Schock sein. Der blonde Strahlemann wurde am Flughafen Helsinki, erst knutschend mit einer Unbekannten ertappt…

Ein Foto war abgebildet, auf dem Panu tief über sie gebeugt stand. Das heißt, nur Emilia wusste, dass sie die Frau auf dem Bild war, denn man konnte von ihr nicht mehr sehen, als die Hände auf seinem Rücken. Ihr Gesicht war Gott sei Dank verdeckt. Aber es war eindeutig zu erkennen, dass er sie küsste.

…als er mit ihr die Flucht ergriff, ließ es sich die vermeintlich deutschsprachige Unbekannte nicht nehmen, der Welt ihren wohlgeformten Hintern sowie den Mittelfinger zu zeigen. Wie es weiter geht lesen sie hier. Wir bleiben dran!

Emilia wollte es nicht wahrhaben – sie konnte einfach nicht fassen, was sie da las. Wie hatte ihr das nur passieren können? Ihr Leben hatte vor knapp fünf Wochen eine Wendung genommen, die ihr aus den Händen zu gleiten schien.

Sie legte das Phone zur Seite und starrte an die Decke.

Ob Panu das schon gesehen hatte? Er hatte sich seit heute Mittag nicht mehr gemeldet. Noch einmal nahm sie ihr Handy zur Hand. Hatte er vielleicht eine Nachricht hinterlassen, die sie vor Aufregung nicht gesehen hatte? Nein, keine neuen Nachrichten. Emilia brummte der Kopf. Sie fühlte sich schlecht, war verwirrt und traurig.

Traurig, weil **er** sich nicht mehr gemeldete hatte. Verwirrt, weil **ihr** Leben so unvorhersehbare Wege einschlug und schlecht, weil **sie** eine verheiratet Frau war, die gerade ohne mit der Wimper zu zucken ihren Ehemann hinterging.

Sie wollte nur noch eins, sich ausruhen. Und sie musste dringend etwas gegen diese stechenden Kopfschmerzen unternehmen. Sie stand auf, ging ins Bad und nahm eine Schmerztablette. Sie legte sich wieder auf das große Bett. Nicht schlafen, nur entspannen. Panu könnte ja noch anrufen.

Ihr war schon klar, dass er im Studio war und nicht einfach aufhören konnte, nur um sich bei ihr zu melden. Seine Musik war ihm wichtig, wahrscheinlich war es das Wichtigste überhaupt in seinem Leben. Sie beneidete ihn darum. Sie beneidete ihn, da er eine Aufgabe hatte, die er aus vollem Herzen ausübte. Was hatte sie?

*

„Neeeein!“, sie schrie, sie konnte nicht mehr aufhören zu schreien. Da war es wieder.

Das Auto, das auf sie zuraste, der entsetzte Blick ihres Vaters. Sein panischer Aufschrei: „Emilia, halt dich fest!“

Sie vernahm dieses unheimliche Geräusch von splitterndem Glas, hörte das Quietschten der Reifen. Sie spürte, wie sie in ihrem Sitz hin und her geschleudert wurde, hörte wie Blech aufeinander prallte. Dann war es still.

Das Nächste was sie wahrnahm, war das blutverschmierte Gesicht ihres Vaters, der mit starren Augen und unnatürlich verbogenem Kopf hinter dem Steuer saß, ohne auf ihre kläglichen Rufe zu reagieren. Dann sah sie Blaulicht und hörte Sirenen schrillen ...nicht mehr enden wollendes Sirenengeheul.

Emilia wälzte sich im Bett und versuchte krampfhaft die Augen zu öffnen. Nach all den Jahren immer wiederkehrender und unerträglicher Alpträume, konnte sie sich mittlerweile zwingen, daraus aufzuwachen. Ruckartig setzte sie sich auf. Sie schlug nach ihrem klingelnden Handy, das neben ihr lag. Das waren sie gewesen, die Sirenen aus ihrem Traum. Sie drückte sinnlos auf dem iPhone herum, bis es still war. Der Schweiß lief ihr an Stirn, Nacken und Ausschnitt entlang. Mit einem Satz sprang sie aus dem Bett, rannte panisch ins Bad und erbrach sich ins Waschbecken. Dann ging sie langsam in die Knie und fing an zu weinen.

Wie sie diese Alpträume hasste. Aber warum beschwerte sie sich eigentlich? Ihr Hausarzt, Dr. Trautmann, hatte ihr prophezeit, dass sie mit diesen Erinnerungen für den Rest ihres Lebens belastet sein würde. Glücklicherweise wurden die Abstände in letzter Zeit immer größer, so dass sie immer seltener davon heimgesucht wurde.

Mühevoll richtete sich Emilia wieder auf. Völlig entkräftet schaute sie in den Spiegel, aus dem ihr müde, wässrige Augen entgegenblickten. Nach ein paar Minuten erschöpften vor sich Hinstarrens, putzte sie sich die Zähne und zog sich aus.

Aus der Ferne nahm sie wahr, dass ihr Handy von neuem klingelte. Es war ihr egal. Sie stellte sich unter die Dusche und ließ minutenlang abwechselnd kaltes und warmes Wasser über sich laufen. Jetzt fühlte sie sich schon wieder etwas besser. Zurück im Schlafzimmer verriet ihr ein Blick auf die Uhr, dass es bereits kurz vor Mitternacht war. Sie hatte also knapp drei Stunden geschlafen. Auf ihrem iPhone wurden fünf Nachrichten und sieben entgangene Anrufe angezeigt.

Wow, sie musste wirklich tief und fest eingeschlafen sein. Emilia scrollte auf die Nachrichten und öffnete die von Eva zuerst.

<Süße, wo bleibt dein Anruf? ...oder bist du dabei Sachen zu machen, die du mir morgen brühwarm erzählen wirst?>

Die zweite Nachricht war von ihrer Mutter. <Warum meldest du dich nicht? Ruf sofort an wenn du das liest!>

Emilia schmunzelte. Ihre Mutter war offensichtlich genervt. Danach öffnete sie die SMS von Joachim. <Habe jetzt zweimal versucht, dich telefonisch zu erreichen. Was ist los? Melde dich sobald du das liest.> Emilia fing laut zu lachen an. Herrje, wie ähnlich sich die beiden doch waren.

Sie schaute auf die vierte SMS – Panu! <Hey, Kaunis. Sorry, konnte mich nicht früher melden, waren voll mit unseren Aufnahmen beschäftigt. Würde dich aber gerne noch sehen. Was machst du?> Das war die erste Nachricht, danach folgten ein Anruf und eine zweite Mitteilung. <Hallo, vermisse deine „OK-Stimme". Ruf dich gleich nochmal an. Geh ran oder ich probiere es immer und immer wieder.>

Emilia wurde heiß. „Immer und immer wieder", ja, das hatte er. Also machte er keine leeren Versprechungen. Als sie sich noch überlegte, ob sie ihn zurück rufen sollte, klingelte das Handy erneut. Zitternd vor Aufregung nahm sie das Gespräch an.

„Hei", hauchte sie kaum hörbar ins Telefon.

„Moi, Little Beauty, schön deine Stimme zu hören. Sag nur Okay! ...bitte!"

Verwirrt und aufs Äußerste überrascht, dass er ihr keinerlei Vorwürfe machte, war sie für einen kurzen Moment sprachlos. „Okay! ... zu was?"

„Okay, dass es dir gut geht ...und okay, dass du mich noch sehen willst?!"

Sekundenlange Stille. Emilia musste sich zusammen reißen, um nicht vor Freude laut loszuschreien. „Panu, es ist Mitternacht. Wo bist du?" Erst jetzt nahm sie die laute Geräuschkulisse im Hintergrund wahr.

„Ich bin mit den Jungs noch im Studio. Wir trinken noch ein, zwei Bier."

„Aha."

„Können wir uns noch sehen?"

„Ich ...ich weiß nicht, es ist spät, ich...", Emilia wusste wirklich nicht was sie sagen sollte. Einerseits wollte sie nichts sehnlicher, als ihn sofort zu treffen. Andererseits hatte sie in wenigen Stunden einen wichtigen Termin, den sie konzentriert hinter sich bringen musste. „...okay, ich möchte dich noch sehen. Aber ich muss morgen früh raus und ich muss fit sein."

„Mmh...", Panu stockte, „...also wenn du morgen fit sein musst, wäre es wahrscheinlich besser, wir würden uns erst morgen Mittag treffen."

„Nein!" Sie wollte alles andere, nur nicht so lange warten.

Panu lachte zufrieden auf. „Ich war ja noch nicht fertig, Beauty. Also wenn du fit sein musst bringt es nichts, wenn ich jetzt zu dir komme, denn ich würde die ganze Nacht leidenschaftlichen, hemmungslosen Sex mit dir haben wollen!"

Emilia quiekte erschrocken, erfreut!

Wieder lachte er rau auf. „Und eins garantiere ich dir – ich lasse dich nicht so schnell wieder aus meinem Bett, wenn ich dich einmal drin habe." Er hörte, wie sie scharf die Luft einzog. „Also würde ich sagen, ich schicke dir ein Taxi, du kommst hierher, lernst die Jungs kennen, hast noch ein bisschen Spaß mit uns und das Einzige was dich ermüden wird, ist mein Mund auf deinem. Okay?"

„Okay!" Emilia stand bei ihren Worten auf und fing an sich anzuziehen. „Wann kommt das Taxi?"

„In knapp zehn Minuten sind wir bei dir. Kommst du runter?"

„Ja, mache ich. Kommst du mit dem Taxi?"

Sie konnte es gar nicht fassen. In wenigen Minuten konnte sie ihn wieder sehen, anfassen, riechen.

„Ja, umso früher kann ich dich sehen und berühren. Das Taxi hält gerade an, bin gleich bei dir."

Emilia war verzückt. Konnte er Gedanken lesen?

„Bis gleich." Sie wollte gerade auflegen als sie ihn noch lachend sagen hörte: „Übrigens – heißer Hintern!"

Verdutzt schaute Emilia auf ihr tutendes Telefon. Er hatte es also schon gesehen. Das hätte ihr eigentlich klar sein müssen. Entgegen ihrer Reaktion am frühen Abend, musste Emilia nun auch lachen. Dann spurtete sie los, um sich fertig zu machen.

7

„In my head – I see you all over me. In my head – you full fill my fantasy. In my head you'll be screaming – ohhhh. In my head – it's going down!"

(In my head – Jason Derulo)

Nachdem sie sich in eine Jeans und ein dünnes rotes Sweatshirt mit V-Ausschnitt geworfen, die Chucks angezogen und sich ihre Jeansjacke über den Arm gelegt hatte, legte sie noch schnell etwas Wimperntusche und Lipgloss auf, um dann schon wenige Minuten später aufgeregt vor dem Hotel zu stehen.

Emilia ging nach rechts um die Ecke, lief ein paar Schritte und stellte sich an die Brücke der Siltasaarenkatu/ Broholmsgatan.

Sie hatte heute schon gelernt, dass in Finnland alle Straßenschilder in Finnisch und Schwedisch beschriftet waren. Aber weder das eine noch das andere war für sie verständlich. Sie wusste nur das *katu/ gatan* Straße hieß, *silta* Brücke und *saari* Insel.

Emilia versuchte, sich mit diesen belanglosen Gedankengängen von ihrer eigentlichen Nervosität abzulenken. Was heißt auf Finnisch eigentlich Kuss? ...oder Umarmung? ...oder leidenschaftlich Küssen, oder ...? Lipgloss, für was habe ich eigentlich Lipgloss aufgelegt?

Nur noch einen kleinen Moment und sie würde wieder wie eine Verrückte knutschen! Bei diesem Gedanken musste sie an sich halten, um vor lauter Vorfreude nicht wie ein kleines Kind auf und ab zu springen. Ihr ganzer Körper stand unter Hochspannung. Die Hände verkrampft in die Hosentaschen gesteckt, beobachtete sie die Straße. Bei jedem Taxi das vorbeifuhr setzte ihr Herz für Sekunden aus, nur um dann noch schneller wieder loszurasen.

Nach gefühlten Stunden aber tatsächlich nur fünf Minuten hielt ein Taxi vor ihr auf der Straße. Das hintere Fenster senkte sich ein kleines Stück und ein Zeigefinger kam zum Vorschein. Wie hypnotisiert schaute sie auf den Finger, der sich langsam vor und zurück bewegte, um ihr zu bedeuten, dass sie einsteigen sollte. Mit einem großen Schritt war sie am Auto, die Tür öffnete sich und Panu saß grinsend und mit ausgebreiteten Armen vor ihr.

Emilia hatte das Gefühl abzuheben. Als wäre es das Selbstverständlichste der Welt, glitt sie neben ihn auf den Rücksitz und schmiegte sich seufzend in seine kräftigen Arme.

Zärtlich fasste Panu ihr unters Kinn und schaute in ihre Augen. „I had a really great day, but I missed you!"

„Ich habe dich auch vermisst." Sanft streiften ihre Finger über seinen Arm. „Küsst du mich jetzt, bitte?"

Das ließ Panu sich nicht zweimal sagen. Mit einem tiefen Stöhnen der Begierde nahmen seine Lippen von ihren Besitz.

Ab hier hörte für Emilia die Welt auf zu existieren. In ihren Ohren rauschte es. Sehnsuchtsvoll erwiderte sie seinen immer leidenschaftlicher werdenden Kuss.

Auch um Panus klares Denken war es geschehen. Wie konnte ihn diese Wahnsinnsfrau nur so naiv um einen Kuss bitten? Sie sollte eher darum bitten, dass er sie heute Nacht überhaupt wieder gehen ließ.

Viel zu schnell stoppte das Taxi vor einem braunroten Backsteingebäude. Erst nachdem sich der Fahrer mehrmals geräuspert hatte, ließ Panu von ihr ab und beugte sich vor, um zu bezahlen.

Nicht ohne seine Hand loszulassen stieg Emilia zuerst aus dem Taxi. Sie schaute auf ein großes, drei-stöckiges Haus mit einer riesigen Fensterfront.

Panu schwang seine langen Beine hinaus und umfasste von hinten Emilias Taille. „Das hier", mit einer ausholenden Geste deutete er auf das Haus vor ihnen, „ist unser Heiligtum. Unser Tonstudio, unser Treffpunkt, unser Rückzugsraum. Hier entstehen die meisten unserer Songs und hier haben die Jungs und ich einige der bisher schönsten Stunden unseres Lebens verbracht."

Emilia drehte den Kopf leicht und schaute zu ihm auf. Sein Gesicht strahlte wie das eines kleinen Kindes an Weihnachten. „Du liebst deine Arbeit von ganzem Herzen."

Er war sich nicht sicher, ob das eine Frage gewesen war. Es hörte sich eher wie eine Feststellung an.

„Ja, das tue ich." Er drehte sie zu sich herum, nahm ihren Kopf in beide Hände und küsste sie fest auf den Mund. „Komm, ich zeige dir alles!" Impulsiv zog er sie mit sich. Beim Öffnen der Eingangstür begann Panu zu erzählen: „Vor drei Jahren haben wir dieses Schmuckstück gefunden. Oben befanden sich früher drei Appartements. Die haben wir gekauft, die Wände herausgebrochen und ein Studio daraus gemacht." Panu erzählte schnell und mit so viel Begeisterung, dass er immer wieder ins Englische verfiel.

Emilia musste lachen. „So viel Begeisterung, ich kann's ja kaum erwarten, euer Heiligtum zu betreten."

Immer zwei Stufen auf einmal nehmend eilte Panu nun die Treppe hoch und obwohl Emilia gut trainiert war, musste sie sich jetzt schon ziemlich anstrengen, um mit ihm mithalten zu können. Als sie die gefühlten einhundert Stufen hinaufgestiegen waren, stoppte er vor einer großen Metalltür. „Bevor wir zu den Jungs nach hinten gehen, zeige ich dir kurz das ganze Studio."

Emilia nickte atemlos.

„Tataaa!" Panu öffnete die Tür und führte Emilia in ein riesiges Zimmer.

Im ersten Moment nahm Emilia nur die Größe des Raumes und dessen Gemütlichkeit wahr, die er trotz seiner enormen Weitläufigkeit ausstrahlte. Zu ihrer Rechten befand sich die imposante Fensterfront von geschätzt zehn Metern, die sie schon von unten bewundert hatte. Die Fenster reichten vom Boden bis zur Decke. Sie warf einen kurzen Blick hinaus auf das offene Meer und schaute auf eine kleine beleuchtete Insel. Emilia war begeistert. Gleich rechts neben der Eingangstür befand sich eine gemütliche Couchecke. Der Raum war bunt, nicht schrill, aber farbenfroh. Überall an den Wänden hingen Poster von Berühmtheiten aus der Musikwelt – und natürlich von Moonset Road.

Panu führte sie weiter durch die Räumlichkeiten. Sie entdeckte eine Darts-Scheibe, die an einem breiten Holzpfeiler in der Mitte des Raumes befestigt war. Auf dessen linker Seite waren außerdem zwei riesige Glaskästen, in denen es nur so von elektronischem Gerät wimmelte.

Emilia war sprachlos. So hatte sie sich nie im Leben ein Tonstudio vorgestellt, wenn sie überhaupt jemals eine Vorstellung davon gehabt haben sollte. Das was sie jetzt sah, übertraf all ihre Erwartungen. Beeindruckt blickte sie zu Panu. „Das ist ein Traum." Fest drückte sie seine Hand.

„Ja, das ist ein Traum und er ist für mich wahr geworden. Komm!" Er zog sie mit sich. „Unser Tonstudio ist absolut professionell eingerichtet. Stell dir vor, der Aufnahmeraum hat eine Grundfläche von über 30 m². Wir können jedoch, wenn es erforderlich ist, durch variable Stellwände eine akustische Trennung der Aufnahmequellen möglich machen."

Emilia betrachtete ihn lächelnd. Sie war verzaubert von seinem kindlichen Enthusiasmus, mit dem er ihr alles genau erklärte. „Der Regieraum ist 24 m² groß und über diese Trennscheibe", er klopfte gegen das Glas, „mit dem Aufnahmeraum verbunden." Er hatte sie nun bis an die Tür des Glaskastens geführt. „Möchtest du in die heiligen Hallen?“

„Ja, klar möchte ich, aber für was ist das da drüben alles. Ich denke ihr arbeitet hier?“ Sie deutete auf den Tischkicker, die Pingpongplatte und die Jukebox.

„Wenn wir hier arbeiten, verbringen wir sehr viel Zeit miteinander. Das alles dient zur Entspannung. Wir lieben es, uns gegenseitig herauszufordern. Ich bin im Moment Darts-Meister und Miro ist der Beste im Tischtennis.“ Panu lachte. „Wir brauchen das, um immer wieder runterzukommen. Schau, da drüben ist unsere Küche mit der Bar und dahinter ein Chillroom. Durch die Tür dort“, er zeigte auf eine Tür am Ende des Raumes, „kommst du in die Sauna und zum Whirlpool.“

Emilia war verblüfft darüber, was sich hier alles befand. Sie schaute sich nochmal genau um. Überall standen Gitarren und neben einer kleinen roten Couch, die sich mitten im Raum befand, stand ein Keyboard.

Es roch leicht nach Zigarettenrauch, aber nicht penetrant.

Sie wusste, dass Panu rauchte, aber er hatte es bisher nicht in ihrer Gegenwart getan – warum auch immer. Vielleicht sollte sie ihm sagen, dass sie ab und zu eine Zigarette rauchte. Gerade jetzt hatte sie richtig Lust darauf, die Jukebox anzuschmeißen, sich mit einem Glas Wein und einer Zigarette auf die rote Couch zu lümmeln und… „Lass uns eine Zigarette rauchen.“ Emilia blickte Panu auffordernd an.

„Du rauchst?“, erstaunt starrte er sie an.

„Ab und zu. Und gerade als ich den Rauch hier gerochen habe, bekam ich richtig Lust darauf.“

„Okay!“

„Ich liebe es, wie du Okay sagst.“ Emilia musste über ihre Antwort lachen, da es bisher eigentlich Panus Reaktion auf ihre Bejahungen dieser Art war.

„Werde nicht frech, Kleine!“ Er baute sich in voller Größe vor ihr auf und blickte auf sie herab. „Was möchtest du trinken? Rotwein? Bier? Weißwein?“

„Weißwein, bitte.“ Sie stellte sich auf die Zehenspitzen und gab ihm unbefangen einen zarten Kuss auf die Lippen. Sofort durchfuhr sie ein elektrischer Stoß und Panu schien es nicht anders zu ergehen. Auch er zuckte leicht zusammen, fasste sie blitzartig um die Hüfte und vertiefte den Kuss.

Atemlos drückte sich Emilia gegen seine Brust. „Wein, bitte.“

„Mmh, du schmeckst schon wieder so gut." Panu konnte nicht widerstehen. Er hob sie hoch, trat ein paar Schritte zurück und legte sich mit ihr auf die Couch.

Sie versuchte sich vergeblich zu befreien. Halbherzig probierte sie es noch einmal, aber er hielt sie eng an sich gepresst und küsste sie fordernd. Sie konnte nicht anders, ihre Lippen wurden weich und sie gab sich seinem Kuss vollkommen hin.

Als sie ...Sekunden, Minuten? ...später ein Geräusch hörte, zuckte sie erschrocken zusammen. „Was war das?" Sie stemmte die Hände gegen Panus Brust.

Er richtet sich leicht auf. „Das wird einer von den Jungs gewesen sein. Ich hatte dir doch am Telefon gesagt, dass wir alle noch zusammen saßen, als ich dich angerufen habe."

Emilia setzte sich mit einem Ruck auf. Das hatte sie ganz vergessen. Wie peinlich wäre das, wenn jetzt ein Mitglied der Band hereinkäme. „Kann ich jetzt bitte was zu trinken haben?"

„Ja, klar." Widerwillig stand Panu auf. „Lass uns an die Bar gehen."

Emilia blickte ihm nach. War er jetzt sauer? Sie glättete ihren Pulli und fuhr sich nervös durch die Haare. Sie dachte kurz nach und beschloss, sich zusammenzureißen. Ein Glas Wein und eine Zigarette würden dabei sicher helfen. Sie folgte ihm und setzte sich auf einen Barhocker.

Panu stand bereits rauchend hinter die Bar und reichte ihr ein Päckchen Zigaretten. Emilia steckte sich eine Zigarette an, inhalierte genüsslich und beobachtete ihn aus dem Augenwinkel. Die Kippe im Mundwinkel, wie früher der Malboro Mann, öffnete er langsam, ohne ein Wort zu reden die Flasche Wein und füllte zwei Gläser. Eines stellte er vor sie, das andere trank er auf einen Zug leer.

Emilia vermutete, dass er unter Hochspannung stand. „Balu?" Eingeschüchtert von seinem finsteren Blick fasste sie zaghaft über den Tresen und berührte sanft seinen linken Oberarm.

Panu zuckte leicht zusammen. Sein Blick wanderte von ihrer Hand zu ihrem Gesicht. „Emilia, du treibst mich wirklich in den Wahnsinn! Ich möchte dich und zwar ganz, ich habe das Gefühl zu explodieren."

Ein Lächeln machte sich auf Emilias Gesicht breit. Er war nicht sauer sondern einfach nur bis aufs Äußerste erregt. „Ich möchte das doch auch, aber nicht jetzt und vor allem nicht hier, okay?"

„Natürlich okay, ist mir ja auch klar. Aber dann darfst du mich heute nicht mehr anfassen, geschweige denn küssen." Er warf ihr einen strengen Blick zu.

Gespielt empört zog Emilia ihre Hand zurück. „Ich dich küssen? Würde ich mich niemals wagen. **Du** hast mich doch eben auf die Couch gedrängt."

„Ja, aber erst nachdem du mich geküsst hast. Also sind wir Quitt!" Auch auf Panus Gesicht breitete sich nun ein Lächeln aus. Er drückte seine Zigarette aus und deutete auf den Glaskasten schräg gegenüber. „Komm, ich zeig dir unser Aufnahmestudio, das ist unverfänglich."

Jetzt musste Emilia wirklich lachen und folgte ihm in den Regieraum.

Er erklärte ihr, was die vielen Knöpfe und Tasten zu bedeuten hatten. Sie merkte, wie er sich wieder entspannte und ganz darin aufging, ihr alles zu zeigen und zu erläutern. Emilia war sehr interessiert, stellte unzählige Fragen und ließ sich von seiner Begeisterung anstecken.

„Lass uns in den Aufnahmeraum gehen." Er hielt ihr die Tür auf, während sie unter seinem Arm durchschlüpfte, ganz darauf bedacht, ihn nicht zu berühren.

„Wow, hier ist also der magische Ort, an dem ihr eure Lieder einspielt."

„Ja, genau. Hier wird gesungen, gespielt, diskutiert, verbessert und alles nochmal von vorne gemacht. Das ist manchmal ganz schön Nerven aufreibend." Er ging ans Mikro, nahm es heraus und hielt es Emilia vor die Nase. „Möchtest du mal?"

„Ich?" Entsetzt ging sie einen Schritt zurück. „Nein, danke."

„Ach komm, du mit deiner tollen Stimme. Das ist deine Chance, mal nicht nur unter der Dusche zu singen." Immer noch hielt er ihr das Mikro hin.

Emilia war hin- und hergerissen.

Panu bemerkte, dass sie ins Grübeln kam. „Komm schon, setz dich hier hin", er deutete auf den Barhocker, „oder bleib stehen, wie du willst. Zieh die Kopfhörer auf, ich gehe in die Regie und spiele die Musik ein, die du möchtest. Ich nehme das Ganze auf und du kannst später rein hören, wie das so klingt." Er wedelte mit dem Mikro vor ihrer Nase herum. „Feigling!"

Feigling?! Sie blickte ihn entrüstet an und schnappte nach dem Mikro. „Gut, wenn es unbedingt sein muss!"

„Ja, es muss sein", er grinste sie an. „Singen oder Sex!"

Emilia schluckte schwer und brummte vor sich hin: „Singen!"

Lachend ging Panu zur Tür. „Dachte ich mir's doch." Er wollte die Tür von außen schließen. Emilia überkam Panik. In einem kastenartigen Raum mit geschlossener Tür – das ging gar nicht. „Lass bitte die Tür auf!"

Er schaute sie etwas verwundert an, akzeptierte ihren Wunsch jedoch wortlos und ging in den Regieraum.

Emilia bewegte sich langsam zum Mikroständer, klemmte das Mikro ein, stellte es auf ihre Höhe ein und setzte die Kopfhörer auf.

„Kannst du mich hören?"

Emilia nickte.

„Was möchtest du singen?"

Sie blickte zu Panu, der hinter dem Mischpult Platz genommen hatte und wurde noch nervöser als sie ohnehin schon war. „Ich weiß nicht, was habt ihr denn?"

„Alles was du möchtest. Sag an!"

Emilia überlegte kurz und fragte dann schüchtern: *„From a distance"* von Bette Midler?"

Einen Moment war Stille. Panu beugte sich über den Computer und suchte den Song heraus. „Okay, hab ich. Entspann dich, hör einfach auf die Musik und vergiss, dass ich dir zuhöre! Nur Mut! Sag mir, wenn du bereit bist!"

Emilias Herz klopfte wie wild. Welch extrem aberwitzige Situation. Sie war in Helsinki, mit einem Traummann. Nicht zu vergessen, dass dieser Traummann nicht ihr Ehemann war. Und sie war kurz davor eine heiße Affäre mit diesem Typ anzufangen. Und um das Ganze noch surrealer zu machen, stand sie nachts um halb zwei in einem Tonstudio und würde gleich einen Song aufnehmen.

Konnte ihr Leben noch aufregender werden?

*

Sie nickte Panu zu und schloss die Augen.

„From a distance the world looks blue and green and the snow-capped mountains white..."

Emilia hörte nur auf die Melodie und ließ die Welt hinter sich. Ihre dunkle, rauchige Stimme erfüllte den Raum.

Panu saß still im Nebenraum – schaute und hörte ihr gefesselt zu. Wie damals am See erlebte er noch einmal, was Musik in Emilia bewirkte. Wo eben noch das schüchterne, aufgeregte Mädchen stand, sah er jetzt eine selbstbewusste, sinnliche Frau.

„...from a distance there is harmony ..."

Er hörte ein Geräusch neben sich und sah wie Miro und Mikka sich zu ihm setzten. Er bedeutete ihnen, leise zu sein. Mikka hielt anerkennend den rechten Daumen hoch – auch Miro zeigte mit den Fingern ein „Okay". Panu lächelte. Ja, sie war wirklich gut.

„...from a distance we all have enough and no one is in need..."

Auf einmal standen auch Janis und Rami im Regieraum und schauten erstaunt auf die kleine, braunhaarige Frau hinter der Glasscheibe. Mit fragendem Blick stupste Janis Panu an.

„Später", flüsterte Panu leise in die Runde.

„...from a distance we are instruments marching in a common band, playing songs of hope..."

Emilia bekam von alldem nichts mit. Sie ging vollkommen in der Musik auf.

„...from a distance you look like my friend, even though we are at war..."

Rami beugte sich vor. „Wahnsinn, wo hast du denn das Goldkehlchen her?" Panu winkte ab und legte den Finger an den Mund.

„...god is watching us from a distance...!"

Emilia hielt noch für Sekunden die Augen geschlossen. Langsam nahm sie die Kopfhörer ab und öffnete die Augen. Verlegen blickte sie in Panus Richtung. Was sie da sah, haute sie fast um. Hinter Panu standen noch vier Männer, die sie lächelnd anblickten.

Panu drückte auf einen Knopf. „Kannst du mich hören?"

„Mmh, ja."

Er drehte sich zu seinen Bandkollegen um. „Jetzt dürft ihr."

Ein ohrenbetäubender Lärm brach los. Die Jungs riefen ihr in verschiedenen Sprachen etwas zu. „Geil ...kiva ...amazing ...great ... kaunis ...super!"

Emilia stand wie versteinert da. Damit hatte sie nicht gerechnet. Panu öffnete die Tür und kam auf sie zu. Emilia stutzte kurz – die Tür war verschlossen gewesen, das hatte sie gar nicht mitbekommen.

Er nahm ihr Gesicht in beide Hände und gab ihr einen kräftigen Kuss auf die Lippen. „Du warst wunderbar, möchtest du es hören?"

„Ich weiß nicht", verwirrt schaute sie von ihm zu den Jungs hinter der Glasscheibe. „Kann ich erst einmal etwas trinken und eine Zigarette rauchen?"

Panu lachte laut auf. „Natürlich! Komm, wir setzen uns raus!" Er nahm ihre Hand und zog sie mit sich. Sie gingen an die Bar, wo schon die Anderen standen und ihr beteuerten, wie toll sie gesungen hatte.

Sie bedankte sich verlegen und steckte sich eine Zigarette an. Panu stellte ihr Janis und Rami vor. Angeregt unterhielten sich alle auf Englisch.

Panu gab Mikka einen Wink. Dieser verschwand Richtung Regieraum und im nächsten Moment war der ganze Raum erfüllt von Musik, gefolgt von Emilias Stimme.

Emilia riss erstaunt die Augen auf. Das war sie – ihre Stimme! Wow, nicht mal so schlecht. Sie schaute scheu in die Runde und wurde, wie so oft, knallrot.

„Du brauchst nicht rot zu werden, Harmaa-silmä, das ist wirklich gut." Panu stand hinter ihr und zog sie an sich. Er hatte doch gar nicht sehen können, dass sie rot geworden war. Zu ärgerlich, dass er sie so einfach durchschaute.

Als der Song zu Ende war, sprachen Panus Bandmitglieder noch einmal lobende Worte aus, widmeten sich zu Emilias Erleichterung dann aber rasch wieder anderen Themen. Das Glas Wein und die Zigarette entspannten sie langsam und so war sie nach wenigen Minuten in angeregte Gespräche mit der Band verstrickt.

Rami war der zweite Bassist und Keyboarder. Er war ein kleiner, stämmiger Mann mit dunklem Haar und einem Dreitagebart. Sein Lächeln war verschmitzt und eigentlich war er ständig am Lachen.

Janis war ruhiger. Sein Aussehen erinnerte sie ein wenig an Hannibal Lector. Er blickte die meiste Zeit finster drein und redete wenig. Seine strohblonden, kurzen Haare standen störrisch zu allen Seiten ab, seine Augen waren schmal und der Mund verkniffen. Er hatte schon einiges getrunken, vielleicht machte er deshalb auf Emilia einen etwas aggressiven Eindruck?

Sie hatte gelesen, dass die Finnen, sobald sie zu viel getrunken hatten, streitsüchtig würden. Sie blickte daher erneut verstohlen in Janis Richtung. Streitsüchtig – ja, das traute sie diesem Typ zu. Sie merkte, dass auch die Anderen schon einige Bier intus hatten, aber das machte sie nicht wirklich unsympathischer. Im Gegenteil, sie waren lustig und behandelten Emilia, als ob sie sie schon ewig kennen würden.

Rami schubste Panu zur Seite, so dass er jetzt dicht hinter Emilia stand. „Könntest du bitte mal aufstehen?"

Emilia schaute ihn verwirrt an, tat ihm aber spontan den Gefallen.

„Bleib so."

Emilia stützte sich auf der Theke ab und stellte sich auf die Fußstützen des Barhockers, den Rücken Rami noch immer zugewandt. Sie drehte den Kopf und fragte irritiert: „Was soll das?"

„Mmh, ja! Ich denke, das passt", Rami blickte prüfend auf ihren Hintern. „Das ist also die Frau mit der sexy Rückansicht und dem hübschen Mittelfinger."

Emilia setzte sich peinlich berührt wieder hin. Sie blickte in die Runde und wartete auf frotzelnde Kommentare, die tatsächlich nicht lange auf sich warten ließen. Einer nach dem anderen gab seinen Senf zu ihrer unüberlegten Tat am Vormittag. Nur Janis hielt sich zurück und schaute sie mürrisch an. Panu gab Rami einen kräftigen Stoß, so dass dieser zur Seite fiel. „Hau ab, du Idiot!" An Emilia gewandt sagte er lächelnd: „Es tut mir leid, wirklich!", aber auch er konnte sich das Grinsen nicht verkneifen.

„Ja, ja, es tut dir leid – Lügner! Du amüsierst dich genauso wie die Anderen." Emilia knuffte ihn in die Seite. „Egal, bin ja selbst dran schuld. Ich dachte mir halt, dass man so in Finnland mit neugierigen Menschen umgeht. Außerdem hat es Spaß gemacht." Nun musste auch sie lachen und schaute in die Runde. „Wollt ihr nochmal sehen, was alle zu sehen bekommen haben?"

Panu tippte sich an die Stirn. „Lass gut sein."

Aber Emilia ritt der Teufel. Sie sprang vom Barhocker, drehte sich mit dem Rücken zur Bar und nestelte an ihrer Jeans.

Panu schnappte erstaunt nach Luft und auch den vier andern blieb vor Erstaunen der Mund offenstehen.

„Eins, zwei", Emilia hatte beide Hände an die Hüften gelegt. Die Finger steckten im Hosenbund. Jetzt nur noch ein Ruck und sie würde erneut blank ziehen. Mit einem lauten „drei" gingen ihre Hände nach unten, sie drehte sich schnell um, jedoch noch immer voll bekleidet und zeigte den fünf Männern den Mittelfinger. Lachend schaute sie in die verdutzten Gesichter. „Ich bin nicht blond und deshalb auch nicht zweimal innerhalb von vierundzwanzig Stunden blöd."

Mikka klatschte Applaus. „Super Baby, auch diesen Finger hat die Welt heute bewundert und sich gefragt, zu wem der wohl gehört."

Panu trat zu ihr und wuschelte ihr durch die Haare. „Ich war schon richtig erschrocken. Ich dachte, dass meine Bandkollegen zur gleichen Zeit wie ich, das erste Mal, deinen süßen Hintern live sehen."

Emilia hielt die Hände vors Gesicht. „Geht's noch peinlicher?"

„Wieso? Jetzt wissen alle, dass du deine Unschuld, was mich betrifft, noch hast."

„Ich glaub, ich muss mal kurz raus hier. Das wird mir jetzt doch alles ein bisschen viel."

Lautes Lachen begleitete sie, als sie Richtung Bad ging.

Sie war im Moment so unberechenbar. Immer wieder war sie auf Provokation aus. Aber wenn dann in irgendeiner Weise eine Retourkutsche kam, war sie peinlich berührt. Sie wollte doch, ihrem Alter entsprechend, selbstbewusst und reif wirken.

Naja, blank ziehen war ja nicht gerade reif.

Aber das war auch der einzige Ausrutscher gewesen, den sie sich bisher geleistet hatte. Emilia wollte zeigen, dass sie eine selbstbewusste Frau war. Nur leider fiel sie immer wieder in ihre Schüchternheit und die jahrelang anerzogene Unterwürfigkeit zurück. Das ärgerte Emilia sehr. Sie eilte zur Toilette und blickte genervt in den Spiegel. Doch was sie sah, überraschte sie. Verwundert schaute sie genauer hin.

Sie sah richtig gut aus. Überhaupt nicht übermüdet, wie es um die Uhrzeit eigentlich der Fall sein müsste. Im Gegenteil, ihre Wangen waren gerötet, ihre Augen glänzten glücklich – sie strahlte pure Lebensfreude aus.

Ja, sie lebte – fühlte sich wunderbar lebendig! Sie straffte die Schultern, fuhr sich noch einmal durch die kurzen Haare und ging zurück in den großen Raum.

Die fünf Männer verloren keinen Ton mehr über das eben Geschehene und es war offensichtlich, dass Panu etwas gesagt hatte. Dankbar schaute sie ihn an, setzte sich wieder an die Bar und hörte den Gesprächen zu. Es ging gerade um einen Auftritt kommende Woche in Stockholm. Panu stand etwas entfernt an der Thekenseite und blickte sie immer wieder fragend an.

Sie strahlte ihn an. Er deutete ihr Lächeln als Einladung und stellte sich wieder hinter sie.

„Hast du uns, **mir** , verziehen?"

Sie blickte grinsend zu ihm auf. „Wenn **du** irgendetwas von **mir** live sehen möchtest, musst du dich ein bisschen besser benehmen."

Panu lachte auf und küsste sie auf die Wange. „Ich gelobe Besserung."

„Schön, dann steht einer Live-Show in naher Zukunft ja nichts mehr im Wege." Ein schelmisches Lächeln überzog ihr Gesicht.

Panu schluckte schwer. Sein Gesichtsausdruck war gequält. Weg hier, alle weg! Ich möchte sofort mit ihr alleine sein, und... Seine

Gedanken schrien förmlich, er verzehrte sich nach ihr, wie bisher nach keiner anderen Frau.

Janis beobachtete die beiden vom anderen Ende der Bar aus. Was er sah gefiel ihm nicht so richtig. Er wusste noch nicht, was ihn an Emilia störte, aber er hatte ein ungutes Gefühl bei der Sache und beschloss, die beiden im Auge zu behalten.

Rami forderte Panu zum Darts spielen heraus. Panu wollte nicht. Er wollte nicht von Emilias Seite weichen, aber irgendwann gab er schließlich nach. Emilia beobachtete, wie die beiden herumalberten – wie Schuljungs.

Sie lächelte. Wie unbeschwert hier alles war. Sie warf einen Blick auf die Uhr und stellte erschrocken fest, dass es schon kurz nach drei Uhr war. Irgendwann musste sie zurück ins Hotel. Sie schaute zu Panu.

Dieser sprang gerade seinem kleineren Bassisten auf den Rücken und hielt triumphierend die Pfeile in die Luft. „I'm the Champion...of the world...!" Lachend warf Rami ihn ab und forderte Revanche.

Miro, Mikka und Janis wollten eine Runde Tischtennis spielen. „Spielst du mit? Wir brauchen noch einen vierten Mann!", fragend schaute Miro sie an.

Nach kurzem Zögern antwortete sie zu ihrer eigenen Überraschung: „Ja, wenn ihr einen Verlierer braucht, bin ich eure Frau!"

„Aber ich muss dich warnen: Wer verliert muss trinken." Janis schaute sie herausfordernd an.

Er mochte sie nicht, das war ihr mittlerweile klar geworden. „Na, dann mal los. Stell dir schon mal ein Glas Milch bereit, die wirst du nach deiner Niederlage brauchen!"

Miro und Mikka lachten über Janis verdutztes Gesicht. Mit so einer schlagfertigen Antwort hatte er nicht gerechnet.

Die Vier gingen zur Tischtennis-Platte und fingen an zu spielen. Janis und Mikka, gegen Miro und Emilia. Es war ein Heidenspaß. So schlecht stellte sich Emilia gar nicht an und mit Miro, dem Tischtennis-Champion, schafften sie es sogar, einen Satz zu gewinnen. Am Schluss verloren sie zwar haushoch, was der guten Stimmung aber keinen Abbruch tat.

*

Panu beobachtete das Ganze während er weiter Darts spielte. Er war begeistert von Emilia. Mit welcher Lockerheit sie mit den drei Jungs umging, die sie kaum kannte und die obendrein noch angetrunken waren, haute ihn schlichtweg um. Sie hatten sich während des Spiels nicht gerade wie Gentlemen verhalten, aber immerhin niveauvoller, als wenn sie nur unter sich waren. Janis war manchmal richtig derb, was Panu das ein oder andere Mal zusammenzucken ließ. Er war auch der Einzige, der immer wieder finnisch sprach, so dass Emilia ihn nicht verstehen konnte.

Rami nutze Panus Geistesabwesenheit schamlos aus, gewann das entscheidende Spiel und war somit neuer Darts-Meister. Panu schaute perplex auf den Automaten, der bei Ramis letztem Wurf wie wild zu blinken anfing. Nun sprang Rami auf Panus Rücken und grölte. „Bring mich an die Bar, du Looser!"

Huckepack trug Panu ihn Richtung Bar, warf ihn aber schon vorher mit Schwung auf die rote Couch. Rami sprang lachend auf. „Komm, auf einen Jägermeister!" Zeitgleich kamen auch die anderen Vier zur Bar.

„Auch Jägermeister?" Rami hielt Emilia die Flasche hin.

„Gerne, aber bitte nur einen Kleinen." Sie wollte sich – vor allem vor Janis – keine Blöße geben. Panu stand schon wieder dicht bei ihr. Endlich!

„Du musst nicht, wenn du nicht magst." Er sprach leise, so dass nur sie es hören konnte.

„Doch, doch! Spielschulden sind Ehrenschulden." Sie nahm das Glas und prostete in die Runde.

„Kippis, Jungs. Danke, dass ich hier sein darf."

Sie schaute auf die Uhr. Es war jetzt halb fünf Uhr morgens. Durch die Fenster sah sie, dass es bereits hell wurde. Sie blickte zu Panu. „Ich glaube, ich muss bald gehen." Sie wollte das gar nicht sagen, aber sie musste.

„Ja, ich weiß. Komm, wir setzen uns noch einen Moment ans Fenster."

*

Panu schnappte sich eine Flasche Wein samt Gläsern. Sie schlenderten durch den großen Raum zu der riesengroßen Couch. Von hier hatte man einen herrlichen Blick auf das Meer.

Panu setzte sich und zog sie mit sich. Er legte einen Arm um ihre Schultern und sie kuschelte sich an ihn.

„Es war ein wunderschöner Abend, ich meine, eine wunderschöne Nacht.“ Sie strich sanft über seinen Arm und spürte wieder diese Anspannung in ihm.

„Ja, das war es. Und morgen wird es genauso schön oder noch schöner.“ Er küsste sie sanft auf die Stirn. Ein Schauer überlief sie. Sie blendete wieder alles aus. Sie hörte nur noch aus weiter Ferne, dass Rami und Mikka sich verabschiedeten, Janis in den Chillroom ging und Miro leise auf seiner Gitarre spielte.

Panus Nähe verwirrte sie und raubte ihr den Atem. Wenn er sie berührte oder küsste, verlor sie jeglichen Sinn für Zeit und Raum. Es war einfach einzigartig.

„Okay, eigentlich hatten wir ja beschlossen, uns heute nicht mehr zu berühren“, er lachte rau auf. „Was wir gerade nicht wirklich schaffen! Aber küssen war ja auch verboten und da läuft es ja momentan sehr gut.“ Erneut lachte er auf. „Aua!“

Emilia hatte ihn in die Seite gekniffen. „Darüber macht man keine Witze, das ist total ernst.“ Sie schob schmollend die Unterlippe vor.

Er hob ihr Kinn leicht an. „Vielleicht sollten wir eine kurze Beschlusspause einlegen?“

„Ja, bitte.“ Sie schaute ihn mit ihren großen, grauen Augen an. „Küss mich!“ Sie reckte sich ihm entgegen.

Sein Herz begann unkontrolliert zu rasen. Sehnsuchtsvoll beugte er sich vor und umfasste zärtlich ihr Gesicht. Sanft trafen ihre Lippen aufeinander. Panus Körper spannte sich noch mehr an, sein Atem ging stoßweise.

„Gut“, sanft löste er sich von ihr. „Mehr geht heute beim besten Willen nicht.“ Er musste über Emilias enttäuschtes Gesicht schmunzeln. „Wie oft denn noch, Harmaa-silmä, du bist einfach zu heiß.“

„Mmh“, murrend legte Emilia ihren Kopf in seinen Schoss und schaute aus dem Fenster. Ihr Blick fiel auf die beiden kleinen Inseln, die sich, zum Greifen nah, auf der gegenüberliegenden Seite befanden. Im Hafen der einen tanzten unzählige Segelboote auf dem Wasser. Auf der Nachbarinsel konnte sie eine imposante Jugendstilvilla erkennen.

„Was ist das gegenüber für ein Gebäude?“

„Da ist ein wunderschönes und sehr gutes Restaurant beheimatet. Das *Saaristo*.“

„Mmh“, Emilia schaute begeistert dem Spiel der Wellen zu.

„Was ist deine Lieblingsfarbe?“ Sie sprach leise.

„Grau!“

Sie drehte den Kopf und schaute zu ihm auf. „Ehrlich!“

„Naja, bisher blau, aber grau kommt seit Neustem an erster Stelle." Sanft strich er um ihre Augen. „Und deine?"

„Grün! Hast du Geschwister?"

„Ja, zwei Schwestern, Zwillinge ...und du?"

Emilia zögerte kurz. „Du Glücklicher, ich bin leider ein Einzelkind."

Panu fing an, Gefallen an dieser Fragerunde zu finden. „Was ist dein Lieblingsland?"

„Spanien, weil es da immer so schön warm ist. Aber Deutschland liebe ich auch."

„Ich mag Deutschland am liebsten, gefolgt von Finnland und Spanien. Was ist dein Lieblingslied?"

„Im Moment *Rising sun* von Sunrise Avenue, aber das ändert sich ständig." Sie fuhr mit den Fingern seinen Hals hinauf und stoppte in den Haaren, um mit einer kleinen Locke zu spielen. „Und darf ich raten?! Deins ist *Bed of roses* von Bon Jovi?!"

„Mmh", er genoss ihre Hände in seinen Haaren. „Ja auch, aber das ist nur Eines von Vielen." Seine Hand glitt über ihre Wange hinunter zu ihrem Mund. Sanft strich er über ihre Lippen.

Emilia erschauerte und küsste seine Fingerspitzen. „Was trinkst du am liebsten?"

„Rotwein." Er blickte sie an. „Und ich weiß, dass du am liebsten Weißwein magst, stimmt's?"

„Ja, genau." Sie richtete sich ein wenig auf und trank darauf zur Bestätigung einen Schluck aus ihrem Glas. „Würdest du dir noch eine Zigarette anmachen – ich würde gerne noch einmal ziehen?"

Ohne zu zögern steckte sich Panu eine Zigarette an. Eine Frau, die nicht über Zigarettenqualm meckerte – wo traf man die schon. Er nahm einen tiefen Zug, hob den Kopf und pustete den Rauch in die Luft. „Das reicht, oder?"

Lachend nahm sie ihm die Zigarette aus der Hand und inhalierte ebenfalls tief. „Ich finde es hier herrlich, so richtig entspannend."

„Ich auch, vor allem mit dir." Liebevoll blickte er auf Emilia herab.

Emilia musste schlucken, das war doch alles nicht wahr?!

„Was ist dein Lieblingssport?"

„Eishockey!" Das kam wie aus der Pistole geschossen. „Apropos Eishockey, was machst du heute Nachmittag?"

„Weiß nicht, ich habe nur am Vormittag einen Termin."

„Gut, dann hast du jetzt 'was vor. Um sechszehn Uhr gehen wir in die *Valtti Arena*, eine der hiesigen Eissporthallen. Da findet morgen ein Lokalderby statt. Hast du schon mal ein Eishockeyspiel gesehen?"

„Nein." Emilias Lider wurden schwer. Sie spürte das zärtliche Streicheln seiner Hand auf ihrer Haut und hörte Miros sanfte Gitarrenklänge. Sie wollte nicht einschlafen, denn dann hatte sie doch nichts mehr von ihm. Sie versuchte die Augen aufzureißen, aber sie war zu müde.

Panu beugte sich leicht vor, um die Zigarette auszudrücken, aber das bekam sie schon nicht mehr mit.

Er betrachtete sie lange. Was ihm hier passierte, war äußerst seltsam. Dieses Mädchen war seltsam. Sie verzauberte ihn. Er benahm sich wie noch nie. Aber er konnte nicht anders – sie fesselte ihn einfach. Er musste allerdings aufpassen, dass das Ganze nicht zu ernst wurde. Spaß haben – ja! Aber eine ernste Sache passte im Moment einfach nicht in seine Lebensplanung.

Er schaute ihr noch eine Weile beim Schlafen zu. Ihre Augen bewegten sich unter den Lidern wieder unruhig hin und her. Das hatte er gestern Nachmittag schon im Auto beobachtet. Sie schien sehr intensiv zu träumen.

Langsam fielen auch ihm die Augen zu und sein Kopf sank leicht nach hinten.

*

Emilia erwachte durch ein lautes Krachen. Jemand hatte eine Tür zufallen lassen. Sie öffnete die Augen. Es vergingen ein paar Sekunden bis sie wieder wusste, wo sie war. Vor allem mit wem sie wo war.

Panu hatte den Knall auch gehört und schaute sich fragend um. Miro saß noch immer auf der anderen Couch und zupfte an seiner Gitarre. Auf Finnisch fragte Panu ihn, was das gewesen sei. Miro hörte auf zu spielen und kam zu ihnen herüber. Auch er sprach nun in seiner Heimatsprache. Emilia verstand kein Wort. Sie blickte fragend zu Panu auf.

„Das war Janis. Er ist gegangen und war wohl ziemlich angetrunken." Er dehnte sich und versuchte seine Beine auszustrecken. Das klappte aber nicht so richtig, da Emilia noch immer in seinem Schoß lag. Rasch fuhr sie hoch und setzte sich neben ihn. „Wie spät ist es?" Sie schaute aus dem Fenster. Die Sonne hatte sich durch ein paar Wolken gekämpft. Hoffentlich war es noch nicht so spät, um neun Uhr hatte sie einen Termin in der Stadt mit Herrn Vänska und zwei Designerinnen.

„Es ist kurz nach sieben, wir haben gerade mal zwei Stündchen geschlafen. Musst du gleich weg oder machen wir uns noch ein Frühstück?" Panu streichelte ihr sanft über die Wange. Emilia fröstelte. Sie zog die Schultern hoch und klapperte leise mit den Zähnen.

„Du bist ja eiskalt, warte!" Er stand auf um ihr eine Decke zu holen.

Emilia blickte ihm nach. Er sah so gut aus. Seine Haare waren verstrubbelt und sein Shirt zerknittert. Er schaute verschlafen und ein riesiger Faustabdruck zierte seine Wange. Sie fühlte sich ein wenig ernüchtert im hellen Morgenlicht. Das Gefühl der letzten Nacht schien abhanden gekommen zu sein. Sie vermisste seine Nähe und wünschte, sie wären nicht so unsanft aus dem Schlaf gerissen worden.

Miro ging in Richtung Küche. „Ich mache uns mal Kaffee."

Emilia stand ebenfalls auf. Panu kam mit einer kuscheligen Decke zurück und legte sie ihr um die Schultern. Sofort machte sich eine mollige Wärme in ihr breit. Sie lehnte sich zurück. Er umarmte sie leicht und küsste ihre Wange. „Ich hasse Aufstehen, ich hasse zu wenig Schlaf und ich hasse diesen Morgen, weil du gleich gehen musst."

Seine Nähe – seine Worte brachten den Zauber der letzten Nacht augenblicklich zurück. Emilia seufzte zufrieden und drehte sich zu ihm um. „Dito." Sie lächelte ihn an und stellte sich auf die Zehenspitzen, um ihn sanft auf den Mund zu küssen.

Mehr brauchte es nicht um auch Panu ein Lächeln auf die Lippen zu zaubern. Er umfasste ihre Taille und drückte sie fest an sich. „Komm, wir frühstücken noch mit Miro und dann bringe ich dich zurück ins Hotel."

„Mmmhh, okay", sie wollte sich noch nicht von ihm lösen und kuschelte sich fest an seine Brust. Panu konnte dieser liebevollen Umarmung nicht widerstehen und beugte sich zu ihr herunter. „A kiss, please."

Emilia tat nichts lieber als das. Sie fuhr mit ihren Händen durch seine Haare und legte ihre Lippen fordernd auf seine. Scharf zog Panu die Luft ein. Da war es wieder dieses Wahnsinnsgefühl. Er genoss ihren gefühlvollen Kuss und versuchte, ihr die Initiative zu überlassen. Ihre Zunge verlangte Einlass und nur zu bereitwillig öffnete er seine Lippen. Sie schmeckte so gut. Sanft stieß sie gegen seine Zungenspitze. Als sie merkte, dass er ihrem Spiel zu widerstehen versuchte, zog sie sich zurück und glitt sanft an seinem Mundwinkel entlang. Sie warf ihm einen fragenden Blick zu.

Da war es um ihn geschehen, dieser Mund, diese Augen, er musste sie einfach haben. Mit beiden Händen umfasste er ihr Gesicht und begann erneut, sie leidenschaftlich zu küssen.

Emilia war von Neuem verzückt von seiner Begierde. Ihre Hände wanderten unter sein Shirt und streichelten seine harte Rückenmuskulatur.

Mit einem Ruck machte er sich von ihr los. „Oh nein, nicht schon wieder. Irgendwann ist es auch um meine Selbstbeherrschung geschehen. Termin hin oder her."

Emilia strauchelte und schaute ihn verlegen an. „Du wolltest, dass ich dich küsse."

„Das wollte ich ja auch, aber das geht so nicht." Er kam wieder einen Schritt auf sie zu und nahm ihre Hand. „Du weißt gar nicht, was du für eine Wirkung auf Männer hast – auf mich. Emilia, ich würde dir am liebsten die Kleider vom Leib reißen und dich hier und jetzt nehmen. Auf dem Boden, auf der Couch, egal wo. Glaub mir, ich spiele nur den Gentleman, in Wirklichkeit bin ich heiß und versaut." Er musste über ihr verblüfftes Gesicht lachen.

„Dann nimm mich." Jetzt war es an Panu erstaunt zu schauen.

„Ich ...Emilia, wow, jetzt hast du mich."

Sie mussten beide lachen.

„Okay, wir frühstücken erst einmal und dann sehen wir weiter." Er legte einen Arm um ihre Schulter und ging mit ihr zu Miro an die Theke. „Miro macht die besten Rühreier die du dir vorstellen kannst."

„Ja, das kann ich. Setzt euch hin! Frühstück ist gleich fertig. Panu nimm die Hände von Emilia und schenk uns Kaffee ein!"

Emilia fühlte sich nun wieder völlig entspannt. Sie alberte mit den beiden Männern herum, als ob sie nie etwas anderes getan hätte. In keiner Minute kam ihr Joachim in den Sinn oder ihre Mutter oder die Firma.

Um acht Uhr saß sie mit Panu in Miros Auto. Vorm Hotel stieg Panu kurz mit aus. Er hatte sein Basecap wieder tief ins Gesicht gezogen und den Kragen seiner Jacke hochgeschlagen.

„Du wirkst wie ein Privatdetektiv." Sie lächelte ihn an.

„Na, wir brauchen doch nicht noch mehr Bilder, oder? Vor allem keine, die gestochen scharf sind ...so wie ich." Er beugte sich grinsend vor und küsste sie leicht auf die Lippen. „Ich hole dich um halb vier ab. Zieh dich warm an! Die Eissporthallen sind sehr kühl."

Emilia streckte sich und flüsterte ihm frivol ins Ohr. „Die Hallen mögen kühl sein, aber ich bin heiß." Sie drehte sich abrupt um und ging schnellen Schrittes ins Hotel. Sie sah nicht mehr zurück. Er sollte nicht wieder merken, dass sie bei ihren eigenen Worten rot geworden war. Als sie die Treppen zu ihrem Zimmer hoch ging, summte der Mitteilungston ihres Handys.

<DU bist heiß!!! Und du bist wieder rot geworden!>

Mist, Mist, wie sie dieses Schamgefühl hasste.

Schnell schrieb sie zurück. <Kein Kommentar>

<Ok, wir sehen uns dann später.>

<Ok!>

<Ich mag es wie du „OK" schreibst.>

8

„It's so unbelievable – and I don't want to let go something so beautiful – flowing down like a waterfall. I feel like you've always been – forever a part of me..."

(Unbelievable – Craig David)

Emilia schaute unentwegt auf die Uhr. Sie tat sich schwer, den Gesprächen ihrer finnischen Geschäftspartner zu folgen. Sie war nun schon seit zehn Uhr mit Herrn Vänska und zwei finnischen Jung-Designerinnen, Iida Laine und Pinja Mäkinen, unterwegs in Helsinki und die vorangegangene Nacht zollte langsam ihr Tribut. Sie hatten den Tag mit einem ausgiebigen Frühstück auf dem Kauppatori[11] am Hafen begonnen.

Emilia äußerte ihr Erstaunen über den herben Kontrast zwischen dem eleganten Senatsplatz, der südlich des Hafens lag und dem gegenüberliegendem Marktplatz, der sich wunderschön am Wasser entlang erstreckte und auf dem die Händler, das einfache Volk, das Regime führten.

Als sie gemeinsam durch die Reihen der weißen und orangefarbenen Zelte liefen, erfreute sich Emilia an dem herrlichen Duft von frisch Gebratenem. Sie nahm die Rufe der Fischverkäufer und das Dröhnen

---

11 Markt

der Hafensirenen wahr. Überall standen Touristen mit ihren Fotoapparaten, um einen Augenblick des Geschehens einzufangen, während ihnen die kreischenden Möwen um die Ohren flogen.

Emilia blieb stehen und schaute sich lächelnd um. Ihr Blick fiel auf einen kleinen Obst- und Gemüsestand. Die Nektarinen sahen frisch und lecker aus. Sie gab Iida ein Zeichen, dass sie gleich nachkommen würde und ging zu dem Stand.

Sie wunderte sich über die hölzernen, viereckigen Messbecher, die hier in verschiedenen Größen herumstanden. Als die ältere Dame sie fragte was sie gerne hätte, bestellte sie vier Nektarinen. Die Frau hielt ihr einen kleinen Messbecher, der einen halben Liter fasste, hin und fragte auf Englisch: „So viel?"

Lächelnd nickte Emilia.

Herr Vänska klärte sie bei einem Kaffee in einem der orangefarbenen Zelte über die Messbecher auf. „In Finnland wird auf dem Markt in Litern gemessen, nicht nach Gewicht, wie in vielen anderen Ländern!"

„Okay! Wieder etwas dazugelernt." Emilia biss herzhaft in einen Crêpe und beobachtete fasziniert das Treiben ringsherum.

In den sogenannten Kaffeezelten, in denen sie es sich für ein freundschaftliches Gespräch gemütlich gemacht hatten, gab es keine Klassenunterschiede. Hier saßen Künstler zwischen einfachen Arbeitern oder Geschäftsleuten.

Nach diesem, für Emilia sehr beeindruckenden, morgendlichen Ausflug in Helsinkis Marktgeschehen, ging es im Anschluss in den Design-District, der sich westlich des Hafens befand und sich über mehrere Straßen um die Eteläesplanadi[12] erstreckte. Hier reihte sich ein Modegeschäft an das andere.

Emilia fühlte sich verrückterweise heimisch in dieser ihr eigentlich total fremden Stadt. Sie konnte sich das nur so erklären, weil die finnische Hauptstadt sie irgendwie an ihre Heimatstadt Mainz erinnerte. Helsinki war genauso überschaubar. Es gab neben der Moderne ebenso viele Gassen, in denen Trams fuhren und schöne alte Gemäuer zu finden waren.

Ihr schwirrte der Kopf von den vielen fremdländisch klingenden Namen. Ob Boutique oder Straße – für Emilia hörte sich alles wie ein langgezogenes aneinander reihen von „K's", „Ä's" und „I's" an.

---

12 Promenade

Iida und Pinja erklärten ihr unermüdlich das finnische Mode–Bewusstsein und Herr Vänska zeigte ihr die Plätze, an denen im nächsten Jahr die großen Modeschauen stattfinden könnten.

Um zwei Uhr öffnete Emilia erschöpft die Tür zu ihrem Hotelzimmer, kickte ihre Schuhe in die Ecke und warf sich aufs Bett. Sie hatte noch neunzig Minuten Zeit, um sich auszuruhen, sich für das Eishockeyspiel fertig zu machen und zu Hause Rapport zu erstatten. Einmal bei Joachim und ihrer Mutter und natürlich bei Eva, die sicher schon sehnlich auf ihren Anruf wartete. Den unliebsamen Anruf bei Joachim tätigte sie zuerst. Zu ihrer Erleichterung, konnte sie ihn nicht gleich erreichen und so schrieb sie ihm eine ausführliche Berichterstattung ihres Zusammentreffens am heutigen Morgen, per E-Mail. Sie hoffte, dass Joachim damit zufrieden sein würde und versuchte keinen weiteren Gedanken mehr an ihn, die Firma oder überhaupt an zu Hause zu verschwenden.

Freudig wählte sie die Nummer von Eva. Nach dreimaligen Klingeln nahm die Freundin ab.

„Hallo, Eva, ich bin's."

„Na, das wird aber auch Zeit! Ich werde schier wahnsinnig vor Neugier."

Emilia musste lachen. „Das glaube ich dir, aber auch ich werde hier bald wahnsinnig. Nicht vor Neugier sondern vor Verlangen. Aber okay...", Emilia musste erneut auflachen, „...neugierig bin ich schon auch, zum Beispiel darauf, wie es mit ihm wohl werden wird?!"

„Also hast du noch keine heiße Bettstory für mich? Erzähl, was ist bis jetzt passiert?"

„Nicht viel, wir haben uns nur gestern Nacht...", Emilia erzählte bis ins kleinste Detail was bisher geschehen war. Sie ließ nichts aus – weder das Singen, noch das Küssen und auch den heutigen Tag mit den vielen Eindrücken nicht.

„Ja, ja", Eva unterbrach sie genervt. „Helsinki ist schön, das mag ja alles sein, aber um ehrlich zu sein interessiert mich das nicht die Bohne. Wann siehst du ihn wieder? Und was macht ihr dann, und überhaupt, wie fühlst du dich?"

„Ich fühle mich großartig, ich bin glücklich. Eva ich bin total glücklich." Emilia tanzte in ihrem Hotelzimmer herum und juchzte ins Telefon. „Du müsstest mich sehen, ich bin am Bersten vor... vor ...ja vor was eigentlich. I'm just so damn happy!"

„Hey, komm mal wieder runter, Kleine, du hörst dich ja an, als wärst du auf Drogen. Bist du doch nicht, oder?“ Eva stellte diese Frage todernst.

Emilia lachte schon wieder. „Nein, außer du bezeichnest Panu als Droge, dann wäre ich wohl voll drauf.“

„Okay, und wie geht's jetzt weiter?“

„In einer dreiviertel Stunde holt er mich ab zu einem Eishockeyspiel, und danach? ...'mal sehen, was sich noch so ergibt.“

Nun war es Eva, die brüllte. „Du und Eishockey. Da laufen dir doch gleich die Tränen, wenn du zuschauen musst, wie hart die miteinander umgehen, du Softie.“

„Ich kann mich ja hinter Panus starker Schulter wegducken, wenn es mir zu viel wird“, erneut brach Emilia in Gelächter aus. „Hoffentlich geht es gut zur Sache, dann habe ich wenigsten plausible Gründe, mich an ihn 'ran zudrücken.“

„Oh, Mann, Emilia, du bist komplett verrückt. Aber ich gönne dir diese kleine Verrücktheit von ganzem Herzen und wäre jetzt zu gern bei dir.“

„Eva, du würdest deinen Spaß haben. Die Jungs sind wirklich total nett. Nur Janis ist ein bisschen komisch, ich glaube, der mag mich nicht.“

„Er mag dich nicht? Wie kann man Bambi nicht mögen? Das muss aber eine komische Type sein...“, Eva zögerte für einen Moment, „... hat Mikka mal etwas über mich gesagt?“

„Äh...“, nun stockte Emilia, „...wir haben nicht viel miteinander gesprochen, es war keine Zeit...ich...äh...“

„Du Nuss, du musst nicht lügen. War doch nur so 'ne Frage. Ist doch auch ganz egal.“

Emilia konnte Evas Stimme entnehmen, dass es ihr offensichtlich nicht ganz egal war. „Er gefällt dir, was?“

„Naja, er ist schon ein Schnuckelchen. Aber es gibt so viele Mikkas, also mach dir deswegen keine Gedanken. Denk lieber an deinen blonden Hünen und daran, wie es sein wird, wenn er all die Spinnweben bei dir entfernt.“

„Oh, Eva, du Wutz“, Emilia schüttelte sich. „Mach doch bitte aus so 'was Schönem nicht so eine Sauerei...iiiih...da vergeht's mir ja glatt.“

„Das glaube ich nicht.“

„Stimmt! Du kannst nämlich sagen was du willst, mir wird es nicht vergehen...ich freu mich nur so! Ich kann gar nicht beschreiben, wie es in mir aussieht.“

„Wahrscheinlich wie in einem kleinen Erotikshop – sexy Bilder, versaute Gedanken und dreckige Spiele.“ Eva konnte es nicht lassen und probierte, die ganze Liaison auf eine rein sexuelle Stufe zu stellen. Sie versuchte Emilia vor sich selbst und ihren Gefühlen zu schützen.

„Okay, Eva, das reicht jetzt. Ich lasse mir nun wirklich nicht die Vorfreude von dir verderben“, Emilia sprach gelassen und das war sie auch. „Ich bin glücklich, und nur das zählt im Moment. Alles andere später, nicht heute und nicht morgen.“

„Ach, Süße, ich versteh dich doch und ich gönn dir auch alles, aber bitte pass auf dein Herz auf, mehr möchte ich nicht, okay?“

„Okay!“ Selbst bei diesem kleinen Wörtchen musste Emilia grinsen, da sie dabei wieder an Panu denken musste.

„Eva, ich muss jetzt Schluss machen. Was soll ich bloß auf ein Eishockeyspiel anziehen.“ Sie lief zu ihrem Kleiderschrank.

„Natürlich ein bauchfreies Top, einen Minirock und High-Heels.“

„Das dachte ich mir auch. Danke, Große. Deinetwegen werde ich mir wahrscheinlich eine Blasen –, Lungen – und Halsentzündung holen. Aber egal, Hauptsache sexy.“ Emilia griff in den Schrank und holte eine schwarze Jeans, einen dicken grauen Rollkragenpulli und ihre grüne Windjacke raus.

„Ich wünsche dir ganz viel Spaß.“

„Danke, Eva, den werde ich haben. Ich hab dich lieb.“

„Ich dich auch, Süße. Tschüss.“ Eva zögerte und sagte leise. „Und pass auf dich auf!“

Emilia musste kurz schlucken. „Mach ich, mach dir bitte keine Gedanken! Ich komme wirklich zurecht, ehrlich!“

„Okay, bye-bye.“

„Bye.“ Emilia legte auf und schaute sekundenlang auf ihr Handy. Nein, jetzt keine komischen Gefühle aufkommen lassen. Es war alles gut! Sie schüttelte sich kurz und fuhr sich mit den Händen durch die Haare, als ob sie so die negativen Gedanken wegwischen könnte. Es half. Sofort waren nur noch positive Fantasien in ihrem Kopf.

Sie kramte in ihrer Unterwäsche und überlegte, welche sie anziehen sollte. Emilia fischte einen weinroten String hervor und suchte den dazu passenden BH heraus.

Das wird meine Nacht! Meine und Panus! Heute ist die Nacht der Nächte! Glücklich ging sie in Richtung Bad. Ein Seitenblick auf die Uhr sagte ihr, dass ihr gerade mal noch zwanzig Minuten blieben, um sich fertig zu machen. Nur noch zwanzig Minuten und sie würde Panu wiedersehen.

Ihr Handy gab einen SMS Ton von sich. Schnell ging sie zurück. <Bin gleich da, Beauty!>

Selig strahlend machte Emilia sich fertig!

*

„Terretuloa!“[13] Panu hatte die Arme ausgebreitet und bedeutete Emilia mit einer Verbeugung, in die heiligen Eishockeyhallen einzutreten. Die *Valtti Arena* befand sich in Vantaa, in der Nähe des Flughafens. Mit dem Taxi waren sie vom Hotel aus knapp zwanzig Minuten unterwegs gewesen.

Zwanzig Minuten, die sie wie Jugendliche zum Knutschen auf der Rückbank genutzt hatten. Zwanzig Minuten, in denen Emilia wünschte, die Zeit bliebe stehen oder wenigstens das Taxi aufgrund eines Motorschadens – oder, oder... egal, irgendetwas hätte passieren sollen, damit sie noch weiter Panus Lippen auf ihren hätte spüren dürfen.

Als sie ihre Plätze eingenommen hatten und die Spieler aufliefen, erklärte Panu ihr ausführlich die Regeln des Spiels. Er beschrieb die Funktion der einzelnen Spieler und versuchte ihr plausibel zu machen, wann ein Foul ein Foul war. Und er hielt sie einfühlsam im Arm, wenn der Puck gegen die Scheibe krachte und sie jedes Mal von Neuem erschrocken zusammenzuckte. Er versuchte wirklich alles, damit Emilia Geschmack an diesem Sport fand.

Was er damit bei ihr erreichte war aber nur, dass sie immer mehr Geschmack an ihm bekam. Emilia war hin und weg von seiner Fürsorge, von seinem Enthusiasmus und seiner Leidenschaft. Im diesem Moment für den Sport und im nächsten wieder für seine Musik. Er entwickelte offensichtlich für alles, was ihm gefiel, diese Leidenschaft. Und selbst der schüchternen, stets an sich zweifelnden Emilia wurde klar, dass **sie** ihm gut gefiel!

Panu war Fan der *Helsingfors IFK*, die an diesem Augusttag die *Jokerit Helsinki* im Europa Pokal mit 4:1 schlugen. Emilia dachte lächelnd, wie einfach es doch war, einen Mann glücklich zu machen. In Deutschland musste nur das heimische Fußballteam gewinnen, in ihrem Fall Mainz 05. Hier in Finnland war es eben ein Sieg des favorisierten Eishockeyteams.

---

13 Willkommen!

Gegen acht Uhr verließen sie das Stadion und setzen sich in ein Taxi Richtung Stadt.

„Ich habe einen Tisch im *Savu* bestellt, einem wirklich schönen, finnischen Restaurant auf der Insel Tervasaari.

„Mmh", Emilia war es im Moment wirklich ganz egal wohin Panu sie bringen würde, Hauptsache sie war mit ihm zusammen. Eng an ihn geschmiegt antwortete sie. „Ist das nicht das Lokal, in dem alles rauchig oder teerig schmeckt?"

„Ja, genau. Hast du schon davon gehört?"

„Ich habe darüber gelesen. Teer war über Jahrhunderte wichtig, um zum Beispiel Seile haltbar zu machen oder bei der Herstellung von Gewürzen. Sogar Medizin wurde daraus gemacht....", sie schaute zu ihm auf. Er starrte sie erstaunt an und sie musste über seinen Blick schmunzeln. „...das Internet macht heute alles möglich. Mit ein wenig Interesse kann man über Alles etwas heraus finden."

„Und du hast offensichtlich viele Interessen, stimmt's?"

„Ja!" Ohne sich Gedanken darüber zu machen, dass sie in einem Taxi saßen, richtete sie sich auf und schlang ihre Beine um ihn, so dass sie nun auf seinem Schoß saß. „Und das meiste Interesse habe ich an dir. Panu Turunen, Sänger, Finne, achtundzwanzig Jahre, Eishockeyfan und attraktivster Mann, den ich kenne." Schelmisch grinsend beugte sie sich vor und umschloss seine Lippen mit ihren.

Panus Atem ging stockend. Er umschlang sie heftig, fast derb.

„Und um nicht zu vergessen, was nicht im Internet steht... der Mann kann sooooooooooo gut küssen! Das muss ich morgen gleich posten!"

„Du bist verrückt." Panu zog sie wieder an sich, um den Kuss fortzusetzen.

„Ja", hauchte sie an seinen Lippen. „Ich bin verrückt, nach dir, Mr. Turunen!"

„Und ich bin verrückt nach dir, Little Beauty!"

Ihre Münder verschmolzen zu einem leidenschaftlichen, nicht mehr enden wollenden Kuss.

Erst als der Taxifahrer sie zum dritten Mal ermahnte, dass sie am Ziel seien und bitte austeigen sollten, wurden sie unsanft in die Realität zurück geholt.

*

Den schönen Blick bei der Überfahrt über den kleinen Damm, der vom russisch geprägten Viertel Katajanokka auf die Insel Tervasaari führte, hatten sie verpasst, da sie ausschließlich mit sich beschäftigt waren.

Nachdem sie sich widerwillig aus dem Taxi gequält hatten, standen sie nun vor dem wunderschönen, alten Holzgebäude, das einst als Teerspeicher erbaut wurde.

Panu nahm ihre Hand und führte sie zum Eingang. Sie traten ein und wurden von einer blonden Finnin in traditioneller Landestracht herzlich begrüßt. Sie nahm ihnen die Jacken ab, die sie in einem schmalen Holzkleiderschrank verstaute. Danach führte sie die beiden an einen Tisch, der vor einem großen Fenster stand und, von dem sie direkt auf die Terrasse blicken konnten.

Panu setzte sich mit dem Rücken zum Raum, so dass Emilia, die gegenüber von ihm Platz genommen hatte, das ganze Lokal überblicken konnte.

Die Einrichtung war schlicht. Es roch wie in vielen Häusern Finnlands nach Holz und Sauna, gemischt mit einem Hauch von Geräuchertem. Das Lokal war bis auf den letzten Platz gefüllt. Der Geräuschpegel war hoch und Emilia fasste Wortfetzen in den unterschiedlichsten Sprachen auf.

Als die Bedienung mit den Speisekarten an ihren Tisch kam und in schnellem finnisch auf sie einredete, schaute Emilia hilfesuchend zu Panu.

Er erwiderte etwas auf Finnisch, worauf die Frau sofort lächelte, „No Problem" sagte und dann auf Englisch die Getränkebestellung aufnahm.

„Gefällt es dir?"

„Ja, es ist total gemütlich und um ehrlich zu sein, ich habe einen riesen Hunger." Emilia klappte die Speisekarte auf.

„Na, dann tob dich aus, hier schmeckt einfach alles lecker."

Nachdem die Kellnerin die Getränke serviert und die Essensbestellung aufgenommen hatte, legte Panu zart seine Hand auf Emilias Arm. Sofort durchfuhr sie wieder ein unheimliches Prickeln.

„So, Harmaa-silmä, jetzt würde ich gerne unsere Fragerunde von letzter Nacht fortführen."

Emilia fühlte sich etwas verunsichert. Musste sie jetzt anfangen zu lügen? Vor diesem Moment hatte sie sich schon die ganze Zeit gefürchtet. Bisher war ja alles gut gegangen, aber was sollte sie auf bestimmte Fragen antworten? Krampfhaft suchte sie nach einem unverfänglicheren Thema. „Wohin geht es die nächste Zeit mit der Band?"

Panu überlegte kurz. „Nächste Woche nach Stockholm. Danach spielen wir noch auf ein paar Festivals in Deutschland, Frankreich, Luxemburg und der Schweiz. Anfang September haben wir dann ein paar freie Tage. Ab Mitte September spielen wir dann ein paar Gigs hier in Finnland, Estland und Holland, ab Oktober geht es dann auf große Europa-Tour."

Panu erzählte begeistert. Sie nahm wieder diese mitreißende Leidenschaft wahr. Von neuem machte sich ein Kribbeln in ihr breit. Leidenschaft! Oh, verdammt, sie wollte diese Leidenschaft spüren, seine Leidenschaft – und zwar die ganze! Sie schob ihren Stuhl leicht zurück, beugte sich über den Tisch und gab ihm behutsam einen Kuss auf die Lippen.

Perplex blickte er sie an. „Für was war das?"

„Für deinen Enthusiasmus, deine Passion. Du bist so positiv, so lebensbejahend. Ich wünschte, ich wäre auch so."

„Little Beauty, du bist verrückt. Als ob **du** nicht absolut lebendig wärst. Du bist wie ein Vulkan, der immer wieder kurz vorm Ausbruch steht. Und du bist so heiß." Panu grinste. „So damn hot!"

Emilia wollte etwas erwidern, aber in diesem Moment wurden die Vorspeisen serviert. Sie hatte sich für Lachs mit Spinatsalat entschieden. Panu ließ sich eine Artischocken-Suppe schmecken.

„Probier mal." Er streckte ihr den Löffel entgegen. Auch sie ließ ihn kosten und sie alberten herum wie Teenager.

„Wie ist es eigentlich hier mit dem Erkannt-werden, zum Beispiel beim Eishockey?"

„Eigentlich ist es hier in Helsinki nicht so schlimm. Natürlich werde ich auch ab und zu erkannt und werde nach einem Autogramm oder Foto gefragt. Aber die Finnen sind nicht ganz so enthusiastisch wie die Fans in Deutschland. Meine Landsleute sind eher zurückhaltend und unerlaubt Fotos zu schießen ist absoluter No-Go. Das gestern am Flughafen war die Ausnahme. Da hatten wir es wohl mit einem besonders eifrigen Paparazzi zu tun."

Emilia stutzte: War das erst gestern gewesen? Sie hatte das Gefühl, schon ewig hier zu sein. „Oh, erinnere mich bitte nicht daran. Hoffentlich bekommt niemand heraus, dass ich das war."

„Warum?" Mit dieser einfachen Frage brachte Panu sie völlig aus der Fassung.

Krampfhaft suchte sie nach einer plausiblen Antwort. „Naja, wegen meiner Mutter und meinem Job, und überhaupt, das war doch total bescheuert." Unschuldig blickte sie ihn an.

„Gut, ein bisschen verrückt war es schon, ich denke mal, so überhaupt nicht deine Art. Aber es gibt Schlimmeres. Erzähl mir von deiner Familie – deinem Beruf."

Wieder stockte Emilia kurz. Was konnte sie sagen, ohne zu lügen oder allzu viel von sich preiszugeben.

Zu ihrer Erleichterung kam in diesem Moment der Hauptgang. Sie hatten eine Platte für zwei mit verschiedenen Fleischsorten, Gemüse, Ananas und Kartoffeln bestellt. Dankbar und hungrig langte Emilia zu.

Panu lachte laut auf. „Noch etwas, was dich wirklich extraordinary macht. Ich kenne keine Frau, die so herzhaft zugreift. Die meisten stochern doch nur im Essen herum. Du gefällst mir immer mehr."

Emilia, die sich gerade ein Stück Hähnchenfleisch in den Mund schob, grinste breit. „Mmh, lecker. Ich liebe gutes Essen."

Sie aßen ein paar Minuten schweigend. Emilia schaute sich dabei im Raum um. Erst jetzt fiel ihr auf, dass sie von mehreren Augenpaaren, meist weiblichen, beobachtet wurden. Panu schien überhaupt nicht zu bemerken, dass er die Aufmerksamkeit fast jeder Frau im Lokal auf sich zog. Auf der gegenüberliegenden Seite war ein vollbesetzter Tisch mit jungen Frauen, die immer wieder tuschelnd die Köpfe zusammensteckten.

„Du wirst beobachtet."

Panu blickte sich lächelnd um. Sofort setzte ein kollektives Telleranstarren bei den Damen ein. Emilia musste lachen.

„Ich glaube, die starren nicht nur mich an, schau doch mal auf die Männer, die haben nur Blicke für dich."

„Du spinnst, warum sollten sie? Ich bin doch niemand."

„Mach dich nicht kleiner als du bist, Frau „gerade-mal-ein-Meter-sechzig". Du bist ein absoluter Blickfang. Warum meinst du, habe ich mich vor knapp fünf Wochen in dich verguckt?" Panu wurde bei seinen eigenen Worten heiß. Verguckt, das war schon ziemlich viel Gefühl, ein bisschen zu viel für seinen Geschmack.

„Vor zweiundvierzig Tagen!"

Erstaunt schaute er sie an. „Anteeksi kuinka?"

Emilia hatte schon so viel finnisch aufgeschnappt, das sie wusste, dass er „wie bitte" gesagt hatte. „Es sind genau zweiundvierzig Tage, also vor sechs Wochen hast du mich das erste Mal geküsst." Emilia blickte ihn unschuldig an.

Panu entfuhr ein kurzer finnischer Fluch. „Du bist verrückt!"

„Ja, ich weiß. Und ich muss ja wohl nicht mehr betonen, nach wem." Sie lächelte ihn offen an und fragte im gleichen Moment wo sich hier die Toiletten befanden.

„Am Eingang, die Treppen hoch."

Emilia stand auf und spürte die Blicke in ihrem Rücken, als sie durch das Lokal ging. Sie vermutete, dass die Damen die Gunst der Stunde nutzen würden, um sich an Panu 'ranzuschmeißen.

Ihre Vorahnung hatte sie nicht getäuscht. Als sie die Treppe wieder herunterkam, sah sie schon von Weitem, dass Panu von mehreren Damen umringt war, Autogramme schrieb und sich mit ihnen fotografieren ließ. Er scherzte mit ihnen und sie hörte sein tiefes Lachen. Sie verspürte einen kurzen Stich. Sie liebte dieses Lachen. Widererwartend machte ihr die Gesamtsituation wenig aus. Er war Sänger einer bekannten Band, Vollblutmusiker und er liebte seine Fans und dafür liebten sie ihn.

Mit hocherhobenem Kopf und einem Lächeln auf den Lippen kam sie zurück an den Tisch. Die vier Frauen, die noch um den Tisch standen, machten ihr Platz. Als sie sich setzte, nickte sie freundlich in die Runde. „Hei."

Sie grüßten zurück und musterten sie neugierig von oben bis unten.

Dann wandten sich wieder Panu zu und verabschiedeten sich. „Kiitos[14], Panu." Kichernd gingen sie zurück an ihren Tisch.

„Soso! Also nicht so bekannt ist der Herr und die Finnen sind zurückhaltend? Vielleicht die Herren der Schöpfung, aber die Damen wohl eher nicht!" Emilia lächelte ihn spitzbübisch an.

„Sauer?"

„Ich, sauer? Warum? Die...", sie nickte leicht in Richtung der Frauen, „...können dich nur von Weitem anschwärmen. Ich dagegen sitze hier mit dir und genieße jede Minute."

Nun musste auch Panu grinsen. „Schön." Sie war wirklich der Hammer, so natürlich. Er hatte noch nie jemanden wie sie kennengelernt. „Möchtest du einen Schnaps?"

„Ja gerne, ich möchte diesen Teerschnaps probieren."

„Bist du sicher? Der ist nicht Jedermanns Sache."

„Naja, aber wenn ich schon hier bin, würde ich ihn wirklich gerne probieren."

---

14 Danke!

„Okay, kein Problem." Panu bestellte einen Tervasnapsi für sie und einen Wodka für sich selbst.

„Du trinkst keinen?"

Er lachte herzlich. „Nein, das ist nicht mein Ding. Ich trinke lieber guten, finnischen Wodka."

Die junge Finnin brachte auf einem großen, hölzernen Brotschieber die zwei Schnäpse in kleinen Blecheimerchen.

„Auf dich." Panu reichte ihr das Teergebräu. „Nicht riechen, nur trinken."

„Kippis." Emilia hielt die Luft an und trank.

Panu beobachtet sie eingehend. Nach wenigen Sekunden stellte Emilia das halbvolle Eimerchen mit verächtlicher Miene zurück auf den Tisch. „Das ist ja wirklich scheußlich." Sie schüttelte sich. „Ich habe das Gefühl, an einer Autobahn geleckt zu haben, pfui Teufel. Darf ich?" Ohne auf seine Antwort zu warten, nahm sie seinen Wodka und kippte ihn hinterher. Panu verfolgte das Ganze laut lachend. „Ich habe dich gewarnt."

„Manchmal muss man etwas ausprobieren, um zu wissen, ob es einem gut tut." Liebevoll schaute sie ihn an.

Gedankenverloren erwiderte er ihren Blick. Ihn beschlich das ungute Gefühl, dass sie in diesem Moment nicht vom Teerschnaps sprach.

„So, das war viel besser", sie leckte sich über die Lippen. „Soll ich dir noch einen bestellen?"

„Mmh, ja." Er drehte sich um und bestellte nochmals zwei Wodka und die Rechnung. Als sie ausgetrunken hatten, diskutierten sie kurz, wer die Rechnung übernehmen würde. Panu duldete keine Widerworte, schließlich hatte er das Lokal ausgesucht und sie eingeladen. „Wenn ich dann mal in Deutschland von dir eingeladen werde, darfst du bezahlen, einverstanden?" Er grinste sie an.

In Deutschland von mir eingeladen werden? Emilia war einen Moment sprachlos. Wie sollte das alles weitergehen?

Panu stand auf, legte den Arm um ihre Schulter und verließ, nicht ohne überall lächelnd „Moi, moi"[15] gesagt zu haben, mit ihr das *Savu*.

*

15 Tschüss!

Sie standen noch einen Augenblick vor dem Lokal und rauchten in aller Ruhe eine Zigarette. Danach nahm Panu sie an der Hand und lief mit ihr über den kleinen Damm in Richtung Stadt. Sie schwiegen. Es war kein unangenehmes Schweigen, eher ein erwartungsvolles. So schlenderten sie weiter die Pohjoisranta[16] am Hafen entlang in Richtung Innenstadt.

„Ich liebe es am Meer entlang zu laufen. Und ich liebe es, dass hier das Wasser immer da ist. Nicht wie an der Nordsee, wo immer dann Ebbe herrscht, wenn man das Wasser sehen möchte."

Panu lächelte belustigt. „Ja, das hat schon was. Wenn ich hier bin, wohne ich im Stadtteil Eira, in einem Apartment mit Blick aufs Meer. Das ist wirklich traumhaft. Möchtest du gerne aus meinem Fenster aufs Wasser schauen?" Irgendwie fühlte er sich wie ein kleiner Junge. Es war doch eigentlich alles klar zwischen ihnen. Sie würden heute Nacht definitiv Sex miteinander haben, aber irgendwie hatte er das Gefühl, als müsse er ihr noch einen Fluchtweg offen lassen.

Emilia blieb abrupt stehen. Sie zog ihn an sich und stellte sich auf die Zehenspitzen. Er umfasste ihre Taille und beugte sich leicht zu ihr runter.

„Du bist ein sehr charmanter Finne", flüsterte sie ganz nah an seinem Mund. „Raffiniert, der Versuch, mich mit dem Meerblick zu locken. In Deutschland ist die Briefmarken- Sammlung auch heute noch die eindeutigste Anmache", Emilia fing unbeschwert zu kichern an. „Aber ich brauche keine Ausrede, um mitzukommen. Ich will das!" Fest sah sie ihm in die Augen und begann, ihn zärtlich zu küssen. Ihr Kuss war verheißungsvoll und voller Hingabe.

Panu umfasste sie fester und erwiderte den Kuss liebevoll. Als sie sich voneinander lösten, waren beide atemlos.

„Komm, am Marktplatz nehmen wir die Tram zum *Olympia-Terminaali*, wo die Stockholm-Fähren auslaufen, und gehen am Meer entlang zu mir nach Hause!"

„Okay." Sie lächelte ihn glücklich an. Eng umschlungen gingen sie weiter. Am Marktplatz stand zufällig die Tram der Linie-3T. Sie liefen los und sprangen im letzten Moment hinein. Nach zwei Haltestellen waren sie am Ziel. Sie wechselten die Straßenseite und schlenderten Hand in Hand am Hafengebäude vorbei. Es war kurz nach elf Uhr und noch immer nicht richtig dunkel. Das Meer war in ein sanftes Licht getaucht.

---

16 Nord-Strand

Emilia hätte schreien können vor Glück.

„Gleich kommen wir an unserem Studio vorbei." Panu zeigte auf die leichte Rechtskurve. In diesem Moment klingelte sein Handy. „Hei!" Er sprach erst leise, kurz darauf wurde das Gespräch hitziger. Wie immer, wenn er etwas tat, bewegte sich sein ganzer Körper. Er ließ ihre Hand los, gestikulierte wild und sprach immer lauter, immer schneller. Ein-, zweimal konnte sie ihren Namen verstehen. Sie drehte sich um und schaute auf die kleine Insel vor sich.

„Idiotti." Angesichts dieser finnischen Beschimpfung musste Emilia grinsen.

„Okay, joo, bye."

Panu legte auf.

„Ist was passiert?"

„Ja, nein!" Er blickte unentschlossen vor sich hin. Seine Hand fuhr nervös durch seine Haare. „Das war Miro. Er ist mit den Jungs im Studio. Sie haben gerade einen neuen Song eingespielt und wollen ihn jetzt unbedingt ausarbeiten." Er zog sie an sich. „Mit mir gemeinsam."

Emilia verzog ernüchtert das Gesicht. „Okay!"

„Ich ...Mist", er ließ von ihr ab und stampfte wie ein bockiges Kind mit dem Fuß auf.

Emilia musste bei seinem Anblick unwillkürlich lachen. „Panu, das ist wirklich okay für mich. Ich bin die Letzte, die dich aufhält. Ich nehme ein Taxi und fahre zurück ins Hotel. Kein Problem."

„Das würde dir nichts ausmachen?"

„Doch, natürlich macht es mir etwas aus! Ich fände es viel schöner, bei dir zu bleiben. Aber die Band ist dein Ding und du brauchst wirklich keine Rücksicht auf mich zu nehmen. Ehrlich!"

Er glaubte ihr. „Ich habe eine Idee. Du kommst einfach mit. Vielleicht dauert das Alles ja gar nicht so lange und wir können später noch zu mir gehen?!" Seine Augen suchten den Blickkontakt. Er kam wieder näher und nahm ihr Gesicht in seine Hände. „Bitte!"

„Gut, aber nur, wenn ich wirklich nicht störe. Und wenn die Jungs etwas dagegen haben, gehe ich gleich wieder, Okay?!"

„Was sollten sie dagegen haben?" Er küsste sie sanft. „Schön, komm!"

Sie liefen über die Straße und standen kurz darauf vor dem großen Backsteinhaus. Als sie oben ankamen, begrüßte sie Miro schon am Eingang. Er warf Emilia einen kurzen fragenden Blick zu, war aber im nächsten Moment schon wieder damit beschäftigt, auf Panu einzureden. Mit seinen Gedanken schon ganz woanders, drehte dieser sich zu ihr um. „Du weißt wo alles steht, fühle dich wie zu Hause." Er beugte sich vor und küsste sie zart auf den Mund. „Bis gleich."

Laut redend und wild gestikulierend gingen die beiden Musiker Richtung Tonstudio. An der Bar stand Rami und winkte ihr lächelnd zu.

Puh, kein Janis. Darüber war sie irgendwie froh. Sie hatte ihre Gedanken noch nicht ganz zu Ende gedacht, als sich die Tür hinter ihr öffnete und Janis hereinkam. Er sah sie erstaunt an, ging dann aber wortlos an ihr vorbei.

Emilia setzte sich auf die große Couch am Fenster und blickte aufs Meer hinaus. Das war zwar der Ausblick, den Panu ihr für diese Nacht versprochen hatte, aber leider der falsche Ort. Sie hörte, wie sich die Jungs im Aufnahmestudio unterhielten und lauschte den fremdländischen Worten. Panus Stimme konnte sie sofort heraus hören. Sie war die tiefste, die erotischste von allen. Als die Gitarren erklangen und Panu zu singen begann, ging Emilias Herz auf.

*

Gegen drei Uhr morgens schaute Panu erschrocken auf die Uhr und ging mit einem fürchterlich schlechten Gewissen in Richtung Couch, auf der er hoffte, Emilia noch vorzufinden. Er hätte es ihr nicht wirklich verübelt, wenn sie sich irgendwann aus dem Staub gemacht hätte. Erleichtert stellte er jedoch fest, dass Emilia ausgeharrt hatte. Sie lag seitlich auf dem Sofa und schlief tief und fest. Er beugte sich zu ihr herunter und streichelte ihr sanft über die Wange. Sie bewegte sich leicht und murmelte vor sich hin. Dabei rollte sie sich wie eine Katze ein und umfasste ihre Schultern. Prüfend legte Panu seine Hand auf die ihre. Sie war eiskalt. Er nahm eine Decke und hüllte sie behutsam darin ein. Minutenlang schaute er sie nachdenklich an.

Sie war so zierlich, so unschuldig, so offenherzig – und dennoch gab sie ihm Rätsel auf. Viel hatte er noch nicht über sie erfahren. Sie war, was ihr Leben anging, bisher sehr zurückhaltend gewesen. Allerdings war das vielleicht auch besser so. Wenn er mehr über sie erfahren würde und sie anfing, ihm mehr zu bedeuten – er wollte gar nicht weiter darüber nachdenken. Eine lockere Affäre – das war es doch, was er wollte. Allein die heutige Nacht hatte bewiesen, dass seine Karriere, seine Band, die Jungs Vorrang vor allem anderen hatten. Derzeit waren sie eine der erfolgreichsten Bands in Europa und bis Ende 2012 waren all ihre Konzerte ausverkauft. Der Traum, im nächsten Jahr das vierte Studioalbum herauszubringen, stand daher einzig und allein im Vordergrund.

„Panu, auf, weiter geht's." Er zuckte zusammen, als er Janis' Hand auf seiner Schulter spürte. Er warf noch einen kurzen Blick auf Emilia. Sie schlief weiter. Er drehte sich um und folgte Janis. Die Band war an die Bar gewechselt und spielte sich bei ein paar Gläsern Wein ihre musikalischen Gedankengänge zu. Mikka war schließlich auch noch dazu gestoßen. Außer dass er ihr Produzent war, war er auch Songschreiber, Komponist sowie der Mann für alle Fälle am Keyboard. Vor allem aber war er ein sehr guter Freund. Panu nippte an seinem Glas und vertiefte sich wieder in die Gespräche mit seinen Bandkollegen.

*

Ein lautes Husten weckte Emilia unsanft aus ihrem Traum. Es war ein schöner Traum gewesen – endlich einmal kein Alptraum. Verwirrt blickte sie sich um und nahm als erstes die wunderschöne Sicht auf das Meer wahr.

Ein Räuspern folgte dem lauten Husten. Janis stand seitlich neben der Couch und starrte sie unverblümt an. „Ausgeschlafen?"

„Mmh, ja – danke", sie musterte ihn unsicher. „Wo ist Panu?"

„Er ist eingeschlafen, drüben auf der anderen Couch."

Warum auf der anderen Couch, warum nicht neben ihr? „Okay, ich glaube, ich gehe dann mal." Emilia richtete sich zögerlich auf. Sie wusste nicht was sie machen sollte. Am liebsten wäre sie zu Panu gegangen und hätte ihn geweckt. Doch Janis' warnender Blick hielt sie davon ab. „Könntest du mir bitte ein Taxi bestellen?"

Er nickt und drehte sich wortlos um.

So ein Muffel! Emilia ging langsam Richtung roter Couch. Panu lag ausgestreckt auf der einen Seite des Sofas, auf der anderen lag Mirc in gleicher Position. Emilia kramte in ihrer Handtasche nach Zettel und Stift. Schnell schrieb sie ein paar Worte.

Melde dich wenn du magst und wann du magst. Emilia.

Sie legte die Nachricht auf die Armlehne neben seinen Kopf und schaute ihn noch einmal liebevoll an.

„Taxi kommt!"

Verlegen drehte sie sich zu Janis um. „Danke, tschüss." Sie fühlte sich durch seine Gegenwart seltsam eingeschüchtert und konnte irgendwie das Gefühl nicht los werden, dass er in ihr irgend so einen Groupie sah, der es nur darauf anlegte, mit einem Rockstar gesichtet zu werden. Sie griff nach ihrer Handtasche, nahm ihre Jacke von der Garderobe und verließ eilig das Studio. Das Taxi wartete bereits. Emilia stieg ein und nannte dem Fahrer ihr Hotel. Als er losfuhr, warf sie nochmals einen sehnsuchtsvollen Blick zurück. So hatte sie sich das Ende dieser Nacht eigentlich nicht vorgestellt.

*

„Kiitos!" Emilia bezahlte und griff nach dem Tablett, auf dem sich eine Cola und ein Sandwich befanden.

Es war Sonntagnachmittag. Sie ging auf die Terrasse des *Cafe Ursula* und suchte sich einen freien Tisch. Heute war rundherum viel los, das Wetter war schön, was sowohl die Finnen als auch die Touristen ans Meer lockte.

Das Cafe lag im Kaivopuisto Park[17], im Südwesten der Halbinsel, auf der sich das Zentrum Helsinkis befand. Es war eine wunderschöne Grünanlage mit herrlichem Blick auf die Schärenküste, die Insel Suomenlinna und das offene Meer. An der höchsten Stelle stand ein kleines Observatorium. Emilia hatte sich schon den ganzen Morgen in diesem Park aufgehalten und hatte ihren finnischen Reiseführer zur Hilfe genommen, um sich über die Geschichte dieser schönen Stätte zu informieren.

So hatte sie erfahren, dass der Park vor knapp zweihundert Jahren angelegt worden war und lange Zeit zu einem Kurbad gehörte als Finnland noch russisches Großfürstentum war. Erst Anfang des zwanzigsten Jahrhunderts erlangte Finnland nach vielen hundert Jahren schwedischer und in Folge russischer Herrschaft seine Unabhängigkeit. Ende des Zweiten Weltkrieges wurde das Kurbad durch sowjetische Bombardements nahezu zerstört. Nur das Restaurantgebäude des Bades blieb erhalten und war bis heute als Restaurant *Kaivohuone* in Betrieb.

Im *Cafe Ursula* setzte sie sich nahe dem Spazierweg an einen freien Tisch am Meer und biss herzhaft in ihr Sandwich. Nach wenigen Sekunden kam eine Meute kleiner Spatzen auf sie zugeflogen und machten es sich auf ihrem Tisch gemütlich.

Sie waren so frech, dass sie sogar versuchten an ihr Essen zu kommen, während sie hineinbiss. Belustigt machte sie ein paar Fotos. Als

17 Brunnenpark

nichts mehr zu Essen da war, flogen sie davon, um sich ihr nächstes Opfer zu suchen.

Sie zog ihr iPhone aus der Tasche, setzte die Kopfhörer auf und hörte etwas Musik. Das Gesicht der Sonne zugewandt schloss sie die Augen und genoss die warmen Sonnenstrahlen. Ihre Gedanken schweiften ab. Sie hatte es den ganzen Morgen erfolgreich geschafft, nicht oder besser gesagt kaum an Panu zu denken. Er hatte sich noch nicht wieder gemeldet. Sie hoffte inständig, dass er sich wieder meldete. Nein – sie wusste, dass er sich meldete. Sie hoffte eigentlich nur, dass er es bald tat.

Ob er noch im Studio war? Emilia blickte nach links in Richtung der Insel Klippan, die sich direkt vor dem Apartment, in dem die Band ihr Studio besaß, befand. Sehnsuchtsvoll schweifte ihr Blick weiter in Richtung Festungsinsel Suomenlinna. Sollte sie heute noch eine Fährüberfahrt dorthin machen? Immerhin hatte sie nur Morgen Nachmittag einen wichtigen Termin, so dass sie auch Morgen Vormittag hinüber fahren könnte. Heute wollte sie sich nämlich noch die Jugendstilhäuser im Viertel Eira und auf dem Weg dorthin die berühmten Teppichwaschplätze ansehen.

Emilia schnappte ihre Tasche, brachte das Tablett weg und lief beschwingt den Weg am Wasser entlang.

Sie träumte vor sich hin – dachte an Panu. Emilia hegte keinerlei Groll, weil er sich noch nicht gemeldet hatte. Sie wusste, er würde es sofort tun, sobald er Zeit hatte. Es war schon ein komisches Gefühl, einem eigentlich fremden Mann so viel Vertrauen entgegen zu bringen.

Emilia machte sich nichts vor. Genauso wenig wie Panu einen Platz in ihrem Leben finden würde, würde auch sie in seinem Leben, außer dieser kurzen heißen Affäre, auf Dauer keine weitere Rolle spielen. Sie war zwar eine Träumerin, aber letztlich realistisch genug, um zu wissen, dass diese ungewöhnliche Beziehung keinerlei Chance hatte. Daher zählte einzig und allein das Hier und Jetzt.

Ihr Phone klingelte. Emilias Herz fing an zu hüpfen. „Ja?“

„Es tut mir leid.“ Beim Klang von Panus heißerer Stimme, floss ein wohlig warmes Gefühl durch ihren Körper.

„Okay!“ Sie lachte glücklich auf. „Dir muss nichts leidtun. Wo bist du?“ Sie wartete gespannt auf seine Antwort.

„Noch im Studio. Ich wollte jetzt kurz nach Hause, mich duschen und dich danach gerne wiedersehen. Is it possible?“

Ob das möglich wäre? Emilia hätte am liebsten in den Hörer geschrien, dass er sich gefälligst beeilen solle. „Ja!"

„Wo bist du?"

„Ich sitze auf einer Parkbank am *Cafe Carusel* und genieße den Blick auf die Boote im Hafen vor mir."

Einen Moment war es still am anderen Ende der Leitung. „Gut, ich dusche schnell hier im Studio und bin in zwanzig Minuten bei dir. Beweg dich nicht weg!"

„Okay, bis gleich." Selig legte sie auf und sprang zur Überraschung der vorbeigehenden Fußgänger jubelnd in die Luft. Voller Vorfreude setzte sie sich wieder auf die Bank und wartete.

*

Nach einer unendlich langen Zeit, so schien es ihr jedenfalls, sah sie ihn schon von Weitem auf sie zukommen. Er trug wie immer zerschlissene Jeans, ein Shirt, eine Baseballkappe, die er tief ins Gesicht gezogen hatte, und eine schwarze Sonnenbrille.

Sie stand auf und lief ihm langsam entgegen, nicht ohne nach einem Baum oder sonst einem kleinen Winkel, der als Unterschlupf dienen könnte, Ausschau zu halten. Als sie nur noch wenige Schritte voneinander entfernt waren, zog er seine Sonnenbrille ab, so dass sie in seine strahlend blauen Augen blicken konnte. Sie machte noch einen letzten langen Schritt, nahm seine Hand und zog ihn dann mit sich.

„Komm!" Unter dem Schutz eines großen Baumes, lehnte sie sich an ihn, streckte sich und begann, ihn hingebungsvoll zu küssen.

Panu war perplex und gleichzeitig wahnsinnig vor Verlangen. Hart drängte er sich an sie. Seine Küsse wurden immer leidenschaftlicher und er bekam kaum noch Luft. Wie unter Zwang konzentrierte er sich auf das Ein- und Ausatmen. Er war wie von Sinnen und musste sich ungeheuer zusammenreißen, um sie nicht gleich hier, am helllichten Nachmittag, an der Promenade nehmen. Der Gedanke, dass es gleich hier und jetzt passieren musste, war ihm ohnehin bisher jedes Mal durch den Kopf geschossen, wenn er mit ihr zusammen war. Er versuchte die Gedanken beiseite zu schieben.

Einatmen – Ausatmen!

Was, wenn wieder etwas dazwischen kam. Er seufzte verzweifelt auf. Darüber wollte er gar nicht weiter nachdenken. Er wollte sie. Verdammt, und wie er sie wollte.

Auch Emilia war atemlos. Sie versuchte sich zu beherrschen, aber sie konnte nicht anders – sie musste diesem finnischen Halbgott einfach zeigen, wie sehr sie ihn vermisst hatte.

Sanft hielt Panu Emilia ein Stück von sich weg und schaute ihr tief in die Augen. „Harmaa-silmä, Stopp! Ich kann nicht mehr! Lass uns zu mir gehen?"

Es war fünf Uhr nachmittags.

Emilia dachte kurz nach. Da die Nächte bei ihnen offensichtlich unter einem schlechten Stern standen, packte sie die Gelegenheit beim Schopfe. „Okay!"

Panu lachte erfreut auf, warf sie übermütig über die Schulter und rannte mit ihr über die Wiese.

„Spinner, lass mich runter! Die Leute gucken schon." Emilia hämmerte gespielt auf seinen Rücken ein.

„Fuck them, I don't care." Panu stellte sie vor sich auf den Boden und küsste sie wild und ungestüm.

In Emilia hingegen loderte das Feuer und innerhalb von Sekunden war ihr alles egal – egal, was um sie herum passierte oder in naher Zukunft passieren würde.

„Ich will dich, ooh Gott, ich will dich so sehr." Während sie das flüsterte, streckte sich Emilia ihm noch ein bisschen weiter entgegen und strich ihm mit der Zunge über den Mund.

Ein Stöhnen entsprang Panus Lippen. Sie sprach aus, was er dachte: „Lass uns gehen."

Sie gingen Hand in Hand in Richtung Eira. Unwillkürlich wurde ihre Gangart immer schneller, bis sie in einen Joggingschritt verfielen und dann lachend um die Wette liefen.

„Komm, Little Beauty, hurry up!" Panu lief mit großen Schritten voraus und drehte sich grinsend zu ihr um „Selbst rückwärts bin ich schneller als du."

Das ließ sich Emilia nicht zweimal sagen und setzte zu einem Spurt an. Strahlend lief sie an ihm vorbei, so dass er aufpassen musste, beim Herumdrehen keinen der vielen Fußgänger umzurennen. Als er sie nach ein paar Metern eingeholt hatte, fasste er nach ihrer Hand und führte sie schnellen Schrittes geschickt durch die Passanten, die ihnen verwundert Platz machten. Außer Atem deutete Panu auf ein Monument auf einer großen Grünfläche an der Küste. „Zu ihrer Rechten können sie das *Denkmal für verunglückte Seefahrer* bewundern. Wie man sehen kann, ist das hier in Eira ein beliebter Platz zum Chillen."

Emilia schaute im Vorbeirennen auf die Jugendlichen, die auf der Grünanlage rund um das Monument lagen und die Sonne genossen.

Es war ihr so egal, wer hier was tat. Er musste verrückt sein, zu denken, dass sie das in diesem Moment auch nur im Geringsten interessierte. Sie konnte an nichts anderes mehr denken, als dass sie ihn in wenigen Minuten ganz für sich haben würde.

„Vorsicht! Jetzt wird es etwas steinig aber dann sind wir auch schon da."

Emilia schnaubte laut auf. „Gott sei Dank. Ich bin völlig kaputt."

Panu stoppte abrupt ab und grinste sie schelmisch an als er sie an sich zog. „Was meinst du, wie fertig du erst in ein paar Stunden sein wirst." Er hob sie hoch und küsste sie wieder.

Lange, ausgiebig und so verdammt gut. Emilias Verstand wurde vollkommen außer Kraft gesetzt.

Als er sie losließ, deutete er auf ein großes, modernes Apartmenthaus hinter sich. Das Gebäude war gelb und zum größten Teil aus Glas. Sie gingen einen kleinen Weg an einem wunderschön angelegten Wasserbecken entlang, das sich genau zwischen Meer und Wohnanlage befand.

Emilias Atem ging wieder schneller. In wenigen Augenblicken würden sie für sich und ungestört sein.

Panu zeigte nach oben. „Ganz da oben, da wohne ich."

Als er die Tür zum Gebäude geöffnet hatte und sie in den Lift gestiegen waren, streckte ihr Panu seine offene Hand entgegen. „Handy, bitte."

Emilia stutzte. „Warum?"

Er kramte sein eigenes aus der Hosentasche und machte es aus.

„Jetzt du!"

Emilia tat es ihm gleich.

„ **Jetzt** kann wirklich nichts mehr dazwischen kommen!"

Die Fahrstuhltür öffnete sich. Als sie vor der Tür zu seinem Apartment standen, drehte sich Emilia vor Aufregung fast der Magen um.

Sie traten ein und noch bevor Emilia einen Blick auf die Einrichtung werfen konnte, hielt Panu sie schon wieder eng umschlungen und küsste sie leidenschaftlich.

Emilia erwiderte seinen Kuss mit einer Begierde, die ihn beinahe um den Verstand brachte. Leicht löste er sich von ihr und zog sein Shirt über den Kopf, sein Basecap lag schon längst auf dem Boden.

Atemlos betrachtete sie ihn und ließ ihre Hände sehnsüchtig über seine Brust wandern. Sie nahm zwei chinesische Schriftzeichen an der Innenseite seines linken Oberarms wahr. Sanft fuhr sie mit ihren Fingern drüber.

Panu umfasste sie wieder fester und erforschte nun mit seinen Lippen ihren Hals, ihr Ohrläppchen. Dann strich er langsam ihren Ausschnitt entlang. Emilia war vor Verlangen am Rande der Besinnungslosigkeit.

Noch immer standen sie im Flur und bewegten sich keinen Zentimeter vor oder zurück – nur immer weiter aufeinander zu.

Mit einer schnellen Bewegung hatte er ihr das Shirt über den Kopf gestreift. Sein Blick verharrte für eine Zehntelsekunde auf ihren Brüsten, die nur noch von einem weißen BH aus feinster Spitze bedeckt waren. Dann sah er ihr wieder in die Augen. „Du bist wunderschön."

Sie bewegte sich etwas vor und tastete sich mit ihrer Zunge über seine Brust. Panu, dem das Atmen nun hörbar schwer fiel, streifte ihr währenddessen die Träger des BH's von den Schultern.

Emilia erzitterte als er den Kopf senkte, um ihre hart gewordenen Knospen durch den dünnen Stoff zu liebkosen. Leidenschaftlich griff sie ihm in die Haare. Hätte er sie nicht festgehalten, wäre sie wohl vor Schwäche nach hinten gekippt. Er küsste sich langsam wieder zurück zu ihrem Ausschnitt und weiter hinauf, wo ihre Lippen schon gierig auf die seinen warteten. Ungestüm drängte er sie mit dem Rücken an die Wand. Seine Hände umfassten ihre Po-Backen. Er zog Emilia fest an sich und hob sie hoch.

Reflexartig schlang Emilia die Beine um seine Hüften. Sie war bis aufs Äußerste erregt. Sie spürte seine harte Lust an ihrer Scham und konnte es kaum noch erwarten, ihn endlich in sich spüren. Ihre Finger krallten sich unbeherrscht in seine Schultermuskulatur.

Mit einem schnellen Handgriff öffnete Panu ihren BH und schob das störende Kleidungsstück zur Seite.

Sie zuckten beide zusammen. Endlich Haut auf Haut!

Er löste eine Hand von ihrem Po, griff zwischen ihre Körper und umfasste ihre Brust, während er sie weiter hingebungsvoll küsste. „Oh, damn, du fühlst dich so gut an", flüsterte er stöhnend an ihren Lippen.

Er trug sie ins Wohnzimmer und legte sie auf die riesige weiße Couch.

Aus dem Augenwinkel nahm sie das Meer wahr. Panu schien mit dem tollen Ausblick nicht zu viel versprochen zu haben.

In voller Größe stand er nun vor ihr und betrachtete sie mit heißem Blick aus seinen stahlblauen Augen. Sie hätte diesen absolut aufregenden und so verdammt anziehenden Mann gerne weiter angesehen, aber gleichzeitig war ihr das jetzt nicht mehr genug. Sie wollte ihn spüren. Sie griff nach seiner Hand und zog ihn zu sich herab.

Panu zögerte. Er beugte sich leicht vor und fuhr mit den Fingern in ihren Hosenbund. Zart strich er über ihre Hüftknochen, machte dann am Reißverschluss halt, bevor er ihn langsam öffnete.

Instinktiv hob Emilia leicht den Hintern an. Er streifte ihr die Jeans ab, blickte auf ein weißes Nichts aus Spitze und ging schwer atmend in die Knie. Seine Zunge hinterließ eine feuchte Spur entlang ihres Bauchnabels.

In Emilia verkrampfte sich alles und sie musste an sich halten, um vor Erregung keinen Schrei auszustoßen.

Sie versuchte ihn zu sich hochzuziehen, wollte seine Lippen wieder auf ihren spüren. Sie liebte es, ihn zu küssen. Leicht öffnete sie ihre Beine und Panu legte sich sanft auf sie. Wieder konnte sie seine enorme Männlichkeit spüren. Ihre Finger versuchten einen Weg zwischen ihrer beider Körper zu finden. Sie wollte ihn anfassen, sie wollte ihn ganz nackt sehen.

Als ob er ihre Gedanken lesen könnte, drehte er sich kurz auf die Seite und entledigte sich blitzschnell seiner Jeans.

Emilia stöhnte auf. Wie in ihrem hocherotischen Traum vor ein paar Wochen trug er nichts darunter.

Panu lachte heiser auf. „Ich hatte leider keine Zeit etwas drunter zu ziehen."

„Leider? Gott sei Dank!" Wie von selbst glitten Emilias Finger nach unten.

„Ahh", Panu stieß einen gequälten Ton aus.

In diesem Moment wurde ihm klar, dass er die Situation nicht annähernd so unter Kontrolle hatte, wie er es sich gewünscht hätte. Sein Herz schlug ihm schnell gegen die Rippen.

Gierig umschloss er ihre Lippen. Auch seine Hände gingen auf Wanderschaft. Er versuchte ihre Brüste zu umfassen, aber sie lag zu dicht an ihn gepresst. Mit einem Ruck löste er sich von ihr und kniete nun vor ihr, zwischen ihren gespreizten Beinen.

Sie warf ihm einen sehnsuchtsvollen Blick zu. Er war so schön. So männlich.

Er zeichnete mit den Fingern einen Weg von ihrem Hals, zwischen ihren Brüsten entlang, zu ihren harten Brustwarzen. Er ließ sie dabei keine Sekunde aus den Augen. Als er an ihrem Bauchnabel angekommen war, verweilte er dort kurz, und glitt dann sachte unter das zarte Bündchen ihres Slips.

Nun konnte Emilia einen kurzen Schrei nicht mehr unterdrücken. Heftig fuhr ihr Oberkörper nach oben. Sie prallte an Panus Brust und nahm den männlich herben Geruch seines Körpers wahr.

Wieder entsprang ihm ein kehliges Lachen. „Moment.“ Sanft schob er sie von sich.

Emilia stutzte. Wie aus dem Nichts hatte er ein Kondom hervor geholt und es sich im Nu übergestreift.

Immer noch vor ihr kniend griff er ihre Oberschenkel und schlang ihre Beine um seine Hüften. Während er mit der einen Hand ihre Po-Backen umfasste, fuhren er mit den Fingern der anderen Hand langsam an ihrem Hintern entlang und streifte ihren Slip zu Seite.

Emilia stöhnte laut auf als er sie zart mit den Fingerspitzen berührte. Sie war so bereit für ihn, wie es eine Frau nur für einen Mann sein konnte.

Auch mit Panus Beherrschung war es nun endgültig vorbei, seine Erregung überschlug sich.

Eigentlich hatte er vorgehabt, sie lange und sanft zu lieben. Sie ganz auszuziehen, sie eingehend zu betrachten – zu liebkosen. Aber nach nichts von Alldem stand ihm jetzt der Sinn. Er ließ sich auf den Rücken fallen und zog sie mit sich, so dass sie nun rittlings auf seinem Bauch saß. Als sie leicht ihren Hintern hob, damit er in sie eindringen konnte, sah Emilia vor Ekstase nur noch Sternchen. Sie schloss die Augen.

„Harmaa-silmä, Augen auf! Ich möchte mich in deinen Augen verlieren!“ Er hielt sie an den Hüften fest und hinderte sie an jeder weiteren Bewegung.

Erstaunt riss Emilia die Augen wieder auf und spürte im nächsten Atemzug einen kurzen lustvollen Schmerz, als er ihren Körper an den Hüften zu sich herunter zog.

Heftig stöhnend bewegten sich beide in einem ihnen bisher unbekannten Rhythmus. Sie waren Eins.

Panu zog Emilia an sich, um sie wieder küssen zu können. Er schmeckte Salz auf ihren Lippen. Er spürte, unter seinen Händen, die Schweißperlen an ihrem Rücken herunter rinnen.

Emilia stöhnte vor Lust erneut auf. Sie grub ihre Finger hart in Panus Schultern.

Wie aus weiter Ferne konnte Emilia ihren eigenen Schrei hören. Sie spürte wie Panus Muskeln zu bersten drohten und fiel vollkommen erschöpft und befriedigt auf seine schweißnasse Brust.

Seine Hände fuhren sanft ihren Rücken entlang. Sie hob den Kopf, schlug ihre langen Wimpern auf und sah ihn lächelnd an.

Zart küsste er sie. „You are incredible." Er hatte das Gefühl, als könne sie ihm geradewegs in die Seele schauen und herausfinden, wie es in ihm aussah.

„Danke, ich möchte mehr."

Panu lachte laut auf. „Little Beauty, du bist ein Vulkan." Sein Lachen löste erneut Erregung in ihr aus. Noch immer konnte sie ihn hart in sich spüren.

Sie beugte sich über ihn und nahm den Duft von frischem Schweiß war. Seine Haare waren feucht und klebten an seiner Stirn. Zart schob sie mit ihren Fingern eine Strähne zurück. Ihre Zunge wanderte um seinen Mund. Sie sog seinen Duft ein. Leidenschaftlich umschloss sie seine Lippen und drang mit ihrer Zunge tief vor. Das Ganze tat sie quälend langsam. Auch sie ließ ihn nun nicht mehr aus den Augen.

Panus Blick verschleierte sich. Diese Frau brachte ihn wirklich um den Verstand. Er spürte, wie er in ihr immer härter wurde. Er zögerte noch kurz und genoss ihre erfolgreichen Versuche, ihn auf ein Neues zu verführen.

Heftig ausatmend drückte er sie ein Stück von sich weg. „Jetzt übernehme ich, Süße. Lehn dich zurück." Ohne sich von ihr zu lösen, drehte er sie auf den Rücken, um wenige Sekunden später auf ihr zu liegen.

Sie spürte sein ganzes Gewicht, seine Größe, diese enorme Größe. Sie spürte seine sanften Hüftbewegungen. Spürte seine Zunge, die an ihren Knospen feuchte Spuren hinterließ.

Er riss sie mit sich und gemeinsam, aneinander gekrallt, erlebten sie den Taumel eines weiteren Höhepunktes.

Nach etlichen Minuten löste sich Panu sanft von ihr und rollte sich auf die Seite.

„Mmh, nicht weggehen." Emilia öffnete müde die Augen und drehte ihm den Kopf zu.

Seinen Kopf auf den Arm gestützt und eine Hand auf ihren Bauch liegend, schaute er ihr in die Augen. „Ich werde zu schwer für dich." Sanft küsste er ihre Nasenspitze. „Alles okay bei dir, Harmaa-silmä?"

Erschöpft und fast am Einschlafen konnte sie nur noch flüstern. „Hungrig."

Er grinste breit. „Ich hoffe doch, auf mich und mehr Sex?"

Er bekam keine Antwort mehr. Emilia war eingeschlafen. Sie hatte ein Lächeln auf den Lippen und atmete ganz ruhig. Ihre Brüste hoben und senkten sich und ohne es zu wollen, erregte ihn dieser Anblick aufs Neue.

Er musste sich zusammenreißen, um nicht erneut an ihr herumzufummeln. Jetzt, da sie schlief, hatte er endlich genug Zeit, sie eingehend zu betrachten. Sie war am ganzen Körper gleichmäßig gebräunt. Das hieß, sie sonnte sich wohl des Öfteren nackt. Schöner Gedanke! Er schmunzelte vor sich hin. Ihre Brüste waren wunderschön, groß und fest. Sie hatte einen flachen Bauch und herrliche Hüften. Und ihr Hintern, den er im Moment leider nicht sehen konnte – der helle Wahnsinn! Jetzt, als er sie so anschaute, bereute er es, ihr den Slip nicht ausgezogen zu haben. Aber bevor ihn dieser Anblick noch weiter erregte, drehte er sich nun vorsichtig von Emilia weg und stand auf. Er griff nach einer roten, flauschigen Decke und legte sie sanft über sie.

Sie murmelte irgendetwas vor sich hin und rollte sich, wie schon letzte Nacht, ähnlich einer kleinen Katze zusammen.

Panu ging ins Bad, duschte sich kurz ab und zog sich an. Er schlüpfte in Laufschuhe, nahm seinen Schlüssel, etwas Geld und ging aus dem Haus. Zuvor hatte er Emilia noch eine Nachricht geschrieben und auf den Couchtisch gelegt.

Joggend lief er in Richtung des Stadtviertels Kampinmalmi. Knapp zwanzig Minuten Fußweg von seiner Wohnung entfernt, befand sich dort sein Lieblings-Chinese.

Es wehte ein sanfter Wind, der ihm gut tat. Dadurch konnte er wieder klare Gedanken fassen. Diese Frau brachte ihn wirklich aus der Fassung. So souverän er auch sonst mit Frauen umging – Emilia war einfach nicht kalkulierbar, überraschte ihn immer wieder aufs Neue. Wenn sie ihn zum Beispiel, unschuldig bat, er möge sie doch küssen oder ihm unumwunden sagte, dass sie ihn wolle. Er war sich ziemlich sicher, dass sie das nicht häufig zu einem Mann sagte und zu seiner eigenen Überraschung merkte er, dass ihn das irgendwie fröhlich stimmte.

Im Chinarestaurant *Mandarin Court* kannte man ihn schon und er wurde wie ein guter Freund empfangen. Er wusste nicht wirklich was sie gerne aß oder auf was sie Lust hatte. Also bestellte er von Allem etwas. Während der Wartezeit setzte er sich an einen Tisch und trank genüsslich ein Bier. Nach zirka einer halben Stunde befand er sich wieder auf dem Nachhauseweg. Ob sie noch schlief?

*

Emilia tastete verschlafen neben sich. Da war niemand. Sie öffnete die Augen und schaute sich um. Ihr Blick fiel auf den Couchtisch. Sie nahm den Zettel und las.

Du wirst hungrig sein – hole was beim Chinesen – du brauchst Kraft, und ich auch!

Emilia musste lachen. Sie war wirklich hungrig. Sie stand auf und schaute sich um. Wo wohl das Bad war? Instinktiv machte sie die richtige Tür auf. Es war ein wunderschönes, helles Tageslichtbad. Sie überlegte, ob sie schnell unter die Dusche hüpfen sollte, Panu würde bestimmt nichts dagegen haben. Sie wusste jedoch nicht, ob sie das wirklich wollte, denn sie genoss seinen Geruch auf ihrem Körper. Aber eine Dusche würde ihr gut tun. Sie schlüpfte aus ihrem Höschen und öffnete die Duschkabine. Sie war ebenerdig und sehr geräumig. Emilia drehte den Hahn auf und ließ kaltes Wasser über sich laufen. Nach ein paar Sekunden drehte sie auf warm und genoss den sanften Strahl.

*

Panu öffnete leise die Wohnungstür. Auf Socken ging er zur Couch und stellte verblüfft fest, dass Emilia nicht mehr da lag. Er bekam einen Schreck. Ihm wurde heiß. War sie gegangen? Ein kurzer Blick, auf ihre am Boden liegende Jeans beruhigte ihn jedoch sogleich. Erst jetzt nahm er das Geräusch von fließendem Wasser der Dusche wahr.

Er merkte, wie seine Jeans zum wiederholten Mal eng wurde. Auf Zehenspitzen schlich sich Panu ins Bad. Durch die gläserne Duschwand konnte er sehen, wie Emilia sich gerade einseifte. Die Enge in seiner Hose wurde unerträglich. Hastig entledigte er sich seiner Klamotten und öffnete die Duschkabine. „Hei, Kaunis“, er sprach sanft um sie nicht zu erschrecken.

Emilia öffnete die Augen und hörte bei seinem Anblick unwillkürlich zu atmen auf. Da stand er nun vor ihr und war sichtbar aufs Äußerste erregt. Sie streckte ihm ihre Hand entgegen und kam einladend auf ihn zu. Ohne ein weiteres Wort stieg er zu ihr in die Dusche und vergrub eine Hand sofort in ihren Haaren. Mit der anderen hob er ihr Kinn und küsste sie stürmisch. Sie schmeckte nach Seife. Er drängte sich dicht an sie, hob sie hoch und drückte sie sanft gegen die kalten Fliesen.

Ein Schauer durchfuhr sie – vor Kälte?! – vor Hitze?!

Wieder umschlangen ihre Beine seine Hüften und ohne langes Vorspiel drang er lustvoll in sie ein. Sie stöhnte auf und umfasste ihn

Halt suchend. Um einen Schrei zu unterdrücken biss sie unbeherrscht in seine Schulter.

Ihr Rhythmus war wild und zügellos, so dass sie bereits nach wenigen Augenblicken gleichzeitig laut aufstöhnend zum Höhepunkt kamen. Emilia legte erschöpft ihren Kopf an seinen Hals. Panus Beine zitterten. Nicht weil sie zu schwer für ihn war sondern, weil sie ihm mit ihrer hingebungsvollen Art jegliche Kraft raubte. Sanft ließ er sie wieder runter. Sie blickte ihn glücklich lächelnd an. Vorsichtig fuhr sie über sein Tattoo am Oberarm. Sie beugte sich vor und küsste ihn zärtlich auf die Brust. Fragend schaute sie auf sein anderes Tattoo, auf die chinesischen Schriftzeichen an der Innenseite seines linken Oberarms. „Was bedeutet das?"

„Musik!"

„Mmh, und auf der Schulter hast du auch noch eins." Sie drehte ihn so, dass er ihr nun leicht den Rücken zuwandte.

Panu hatte sich dort eine Note eintätowieren lassen. „Das war mein erstes Tattoo. Ich habe es mir stechen lassen, nachdem ich mein erstes Lied geschrieben habe."

Ihre Fingerspitzen fuhren sanft über seine Schultern. Emilia konnte nicht anders, sie musste ihn einfach anfassen und küssen. Ihr Mund wanderte langsam seitlich an seinen Rippen entlang. Sie spürte, wie sich Panus Muskeln unter ihren Lippen anspannten und sie seufzte zufrieden.

„Stopp! Das reicht jetzt. Ich weiß ja nicht, was du von mir denkst, aber ich bin nicht Supermann." Lachend drehte er sich um. Er nahm die Brause in die Hand, hielt sie Emilia ins Gesicht und drehte flink den Hahn auf kalt. Emilia stieß einen spitzen Schrei aus.

„Fiesling!"Sie versuchte sich vor dem kalten Strahl zu schützen, was ihr jedoch nicht gelang. Ergeben lehnte sie sich provozierend lasziv an die Fliesen. „Mach mit mir was du willst."

Als er ihr schelmisches Lächeln sah und sie ihm ihren Körper erneut so verführerisch darbot, war er sofort wieder erregt. Panu drehte das Warmwasser an und kam mit der Dusche auf sie zu. „Ich werde dich jetzt warm abduschen, in ein molliges Handtuch packen und dich dann mit gutem chinesischem Essen füttern. Okay?"

„Okay, Balu", sie lächelte ihn sanft an. „Ich bin so verdammt glücklich."

Ihr unerwartetes Glücksgeständnis verwirrte ihn. Eine leichte Falte bildete sich zwischen seinen Augenbrauen.

Emilia sah sofort, dass sie ihn mit ihrem spontanen Fast-Liebesgeständnis irritiert hatte. Sie versuchte die Sache herunterzuspielen, in dem sie sich etwas streckte, ihm einen festen Kuss auf den Mund gab und gelassen sagte. „Aber noch glücklicher würde mich etwas Gutes zum Essen machen."

Panu drehte das Wasser ab. „Kein Problem, Süße, davon habe ich reichlich mitgebracht."

Der kurze verlegene Augenblick war vorbei. Lachend stiegen sie aus der Dusche und hüllten sich in Handtücher. Sie gingen zurück ins Wohnzimmer. Erst jetzt hatte Emilia Zeit, sich alles genau anzuschauen.

Während Panu die Speisen auf dem Esstisch verteilte, schlenderte Emilia an die große Fensterfront. Entzückt stieß sie einen kleinen Schrei aus. „Das ist ja wirklich fantastisch. Oh, du Glücklicher, was für ein Ausblick."

„Ja, ich weiß. Ich kann mich wirklich glücklich schätzen, hier zu wohnen." Er blickte zu Emilia hinüber und musste über ihre kindliche Freude lächeln.

„Was möchtest du trinken?"

„Wein, bitte!"

Er ging an den Kühlschrank, holte eine Flasche Wein heraus, öffnete sie und schenkte ihnen ein. „Komm, bevor alles kalt wird!"

Emilia setzte sich ihm gegenüber an den Tisch und fing an, herzhaft zuzugreifen. „Ich habe vielleicht einen Hunger."

Begeistert beobachtete Panu, wie sie ihren zierlichen Körper mit Unmengen Essen vollstopfte. „Jeder andere würde platzen. Wie machst du das?"

„Ich weiß nicht. Ich konnte schon immer gut essen. Nur bei Kummer oder Wut verschlägt es mir den Appetit." Sie steckte sich gerade eine ölige Garnele in den Mund. Das Fett lief ihr übers Kinn. „Ups, hast du mal eine Serviette?" Sie hielt sich lachend die Hand ans Kinn. „Das ist die Gier in mir."

Panu stand auf, griff nach einer Papierserviette und kam auf Emilia zu. „Lass mich mal machen." Er lehnte sich, nur ein Handtuch um die Hüften geschlungen, an den Tisch. Emilia musste schwer schlucken. Vorsichtig wischte er ihr übers Kinn.

Ihre Lippen öffneten sich. Ihr Mund fühlte sich trocken an. Das konnte doch nicht wahr sein, ihr Körper reagierte schon wieder auf seine Berührung.

In gleicher Weise machte sich auch bei Panu ein Ziehen in den Lenden breit. Sah sie doch, nur in dieses knappe rote Handtuch gewickelt, zum Anbeißen aus. Spontan schwang er ein Bein über ihren Schoss und setzte sich, nachdem er achtlos das Essen zur Seite geschoben hatte, auf den Tisch. Mit einem Ruck zog er sie hoch. Ihr Stuhl kippte nach hinten. Nun stand sie ihm, eingeklemmt zwischen seinen kräftigen Beinen, auf Augenhöhe gegenüber. Er fasste in ihren Nacken und zog sie besitzergreifend an sich. Fordernd traf sein Mund auf ihre halbgeöffneten Lippen. Er wollte sie – wollte sie erneut spüren. Er hob sie hoch, als ob sie federleicht wäre und trug sie ins Schlafzimmer.

„Dreimal heftig und schnell, das reicht für heute", er blickte auf die entsetzt dreinblickende Emilia. „Jetzt werde ich dich langsam, ganz langsam lieben. Wir haben noch die ganze Nacht vor uns."

Emilias Gesichtsausdruck entspannte sich. „Schön." Sie schmiegte sich fest an seine Brust und leckte mit der Zunge zart über sein Schlüsselbein.

Er öffnete die Tür zum Schlafzimmer und legte sie sanft aufs Bett, nicht ohne ihr zuvor das Handtuch abzustreifen.

Und Panu hielt Wort…

9

„Yeah think – Let your mind go, let yourself be free. Oh freedom – Let's have some freedom…"

(Freedom – Aretha Franklin)

„Mmmh", Emilia stöhnte verzückt auf. Sie spürte Panus Fingerspitzen an ihrer Wange, sie roch seinen Atem an ihrem Mund und als sie die Augen aufschlug, sah sie direkt in seine funkelnden blauen Augen.

„Guten Morgen, Kaunis, gut geschlafen?"

„Mmmh", wieder stöhnte Emilia auf, als er ohne auf eine Antwort zu warten, ihre Lippen mit seinen verschloss.

„Blauauge?!" Nachdem er sie wieder einfühlsam geliebt hatte, öffnete Emilia die Augen und sah ihn fragend an. „Wie geht das?"

Panu schüttelte sich vor Lachen. Er rollte sich zur Seite und sprang aus dem Bett. „Ich weiß es nicht", er musste grinsen. „Ich weiß es wirklich nicht. Aber wie du siehst geht es und das gar nicht mal so schlecht, oder?"

„Nicht schlecht? Geht es noch besser?“ Emilia setzte sich auf und schaute ihm nach, wie er nackt ins Bad lief „Warte.“

Panu drehte sich herum, immer noch vor sich hin schmunzelnd.

„Komm doch bitte nochmal zurück!“ Emilia winkte ihn mit ihrer Hand zu sich.

„Kaunis, was zu viel ist, ist zu viel. Beim besten Willen, jetzt geht erst einmal nichts mehr.“

Emilia lächelte. „Nein, ich will ja gar nichts von dir. Dreh dich doch bitte 'mal um!“

Er tat ihr den Gefallen, so dass sie auf seinen blanken Hintern schauen konnte. Der sie in diesem Moment aber ausnahmsweise nicht interessierte. Über die Schultern blickte er sie an. „Was wird das?“

Emilia stand auf, stellte sich hinter ihn und blickte auf seine rechte Wade. „Das habe ich ja noch gar nicht gesehen“, sie deutete auf sein Tattoo. „Und ich dachte, ich hätte jeden Zentimeter deines Körpers erkundet, wie konnte mir das nur entgehen?“

Rund um Panus Wade verlief eine Herzlinie an dessen Ende ein gebrochenes Herz war. Darunter stand: Never break my heart again!

Er drehte sich wieder zu ihr um. „Das kommt vielleicht daher, dass dein Augenmerk in der letzten Nacht auf wesentlich hervorstechenderen Dingen gelegen hat.“

Emilia streckte sich, gab ihm einen zarten Kuss und antwortete mit einem schelmischen Blick auf seinen nackten Körper. „Da magst du wohl recht haben. Da gab es wirklich wesentlich interessantere Details.“

Sie lachten beide herzlich und gingen gemeinsam unter die Dusche.

*

Der Wind peitschte ihr ins Gesicht, als sie mit dem kleinen Schnellboot den Hafen verließen und aufs offene Meer zusteuerten. So etwas hatte sie noch nie erlebt. Sie stand neben Panu, der das Steuer in der Hand hielt und sie sausten mit einer, für sie, höllischen Geschwindigkeit über die Ostsee. Emilia juchzte erfreut auf und warf den Kopf in den Nacken. „Oh Panu, ich liebe es. Es ist einfach traumhaft. Danke!“

Am Morgen, als sie noch gerätselt hatten, was sie heute unternehmen wollten, hatte Panu spontan diese Bootstour vorgeschlagen. Erst ein bisschen übers Meer düsen und im Anschluss nach Suomenlinna, die alte Festungsinsel besichtigen, was Emilia eigentlich schon tags zuvor machen wollte.

Panu hatte für heute Handy-Verbot verordnet, womit Emilia sofort einverstanden war. Sie versprach, nur einen Anruf zu tätigen, den sie ihm ihrerseits auch zugestand. Sie rief bei der Eventfirma an, mit der sie am Nachmittag einen Termin hatte, erklärte, dass es ihr nicht gut ginge und sie sich morgen wieder melden würde.

Kurz bevor sie zu ihrer Bootsfahrt aufbrachen, schrieb sie schnell noch eine SMS an Eva. <Mir geht es gut. Bin glücklich.>

Panu legte den Arm um sie. „Möchtest du auch 'mal steuern?"

Wie aus der Pistole geschossen kam ihr. „Jaaa!"

Panu zog sie vor sich, so dass sie zwischen ihm und dem Steuer stand. Seine Hände lagen auf ihren. Er erklärte ihr, was sie beachten musste und nahm dann seine Hände weg, so dass sie alleine lenken konnte. Er blieb dicht hinter ihr stehen und schlang die Arme um ihre Hüften.

Emilia fühlte sich so verdammt frei. Sie quietschte wie ein kleines Kind. Panu fühlte sich von ihrer Freude angesteckt und strahlte mit ihr um die Wette.

Suomenlinna war ein Traum!

Am späten Vormittag machten sie das Boot im Gästehafen, westlich der Hauptanlegestelle, fest. Die Insel bestand aus vier kleineren Inseln, die durch Brücken verbunden waren. Panu machte sich sehr gut als Fremdenführer und zeigte Emilia die schönsten Stellen, die besten Aussichten und interessantesten Sehenswürdigkeiten. Darunter waren die lutherische Kirche, der Hof mit dem *Ehrensvärd-Denkmal*, die wunderschöne Beobachtungsplattform am Trockendock, die *Königspforte* und die *Kustaanmiekka-Sandbänke* mit ihren Kanonen. Von den Sandbänken aus gingen sie durch frische, grüne Wiesen zum *Cafe Piper*, das weiß, wie ein amerikanisches Südstaatenhaus, durch die Bäume schimmerte. Hier tranken sie gemütlich ein Bier und beobachteten die anderen Touristen, die um diese Jahreszeit in Scharen auf die Insel strömten.

„Komm, ich zeige dir einen ganz tollen Blick aufs offene Meer!" Panu schnappte sich Emilias Hand und lief mit ihr vom Café aus in Richtung der Kunstgalerie *Galleria Augusta*.

Über einen schmalen Weg gelangten sie zu einem Plateau, das sich weitläufig entlang der Klippen erstreckte. Das Panorama war atemberaubend. Hoch über der schäumenden Ostsee, konnte man meilenweit schauen – zum Festland – aufs offene Meer. Der Wind blies ihnen scharf ins Gesicht und zerrte wild an den Gräsern. Sie setzten sich aneinander gekuschelt auf eine weiße Bank, die dort einsam und verlassen stand.

Emilia saugte Alles in sich auf. Ihr Blick ging von dem fantastischen Grün der Wiesen, zu dem hellblauen Himmel, der von ziehenden weißen Wolken durchbrochen wurde und dann wieder auf die dunkelblauen Wellen des Meeres, deren Gischt auch hier oben zu spüren war.

„Deine Heimatstadt ist wunderschön. Du kannst dich wirklich glücklich schätzen, hier leben zu dürfen."

Panu neigte den Kopf zu Emilia herunter. „Das komische ist, dass man erst durch die Augen eines Fremden die eigentliche Schönheit wieder sieht. Ich hatte schon ganz vergessen, wie schön hier alles ist. Ich habe Helsinki schon das ein oder andere Mal böse beleidigt, in dem ich es *Shithole* genannt habe." Panu musste über Emilias entsetztes Gesicht lachen. „Entschuldige mal, Frau-Gott-ist-hier-alles-schön. Wir haben hier einen verdammt harten Winter, der meistens im Oktober anfängt und im März erst endet, und die Temperaturen sinken oft unter minus 20°, ganz zu schweigen von der Dunkelheit."

Emilia fing zu kichern an.

Panu hob drohend den Finger. „Das ist nicht wirklich witzig. Das zerrt ganz schön an den Nerven und man würde am liebsten von morgens bis abends trinken, um der Dunkelheit und Kälte zu entkommen. Leider tut das auch so mancher Finne."

Sie hielt seinen hin und her schwingenden Finger fest und setzte sich mit einem Ruck rittlings auf seinen Schoß. „Du armer, armer Finne." Sanft fing sie an seinen Hals zu küssen.

„Ich habe gerade das Gefühl, du nimmst mich nicht richtig ernst, kann das sein?"

„Mmmh", sie knabberte sanft an seiner Unterlippe. „Doch das tue ich." Ihre Zunge streifte samtweich an seinen Bartstoppeln entlang. „Ihr habt das Meer, was willst du sonst noch?"

Seine Lippen öffneten sich um etwas zu erwidern. Ohne ihn zu Wort kommen zu lassen, drang ihre Zunge zielstrebig vor. Panu wurde von seiner eigenen Begierde schier überrollt. Seine Finger krallten sich in die Holzbank. Er versuchte, ihren Verführungskünsten zu widerstehen und behielt seine Hände bei sich...

...aber sie war gut, sie war so verdammt gut!

„Noita!“[18] Impulsiv umfassten seine Hände ihr Gesicht und er erwiderte ihren Kuss.

Glücklich stöhnte Emilia auf. Es tat so gut.

Er griff sie bei den Schultern und drückte sie ein wenig von sich weg. Dann sah er sie eindringlich an. „Wir haben das Meer, ja! ...und was ich noch will? Dich!“ Er lächelte Emilia sanft an, sie drückte ihm einen zarten Kuss auf die Lippen.

„Und ich will dich.“

Sie küssten sich immer weiter, ohne sich um die anderen Touristen zu scheren, die an ihrer Bank vorbei liefen. Und genossen beide dieses „angenehme Gefühl“, das keiner so recht deuten konnte.

*

Hier möchte ich leben, das ist wie in einem Traum. Emilia kletterte hinter Panu ein paar Felsen hinab. Er wollte ihr noch ein paar schöne Plätze der Insel zeigen, bevor sie wieder aufs Festland zurückkehrten. Sie liefen über einen großen Platz, an dem beidseitig Fußballtore standen. Panu erklärte, das hier früher ein Truppenübungsplatz gewesen war. Danach folgte die *Galerie Augusta*, von wo aus sie weiter in Richtung Hauptanlegestelle liefen, wo die Fähren vom Marktplatz her ankamen. Sie liefen am *Hostel Suomenlinna* vorbei das Anfang des 20. Jahrhunderts eine ehemalige russische Grundschule gewesen war. Im Vorgarten des Hostels lieferten sich Kinder und Jugendliche einen Wettkampf in verschiedenen Spielen.

Lachend blieben sie stehen um zuzuschauen, wie sich die Gruppen auf – Fünf Personen Skiern – abkämpften, um vorwärts zu kommen. Auf der Wiese gegenüber bekämpften sich zwei Sumo-Ringer in überdimensional großen Kostümen.

„Panu, schau doch mal! Ist das nicht witzig.“

Einer der beiden fiel gerade der Länge nach hin und schaffte es nicht, aus eigener Kraft wieder aufzustehen.

„Warte!“ Panu ging auf die Jugendlichen zu und fragte sie etwas auf Finnisch. Er winkte ihr zu. „Komm, wir dürfen auch mal.“

Emilia zeigte ihm den Vogel. „Du spinnst, ich ziehe das Ding da nicht an.“

„Auf, Kaunis, das macht dir bestimmt Spaß. Komm!“

---

18 Hexe

Emilia zögerte noch kurz, musste sich dann aber eingestehen, dass sie auf diesen Quatsch unwahrscheinlich Lust hatte. Lachend ging sie zu ihm.

Die Jugendlichen halfen erst den andern beiden Ringern aus den Kostümen und stülpten sie dann Emilia und Panu über. Emilia konnte sich vor Lachen kaum auf den Beinen halten. Panu sah aber auch zu witzig aus. Das Sumo-Kostüm ging ihm gerade mal bis an die Knie, er war viel zu groß dafür. Sie dagegen konnte kaum laufen, weil es ihr an den Knöcheln hing.

Breitbeinig stampfend und mit wildem Gesichtsausdruck kam er auf sie zu. Noch bevor er sie wirklich berührte, machte sie einen Schritt zurück und fiel der Länge nach um. Gespielt ungestüm warf er sich auf sie, klammerte sich an ihr fest und versuchte, sich mit ihr um die eigene Achse zu rollen. Emilia liefen vor Lachen die Tränen über die Wangen, sie bekam kaum noch Luft und bettelte um Gnade.

Als sich beide ihrer Anzüge wieder entledigt hatten, sprach ein junges Mädchen Panu an. „Bist du der von Moonset Road?"

Panu bejahte freundlich lächelnd.

In wenigen Minuten war er umringt von den Kindern und Jugendlichen, die um Autogramme und Fotos bettelten.

Emilia stellte sich etwas abseits unter einen Baum und beobachtete, wie nett Panu mit seinen Fans umging. Er ließ sich viel Zeit, scherzte hier und da, beantwortete Fragen und ließ sich bereitwillig mit jedem fotografieren. Als er sich verabschiedete, winkten sie ihm noch lange nach.

Emilia hakte sich bei ihm unter. „Es ist schön zu sehen, wie du mit deinen Fans umgehst."

„Nur durch sie verdiene ich mein Geld, das bin ich ihnen schuldig." Nicht mehr. Keinerlei Beweihräucherung – ganz bescheiden. Er war sichtlich dankbar, was ihn in diesem Moment noch anziehender für sie machte.

Nachdem sie noch die beiden kleineren Inseln Suomenlinnas besichtigt hatten, gingen sie zurück zum Gästehafen. Als sie wieder aufs Meer hinausfuhren, sah Emilia noch einmal zurück, um einen letzten Blick auf diese schöne Insel zu werfen. „Hierher möchte ich gerne wiederkommen."

Sie flüsterte es eher zu sich selbst, aber Panu hatte es gehört und zog wieder einmal nachdenklich die Stirn in Falten.

Ob sie nochmals gemeinsam nach Suomenlinna fahren würden?

*

„Eva, ich kann dir gar nicht sagen, wie schön es hier ist. Es ist wie in einem Traum." Emilia hielt das Phone an ihr Ohr, während sie in der Aleksanterinkatu, in einer kleinen Bar Namens *Guana* saß und das rege Treiben um sich herum beobachtete. „Ich möchte gar nicht mehr heim." Bei ihren Worten befiel sie eine tiefe Traurigkeit. Morgen Mittag würde alles vorbei sein. Ihr Flug ging gegen dreizehn Uhr. Gegen halb drei würde sie in Frankfurt landen und damit würde die Geschichte „Helsinki/Panu" wohl enden.

„Na, du hörst dich ja nicht gerade glücklich an, wieder nach Hause zu kommen."

„Mmmh, nein, bin ich auch nicht, aber das ändert nichts an der Tatsache, dass ich morgen wieder den Heimweg antrete."

Emilia hatte Eva alles erzählt. Alles was sie in den letzten Tagen erlebt hatte, mit Panu! Sie hatte nichts ausgelassen naja, so gut wie nichts.

Ihre Rückkehr von der Insel war nicht das Ende ihres gemeinsamen schönen Tages gewesen. Sie fuhren abends auf die kleine Insel Klippan und speisten im *Saaristo*. Die Nacht gehörte dann wieder ihrer unermüdlichen Leidenschaft. Und so verbrachten sie auch die beiden folgenden Tage und Nächte. Zwischen Geschäftstreffen, Aufnahmestudio, Band-Proben, Helsinki-Erkundungen und viel Sex, kamen sie kaum zur Ruhe und an Schlaf war überhaupt nicht zu denken.

Emilia war erstaunt darüber, dass ihr Spiegelbild ihr noch immer so frisch entgegen schaute. Sie, die eigentlich immer so viel Schlaf brauchte, die morgens nicht aus dem Bett kam, war auf einmal überhaupt nicht mehr müde. Sie hatte wirklich das Gefühl, Aufputschmittel genommen zu haben. Was hatte sie Eva vor gute einer Woche am Telefon gefragt? „Nimmst du Drogen?"

Definitiv **ja**! Panu war eine Droge, sie konnte gar nicht genug von ihm bekommen – war süchtig nach ihm. Und gleichzeitig dachte sie jetzt in diesem Augenblick mit Panik an den Moment der Trennung – an den Entzug!

„Emilia, bist du noch da?"

Erschrocken wachte Emilia aus ihrem Tagtraum auf. „Ja, Eva, klar."

„Was machst du, oder besser gesagt, ihr mit eurem letzten Abend? Erneut wilder zügelloser Sex?"

Emilia musste kichern. „Das bestimmt auch."

„Süße, du denkst doch daran, dich zu schützen? Er ist immerhin..." Eva zögerte, „...naja, er lebt bestimmt nicht wie ein Mönch."

Emilia musste lachen. „Mach dir keine Gedanken. **Er** kümmert sich schon um unseren Schutz."

Emilia hörte, wie die Freundin erleichtert aufatmete. „Da bin ich ja froh. Also was macht ihr heute noch?"

„Ich weiß es nicht. Panu sagte, ich solle mich überraschen lassen. Er holt mich später im Hotel ab und dann sehe ich, wo es hingeht."

„Süße, ich wünsche dir noch ganz viel Spaß. Ich hole dich wie versprochen morgen am Flughafen ab. Bis dann."

„Bis dann." Emilia legte betrübt auf. Wieder, wie so oft, wenn sie schlechte Gedanken wegschieben wollte, schüttelte sie ihren Kopf und fuhr mit den Händen durch ihre Haare.

Unser letzter Abend. Bloß keine Wehmut.

Sie wollte diesen Abend noch einmal in vollen Zügen genießen. Ja, das würde sie, das wusste sie, dafür würde Panu schon sorgen. Panu!

*

Um Punkt fünf Uhr stand Emilia vorm Hotel. Sie musste lächeln, als sie an Panus SMS dachte, die er ihr vor knapp einer Stunde geschickt hatte. <Harmaa-silmä, bitte zieh dich wetterfest an, mit Windjacke und festen Schuhen! Bitte zieh dich „warm" an! Komme um fünf Uhr.>

Sekunden später folgte die nächste Nachricht. <Und für drunter wünsche ich mir was total heißes, vielleicht so ein Hauch von Nichts oder vielleicht nichts?>

Schon als sie frisch geduscht war und ihre zarten Dessous anzog, die sie sich heute extra noch schnell in der Stadt gekauft hatte, breiteten sich wieder diese Schmetterlinge in ihrem Bauch aus.

Erschreckt fuhr sie hoch, als Panus BMW vor ihr anhielt. Schnell sprang sie auf den Beifahrersitz und strahlte ihn nervös an.

„Wow, Kaunis, das nenne ich eingemummelt", lachend zog er sie zu sich herüber.

„Du hast gesagt, warm anziehen. Ich habe nur das getan, was du gesagt hast", sie murmelte die letzten Worte nur noch, da seine Lippen die ihren liebevoll umschlossen.

„Ich mag es, wenn du machst was ich sage. Können wir das so beibehalten?" Er grinste verschmitzt.

Emilia löste sich leicht von ihm. „Naja, da das ja für einen überschaubaren Zeitraum ist, bin ich mal nicht so."

Panu sah sie nun betrübt an. Sie erwiderte seinen Blick standhaft.

„Harmaa-silmä", er hob ihr Kinn sanft an. „Heute ist heute und wir verschwenden keinen Gedanken an Morgen, okay?"

„Okay!" Egal wie schwer ihr das fiel, sie musste sich zusammenreißen. Das war doch der Sinn ihres Unternehmens Helsinki gewesen: Spaß, und nur Spaß – ohne Reue!

Sie gab ihm einen festen Kuss. „Wo geht es hin?"

„Nicht so neugierig", Panu legte den Gang ein und fuhr los. Sie fuhren nur wenige Kilometer an den Segelhafen *Merisatama*, den Emilia schon kannte. Er lag am Fuße des Kaivopuisto-Parks.

Panu öffnete den Kofferraum und entnahm einen Picknickkorb sowie eine Gitarre. Erstaunt schaute Emilia ihn an, als sie in Richtung der Boote gingen. Er führte sie zu einem der kleinen, blauweißen Segelboote.

„Bitte schön, My Lady", er half ihr aufs Schiff. „Vor drei Tagen sind wir über das Meer gesaust ...heute lassen wir es gemütlicher angehen."

Emilia setzte sich und beobachtete fasziniert, wie Panu die Taue löste und ans Ruder ging. Nach wenigen Minuten segelten sie aufs offene Meer hinaus.

„Do you enjoy it?"

„Oh ja, sehr!" Dankbar lächelte sie ihn an. Sie wäre gerne näher bei ihm gewesen, traute sich aber nicht wirklich in dieser wackelnden Nussschale, aufzustehen.

Als ob er, wie schon so oft zuvor, ihre Gedanken lesen könnte, kam er zu ihr. Er öffnete den Korb, holte eine Flasche Weißwein und Gläser heraus und schenkte ihnen beiden ein. Er setzte sich zu ihr und legte den Arm um sie.

„Auf einen bezaubernden Abend mit einer bezaubernden Frau. Kippis!" Er prostete ihr zu und sie fühlte sich wieder einmal wie in einem Kitsch-Roman. Aber es hatte was.

„Wo fahren wir hin?"

„Du bist wirklich ungeduldig, genieß doch erst mal die Fahrt. Hast du schon Hunger?"

Sie kuschelte sich an ihn. „Nein, eigentlich noch nicht."

„Auch nicht auf mich?"

Emilia kicherte an seinem Hals. „Dieser Hunger ist noch lange nicht gestillt." Sie fuhr mit ihrer Zunge zart über seine Halsschlagader und spürte wie sein Blut in Wallung geriet. „Du riechst heute wieder so gut ...and you taste delicious." Langsam und ganz sanft wanderten ihre Lippen über sein Kinn. Als sie ihre Lippen auf seine legte, wurden sie schon sehnsüchtig erwartet.

„Mmmh, und du erst." Sein Kuss wurde fordernd – beinahe ungestüm.

Emilia bemerkte nur noch ein Flimmern vor ihren Augen und gab sich Panus Kuss-Künsten voll und ganz hin.

„Augen auf, Harmaa-silmä", zart küsste er sie auf die Nase. „Du verpasst ja das Schönste, wenn du deine hübschen, grauen Augen die ganze Zeit geschlossen hältst."

„Ja, ich verpasse dieses wunderbare Blau", sie strahlte ihn selig an. „Und ich meine nicht das Blau des Himmels oder des Meeres."

Panu lachte tief auf und auch Emilia musste über ihre Feststellung lachen. „Ich habe noch nie Jemanden wie dich getroffen. Ich glaube dir jedes Wort. Kann es sein, dass du überhaupt nicht lügen kannst?"

Emilia merkte, wie sie sich bei seinen Worten versteifte und sich eine verdächtige Röte auf ihren Wangen breit machte.

„Und dein Erröten ist auch süß." Er küsste sie zart und blickte ihr tief in die Augen.

Emilia überlegte, ob sie ihm alles sagen sollte. Einfach die ganze Wahrheit. Aber sie traute sich nicht. Dafür war sie in den letzten Wochen zu egoistisch geworden. Sie wollte diesen letzten Abend! Egal wie, und wenn ich lügen muss.

Eine heftige Windböe war ihre Rettung. Panu sprang unvermittelt auf und eilte zurück ans Ruder. Nachdenklich starrte sie aufs Meer.

Panu beobachtet sie, als er das Boot wieder im Griff hatte. Was in ihrem hübschen Köpfchen wohl vorging? Er fühlte sich von dieser Frau so dermaßen angezogen – mehr als gut für ihn war. Er verstrickte sich da in etwas, das kompliziert zu werden drohte. Er musste aufpassen.

Traurig lächelnd schaute sie zu ihm herüber. „Ich vermisse dich jetzt schon!"

„Ich dich auch, Little Beauty, ich dich auch." Seine Eingeweide zogen sich zusammen. Entgegen seiner vorherigen Gedanken, kamen diese Worte über seine Lippen.

*

Mit Gitarre und Korb bepackt griff er nach Emilias Hand.

Emilia lehnte sich begeistert an ihn. „Danke, dass ich nochmal hier mit dir sein darf. Das ist wirklich klasse."

Sie hatten gerade im Gästehafen der Insel Suomenlinna fest gemacht und gingen jetzt zu dem Aussichtspunkt, wo sie vergangenen Montag schon gewesen waren.

„Ich dachte mir schon, dass dir meine Idee gefallen würde." Leicht drückte er ihre Hand und blickte sie liebevoll an.

„Ja, klar gefällt mir deine Idee. Aber ehrlich, Panu, du hättest mich heute überall mit hinnehmen können. Hauptsache wir sind noch 'mal zusammen."

„Das wird auch nicht unsere letzte Station für heute sein, es kommt noch mehr."

Emilia kniff ihn leicht in die Seite. „Hör auf, mich neugierig zu machen, sonst kann ich das alles nicht richtig genießen."

Scherzend liefen sie über die Wege bis nach oben zu dem Aussichtspunkt, von wo aus sie aufs Meer blicken konnten. Panu legte eine Decke über die Bank und zog sie zu sich auf den Schoss. Es war jetzt knapp neunzehn Uhr, die Sonne war zwar noch da, hatte aber nicht mehr so viel Kraft wie tagsüber. Eng aneinander geschmiegt genossen sie schweigend die Aussicht.

Emilia war glücklich, dass Panu sie noch einmal hierher geführt hatte. Es bedeutete ihr viel – mehr als sie sich selber eingestehen wollte.

Nach einer Weile holte Panu noch eine Flasche Wein hervor und ein paar Kleinigkeiten zu essen. Sie breiteten die Decke nun auf der Wiese aus und ließen sich dort nieder.

Sie aßen, tranken, redeten, lachten, küssten sich, schwiegen!

„Würdest du etwas für mich singen?" Emilia blickte Panu fragend an.

„Deshalb habe ich die Gitarre doch mitgenommen. Was möchtest du hören?"

„Vielleicht etwas von The Rasmus[19]?" Emilia musste über Panus verblüfftes Gesicht lachen. „War nur ein Spaß. Ich weiß, dass du die nicht besonders toll findest."

Er schaute sie leicht vorwurfsvoll an. „Okay, zweiter Versuch!"

---

19 Finnische Punkrockband

„Vielleicht etwas von Lauri?[20] Jetzt konnte Emilia nicht mehr an sich halten und kugelte sich vor Lachen. Panus Gesicht war aber auch wirklich zum Schießen.

„Du hast es nicht anders gewollt.“ Er legte seine Gitarre zur Seite und beugte sich drohend über sie. „Du kleines Biest wirst jetzt dafür büßen. Schau mich an! Ich bin klein – schwarzhaarig – trage Federn am Kopf und ein Rabe sitzt auf meinen Schultern und starrt dich an.“ Er kniff die Augen zusammen, bis sie nur noch Schlitze waren. „Den schwarzen Kajal musst du dir halt denken ...und jetzt fange ich an zu singen... Gnade dir Gott! *...eo eo eo eo ...eo eo eo eo ...no sleep ...no sleep until I'm done with finding the answer, won't stop... in the shadow...*"

„Gnade, bitte Gnade...!“ Emilia drückte ihn von sich und hielt sich die Ohren zu. Lachend ließ er sich auf sie fallen und drehte sich mit ihr, so dass sie jetzt auf ihm lag. Zärtlich umfasste sie sein Gesicht. „Wie bekomme ich jetzt diese Bilder aus meinem Kopf?“

Seine Hand fuhr in ihren Nacken und zog sie sanft zu sich herunter. Noch bevor sich ihre Lippen berührten, stöhnte Emilia leise auf. „Sie sind weg!“

*

Sie segelten nicht zurück, sondern nahmen die Fähre.

„Kaunis, das ist sicherer und schneller.“ Emilia war kurz enttäuscht, verstand dann aber, dass es so vernünftiger war.

Das Wetter war umgeschlagen und sie hatten auch schon einiges getrunken.

„Und jetzt?“

„Lass dich überraschen!“

Als sie am Marktplatz in Helsinki ankamen, winkte Panu ein Taxi heran. Nach wenigen Minuten hielten sie vor dem Studio der Band. Emilia benahm sich wie ein kleines Kind, sie war ungeduldig, was nicht zuletzt ihrer totalen Aufregung und dem reichlichen Alkoholgenuss zuzuschreiben war.

Sie summte immer noch das Lied, dass Panu auf der Insel für sie angestimmt hatte. Mit seiner wunderbaren Stimme hatte er für sie *„Rising sun“* von Sunrise Avenue gesungen. Scheinbar hatte er sich daran erinnert, dass das im Moment ihr Lieblingslied war. Im Gegen-

---

20 Sänger der Band „The Rasmus“

zug bestand er darauf, dass auch sie etwas für ihn sang. Sie durfte frei wählen und nach langem überlegen hatte sie sich für *„You'll be in my heart"* von Phil Collins entschieden. Panu hatte die Gitarre weggelegt und ihrer Stimme gelauscht, die der Wind aufs Meer hinaus trug. Am Ende hatte er sie sanft geküsst. „Ich mag es eigentlich nicht, wenn Frauen Lieder von Männern singen – aber bei dir liebe ich es."

Emilia musste lächeln, als sie an seine Worte zurückdachte. Die Zeit war wie im Flug vergangen und es war mittlerweile schon kurz nach elf Uhr abends, als sie die heiligen Hallen von Moonset Road betraten.

Mikka kam lachend auf sie zu. „Na, ihr zwei, hattet ihr einen schönen Abend?"

Emilia lächelte selig. „Danke, ja, es war toll. Wie geht es dir?"

„Gut, ich hab gerade Rami beim Darts Spielen geschlagen." Er stählte seine nicht vorhandenen Muskeln und schrie: „I am the new Champion!"

Flüsternd sagte Panu zu Emilia. „Na, der hat auch schon genug."

Emilia kicherte aufgekratzt. „Ich auch. Und warum flüsterst du? Er versteht doch kaum Deutsch?!"

„Ja, stimmt, ich glaube der Wein wirkt auch bei mir."

Lachend gingen sie zu Rami und Miro, die an der Bar standen und Jägermeister tranken. Miro hob fragend die Flasche. „Möchtet ihr?" Panu schaute Emilia zweifelnd an.

„Ja, gerne." Sie strahlte. Warum nicht? Sie wollte ihren letzten Abend richtig genießen!

Emilia schaute sich um. Janis war nicht zu sehen, also konnte sie sich ein klein wenig entspannen. Die Jungs und sie feixten, tranken und hatten Spaß. Irgendwann meldete sich Mikka zu Wort. „Also, wenn ihr noch singen wollt, muss es bald geschehen, sonst kann ich die Tasten nicht mehr bedienen."

Emilia stutzte. Wollten die Jungs jetzt noch ein Lied aufnehmen?

„Da hast du Recht. Komm, Emilia – it's our turn!" Panu streckte ihr die Hand hin.

„Unser?"

„Ja, mein Abschiedsgeschenk – für dich und mich. Wir singen einen Song zusammen und nehmen ihn auf."

Emilia zuckte erschrocken zurück. „Du spinnst, Panu Turunen! Ich werde nicht mit dir singen, geschweige denn irgendetwas aufnehmen!"

„Why?" Miro mischte sich ein und schaute sie fragend an.

„Weil, weil...", Emilia begann zu stottern, „...warum verstehst du auf einmal deutsch?" Gereizt blickte sie Miro an.

Panu fing an zu lachen und nahm sie zärtlich in den Arm. „Geh nicht so wütend auf Miro los, er kann nichts dafür. Ich bin Schuld – schnauz mich an!"

Ihr Blick richtete sich auf Panu und in Sekundenschnelle war ihr Zorn verflogen.

„Come on, Beauty, it's just for us. Just a nice memory!"

Emilia schaute ihn an und gab auf. „Okay!"

Ein zufriedenes Lächeln machte sich auf Panus Gesicht breit.

Alle zusammen gingen sie ins Aufnahmestudio und diskutierten dort zunächst über mögliche Lieder, die Panu und Emilia im Duett singen könnten. Eigentlich redeten nur die Jungs, Emilia schwieg und hörte zu. Als nur noch wenige Lieder zur Auswahl standen, schauten sie Emilia fragend an. „Welches nun?"

Nach kurzem Überlegen und mit einem zärtlichen Blick zu Panu, entschied sie sich für *„Could I have this kiss forever"* von Whitney Houston & Enrique Iglesias.

Panu schaute sie gedankenvoll an. Sie hatte genau die richtige Wahl getroffen. Das Lied war ihnen wie auf den Leib geschrieben.

*

Als Panu zu singen begann, hatte Emilia das Gefühl, ihr Herz würde überschäumen. Tief bewegt sah sie zu ihm auf.

„Over and over I look in your eyes – you were all I desire, you have captured me. I want to hold you, I want to be close to you, I never want to let go ...", Panu blickte Emilia tief in die Augen.

„I wish that this night would never end – I need to know..."

Emilias Stimme war stärker, schöner, sanfter als jemals zuvor.

„Could I hold you for a lifetime? Could I look into your eyes? Could I have this night to share this night together? Could I hold you close beside me? Could I hold you for all time? Could I have this kiss forever? Could I have this kiss forever?" Gemeinsam klangen ihre Stimmen durch das Studio. Gemeinsam!

*

„Nein, kannst du nicht!“ Emilia träumte und wälzte sich unruhig hin und her.

Panu hielt sie fest umschlungen. „Harmaa-silmä, schlaf, ich bin hier!“

Zufrieden seufzte Emilia auf, kuschelte sich noch tiefer in seine starken Arme und murmelte: „Ich möchte doch gar nicht schlafen!“

„Ich weiß, ich auch nicht.“ Panu blickte aus dem Augenwinkel auf den Wecker. Sieben Uhr! „Wäre es zu viel verlangt, dich zu fragen, ob ich dich noch einmal lieben dürfte?“

Emilias Herz machte einen Satz und mit einem Ruck war sie hellwach. „Du bist verrückt, warum fragst du?“

„Weil ich das Gefühl habe, dass alles was jetzt noch kommt, etwas kaputt machen könnte. Du nicht?“

„Nein! Es wird es nur noch besser machen.“

Sie drehte sich auf ihn und küsste ihn – sie küsste ihn, als wäre es das letzte Mal. Es war das letzte Mal!

*

Haltlos liefen Emilia die Tränen über die Wangen. Sie liefen als der Flieger startete, als er in der Luft war und als er landete.

Eva sah ihre Freundin schon von Weitem. Ihr Herz stockte für einen Moment, als sie Emilias verweintes Gesicht sah. Mit schnellen Schritten war sie bei ihr, als diese den Sicherheitsbereich verlassen hatte, und nahm sie wortlos in die Arme. Was sie jedoch dachte, sprach sie nicht aus. Ich wusste es, ich wusste es, ich bringe ihn um!

Emilias Tränen liefen ununterbrochen, sie schaffte es einfach nicht, sich zusammenzureißen. Zu viel war passiert – zu viel Schönes, das sie nie vergessen würde und schon jetzt so schmerzlich vermisste.

Erst nachdem Eva sie zum Auto geführt und noch minutenlang im Arm gehalten hatte, konnte sich Emilia etwas beruhigen. Stockend berichtete sie vom vergangenen Abend und dem bitteren Abschied von Panu.

Als sie die Erinnerungen an ihren letzten Kuss und seine Abschiedsworte hervorrief, waren wieder alle Schleusen geöffnet – Emilia bekam kaum mehr Luft.

*

„Harmaa-silmä, ich weiß nicht was passiert ist oder wie das hier alles passieren konnte?! Ich weiß nur, es war unglaublich und ich weiß beim besten Willen nicht, wie es weiter gehen soll!" Er beugte sich zu ihr vor, streichelte zart über ihre Wange und küsste sie sanft auf die Lippen.

Emilia hatte Panu gebeten, sie nicht zum Flughafen zu bringen und so verabschiedete er sich von ihr vor seinem Apartment. Er sah die Tränen in ihren Augen glitzern und hätte sie am liebsten gebeten, nicht abzureisen. Aber er wusste selbst nicht, was er tun, denken oder fühlen sollte. Und so ließ er sie in ein Taxi steigen, mit den Worten: „Could I have this kiss forever?"

Emilia war die ganze Fahrt zum Hotel über starr. Ihre Miene war wie eingefroren. Seit einer Woche dachte sie zum ersten Mal wieder an ihren Ehemann, ihre Mutter – an Deutschland. Sie hasste ihr Leben in diesem Moment so sehr, sie hätte schreien können. Aber genau das war nicht ihre Art. Wie sie es schon immer getan hatte, außer in dieser einen Woche ihres Lebens, fügte sie sich und trat die Heimreise an. Sie bewältigte das Packen, das Auschecken im Hotel und die Fahrt zum Flughafen mit zusammengebissenen Zähnen. Auch den Check-In am Abfertigungsschalter und Einstieg in das Flugzeug überstand sie noch, ohne eine Gefühlsregung zu zeigen. Doch als der Airbus zur Startbahn rollte und nach wenigen Minuten vom Flughafen Helsinki aus startete, waren alle Dämme gebrochen. Die Tränen liefen und liefen und liefen...!

Unerlaubterweise hatte sie ihr Handy angelassen – sie hatte einfach nicht mehr daran gedacht. Als sie einen letzten verweinten Blick auf die Wälder Finnlands warf, sendete ihr iPhone einen SMS-Ton aus...
<I miss you already!>

*

Eva war zum ersten Mal seit sie denken konnte hilflos. Sie konnte Emilia einfach nicht beruhigen. Jedes Mal wenn sie einen Ansatz zum Gespräch starten wollte, wurde dieser durch einen neuerlichen Weinkrampf Emilias gestoppt. Sie hielt ihre Freundin daher einfach nur im Arm und wartete ab. Irgendwann gab ihr Emilia das Handy mit der letzten Nachricht von Panu. <I miss you already!>

„Es lief nicht so, wie ich das geplant hatte...", fing Emilia stockend an, „...er ist kein Arschloch-Rockstar! Er ist liebevoll, einfühlsam und lustig und ...und ...", sie fing schon wieder zu schluchzen an.

Eva las noch einmal Panus letzte Nachricht. <I miss you already!> Mist, der Kerl war tatsächlich in Ordnung. Er hatte ihr vor Wochen beim Seekonzert gesagt, dass er ein „Guter" wäre. Sie hatte ihm nicht geglaubt. Mitleidig blickte sie auf ihre Freundin.

„Das ist noch nicht alles." Emilia nahm der Freundin zittrig das Handy aus der Hand, tippte etwas ein und reichte es Eva dann wieder. „Hör dir das an!"

„Over and over I look in your eyes..."

Eva erkannte Panus Stimme. Verdammte Scheiße, der Kerl hatte ihr auch noch ein Liebeslied aufgenommen.

„I wish that this night would never end..."

Als Eva nun die unverwechselbare Stimme ihrer Freundin hörte, fiel sie beinahe vom Sitz. Entsetzt starrte sie die immer noch heulende Emilia an. „Ein Duett?"

Emilia nickte stumm.

„Could I have this kiss forever...?"

Evas Gedanken überschlugen sich. Wie sollte das nun weiter gehen? Wo sollte das noch enden?

10

„You're everything – I thought you never were and nothing like about you could have been. But still, you live inside of me – so tell me, how is that? You're the only one I wish – I could forget, the only one I love. I don't wanna be without you babe – I don't want a broken heart."

(Broken hearted girl – Beyonce)

„Hallo, Joachim", Eva war auf einem Rastplatz gefahren, um Emilias Mann anzurufen. „Du, Emilia geht es gar nicht gut. Sie musste sich schon mehrmals übergeben. Es kann also noch etwas dauern, bis wir daheim sind. Vielleicht fahre ich sie auch gleich noch zum Arzt."

Dankbar blickte Emilia die Freundin an. Ihre Tränen versiegten langsam. Wie viel Flüssigkeit konnte man eigentlich ausstoßen, ohne zu dehydrieren?

„Und, besser?" Eva hatte aufgelegt.

„Nein, nur ausgelaugt. Ich glaube, ich bin leer geheult." Der Versuch eines Lächelns zeichnete sich auf Emilias Gesicht ab.

„Sollen wir weiterfahren?"

„Mmmh...", Emilia drehte den Kopf und schaute aus dem Fenster, „... irgendwann muss ich ja nach Hause, warum also nicht gleich?"

Sie konnte die Freundin bei ihren Worten nicht anblicken. Sie spürte, dass ihr das Wasser schon wieder in die Augen stieg.

Eva fühlte sich total hilflos. Egal was sie sagte oder tat – sie konnte Emilia einfach nicht beruhigen.

*

„Hallo, Lia, wie geht es dir." Joachim drückte seiner Frau einen Kuss auf die Wange.

Emilia lief ein Schauer über den Rücken. Am liebsten hätte sie mit dem Handrücken die Spuren seiner Lippen weggewischt. Sie beherrschte sich aber, blickte erschöpft zu Boden und murmelte ein kurzes. „Hallo, Joachim. Gut."

Ihre Mutter trat aus dem Wohnzimmer auf sie zu. „Hallo, Lia. Oh mein Gott, du siehst ja wirklich schrecklich aus."

Eva blickte Vera strafend an. Diese Frau hatte null Taktgefühl. Und so etwas nannte sich Mutter!"

„Ich bringe Emilia noch auf ihr Zimmer. Ich denke, es ist das Beste, wenn sie sich jetzt ausruht."

„Ja, Eva, mach das. Dr. Trautmann wird auch bald vorbeischauen." Joachim blickte seine junge Frau und ihre Freundin prüfend an. Irgendetwas stimmte nicht, aber er konnte sich nicht zusammen reimen was. Noch nicht!

Die Freundinnen stiegen langsam die Treppen hinauf, als Joachim ihnen hinterher rief: „Übrigens, Emilia, die Leute in Helsinki waren total begeistert von dir. Wir haben schon von fast allen eine Zusage für nächstes Jahr. Dein Helsinki Aufenthalt war also ein Riesenerfolg. Die Finnen lieben dich!"

Emilia zuckte bei seinen Worten unmerklich zusammen und die Tränen schossen ihr von Neuem in die Augen.

Wenn Joachim gewusst hätte, wie Recht er hatte – wie erfolgreich sie bei einem ganz bestimmten Finnen gewesen war. Emilia war kurz vorm Zusammenklappen und Eva, die sie stützte, hatte ihre liebe Not, sie heil nach oben zu bringen.

*

„So schlecht ging es ihr ja noch nie. Dr. Trautmann, vielleicht hat sie sich doch einen Virus eingefangen?“ Joachim sprach leise, damit Emilia ihn nicht hören konnte.

Aber sie verstand jedes Wort. Sie bekam mit, dass er mit dem Arzt an der Tür zu ihrem Zimmer stand und sich Gedanken über ihren Gesundheitszustand machte.

„Nein, das ist kein Virus. Sie scheint psychisch an einem absoluten Tiefpunkt angekommen zu sein. Wir müssen einfach abwarten und sie weiter beobachten.“

Leise schloss sich die Tür und Emilia war wieder alleine. Langsam öffnete sie die Augen.

Der schöne Grauton existierte im Moment nicht. Vom vielen weinen waren ihre Lider verquollen und ihr Blick wässrig.

Seit nunmehr fünf Tagen lag Emilia in ihrem Bett, sprach nicht, aß nicht und trank nur, wenn sie dazu genötigt wurde. Das Einzige, was sie konstant tat, war weinen. Der Weg ins Bad fiel ihr von Tag zu Tag schwerer und ihr Spiegelbild interessierte sie sowieso nicht mehr. Sie sah weder fern, noch hörte sie Musik. Ihr Handy und den PC hatte sie seit ihrer Rückkehr nicht mehr eingeschaltet.

Sie versuchte so wenig wie möglich zu schlafen, denn immer wenn sie die Augen für längere Zeit schloss, quälten sie diese Bilder – Bilder von ihrem toten Vater. Aber auch andere, schöne und dennoch schmerzliche Fantasien kamen zum Vorschein – von Helsinki, von Panu.

Eva besuchte sie so oft sie konnte. Auch heute würde sie bestimmt wieder kommen, ihre Hand halten und leise mit ihr reden.

Emilia war bei klarem Verstand. Sie bekam alles um sich herum mit. Sie wusste auch, dass es so nicht weitergehen konnte. Aber ihr Hirn schaffte es einfach nicht, die Information an ihren Körper weiterzuleiten, er solle sich in Bewegung setzen.

Sie schloss wieder die Augen. Was sie sah quälte sie.

Er war überall. Seine Stimme, sein Lachen, sein Gesicht, sein Geruch, sein Körper, seine Hände – seine liebevollen Worte. Er war einfach überall!

Emilia durchzuckte es. Sie riss ihre müden Augen auf. So konnte es wirklich nicht weitergehen. Sie musste essen, schlafen, sprechen, trinken – und dringend duschen. Aber vor allem musste sie anfangen, für das zu kämpfen, was sie wollte.

In diesem Moment, alleine in ihrem Zimmer, an einem sonnigen Mittwoch im August, fiel es ihr wie Schuppen von den Augen. Das Einzige, was sie wirklich wollte, war **Panu**!

Sie setzte sich ruckartig auf und straffte ihre Schultern. Dabei wurde ihr schwindelig und sie musste sich abstützen, um nicht wieder in die Kissen zu fallen.

„Ich liebe ihn. Ich habe mich in diesen wunderbaren Finnen verliebt." Emilia sprach das laut und mit fester Stimme aus, als ob es nur dann wirklich wäre. Eine tiefe Zufriedenheit machte sich in ihr breit. Jetzt, da sie das für sich ausgesprochen hatte und wusste, wie sie fühlte, musste sie anfangen zu denken.

Was jetzt? Wie ging es Panu? Sie musste es herausbekommen, schnell! Wenn er genauso empfand, würden sie eine Lösung finden. Wenn nicht? ...diesen Gedanken schob sie erst einmal weit von sich.

Als Eva leise eintrat, versuchte Emilia gerade aufzustehen. Schnell war die Freundin an ihrer Seite.

Emilia lächelte sie dankbar an. „Hallo, Eva, würdest du mir bitte beim Duschen helfen? Ich glaube, ich bin noch ein wenig schwach."

Evas Gesichtszüge erhellten sich. „Oh, Süße, ich bin so froh, dass es dir besser geht. Was ist geschehen? Warum jetzt?" Eva verstand die Welt nicht mehr.

„Ich habe 'rausgefunden was ich will." Emilia stand mit Evas Hilfe auf und blickte die Freundin entschlossen an. Der müde Blick war verschwunden und das leuchtende grau ihrer Augen kam langsam zurück. „Ich will leben. Ich will mein eigenes Leben leben. Und...", sie holte tief Luft, „...ich will Panu – ich liebe ihn. Das ist das erste Mal in meinem Leben, dass ich wirklich weiß, was ich will. Und ich werde nichts unversucht lassen, es zu bekommen!"

Emilias Stimme war fest. Sie ließ keinen Einwand, keine Widerrede, noch nicht einmal eine Anmerkung zu.

Eva drückte die Freundin glücklich an ihre Brust. „Leb Süße, lebe! Und liebe wen immer du willst, aber fang dein Leben endlich an! Ich bin immer für dich da!"

„Ohh Eva ...und ich brauche dich, ohne dich geht doch gar nichts."

Eva schüttelte energisch den Kopf und nahm Emilias Gesicht in ihre Hände. „Nein, Kleine, bisher ging in deinem Leben nichts oder wenig ohne mich. Ab heute ändert sich das. **Du** nimmst dein Leben nun selbst in die Hand und du schaffst das auch!"

Die Freundinnen umarmten sich nochmals fest.

Nach einer Weile schob Eva Emilia leicht von sich. „Süße, so lieb ich dich auch habe, ich muss es dir sagen: Du stinkst! Komm, ich bring dich unter die Dusche."

*

Emilias Gedanken überschlugen sich, als das kalte Wasser über ihren Kopf lief.

Wo fange ich an? – Handy, hat er geschrieben? – Essen, ich muss essen, ich habe Hunger! – Joachim, ich muss es ihm sagen?! – Luft, ich brauche frische Luft! ...erst 'mal essen – ich verhungere.

Bis sie aus der Dusche trat, hatte ihr Eva schon etwas zum Essen besorgt. Hungrig machte sich Emilia darüber her. Sie trank eine Flasche Wasser dazu und naschte hinterher noch eine Tafel Schokolade. Gestärkt teilte sie Eva mit, dass sie jetzt in den Volkspark gehen wolle.

„Ich brauche Luft! Ich muss nachdenken! Ich muss überlegen wie es mit Joachim weitergehen soll – ich kann nicht bei ihm bleiben. Ich muss denken, viel denken. Wenn ich wieder klar bin, melde ich mich sofort bei dir."

Die sonst eher wortführende Eva stimmte ihr in Allem zu.

Sie verstand, dass Emilia alleine sein wollte, um wieder geordnete Gedanken fassen zu können. Eva drückte die Freundin noch einmal fest an sich. „Du weißt schon, was das Beste für dich ist. In Gedanken bin ich bei dir."

Eva ging beruhigt aus dem Zimmer, nicht ohne Emilia noch etwas mitzuteilen. „Übrigens, Süße, du riechst wieder gut. Gott sei Dank!"

Emilia musste herzlich lachen und verließ kurz darauf das Haus in Richtung Park, nicht ohne für Joachim einen Zettel auf ihr Kopfkissen zu legen.

Bin spazieren. Mir geht es wieder gut. Bis später. Emilia!

*

Nach einer guten Stunde des Herumlaufens und Nachdenkens, setzte sich Emilia unter einen großen Baum und versuchte, Struktur in das Tohuwabohu ihrer Gedanken zu bringen.

Sie erinnerte sich an den Tod ihres Vaters, denn Hass ihrer Mutter gegen sie, die schlimmen, immer wiederkehrenden Alpträume. Sie dachte an ihre viel zu frühe Hochzeit, an die erlittenen Fehlgeburten – ihre Kinderlosigkeit.

Sie fragte sich, wie ihr Ehemann zu ihr stand. Warum hatte er sie nie so leidenschaftlich geliebt wie Panu? Warum war er seit Jahren nicht mehr zu ihr gekommen und hatte sie sogar frigide genannt? Liebte er sie überhaupt?

Sie sah ihre Mutter vor sich. Zu ihr fiel Emilia nichts ein. Wenn man sie heute fragte, ob sie ihre Mutter liebte, sie würde ohne zu zögern „nein" sagen. Vera war für sie eine Verwandte, die Frau, die ihr das Leben geschenkt, aber ihr dies über die Jahre auch besonders schwer gemacht hatte.

Sie sinnierte über die Firma, das Vermächtnis ihres verstorbenen Vaters. War das wirklich der Beruf, den sie bis an ihr Lebensende ausüben wollte? Sie war in eine Rolle gedrängt worden, die sie sich nicht selbst ausgesucht hatte.

Und hier schloss sich der Kreis.

Sie, Emilia Schreiber, geborene Fahnenbruck, musste nun für sich entscheiden: Was will **ich**? Und wenn sie Klarheit darüber hatte, musste sie es nur noch anpacken.

Nie waren ihre Gedanken so klar gewesen.

Panu fand in ihrer ersten Lebens-Aufbereitung keine weitere Beachtung.

Sie musste **ihr** Leben finden, mit oder ohne Panu. Ein Lächeln trat in Emilias Gesicht. Obwohl ihr das Leben **mit** Panu verheißungsvoller erschien, als **ohne** ihn!

Sie griff in ihre Hosentasche und holte ihr IPhone hervor. Jetzt fühlte sie sich bereit nachzuschauen, ob er sich gemeldet hatte.

*

Sechzehn Nachrichten und elf Anrufe – alle von ihm!

Emilias Herz begann zu rasen. Sie atmete langsam ein und aus. Nach Minuten des verzweifelten Versuchs, sich zu entspannen, gab Emilia auf und öffnete nervös und ungeschickt die erste Nachricht!

<I miss you already> Das war die Mail im Flieger gewesen.

Emilia scrollte weiter. <Bist du gut angekommen?>

Nächste! <Warum ist so lange Funkstille, alles ok?>

Nächste! <Würde eigentlich nur gerne dein „Ok" hören!>

Nächste! <Verstanden! Aus den Augen aus dem Sinn!>

Emilias Augen füllten sich wieder mit Tränen. Sie vermisste ihn so sehr.

Nächste! <Ich würde gerne deine Stimme hören, aber du gehst nicht dran!>

Nächste! <Bin mit den Jungs im Studio. Es läuft gar nicht toll.>

Nächste! <Leck mich!>

Nächste! <Panu ist angetrunken, er meint es nicht so. Melde dich doch bitte bei ihm! Mikka>

Emilia musste schwer schlucken. Auch Panu ging es nicht gut.

Nächste! <Verdammt, was soll das? Bist du eine so gute Schauspielerin?>

Nächste! <Meld dich einfach, wenn du mal wieder einen richtig guten Fick brauchst!>

Emilia schaute entsetzt auf Panus Zeilen. Wie konnte er nur so denken?

Nächste: <Sorry, wollte dich nicht beleidigen. Es war ja irgendwie klar, dass es „uns zwei" nur im jetzt und heute gegeben hat.>

Nächste! <Emilia bitte, melde dich einfach nur kurz, um mir zu sagen wie es dir geht!>

Nächste! <Senkin hölmö lehmä[21], melde dich bei ihm. Janis>

Emilia erstarrte. Sogar Janis schrieb ihr, da musste es schon richtig schlimm um Panu stehen.

Nächste! <Was soll diese Scheiße?>

Nächste! <Now it's your turn, I'm off!>

Schockiert schaute Emilia sich noch einmal alle Nachrichten an. Sie fühlte sich schlecht, da er offensichtlich unter ihrem Schweigen gelitten hatte. Das hatte sie nicht gewollt.

War sie schon bereit, seine Stimme zu hören? War sie wirklich sicher bei dem was sie jetzt tat? Emilia wählte Panus Nummer. Ihr Herz raste, ihr Mund wurde trocken. Jetzt nur nicht ohnmächtig werden.

Es war nun elf Uhr in Deutschland, also zwölf Uhr in Helsinki. Ob er noch schlief?

„Hei."

Ihr Atem stockte. Seine Stimme. „Hei, Panu, are you ok?"

„Damn bitch, fuck off."

Ein Klicken machte ihr klar, dass er aufgelegt hatte. Seine harschen, beleidigenden Worte taten weh. Wieder schossen ihr Tränen in die Augen. Sie konnte ihn ja verstehen, er war stinksauer. Aber was konnte sie jetzt tun? Sie wählte erneut.

„Mmmh."

---

21 Du blöde Kuh!

„Panu, ich..." Wieder das Klicken in der Leitung.

Wie konnte sie ihm erklären, was passiert war, wenn er ihr nicht zuhören wollte? Sie fing an zu schreiben, was schwieriger war als gedacht. Zum einen, weil sie dermaßen zitterte, dass sie kaum die Tasten traf und zum anderen, weil sie überhaupt nicht wusste, was sie schreiben sollte. Sie konnte es ja selbst kaum in Worte fassen. Emilia brach ab und wählte erneut seine Nummer.

„Hei! Emilia?"

„Hei, Mikka."

„Sorry, er ist ziemlich betrunken. Er trinkt eigentlich nur noch seitdem du weg bist und dich nicht meldest."

„Oh, Mikka, es tut mir leid. Ich kann alles erklären. Ich war krank, richtig krank. Bitte sag ihm das. Ich möchte ihn gerne sprechen ... jetzt!"

„Jetzt ist kein guter Zeitpunkt, aber ich rede mit ihm wenn er wieder nüchtern ist, versprochen!"

„Ich wollte das nicht. Was ist mit euren Aufnahmen, wie läuft es?"

„Gar nichts läuft. Janis ist total angepisst. Rami und Miro können das Ganze nicht verstehen und um ehrlich zu sein, ich auch nicht. Ich dachte ihr mögt euch? Außerdem dachte ich, das wäre Alles total locker. Was ist passiert?"

„Ohh, Mikka, wenn ich das nur selber wüsste. Ich weiß nur, dass ich dringend mit Panu reden muss. Bitte, mach ihn nüchtern und ruf mich dann an! Bitte!"

„Ja, okay! Ich versuche es. Ich melde mich sobald er wieder ansprechbar ist."

„Danke. Wie war euer Auftritt am Samstag in Stockholm?"

Bitte, lass die Show gut gewesen sein, bitte! Emilias Hoffnung wurde bestätigt.

„Der war gut. Da war Panu noch nicht so schlecht drauf. Aber so wie er sich jetzt verhält, können wir ihn vergessen. Unser nächster Auftritt ist Gott sei Dank erst in zehn Tagen, in Paris. Ich hoffe bis dahin habt ihr alles geklärt." Mikka klang wirklich sauer und besorgt.

„Ja, das hoffe ich auch. Melde dich bitte!"

Als Emilia aufgelegt hatte, starrte sie noch minutenlang auf ihr Telefon. Wie kompliziert doch alles war.

Und das war erst der Anfang. Emilia ahnte, dass sie sich mit ihrem Schritt in die Freiheit keine leichte Aufgabe gestellt hatte.

*

Sie wartete und wartete.

So musste sich Panu gefühlt haben. Sie verstand ihn jetzt noch besser. Es war einfach grausam, auf einen Anruf – ein Lebenszeichen des Menschen zu warten, den man in diesem Moment am Dringendsten brauchte.

Sie versuchte, sich abzulenken, in dem sie noch einmal über ihre Ehe nachdachte. Wie sollte sie Joachim sagen, dass sie sich in einen anderen Mann verliebt hatte? Wie würde er reagieren? Was würde passieren? Emilia konnte die Konsequenzen absolut nicht abschätzen. Wie auch? Sie hatte ja bisher noch nie über eine Trennung nachgedacht.

Sie saß noch immer im Park und beobachtete die Kinder um sich herum.

Ihr Handy klingelte. Atemlos nahm sie ab. „Panu?"

„Wer, bitte? Emilia bist du es?"

Oh Gott – Joachim, ging ihr durch den Kopf. Laut sagte sie: „Ja, was gibt's?"

„Wo bist du? Geht es dir gut?"

„Ja, mir geht es gut, danke. Ich komme bald nach Hause. Bis später." Sie merkte, dass Joachim noch etwas sagen wollte und legte schnell auf, um unangenehme Fragen zu vermeiden. Als ihr Handy erneut klingelte, schaute sie erst auf die Nummer, es war Joachim. Sie ließ es läuten.

Emilia stand auf und ging ein Stück. Sie setzte sich in den Biergarten des Restaurants *Schwayer* und bestellte sich ein kühles Bier. Ihr Handy machte sich wieder bemerkbar. Es war kurz vor fünfzehn Uhr – Panu könnte jetzt wach sein. Und nüchtern?! Sie schaute drauf. Eine fremde Nummer. „Hallo?"

„Hei, Emilia." Es war wieder Mikka.

„Wie geht es ihm?"

„Er ist wach, einigermaßen nüchtern und möchte nicht mit dir reden, sorry! Ich habe mein Bestes probiert."

Emilia schluckte schwer. Sie merkte, wie ihre Gefühlswelt wieder ins Wanken geriet. „Könntest du ihn mir trotzdem geben? Ich möchte ihm nur eine Sache sagen, dann lass ich ihn in Ruhe, ehrlich!"

„Mmmh, ich weiß nicht. Er ist ziemlich gereizt!"

„Bitte, Mikka, bitte! Sag ihm nur „Okay" von mir – bitte!"

„Ich kann es ja nochmal versuchen", ärgerlich brummte Mikka vor sich hin.

Eine ganze Weile passierte gar nichts. Emilias Nerven waren zum Zerreißen gespannt. Dann hörte sie laute Stimmen. Sie hörte aus der

Ferne, wie Panu wütend auf Finnisch schimpfte. Sie hatte ihn noch nie wütend erlebt. Sauer vielleicht, wie damals auf den Paparazzi, aber richtig wütend? Wenn er seine Wut mit derselben Leidenschaft auslebte wie alles andere, dann war im Moment sicher nicht mit ihm zu spaßen.

„Mitä?“[22]

Emilia war sprachlos. Panus Stimme klang noch dunkler als sonst. Sanft und mit leiser Stimme, das Handy krampfhaft ans Ohr gepresst sagte Emilia. „Blauauge, could I have this kiss forever?“

„Why?“

„Weil ich dich brauche!“

Am anderen Ende war es ruhig. Es war sehr lange ruhig.

„Emilia?“ Seine Stimme klang jetzt gefasster. „Ich will das nicht. Du bringst zu viel Unruhe in mein Leben. Ich weiß jetzt, dass es dir gut geht, damit ist das für mich erledigt. Mach's gut.“

„Nein“, Emilia schrie so laut auf, dass sich die übrigen Besucher des Biergartens zu ihr herumdrehten. Sie schnappte ihre Tasche, warf einen fünf Euro Schein auf den Tisch und rannte in Richtung Wiese, das Handy währenddessen fest ans Ohr gedrückt. „Panu, leg bitte nicht auf, ich möchte dir alles erklären, bitte!“ Sie fing haltlos zu weinen an. „Bitte, Panu, bitte lass mich nur erklären“, sie schluchzte jetzt hemmungslos.

„Weinst du?“ Er stellte die Frage ganz nüchtern.

„Ich, nein, ja ...ein bisschen. Bitte lass mich dir doch erklären, was passiert ist!“

„Emilia, ich kann und will das heute nicht. Wir müssen noch proben“, er zögerte. „Lass uns die Tage telefonieren, wenn wir beide ruhiger sind.“

„Mmmh, okay, wenn du meinst, das wäre besser.“

„Ja, das meine ich. Ich bin einfach so verdammt wütend auf dich. Wenn du hier wärst würde ich dich in der Luft zerreißen.“

„Ich wünschte ich wäre bei dir.“ Emilia musste immer noch schniefen.

„Damn, Beauty, ich glaube nicht, dass du dir das wünschst. Es würde fürchterlich enden.“ Seine Stimme bekam einen sanften Klang. „Hör jetzt auf zu weinen! Wir reden in den nächsten Tagen, versprochen!“

---

22 Was?

„Ehrlich?“ Er hatte sie wieder „Beauty“ genannt, das war ein gutes Zeichen. „Meldest du dich?“

„Ja, das tue ich. Bis dann!“

„Okay!

*

Als Eva die Tür öffnete, warf sie einen kurzen Blick auf Emilias Gepäck, machte die Tür noch weiter auf und ließ die Freundin kommentarlos eintreten. Kurze Zeit später saßen die beiden bei einem Glas Wein auf der kleinen Terrasse hinter Evas Apartment. Emilia berichtete von ihren Gedankengängen im Park, von dem Telefonat mit Panu und dem anschließenden Gespräch mit Joachim.

„Oh, Eva, du weißt gar nicht, wie eigenartig Joachim sein kann. Er war eiskalt. Kein bisschen enttäuscht oder sauer. Eher kalt und hasserfüllt. Ich verstehe das nicht.“

Sanft legte Eva ihre Hand auf Emilias Arm. „Glaub mir, den Mann kannst du nicht verstehen. Lass es gut sein! Du hast jetzt den ersten Schritt getan. Nun gilt es abzuwarten, wie es weiter geht.“

„Eva, er hat mir gesagt ich wäre unzurechnungsfähig, ich gehöre eingesperrt. Warum sagt er so etwas?“

„Emilia, auch wenn du denkst, er würde nichts für dich empfinden, das tut er schon“, sarkastisch fügte sie hinzu. „Du bist für ihn die Cash-Cow. Ohne dich wäre der werte Herr Schreiber schon vor fünfzehn Jahren Pleite gewesen. Er hat jetzt nur Angst, du nimmst ihm deine Firma weg.“

„Meine Firma?“ Emilia überlegte kurz. „Du meinst die Firma meines Vaters, die mich noch nie groß interessiert hat. Eigentlich ist die Firma doch Joachims und Mutters Baby, sollen die beiden sich doch weiter darum kümmern!“

„Süße, so einfach ist das aber nicht. Da stecken Millionen drin. Wenn ihr euch jetzt scheiden lasst, hat Joachim vielleicht nicht mehr viel von **deiner** Firma.“

„Mmmh“, Emilia dachte wieder nach. „Ich denke, ich muss wohl einen Anwalt einschalten. Für mich ist das alles nicht mehr überschaubar.“

„Ja, tu das. Ich gebe dir gleich mal eine Nummer von einem guten Anwalt hier in Mainz.“

Emilia und Eva redeten noch stundenlang. Sie versuchten Zukunftspläne zu schmieden. Was aber gar nicht so einfach war, da es zu viele Unbekannte in Emilias Leben gab. Gegen Abend klingelte Emilias Handy. Sie erkannte die Nummer ihrer Mutter. „Ja, Mutter?"

Ein ohrenbetäubendes Gekeife kam vom anderen Ende der Leitung. Emilia hielt entsetzt den Hörer weg und schaltete auf Lautsprecher, um Eva an dem Gespräch – dem Geschreie – teilhaben zu lassen.

„Du undankbares Miststück...wie kannst du es wagen...so mit uns umzuspringen...du gehörst in die Geschlossene...das sage ich schon seit Jahren..."

Emilia wich jegliche Farbe aus dem Gesicht. Sie wusste ja, dass ihre Mutter ihr nicht viel Liebe entgegenbrachte, aber dieser offene Hass war neu für sie. Es war immerhin ihre Mutter.

„... nachdem was Joachim und ich all die Jahre für dich getan haben... überlege dir genau was du als nächstes tust... Wir werden gegen dich angehen, glaube mir...die Firma bekommst **du** nicht – niemals!"

Eva nahm ihr das Handy aus der Hand und schaltete es ab. „Das musst du dir nicht anhören. Sie ist verrückt geworden."

„Ja, das glaube ich auch irgendwie, aber dieser Hass! Eva, dieser Hass ...was um Himmelswillen habe ich ihr getan?"

Eva stand auf und lief unruhig hin und her. „Emilia, versprech mir, dass du die nächsten Tage nicht arbeiten gehst. Ich habe irgendwie Angst, dass einer der beiden durchdreht!"

„Eva, **du** machst mir Angst, sag doch so 'was nicht!" Entsetzt blickte Emilia ihre Freundin an.

„Schon gut, vielleicht übertreibe ich auch ein bisschen. Aber du gehst nicht zurück in die Firma. Und morgen früh besorgen wir dir einen Anwalt."

„Ja, okay."

„Was ist mit deinem Geld, deinen Konten?"

Emilia zuckte die Schultern. „Ich habe kein eigenes Konto. Das läuft alles über Joachim."

„Okay, das müssen wir morgen auch unbedingt klären. Hast du irgendwelche Papiere mitgenommen? Dass dir die Firma gehört, Versicherungen und so weiter?"

Emilias Kopf fing an zu rauchen. Genau davor hatte sie heute Mittag noch Angst gehabt. Wie sollte sie das alles bewältigen, sie hatte doch von alldem keine Ahnung.

Eva kam zu ihr, packte sie an den Schultern und schüttelte sie leicht. „Schluss mit dem Hundeblick. **Du** nimmst dein Leben jetzt in die Hand. Seit Jahren schmeißt du euren Laden, dann wirst du es ja wohl auch schaffen, alle nötigen Papiere zu besorgen, die der Anwalt Morgen von dir haben muss.

Verwirrt blickte Emilia ihre Freundin an. „Ja, klar schaffe ich das. Nur bitte hilf mir dabei."

„Das ist kein Problem, das stehen wir gemeinsam durch." Eva blickte auf die Uhr, es war fast Mitternacht. „Komm, lass uns schlafen gehen. Morgen wird ein anstrengender Tag."

Als Emilia in Evas Gästezimmer im Bett lag, schossen ihr wieder tausend Dinge durch den Kopf.

Joachim – Mutter – Anwalt – Anruf – Panu – Wut – Hass – Leben – Liebe – Panu – Liebe – Panu – Panu!!!!

Geplagt von Alpträumen und Schlaflosigkeit verbrachte sie eine unruhige Nacht und wachte am nächsten Morgen mit rasenden Kopfschmerzen auf. Noch vor dem Frühstück nahm sie daher erst einmal starke Schmerzmittel ein, um einigermaßen fit zu werden und das Gefühl zu bekommen, den Tag überstehen zu können.

*

Emilias Kopf schwirrte, wie so oft in letzter Zeit. Sie saß im Zug Richtung Paris. In zirka fünf Stunden, also gegen vier Uhr, sollte sie ankommen. In Gedanken ließ sie die vergangenen und äußerst anstrengenden Tage Revue passieren.

Gleich am Tag nach ihrem Auszug hatte Eva sie zu deren Anwalt geschleppt.

Und wie Eva ihr prophezeit hatte, benötigte er noch etliche Papiere, wie zum Beispiel die Heiratsurkunde, die Policen ihrer beider Lebensversicherungen sowie die Bilanz der letzten beiden Geschäftsjahre. Außerdem verlangte er eine Übersicht sämtlicher Privat- und Geschäftskonten.

Eva hatte Emilia begleitet, als sie in ihr Haus zurückkehrte – in die Höhle des Löwen – um die erforderlichen Unterlagen zu beschaffen. Aber sie hatten Glück! Nur die Haushälterin Maja war da. Diese schien von all dem Geschehenen bisher noch nichts mitbekommen zu haben und war daher auch nicht verwundert, als die beiden Frauen die verschiedenen Räume durchstöberten.

„Frau Schreiber, soll ich heute Abend etwas Bestimmtes kochen, jetzt wo es ihnen wieder besser geht?"

Emilia war die Situation unangenehm und stammelte daher verlegen: „Danke, Maja, für mich nicht. Ich bin heute Abend nicht zum Essen da."

Mit einem kurzen Nicken hatte sich die Haushälterin abgewandt, so dass Eva und Emilia ihre Suche ungestört fortsetzen konnten. Nach knapp einer Stunde verließen sie mit jeder Menge Aktenordner das Haus.

Nachdem Joachim und Vera die Aktion entdeckt hatten, startete ein unglaublicher Telefonterror. Wahrscheinlich hätten sie nie gedacht, dass Emilia Ernst machen und so gezielt und rational vorgehen würde. Emilia selbst empfand fast ein wenig Mitleid mit den beiden. Bis zu dem Moment, als die aggressiven Beschimpfungen am Telefon bedrohliche Ausmaße annahmen.

Eva hatte ihr geraten, das Handy abzuschalten. Aber das wollte Emilia nicht, da sie noch immer auf Panus Anruf wartete.

Am nächsten Tag riet ihnen der Anwalt, sich ruhig zu verhalten. Ab sofort würde man mit Joachim nur noch schriftlich kommunizieren.

Emilia hatte nun ihrerseits alles dafür getan, den Stein ins Rollen zu bringen. Jetzt war es langsam an der Zeit, sich mit sich selbst zu befassen und mit dem, was sie in Zukunft machen wollte. Da Eva die meiste Zeit arbeiten war, verbrachte Emilia ihre wertvolle Freizeit mit dem Schmieden von Zukunftsplänen. Während sie am Rhein, im Volkspark oder in der Mainzer Innenstadt spazieren ging malte sie sich aus, wie ihre Zukunft aussehen könnte.

Was genau wollte sie machen? Studieren? Aber was? Eine Ausbildung? Nur welche? Reisen? Wohin?

Das Einzige was sie sicher wusste war, dass sie die Firma ihres Vaters nicht weiterführen wollte. Das war noch nie ihr Ding gewesen. Die Firma lebte durch Joachim und ihre Mutter. Egal wie boshaft die beiden im Moment waren – Emilia würde es nicht übers Herz bringen, ihnen die Firma wegzunehmen, zumal sie selbst keinerlei Interesse daran hatte.

Sie streckte sich am Rheinufer lang ins Gras und schloss die Augen. Wie schon so oft sah sie im nächsten Moment Panu vor sich. Zurzeit versuchte sie, ihn aus all ihren Zukunftsgedanken herauszuhalten. Zunächst musste sie selbst einmal wissen, wo es lang ging. Erst dann konnte sie ihn mit einbeziehen – wenn er das überhaupt noch wollte.

Es waren jetzt drei Tage seit ihrem Gespräch vergangen und er hatte sich noch immer nicht bei ihr gemeldet.

Emilia schluckte schwer. Manchmal überkam sie Panik, dass er sich vielleicht überhaupt nicht mehr melden würde. Sie vermisste ihn so sehr, dass sie schon beim bloßen Gedanken, sie könnte ihn nie wieder sehen, das Gefühl hatte, ihr Herz würde in zwei Teile gerissen. Konnte Liebe tatsächlich diesen körperlichen Schmerz auslösen? Das kannte Emilia aus ihrem bisherigen Leben nicht.

Ihr Handy schrillte. Erschrocken fummelte sie es ungeschickt aus ihrer Jeans und schaute auf die Nummer.

Panu! Wahnsinn! Ihr Herz versuchte über den Hals nach draußen zu gelangen, als sie dran ging. „Hei."

„Hei", seine Stimme klang weich, sanft, als hätte es das letzte Gespräch nie gegeben. „Wie geht es dir?"

„Besser, und dir?"

„Gut."

„Panu, ich war wirklich krank. Ich wollte kein Spielchen spielen", Emilia sprach hastig.

„Ja, ich glaube dir", er antwortete abwartend – zurückhaltend und sie spürte, dass er ihr alles andere als vertraute.

Wieso sollte er auch? Die Basis ihrer bisherigen Beziehung bestand in der sexuellen Anziehungskraft, aus Spaß und Musik – nicht mehr. Wenn sie das ändern wollte, musste sie anfangen, ehrlich zu ihm zu sein. Aber am Telefon?!

„Panu, können wir uns wiedersehen. Ich muss dir sooooo viel erklären, aber nicht am Telefon." Sie spürte sein Zögern.

„Ich würde dich auch gerne wiedersehen. Wann?"

Emilia sprang auf vor Glück. Ihr Herz raste. „Wann immer du kannst."

„Diese Woche geht es auf keinen Fall. Wir machen drei Acoustic Sessions, eine hier in Helsinki und Samstag in einer Woche die zweite in Paris, sowie die dritte einen Tag später in Brüssel. Wir müssen noch einiges umstellen und da ich die letzten Tage nicht gerade kooperativ war, läuft uns jetzt die Zeit davon."

„Okay, das verstehe ich." Emilia überlegte kurz. „Ich brauche knapp fünf Stunden mit dem Zug von Mainz nach Paris. Können wir uns nach dem Konzert treffen?"

„Ja?!" Sie merkte wie angespannt dieses „Ja" kam.

Meinte er mit diesem **Ja**, ja, klar!? ...oder war es ein **Ja** als Frage? ... oder gar **Ja** als Bitte?. Emilia wurde bei dem Versuch, sein **Ja** zu deuten, beinahe wahnsinnig.

„Ja?! Bitte sag ja, dass es dir recht ist."

Panu fing leise an zu Lachen. „Ja, Kaunis, es ist mir recht. Ich freue mich schon, dich wiederzusehen."

Jetzt wusste Emilia, dass alles gut würde.

Sie machten noch Details klar: Wo das Konzert stattfand und wo sie ihre Karte sowie ihren Backstage-Ausweis bekommen konnte.

„Ich buche jetzt gleich eine Zugfahrt, schaue nach einem Hotel und rufe dich dann gleich noch einmal an. Okay?"

„Gut, bis dann."

Emilia legte aufgeregt das Handy neben sich. Er war zwar sehr zurückhaltend gewesen, aber er wollte sie wiedersehen!

Ihr Phone gab einen SMS Ton von sich. <Wenn du wirklich kommst, brauchst du kein Hotelzimmer. Denn, wenn du wirklich kommst, findest du sowieso die ganze Nacht keinen Schlaf, das verspreche ich dir, Harmaa-silmä!>

Tränen traten in ihre Augen. Wie konnte er nur daran zweifeln? <Bitte halte dein Versprechen auch! Ich komme auf jeden Fall, versprochen! Kuss.>

<Okay!>

<Okay!>

11

„I need to see you right now - You blow me away. There's really something here - I need to hold you tight now - I want you in that way - I really think you feel the same."

(Somebody help me - Sunrise Avenue)

An all das musste Emilia jetzt denken, als sie kurz vor Paris durch das Zugfenster die Landschaft an sich vorbeisausen sah. Sie hatten noch ein paar Mal hin und her geschrieben. Dabei hatte Panu auch erwähnt, dass er sie nicht abholen könne, da die Band um diese Zeit einen Soundcheck machen würde. Sie wusste in welchem Hotel die Jungs abstiegen und sollte sich dort melden. Auf seinem Zimmer befand sich alles, was sie für den Abend brauchte.

Als sie in Paris Nord den Bahnhof verließ, waren es nur wenige Minuten mit dem Taxi zum *Hotel Crowne Plaza Paris Republique* am Place de la Republique.

So offen Emilia in Helsinki für die Umgebung gewesen war, waren ihr die Sehenswürdigkeiten und das Flair Paris' im Moment scheißegal. Sie wollte nur noch Panu sehen.

An der Rezeption bekam sie den Zimmerschlüssel und fuhr mit dem Lift in den dritten Stock. Das Zimmer war gemütlich, in dunkelroten Tönen gehalten. Emilias Blick verweilte auf dem großen Bett, dass das Herzstück des Zimmers bildete.

Ihr Herz fing wie verrückt an zu klopfen. In wenigen Stunden würden sie sich hier lieben.

Auf dem kleinen Beistelltisch lagen wie verabredet die Konzertkarte und der Backstage-Ausweis, außerdem eine kurze Notiz von Panu.

Wir sind gegen 18 Uhr mit dem Soundcheck fertig. Habe dann eine gute Stunde Zeit für dich, bevor wir uns auf die Show konzentrieren müssen. Bestell dir etwas zum Essen aufs Zimmer. Ich freue mich auf dich.

Genau das tat Emilia dann auch und um Punkt achtzehn Uhr stand sie in der Halle des *La maroquinerie* in der Rue Boyer und hörte der Band bei den letzten Minuten ihres Soundchecks zu. Die Location war nicht besonders groß. Das würde ein sehr intimes Konzert werden. Nicht so intim wie das Hautnah-Konzert am See, aber bestimmt auch sehr persönlich.

*

Panu entdeckte Emilia, als sie die letzten Töne ihres Soundchecks spielten. Sie stand ziemlich weit hinten in der Halle und schaute zu ihm herüber. Er fing zu schwitzen an und merkte wie ihn eine Welle der Erregung durchfuhr. Emilia trug ein blaues Sommerkleid. Sie wirkte schmaler als vor zwei Wochen, sah aber immer noch bezaubernd aus.

Verdammt, was diese Frau mit ihm anrichtete war einfach nicht mehr normal.

Er nickte seinen Bandkollegen zu, als diese nach hinten in den Backstage-Bereich gingen, stellte seine Gitarre in die Ecke und ging von der Bühne, direkt auf Emilia zu.

Der Raum war bis auf ein paar Tontechniker leer. Er sah ihr sanftes, zurückhaltendes, fast verschämtes Lächeln. Sein Herz machte einen Freudensprung.

*

Sie standen sich dicht gegenüber. Keiner sprach ein Wort. Panu blickte zu ihr herunter. Sie war so zart, so zierlich. Er hob seine Hand und legte sie Emilia vorsichtig an die Wange. Ihre Hand legte sich wie von selbst auf seine.

Sie blickten sich lange in die Augen.

Emilias graue Augen wurden wässrig und sie musste an sich halten, um nicht zu weinen. Sie war von einer Sehnsucht erfüllt, die schmerzhaft war.

„Du bist wirklich da", zärtlich sprach er als erstes.

Emilia schloss die Augen. Seine Stimme – endlich hörte sie seine Stimme wieder. Eine Träne löste sich aus ihrem Augenwinkel.

„Nicht weinen, Harmaa-silmä, bitte nicht weinen." Sanft strich er die Träne weg und zog sie an seine breite Brust. Er umschlang sie mit seinen Armen und drückte sie ganz fest.

Emilia atmete seinen Duft ein. Sie fuhr mit den Händen über seine Rückenmuskeln und bemerkte die schon gewohnte Anspannung unter ihren Fingern. Emilia war glücklich und hob den Kopf, um ihm in die Augen sehen zu können.

„Damn, Beauty, I missed you so much!" Seine Lippen legten sich fest auf ihre, als wollte er mit diesem Kuss seine Worte untermauern.

Sofort war der Zauber von Helsinki zurück. Sie küssten sich, als ob es das erste Mal wäre. Erst sanft und abwartend, dann immer leidenschaftlicher. Immer noch liefen Emilia einzelne Tränen über die Wange. Sie war jedoch so aufgeregt, dass sie es kaum merkte.

Irgendwann löste sich Panu leicht von ihr und schaute sie fragend an. „Warum die Tränen? **Jetzt** ist doch alles wieder gut."

Sie nahm sein Gesicht in beide Hände und zog ihn wieder zu sich. „Ja, ja, jetzt ist alles wieder gut. Ich bin nur so glücklich." Die letzten Worte kamen nur noch murmelnd, da ihre Lippen schon wieder miteinander verschmolzen.

Sie wussten beide, dass sie dringend miteinander reden mussten, aber keiner wollte diesen Augenblick zerstören.

*

Emilia gegen die Hotelzimmertür gedrückt und sie leidenschaftlich küssend, versuchte Panu mit der Zimmerkarte die Tür zu öffnen. „Damned!" Er stöhnte an ihren Lippen auf. Emilia musste kichern und drückte ihn sanft von sich. „Lass mich machen!"

Sie nahm die Karte, drehte sich um und öffnete die Tür. Panu hielt sie von hinten umschlungen und knabberte an ihrem Ohr. Die Tür fiel krachend hinter ihnen ins Schloss. Panu packte sie und warf sich mit ihr aufs Bett.

Sie verzehrten sich nacheinander und nahmen sich kaum Zeit zum Ausziehen. Er schob Emilias Kleid nach oben. Der Rest der Klamotten, die ihn behinderten, flogen in die Ecke. Nicht von ihrem Mund ablassend drang Panu heftig stöhnend in sie ein. Sie liebten sich stürmisch und sehnsuchtsvoll.

Als Panu sich zufrieden von ihr herunterrollte und sie mit sich zog, so dass sie nun auf ihm lag, schaute er sie vorwurfsvoll an. „Du tust meinem männlichen Ego nicht gut. Quickies sind eigentlich was für dumme Jungs, aber bei dir kann ich mich einfach nicht zurückhalten."

Emilia strahlte ihn glücklich an. „Ich hätte gerne noch so vier oder fünf Mal dasselbe."

Panu seufzte. „Nein, bestimmt nicht. Ich werde dich gleich ans Bett fesseln, so dass du mich nicht berühren kannst, nur ich dich. Und dann werde ich dich ganz langsam quälen, bis du bettelst, dass ich zu dir kommen soll."

Emilias Augen weiteten sich vor Erregung. „Wenn ich dann das Gleiche mit dir machen darf, okay!"

Panu lachte rau auf. „Wie ich dein „okay" vermisst habe."

„Ich habe dich auch vermisst. Deine Stimme, dein Lachen…", sie zögerte kurz, „…und deinen Körper."

Er küsste sie hart auf den Mund. „Wusste ich's doch – du willst nur meinen Körper."

Emilia schaute ihn ernst an. „Nein, dein Körper ist nur die Zugabe. Du, Panu Turunen, bist der Grund, warum ich hier bin."

Panu drückte ihr einen zärtlichen Kuss auf den Mund. „Ich weiß. Du bist nicht sonderlich gut im Verstellen."

Emilia wurde schwach. Sie musste ihm alles erzählen. Sie durfte nicht mehr länger warten.

Er küsste sanft ihre Lider, ihre Wangen, ihren Hals. Emilia fiel das Denken schwer.

Nein, jetzt konnte sie es ihm nicht sagen, später.

Sie liebten sich wieder, auch diesmal kurz und heftig. Ihr beider Verlangen war schier unstillbar.

Emilia stand auf und ging ins Bad. Kurz duschte sie sich ab, sie wollte nicht zu lang von ihm getrennt sein. Bevor sie wieder aus der Dusche steigen konnte, war Panu bereits bei ihr.

„Ich habe uns Essen aufs Zimmer bestellt, es kommt gleich, aber vorher wollte ich noch…", der Rest seines Satzes verschwand in einem hingebungsvollen Kuss.

Emilia hatte das Gefühl eines Déjà-vus. War das erst knapp drei Wochen her, ihr erstes Zusammensein in Helsinki? Es kam ihr wie eine Ewigkeit vor, so sehr verzehrte sie sich nach ihm.

Erneut fanden sie zueinander.

*

Frisch geduscht und fürs Erste befriedigt, saßen beide auf dem Bett und aßen französisches Fingerfood. Sich abwechselnd fütternd und küssend, sprachen sie über das Konzert.

„Es war super hier. Morgen sind wir in Brüssel – da waren wir noch nie. Ich bin gespannt auf die belgischen Fans."

Emilia wollte eigentlich gar nicht fragen, aber sie musste. „Wann musst du morgen weg?"

„Wir fliegen gegen elf Uhr." Er schaute sie zärtlich an „Komm doch mit!"

Emilia überlegte kurz. „Dann musst du schon um neun Uhr hier weg, oder?"

„Ja!"

„Dann haben wir nur noch acht Stunden."

„Komm mit, dann haben wir mehr."

„Das geht nicht. Am Montag habe ich ganz früh einen wichtigen Termin."

„Sag ihn ab!"

„Mmmh, nein, das geht leider nicht."

Panu schaute sie leicht säuerlich an. „Na gut, dann haben wir halt nur noch acht Stunden. Davon muss ich aber bestimmt die Hälfte schlafen, also nur noch knapp vier. Es hat sich fast gar nicht gelohnt, dass du hierher gekommen bist." Panu merkte, dass er unfair wurde, aber er konnte nicht anders. Er wollte sie verletzten, damit sie seine eigene Schwäche nicht wahrnahm.

Emilia zuckte leicht zusammen, fasste sich aber schnell wieder und legte sanft ihre Hand auf seinen Arm. „Es hätte sich auch für nur eine Stunde gelohnt, die ich dich sehen kann. Bitte glaub mir, Panu, es geht nicht."

„Warum?"

Emilia schluckte schwer.

Jetzt war wohl der Zeitpunkt gekommen um ihm die Wahrheit zu sagen. Dass sie am Montag einen wichtigen Termin bei ihrem Scheidungsanwalt haben würde, dass sie verheiratet war und gerade dabei war ihren Mann zu verlassen.

„Vergiss es, Emilia, ich bin unfair. Es ist egal, warum du morgen heim musst. Das Einzige was zählt ist, dass du heute hier bist." Er beugte sich vor, schob seine Hand in ihren Nacken und zog sie liebevoll an sich. „Die zwei Wochen ohne dich waren die Hölle. Versprich mir, dass du sobald du kannst wieder nach Helsinki kommst."

An seinen verheißungsvollen Lippen flüsterte sie: „Ja, ich verspreche es. Ich möchte dich auch ganz bald wiedersehen." Hingebungsvoll fing sie an, ihn zu küssen und vergaß, dass sie eigentlich reden wollte.

Langsam streifte er ihr das Handtuch ab und hinterließ mit seinen Lippen eine Brandspur an ihrem Hals, zwischen ihren Brüsten, an ihrem Bauchnabel.

Emilia konnte nicht mehr klar denken. Ihre Finger fuhren durch seine Haare, glitten über seine Arme und liebkosten seine Brust.

„Emilia, du bist wundervoll, du bist perfekt."

Seine Worte versetzten ihr einen Stich. Sie? Perfekt?! Sie musste mit ihm reden. „Panu... ich..."

„Harmaa-silmä, nicht reden – küss mich!"

Und das tat sie! Sie liebten sich bis zum Morgengrauen, und als Emilia gegen zehn Uhr erschöpft aber glücklich aufwachte, lag ein Zettel auf ihrem Kopfkissen.

Miss you already! Looking forward to see you in Helsinki! Hugs Panu!

*

Lachend führte Emilia ihre Freundin durch den Helsinki Flughafen zum Ausgang.

Eva musste über Emilias ausgelassene Art lächeln. So war sie schon seit sie aus Paris zurück war. Egal welche Schwierigkeiten oder Ärgernisse in den vergangenen zehn Tagen auf Emilia zugekommen waren, sie hatte alles mit Bravur gemeistert.

Sie war unter ständiger Hochspannung durchs Leben gelaufen. Sie hatte Zukunftspläne geschmiedet, lästige Diskussionen mit ihrer Mutter am Telefon durchgestanden und Gespräche mit ihrem Anwalt geführt.

Eva war stolz auf ihre beste Freundin und konnte nicht anders, als dankbar an Panu zu denken. Ohne ihn wäre dies alles hier wahrscheinlich nie ins Rollen gekommen. Emilia und er hatten sich jeden Tag geschrieben oder telefoniert. Auf sein ständiges Drängen hin, willigte Emilia schließlich ein, zu ihm nach Helsinki zu kommen und Eva mitzubringen.

Emilia hielt im Moment nichts in Deutschland. Also schaufelte Eva sich von ihrer Arbeit frei, so dass sie mit Emilia nach Helsinki reisen konnte.

Und so standen sie nun, Mitte September, am Flughafen Helsinki und starrten auf den Regen.

„Das Wetter ist aber nicht gerade der Knaller!“ Eva schaute ihre Freundin missbilligend an.

„Das wird schon. Für morgen haben sie besseres Wetter gemeldet. Und außerdem ist das doch ganz egal. Wir sind in Helsinki, in wenigen Stunden sehe ich Panu wieder – scheiß aufs Wetter!“

„Emilia, contenance, bitte. Welch unsauberes Wort aus deinem lieblichen Mund.“

Emilia lachte laut auf und trat einen Schritt unter der Flughafenüberdachung hervor, breitete die Arme aus, schaute in den grauen Himmel und lachte vergnügt. „Ich freu mich so!“

In diesem Moment hielt ein Auto neben Emilia an. Das Fenster fuhr herunter. „Hallo, Emilia, spring hinten rein! Deine hübsche Freundin darf sich zu mir nach vorne setzen.“ Grinsend blickte Mikka sie an.

„Hei, Mikka, ich wusste gar nicht, dass du uns abholst.“

Eva und Emilia warfen ihre Taschen in den Kofferraum und stiegen ein.

„Hei, Eva, schön dich wiederzusehen! Wie geht es dir?“

Eva blickte ihren finnischen One-Night-Stand schelmisch an. „Sehr gut. Das muss wohl an eurem schönen Wetter liegen.“

„Oder an dir Mikka, sie mag dich nämlich“, brüllte Emilia aufgekratzt von der Rückbank nach vorn.

Eva drehte sich langsam zu ihrer Freundin um. „Emilia, Süße, ich glaube es ist besser, du hältst für eine Weile die Klappe …falls du Panu noch lebend wiedersehen willst!“

Emilia schüttelte sich vor Lachen, als Eva sich wieder Mikka zuwandte und weitersprach. „Wie geht es dir, Mikka, was machen deine Lieblingsjungs?“

Emilia hörte den beiden nicht weiter zu. Sie blickte, leise vor sich hin summend aus dem Fenster und saugte auf ein Neues wie ein Schwamm alle Eindrücke um sich herum auf.

„...beinahe hätte die süße Kleine da hinten einen Riesenkrach bei uns heraufbeschworen ...aber ...ging gut!“

Emilia nahm nur Gesprächsfetzen war und begriff überhaupt nicht, dass die beiden über sie und Panu sprachen.

„...und Tschüss, Süße, wir sehen uns später!“

Verdutzt blickte Emilia ihre Freundin an.

„Auf, raus mit dir! Panu ist im Studio. Mikka bringt mich ins Hotel. Wir treffen uns dann später.“

Mikka machte der verdattert dreinblickenden Emilia die Tür auf, drückte ihr, nachdem sie ausgestiegen war, ihre Tasche in die Hand und verabschiedete sich mit einem eiligen „Bis später.“ Die beiden fuhren weiter in Richtung *Radisson Blue Seaside*, wo Eva ein Zimmer für sich gebucht hatte.

Emilia blickte auf das vertraute rote Gebäude vor ihr in der Ehrenströmintie, ging dann aber nochmal ein paar Schritte zurück. Hinter den Bäumen, die einen Sichtschutz für die Einfahrt bildeten, lag wenige Schritte entfernt, das Meer! Emilia lief hinüber auf die andere Straßenseite und stellte sich an die Kaimauer. Der Wind blies ihr scharf ins Gesicht. Linkerhand am *Olympia-Terminalli*, lag die mächtige Stockholm–Fähre „Symphony“ der Silja-Line. Ihr Blick ging zu der kleinen Insel Klippan und weiter nach rechts zur Festungsinsel Suomenlinna, die bei diesem Wetter jedoch kaum zu sehen war.

Emilia schloss die Augen, atmete tief den Geruch des Meeres ein und ließ ihre Gedanken zurück schweifen – zu den glücklichen Tagen hier in Helsinki. Langsam hob sie ihre Lider und blickte sehnsuchtsvoll aufs Meer. Und in diesem Augenblick erkannte Emilia, wo sie ihr restliches Leben verbringen wollte. Wieder ergriff sie dieses unglaubliche Glücksgefühl – ein Gefühl des Heimkommens. Ja, genau das war es – sie war zu Hause!

Finnland! Helsinki! Suomenlinna!

Ohne zu schauen, drehte sie sich um und rannte über die Straße. Sie hörte Bremsen quietschen und blickte entsetzt in die Augen eines jungen Mannes, der jetzt wütend hinter seinem Lenkrad rumfuchtelte. Entschuldigend hielt sie die Hände hoch. „Anteeksi!"[23]

*

„Sag mal, spinnst du?" Panu kam wütend auf sie zu. Er stand am Ende der Einfahrt und hatte die ganze Szene beobachtet. Sein Herz hatte für einen Moment ausgesetzt, als Emilia blindlings vor das Auto gerannt war.

Emilia strahlte ihn an, überquerte den Rest der Straße und warf sich in seine Arme. Sie ließ ihre Tasche fallen und umschlang sein Gesicht mit beiden Händen. „Ich habe dich so vermisst." Ihre Küsse waren sehnsuchtsvoll.

Eigentlich war Panu noch immer wütend über ihre Unachtsamkeit, aber er konnte nicht anders, als sich von ihrer Hingabe anstecken zu lassen. „Little Beauty, du bist verrückt." Er versuchte sich vorsichtig zu befreien, aber sie ließ es nicht zu. Ihre Lippen suchten wieder die seinen und sie küsste ihn immer leidenschaftlicher. Begierig sog sie seinen Duft ein. Schmeckte ihn, fühlte ihn!

Als sie bis auf die Knochen durchnässt waren und Emilia vor Kälte zu zittern anfing, ließen sie voneinander ab und liefen Hand in Hand ins Haus. Oben angekommen trafen sie auf Miro.

„Hei, Emilia, wieder einmal im schönen Finnland?"

„Hei, Miro! Ja, für vier Tage – bis Samstag."

„Na dann steht der Party heute Abend nach dem Konzert ja nichts mehr im Weg."

„Was für eine Party?" Emilia blickte von Miro zu Panu.

„Nach dem Benefiz-Auftritt fahren wir noch auf eine kleine Insel und machen ein bisschen Party." Panu wedelte mit zwei Karten vor ihrer Nase herum. „Die sind für dich und Eva, diesmal keine Backstage-Ausweise. Hinter der Bühne ist heute einfach zu viel los."

An diesem Abend sollten verschiedene finnische Künstler bei dem Benefiz-Konzert, Elämä Lapselle[24], in der *Hartwall Areena*, auftreten.

„Wir spielen als Erste. Danach komme ich gleich zu euch. Ich möchte doch mit dir gemeinsam den Auftritt von Lauri, deinem finnischen Lieblingskünstler, anschauen."

---

23 Entschuldigung

24 Leben eines Kindes!

Miro, der gerade einen Schluck Kaffee trank, verschluckte sich fürchterlich. „Was?“, krächzte er, während Panu ihm kräftig auf den Rücken klopfte. „Das ist nicht wahr?!“

Panu und Emilia brüllten vor Lachen und erzählten Miro von ihrem Abend auf Suomenlinna und Emilias wirren Musikwünschen.

„Das wäre jetzt auch schlimm gewesen. Da wärst du in meiner Achtung sofort gesunken. Federn auf dem Kopf!?!“ Kopfschüttelnd schenkte Miro sich erneut Kaffee ein, da er bei der Hustenattacke das Meiste verschüttet hatte.

„Lieber Miro, Leben und Leben lassen ...jeder hat seine Fangemeinde. Auch wenn wir die weitaus Hübscheren und Netteren haben!“ Panu nahm Emilia lächelnd in den Arm. „Come on, Little Beauty, wir gehen duschen.“

Emilia schaute verlegen zu Miro und meinte entschuldigend. „Ich bin ganz nass und mir ist kalt.“

Miro grinste sie frivol an und die Schamesröte stieg ihr ins Gesicht. „Kein Problem, ich bin dann mal weg.“ An Panu gewandt sagte er. „In knapp drei Stunden, also um sechszehn Uhr an der Halle. Pünktlich! Bis später Emilia, viel Spaß euch beiden.“ Lachend über Emilias peinlich berührtes Gesicht ging er schnellen Schrittes, mit seiner Gitarre unterm Arm, zum Ausgang.

„Er hat immer seine Gitarre dabei, oder?“ Emilia schaute fragend zu Panu.

„Ja, hat er. Er spielt immer, egal wo er geht und steht. Aber nicht ablenken, Harmaa-silmä. Du bist schon wieder rot geworden. Das ist süß!“ Panu grinste sie frech an.

„Das gewöhne ich mir auch noch ab“, verschämt brummte sie vor sich und ging Richtung Bad.

„Warte, warte – nicht so schnell, Beauty. Ich habe das eben ernst gemeint – **wir** gehen duschen!“ Er umfasste sie von hinten und hob sie hoch.

Emilia quietschte. „Du Spinner, bestimmt nicht. Wenn jetzt jemand kommt.“

„Jetzt kommt niemand mehr, die sind alle noch einmal nach Hause gefahren, um sich vorzubereiten. Wir sind ganz alleine.“ Er setzte sie ab und legte seine Lippen verheißungsvoll auf ihre. „Wir haben zwei Stunden nur für uns, die möchte ich auskosten.“

In Emilia erstarb jeder Widerstand. Sie legte die Arme um seinen Nacken und gab sich seinem Kuss hin. „Okay!“

*

„Und hat dir Lauri gefallen?"

Nach dem Konzert fuhren sie gemeinsam mit Mikka und Eva zur Bootsanlegestelle in der Merisatama-Lathi.[25]

„Ja, prima. Vor allem die Federn waren heiß." Emilia lachte Panu fröhlich an. „Könntet ihr so etwas nicht auch mal machen?"

„Natürlich! Nur für dich! Ich werde es Miro vorschlagen."

Sie mussten beide lachen.

„Bloß nicht, ich möchte in seiner Achtung nicht noch weiter sinken."

Eva drehte sich zu den beiden um. „Was ist eigentlich der Anlass für diese Party heute Nacht?"

Noch bevor Mikka etwas sagen konnte, antwortete Panu schnell: „Eine Willkommensparty für euch zwei Hübschen." Er grinste sie frech an.

„Ja, ja, klar, und morgen ist Weihnachten. Jetzt mal im Ernst, macht ihr öfters einfach so Partys oder was ist der Grund?"

Mikka schaute im Rückspiegel auf Panu. „Na auf, Mr. Turunen, zier dich nicht so – sag's!"

„Okay! Ich habe morgen Geburtstag. Da wir in diesem Jahr mal zufällig zu Hause sind und nicht auf Tour, habe ich ein paar Freunde eingeladen, um ein klein bisschen zu feiern."

Eva drehte sich wieder um und blickte zu Mikka. „Na, das ist doch mal ein guter Anlass – den Geburtstag von diesem Bub zu feiern."

Mikka musste grinsen. „Junger Kerl, noch keine dreißig!"

Emilia war still geworden.

Panu nahm ihre Hand und schaute sie fragend an. „Alles klar?"

„Ja, ja, klar... Wow, Geburtstag", sie blickte zu ihm auf. „Es gibt so viel was ich nicht von dir weiß."

„Und ich von dir! Wann hast du Geburtstag?"

„Am 1. August."

„Ehrlich? Da kannten wir uns ja schon. Siehst du, und ich wusste es auch nicht. Wie alt bist du geworden?"

„Dreiunddreißig Jahre."

---

25 Bucht

Panu sah sie verwirrt an. „Nie! Nie bist du dreiunddreißig Jahre alt!"

Emilia musste über sein ehrlich erstauntes Gesicht lächeln.

„Wusste doch schon immer, dass du auf ältere Damen stehst!" Mikka grinste frech in den Rückspiegel.

Emilia streckte sich zu Panu empor, legte ihre Lippen auf seine und wisperte. „Ich würde gerne noch so viel mehr von dir erfahren."

„Und ich erst von dir, Harmaa-silmä." Panu küsste sie zart.

„Panu!", sie wich ein Stück zurück.

„Mmmh", brummte er und zog sie wieder an sich, „nicht aufhören." Seine Zunge fuhr zart über ihre Oberlippe.

Emilia überlief ein Schauer. Wie schon so oft, setzte ihr Verstand beinahe wieder aus, aber nur beinahe. „Panu, wir müssen reden. Ich muss dir noch so viel sagen."

„Ja, ja, morgen!" Er griff in ihren Nacken und zog sie fest an sich.

Gepresst brachte Emilia noch: „Morgen, wichtig!" heraus, bevor Panu wieder von ihren Lippen Besitz nahm.

*

„Hyvää syntymäpäivää[26], Panu"!

Die ausgelassene Stimmung auf der kleinen Insel hatte ihren Höhepunkt um Mitternacht erreicht, als mit dem letzten Glockenschlag Panus Geburtstag eingeläutet wurde.

Alle hoben ihre Gläser oder Flaschen, prosteten Panu zu und sangen gemeinsam ein Geburtstagsständchen: *„Paljon onnea vaan, paljon onnea vaan, paljon onnea Panu, paljon onnea vaan!"*[27]

Emilia und Eva standen an einem Baum gelehnt und beobachteten amüsiert, wie Panu seine Glückwünsche entgegennahm. Nicht nur viele seiner Freunde waren da, sondern auch seine Stiefschwester Satu und seine geliebte Oma. Er hatte sie Emilia kurz vorgestellt, aber ansonsten hatte sie in der knappen Stunde, die sie nun hier waren, nicht viel von Panu gehabt. Er war überall und nirgends. Emilia störte dies nicht, vermisste jedoch seine Nähe. Eva und sie hatten sich die meiste Zeit mit Mikka, Rami und dessen Freundin Niina unterhalten.

Emilia hatte Eva genau beobachtet und wurde das Gefühl nicht los, dass Mikka ihr immer besser gefiel. Jedenfalls hatten die beiden einen Heidenspaß miteinander.

---

26 Alles Gute zum Geburtstag!

27 Happy Birthday Lied

„Komm! Jetzt ist es ruhiger um deinen Rockstar geworden. Lass uns gratulieren gehen." Ohne deren Antwort abzuwarten, zog sie Emilia einfach mit sich.

Emilia war ein wenig aufgeregt. Sie hasste solche Situationen. Was erwartete er von ihr. Würden sie beobachtet werden?

Seine ganze Familie stand bei ihm. In diesem Moment fiel Emilia erneut auf, wie wenig sie voneinander wussten. Ihr Herz begann schneller zu schlagen.

Eva gratulierte zuerst. Sie drückte ihm links und rechts einen Kuss auf die Wange und machte einen dummen Spruch über sein Alter. Panu lachte herzlich und blickte erwartungsvoll auf Emilia, die hinter Eva stand. Sein liebevoller Blick ließ ihr Herz zwar noch schneller schlagen, aber auch jegliche Unsicherheit verlieren.

Sie ging langsam auf ihn zu, legte die Arme um seinen Nacken und streckte sich. Sie schaute ihm tief in die Augen, als sie ihn zart auf die Lippen küsste. „Alles Liebe, Blauauge. Leider habe ich kein Geschenk für dich, aber ich lass mir noch etwas einfallen."

„Mmmh...", Panu atmete ihren Duft tief ein, „...das hoffe ich doch. Ich dachte da an eine ganz bestimmte Sexpraktik, die man macht, wenn man...!"

Emilia hielt erschrocken ihre Hand auf seinen Mund und blickte sich errötend um. Panu lachte laut auf, nahm ihr Gesicht in seine Hände und kam langsam mit seinen Lippen auf sie zu. „Little Beauty, du bist so süß, wenn du rot wirst. Zum Glück bist du in meinem Bett nicht so schamhaft." Sein Grinsen vertiefte sich und er küsste sie leidenschaftlich.

Erst wollte Emilia widerstehen, aber sie schaffte es nicht. Nach wenigen Sekunden, gab sie die Gegenwehr auf und gab sich seinem Kuss hin! Scheiß auf die Verwandtschaft!

Nur widerstrebend lösten sie sich wieder voneinander. Panu nahm Emilias Hand und lief mit ihr zum Lagerfeuer. Auf dem Weg dorthin trafen sie noch weitere Gratulanten und so ging Emilia schon mal vor und setzte sich zu Eva und Mikka ans Feuer. Kurz darauf griffen die Musiker zu ihren Instrumenten und fingen an zu spielen. Wie schon damals beim Seekonzert wurde der ein oder andere wieder aufgefordert zu singen.

Emilia wusste, dass sie früher oder später auch dran war, dafür würde Panu schon sorgen. Sie blickte ihn liebevoll an. Er saß ihr schräg gegenüber zwischen seiner Schwester und Oma. Sie waren im ständigen Blickkontakt.

„Emilia", Panu schaute zu ihr rüber. „Würdest du etwas für uns singen?"

Emilia musste lächeln. Eine Frage, keine Forderung.

„Gerne!" Sie blickte in Panus verblüfftes Gesicht.

Er sah sie fasziniert an, als sie aufstand und fragte, ob sie seine Gitarre haben könnte. Emilia war immer wieder für eine Überraschung gut.

„Laulu saksaksi[28] von einer deutschen Band, die Söhne Mannheims. Es heißt: *„Und wenn ein Lied!"*„

Panus und auch Evas Mund standen offen. Mit welcher Selbstsicherheit Emilia sich selbst ankündigte, sich dann auf einen kleinen Felsen setzte, die Gitarre in die Hand nahm und zu spielen begann.

„Und wenn ein Lied meine Lippen verlässt, dann nur damit Du Liebe empfängst. Durch die Nacht und das dichteste Geäst, damit Du keine Ängste mehr kennst..."

Nach wenigen Sekunden hatte Emilia alle in ihren Bann gezogen. Ihre Stimme klang rau, das Gitarrenspiel sanft.

„...sag ein kleines Stückchen Wahrheit und sieh wie die Wüste lebt. Schaff' ein kleines bisschen Klarheit, und schau wie sich der Schleier hebt..."

Miro stimmte leise mit seiner Gitarre ein und sogar Janis trommelte den Takt einfühlsam mit. Als sie die letzten Töne gesungen hatte und alle begeistert applaudierten, stand Panu auf, kam auf sie zu und gab ihr einen zarten Kuss. „Kiitos, Harmaa-silmä!"

*

Um vier Uhr morgens lagen Emilia und Panu eng aneinander geschmiegt im Bett.

Emilia kam kurz in den Sinn, dass sie unbedingt reden mussten, verdrängte dies aber schnell wieder. Jetzt nicht – später!

„Das Schönste heute Abend war, als du gesungen hast!" Panu blickte Emilia ernst in die Augen.

„Nein, das Schönste war, als deine kleine Schwester so eine wunderbare Rede auf dich gehalten hat."

Er überlegte kurz. „Ja, du hast recht. Das war total lieb von Satu. Aber...", er stutzte einen Moment und schaute dann irritiert auf Emi-

28 Ein Lied in Deutsch

lia, die an seine Brust geschmiegt, schräg zu ihm aufblickte. Er sah ihr schelmisches Grinsen.

„Du Luder", er rollte sich auf sie und hielt sie fest.

Emilia lachte nun laut auf und musste schwer nach Luft schnappen, vor Lachen und vor allem, weil Panus ganzes Gewicht auf ihr lag.

„Du hast überhaupt nichts von dem verstanden was meine Schwester gesagt hat. Sie hat finnisch gesprochen." Seine blauen Augen funkelten übermütig. „Na warte, das gibt Rache." Er nahm ihre Arme und hielt sie mit einer Hand über ihren Kopf. Leicht löste er sich von ihrem Brustkorb, so dass sie wieder normal atmen konnte. Seine Zunge fuhr aufreizend langsam an ihren Lippen entlang.

Emilia verging das Lachen. Sie musste aufpassen, dass sie das Atmen nicht vergaß. In wenigen Augenblicken hatte Panu sie so erregt, dass all ihre Sinne lahmgelegt waren.

„Ich habe etwas verstanden, ein bisschen..." sie stöhnte auf, als Panu ihren Mund besitzergreifend verschloss. „...*veli* heißt Bruder, zwischen zwei Küssen brachte sie ein paar Worte hervor, und suuri heißt groß, und *festivaali* Fest."

„Fest? Soll ich fester machen." Panus Kopf glitt zwischen ihre Brüste.

Emilias Herz raste. „Du weißt genau was ich gesagt habe, du bist fies und gar nicht rakas[29], das hat sie nämlich auch noch gesagt."

Nun musste Panu laut auflachen. Er ließ ihre Hände los, fasste sie um die Hüften, drehte sich zur Seite und zog sie mit Schwung auf sich. „Emilia, du bist wirklich unglaublich. Woher kannst du diese finnischen Wörter?"

„Habe ich aufgeschnappt!" Sie zog einen Schmollmund. Sie wusste selbst nicht warum. Weil er ihr so wenig zutraute, oder weil er aufgehört hatte sie zu verwöhnen?

Sie beugte sich vor und startete jetzt ihrerseits ihn zärtlich zu küssen. Panus Kehle entsprang ein genussvoller Seufzer.

Sie verloren sich erneut ineinander. Und auch wenn Emilia noch Minuten zuvor „wir müssen reden" im Kopf gehabt hatte, so hatten sich diese Gedanken in diesem Augenblick abermals in Luft aufgelöst. Später!

---

29 lieb

12

„I'm not worried about the ring you wear... Follow me, everything is alright – I'll be the one to tuck you in at night – And if you want to leave I can guarantee – You won't find nobody else like me..."

(Follow me – Uncle Cracker)

„Okay! Joo ...ei ...ei ...joo...!" Panus Gesicht verfinsterte sich, bei jedem „ja oder nein", das er aussprach. „Kiitos, Janis ...ei ...okay!"

Emilia kam gerade aus dem Bad und zog sich an. Sie konnte nicht verstehen was Panu mit Janis besprach. Aber Panus unterdrückter Wut zufolge, schien es kein angenehmes Gespräch zu sein. Noch während des Telefonats ging er an seinen Laptop und startete ihn.

Sie schlüpfte in ein Shirt und ging auf Panu zu, der nun mit dem Rücken zu ihr stand. Sanft umfasste sie seinen Oberarm. Sie spürte das Anspannen seiner Muskeln bei ihrer Berührung und musste lächeln. Sie lehnte sich an seinen nackten Rücken und küsste ihn zart.

Panu legte auf und drehte sich zu ihr herum. Seine Hände schoben sie ein wenig von sich und sie schaute erstaunt zu ihm auf. Erschrocken zuckte sie zusammen. Sein Blick war eiskalt.

„Panu, was ist los?"

Ohne ein Wort zu sagen löste er sich von ihr, zog sie vor den Laptop und las mit beißendem Sarkasmus vor: *„Lia Schreiber, geb. Fahnenbruck, verheiratet seit 2.10.1996 mit Joachim Schreiber. Der um einige Jahre ältere Joachim Schreiber führt mit seiner jungen, attraktiven Frau Lia seit ihrer Heirat, das gut gehende Modeunternehmen „Fahnenbruck Design" ...die Ehe beruhe auf gegenseitigem Respekt und Liebe, wie Herr Schreiber erst kürzlich in einem Interview, anlässlich des 33. Geburtstag seiner Frau, mitteilte... nun bald 15 Jahre ohne Skandale gemeinsam glücklich ...reicht das, oder muss ich noch weiterlesen?"*

Emilia war alle Farbe aus dem Gesicht gewichen. Ihr war kotzübel und sie hörte ein grelles Schrillen in den Ohren. Sie fuhr sich mit der Zunge über die trockenen Lippen, sie wollte nach Panus Arm fassen – wollte sprechen. Aber sie sah nur die unbändige Wut in seinem Gesicht und ging einen Schritt zurück.

„Verdammt, Emilia... Wer bist du? Was soll das?", die Worte kamen zischend über seine Lippen.

„Panu, lass mich erklären... ich..."

„Was gibt es da zu erklären? ...du bist eine verheiratete Frau und hast mir das bisher nicht gesagt?!"

„Ich wollte ja, aber..."

„Aber? Was für ein „aber" gibt es denn da? Drei einfache Worte: Ich bin verheiratet! ...so einfach wäre das gewesen...!"

„Ja, ich wollte dir das ja sagen, aber..."

„Damn „but", you are a fuck'n liar." Panu konnte sich vor Zorn kaum mehr kontrollieren. Er verfiel wieder ins Englische und fluchte derb auf Finnisch.

Emilia schaute ihn verzweifelt an.

Er machte auf dem Absatz kehrt und lief wie ein Gefangener in seiner Wohnung herum. „All die Zeit, die wir zusammen verbracht haben, war kein Moment, in dem du es mir hättest sagen können?", er schrie sie nun an.

„Doch, klar, ich wollte ja ...in Paris ... vorm Konzert ...im Auto ...ich...", Emilia stammelte vor sich hin und musste sich stark zusammenreißen, um nicht in Tränen auszubrechen.

„In Paris? Warum da nicht?"

„Na, da hattest du dann ...irgendwie ergab es sich nicht... und dann warst du auch schon wieder weg..."

„Ach, jetzt bin ich vielleicht auch noch Schuld?"

„Nein, aber...", sie sah das zornige Flackern in seinen Augen, als sie schon wieder „aber" sagte, „...als wir uns küssten und dann..." Anstatt den Satz zu Ende zu sprechen zuckte sie hilflos mit den Schultern.

„Ach, stimmt ja. Das ist es ja um was es hier geht: **Sex**! Und sonst nichts!" Seine Stimme war nun so kalt und schneidend, dass es Emilias Herz zusammenzog. Sie wollte „Nein" schreien und ihm sagen, dass sie ihn liebte, aber seine nächsten Worte ließen sie verstummen.

„Jetzt wird mir einiges klar. Und dann noch das Lied gestern Abend, über Wahrheit und Klarheit...", er lachte hart auf. „Beinahe, Emilia, aber nur beinahe wären bei mir mehr Gefühle hoch gekommen außer nur Lust. Gott sei Dank ist dies nicht geschehen. Und wenn ich auch dachte, **ich** nehme mir diese süße Kleine für eine Weile, so scheint es ja auch umgekehrt der gleiche Fall gewesen zu sein. Gut! Nur Sex, keine großen Gefühle, alles ganz locker, ich bin dein Toyboy, mach mit mir was du willst!" Mit einem schnellen Schritt war er bei ihr und riss sie in seine Arme. Gierig legte sich sein Mund auf ihren und seine Zunge verlangte wild Einlass.

Emilia erschauerte. Sie war geschockt.

Geschockt von seiner leidenschaftlichen Wut, geschockt von seinen verletzenden Worten und geschockt von ihrem eigenen Körper, der selbst in diesem Moment auf seine Küsse und Hände reagierte. Sie spürte ihn hart an ihrem Bauch gepresst. Sie spürte seine angespannten Muskeln, als sich ihre Hände wie von selbst in seine Schultern krallten.

Sie wollte reden, ihm erklären. „Panu, bitte...“, aber er ließ ihr keine Chance.

„Ole hiljaa...!“[30] Dicht an ihrem Mund kamen die Worte aus ihm heraus. Er griff in ihre Haare, zog ihren Kopf leicht nach hinten und fixierte sie. Seine stahlblauen Augen funkelten noch immer, ob vor Zorn oder nunmehr aus Leidenschaft, konnte Emilia nicht erkennen.

„Nur Sex...!“

Seine Worte trafen sie schonungslos, aber er ließ ihr keine Zeit zum Denken. Er packte sie und warf sich mit ihr auf die Couch. Er schob ihr Shirt hoch und legte sich auf sie. Sein Oberkörper war jetzt schon schweißnass. Bebend vor Verlangen drang er in sie ein. Emilia klammerte sich an ihn und suchte seinen Mund. Verzweifelt küsste sie ihn. Sie spürte sein kurzes Zögern bevor er den Widerstand aufgab und auch er sie leidenschaftlich küsste. Ihr Körper war wie immer bereit für ihn. Sie nahm ihn auf und drängte sich ihm wild entgegen. Sein Atem ging nur noch stoßweise und auch Emilia verlor jegliche Kontrolle. Die Lippen fest aufeinander gepresst erlebten sie einen gemeinsam Sternentanz.

Panu verharrte sekundenlang auf ihr, bevor er sich, ohne sie anzusehen, herunterrollte und aufstand. „Sorry, das hätte so nicht passieren dürfen.“

Sie blickte ihm niedergeschlagen nach, als er ins Bad ging. Sie hörte das Herumdrehen des Schlüssels. Dieses Geräusch – Emilia wurde erneut schlecht. Er schloss sie aus, wollte sie nicht mehr bei sich haben. Sollte es das etwa gewesen sein? Emilias Augen füllten sich mit Tränen.

*

Du Schwein, du bist wie ein Tier über sie hergefallen. Panu schaute frustriert in den Spiegel. Er verstand selbst nicht genau, was dort draußen eben passiert war. Verzweifelt fuhr er sich durch die Haare. Wie konnte dieses kleine, deutsche Fräulein nur so viele Gefühle in

30 Sei still!

ihm hervorrufen. Sie holte seine beste Seite hervor, aber auch seine schlechteste.

Verdammt, sie war verheiratet – seit fünfzehn Jahren!

Was sollte er jetzt tun? Er war noch immer so wütend – auf sie und auf sich selbst. Schnell stieg er in seine Joggingklamotten, die über der Badewanne lagen. Er öffnete die Badezimmertür, zog, ohne sie zu beachten, seine Schuhe an und ging aus der Wohnung. Aus dem Augenwinkel hatte er wahrgenommen, dass sie angezogen im Sessel am Fenster saß.

Er lief in Richtung Kaivopuisto-Park – viel zu schnell. Er rannte bis er kaum noch atmen konnte und Seitenstechen bekam. Die Sonne stand hoch am Himmel. Es war Nachmittag, so gegen drei Uhr, aber auf den Straßen und im Park war nicht viel los.

Langsam verrauchte seine Wut. Vielleicht sollte er ihr doch die Chance einer Erklärung geben? Aber was gab es da zu erklären? Würde sie bei seiner Rückkehr überhaupt noch da sein? Und wollte er das überhaupt?

Er stoppte am *Denkmal für vermisste Seefahrer*, warf einen Blick aufs Meer in Richtung Suomenlinna und grübelte. Als sie vor einem Monat dort drüben saßen, war alles so unbeschwert gewesen. Warum jetzt nicht mehr?

Weil, das musste sich Panu nun eingestehen, sie damals nicht viel voneinander wussten und auch nicht nachgefragt hatten. Keiner von ihnen! In stiller Übereinkunft, hatten sie ihre beiden Leben aus dieser Affäre herausgehalten. Und nun, da er mehr aus ihrem Leben erfahren hatte, Dinge die ihm nicht gefielen, war er explodiert. Hatte er überhaupt das Recht dazu, so wütend zu sein? Sie hatten sich nie etwas versprochen. Das wollte er ja auch nicht.

Er überlegte. Mit einem Mal wurde ihm bewusst, dass Emilia nicht nur einmal den Versuch unternommen hatte mit ihm zu reden – sondern mehrfach. Aber **er** wollte es nicht hören!

Idiotii! Die Erkenntnis traf ihn wie ein Schlag.

Die Beziehung sollte nicht tiefer gehen, das war immer sein Wunsch gewesen. Deshalb hatte er auch versucht, einem Gespräch aus dem Weg zu gehen, das unangenehm für ihn hätte werden können. Bis zum heutigen Tag.

Nachdem er jetzt wieder klar denken konnte, hatte sich sein Zorn komplett in Luft aufgelöst und ein anderer, unheilvoller Gedanke keimte in ihm auf. Was würde Emilia nach dem eben Geschehenen von ihm denken? So etwas war ihm noch nie passiert. Er wusste zwar, dass alles was er tat, mit Leidenschaft geschah. Aber er wusste bis heute nicht, dass auch seine Wut so leidenschaftlich sein konnte. Hatte er ihr sehr weh getan? Wieder fuhr er sich in nervöser Verzweiflung durch die Haare. Wie konnte so etwas Schönes nur so ausarten?

Verdammt! Panu lief zurück zu seinem Apartment, erst langsam dann immer schneller. Hoffentlich war sie noch da und wollte noch mit ihm reden. Denn jetzt war auch er bereit dazu.

*

Emilia saß, die angewinkelten Beine fest umschlungen, noch immer auf dem Sessel am Fenster. Seit Panu die Wohnung verlassen hatte, brütete sie dort bewegungslos vor sich hin. Das Geräusch der ins Schloss fallenden Haustür, hatte ihr einen noch heftigeren Stich versetzt, als die von innen verschlossene Badezimmertür. Die Tränen liefen ihr haltlos über die Wangen. Sie schloss die Augen und versuchte, sich auf die Worte zu konzentrieren, die sie ihm sagen wollte – wenn er ihr überhaupt die Chance dazu gab. So wie er vorhin davon gestürmt war, hatte sie nicht viel Hoffnung. Würde er überhaupt wiederkommen?

Sie hörte das Klappern eines Schlüssels an der Haustür. Ihr Herz setzte aus. Vor Erleichterung? Vor Angst? Emilia drehte den Kopf und beobachtete ihn schüchtern, als er seine Wohnung betrat.

Panu war vollkommen durchgeschwitzt.

Er sah kurz zu ihr. Sie sah so klein und zart in diesem großen Sessel aus. Ihr Anblick zerriss ihm fast das Herz. Wie hatte er nur so brutal sein können. Er ging ohne ein Wort zu sagen quer durch den Raum ins Bad und unter die Dusche.

Sie schaute ihm traurig nach. Sie hatte seinen kurzen Blick nicht deuten können, als er eben mit schnellen Schritten an ihr vorbei gegangen war. Hatte er gedacht oder sich gar gewünscht, sie sei bei seiner Rückkehr nicht mehr da? Sie war sich tatsächlich selber nicht sicher gewesen. Sie war jedoch ihrem Instinkt gefolgt und geblieben. Sie musste mit ihm reden. Nach allem was in den letzten Wochen geschehen war, war sie ihm eine Erklärung schuldig. Auch wenn er nicht das Gleiche für sie empfand wie sie für ihn, das hatte er ihr vorhin schließlich unmissverständlich klar gemacht, wollte sie ihm wenigstens erklären, warum sie ihm ihre Ehe bisher verheimlich hatte.

Als Panu nach ein paar Minuten in Shirt und Jeans aus dem Bad kam, zog es Emilia bei seinem Anblick die Eingeweide zusammen. Die feuchten Haare zerzaust, die stahlblauen Augen fest auf sie gerichtet und seine vollen Lippen, die jetzt sanft zu ihr sprachen. „You're all right?"

„Ich bin okay, Panu. Bitte mach dir keine Gedanken!" Sie kannte ihn immerhin schon so gut, um sofort zu wissen, dass er sich Gedanken gemacht hatte und seine Unbeherrschtheit von vorhin nun fürchterlich bereute.

Emilia stand langsam auf und ging auf ihn zu. Als sie ganz dicht vor ihm stand und unsicher zu ihm aufsah, schossen ihr sofort wieder die Tränen in die Augen. Behutsam legte sie eine Hand auf seine Brust, als hätte sie Angst, er würde vor ihrer Berührung zurückschrecken. „Panu, bitte lass mich erklären! Und dann gehe ich wenn du möchtest, okay?"

Er atmete schwer. Er war versucht, sich zu ihr runter zu beugen, ihr die Tränen weg zu küssen, ihr liebliches Gesicht sanft zu berühren – er wollte ihr einfach alles glauben und sie seinerseits um Verzeihung bitten. Er blickte auf ihren Hals, er sah die roten Striemen. Sie musste ihn doch verachten – entsetzt sein darüber, wie er sich benommen hatte. Er blickte ihr tief in die Augen, aber er sah keine Abscheu – nur pure Verzweiflung.

„Darf ich dich küssen, bitte?" Emilia wusste, dass, wenn er jetzt „Ja" sagen würde, sie einen großen Schritt weiter gekommen wäre.

Als Panu noch darüber nachdachte, was hier gerade passierte, beugte er sich wie ferngesteuert zu ihr herunter und erwartete sanft ihren Kuss.

Und dann brachen sämtliche Mauern. Nach einem kurzen zarten Kuss, löste sich Emilia wieder von ihm, setzte sich zurück in den großen Sessel und fing zu erzählen an. Panu nahm auf dem Sofa neben ihr Platz und hörte aufmerksam zu. Er unterbrach sie kein einziges Mal.

Emilia beschrieb in knappen Worten ihre Kindheit, den Tod des Vaters, die frühe Ehe mit Joachim. Was es mit der Firma auf sich hatte und das schwierige Verhältnis zu ihrer Mutter. Sie erzählte von ihrer Krankheit, nachdem sie aus Helsinki zurück war und warum sie ihn nicht angerufen hatte. Sie versuchte, nichts auszulassen, nicht mehr zu lügen – außer in einer Sache.

Nämlich, dass sie sich unsterblich in ihn verliebt hatte. Und dass der angebliche Virus nach Helsinki in Wirklichkeit ein totaler Zusammenbruch aus Sehnsucht nach ihm gewesen war.

In kurzen, knappen Worten beschrieb sie ihren Auszug von Zuhause und ihre Gründe, wohlbedacht, **ihn** nicht als Grund mit einzubeziehen. Ihr waren immer noch seine Worte von vorhin im Ohr. Auch wenn er sie mit Wut ausgesprochen hatte, war ihr klar geworden, dass er nichts Ernstes wollte, nie gewollt hatte, sondern nur etwas Spaß. So, wie es anfangs eigentlich auch einmal ihr Plan gewesen war.

Als Emilia zuvor im Sessel gekauert auf seine Rückkehr gewartet hatte, hatte sie für sich beschlossen: Wenn er sie nach alldem noch bei sich haben wollte, würde sie ihm geben was er wollte: Spaß, nichts als Spaß! Und sie würde im Gegenzug alles mitnehmen, was er ihr zu geben bereit war – jede Kleinigkeit!

Als Emilia ihre Erzählungen und Erklärungen beendet hatte, schaute sie Panu unsicher an. Er stand von der Couch auf und kam zu ihr herüber. Er kniete sich vor sie und streichelte sanft über ihre Wange. „Okay, das ist ganz schön viel für den Moment. Jetzt verstehe ich aber auch, warum du das Alles nicht früher los werden konntest. Es war wirklich nie der richtige Zeitpunkt dafür dagewesen."

„Ja, aber es tut mir unendlich leid, dass du es von Janis erfahren hast und nicht von mir!"

„Mmmh, ja, aber das ist ja nun nicht mehr zu ändern." Panu blickte ihr tief in die Augen. „Wie geht es dir?"

„Panu, mach dir bitte keine Gedanken mehr wegen vorhin, es ist alles gut, wirklich!" Sie nahm seine Hand und zog ihn zu sich in den Sessel. Er legte seinen Arm um sie und vertraut schmiegte sie sich an ihn. „Du hast immer noch Geburtstag, was wünschst du dir für heute noch?"

Er schaute in ihr wunderschönes Gesicht und musste lächeln. „Nein, das kann ich nicht sagen. Nicht nach dem, was heute passiert ist. Das wäre nicht normal."

Sie lächelte ihn schelmisch an und kam mit ihren Lippen immer näher. Als er schon den Duft ihres Atems wahrnehmen konnte, sagte sie sanft: „Wer hat gesagt, dass wir beide normal sind?"

Ihre Lippen trafen sich und mit einem Stöhnen verschmolzen sie erneut zu einer Einheit.

*

Emilia beobachtete den schlafenden Panu. Es war kurz nach Mitternacht. Sie waren beide erschöpft am frühen Abend eingeschlafen, aber jetzt war sie wieder hellwach.

Vorsichtig fuhr sie mit ihren Fingern über seine nackte Brust. Sie liebte seinen jungen, unbehaarten Oberkörper. Sie betrachtete ihn lange. Sie liebte einfach alles an ihm. Seine Tätowierungen, seinen

Dreitagebart, seine langen, schmalen Finger und seine dichten Wimpern, die seine blauen Augen verdeckten.

Leise stand sie auf, zog sich ein Shirt von ihm über und holte sich seine Gitarre aus dem Wohnzimmer. Auf dem Weg zurück ins Bett ging sie noch in die Küche und nahm das am Abend bestellte Essen vom Chinesen aus dem Kühlschrank und wärmte es in der Mikrowelle auf.

Sie nahm alles zusammen mit ins Bett und fing genussvoll an zu essen. Aber auch während sie nun aß, konnte sie ihren Blick nicht von dem schlafenden Panu abwenden. Das Leintuch war ihm bis knapp unter den Hüftknochen gerutscht.

Emilia leckte sich sehnsuchtsvoll die Lippen. Verdammt, er war so heiß! Sie trank einen Schluck Wasser und überlegte sich, ob sie ihn wecken sollte. „Ja", sagte sie zu sich selbst, das musste sie, unbedingt. Sie beugte sich vor und küsste ganz zart seine Brust und glitt langsam mit der Zunge weiter nach unten. Sanft leckte sie über seinen Hüftknochen.

Panu murrte leise vor sich hin. Sie blickte nach oben und sah wie er langsam die Augen öffnete.

Ihre Lippen fuhren ganz gefühlvoll an seinem Bauchnabel vorbei und verweilten küssend an seiner Brust.

„Damn, Beauty, is it still not enough?" Er fasste sie unter den Armen und zog sie mit einem Ruck zu sich hoch. Dabei stieß sie die chinesischen Nudeln um, die sich nun ihm Bett verteilten.

Er drückte sie hart an sich und küsste sie genussvoll. „Mmmh, lecker, lovely taste!"

Sie musste grinsen. „Nudeln süß-sauer, im ganzen Bett. Möchtest du auch?"

Panu öffnete die Augen und schaute sie fragend an. „Was?"

Emilia richtete sich auf und zeigte auf das Essen im Bett. „Ich hatte Hunger – und ich wollte dir beim Schlafen zuschauen. Also habe ich mir das Essen hierher geholt und die Gitarre auch – ich wollte ein bisschen spielen. Dann habe ich gegessen und du hast so verführerisch ausgesehen, also musste ich dich küssen – und du hast mich hochgezogen und dabei habe ich die Nudeln umgestoßen. Und ich schmecke deshalb nach süßsauer, weil ich das halt gerade gegessen habe. Möchtest du jetzt auch was davon haben?" Emilia blickte ihn unschuldig an und versuchte gleichzeitig die Nudeln im Bett zusammenzuraffen.

Panu lachte tief. „Du redest wirres Zeug. Aber das macht nichts. Weil du süß aussiehst und gut schmeckst vergebe ich dir." Er richtete sich auf. „Okay, ich esse und du singst.“ Er schnappte sich einen der Pappkartons und langte herzhaft zu.

Emilia nahm die Gitarre und spielte ein Lied von Katie Melua, *„The closest thing to crazy“*.

Panu hörte fasziniert zu. Immer noch kauend bat er sie um eine Zugabe.

Emilia lachte. „Nein, eigentlich hatte ich Hunger, du bist dran.“ Sie reichte ihm seine Gitarre.

Er leckte sich die Finger ab. „Was soll ich spielen?“

„When I get you.“ Emilia blickte ihn keck an, griff nach dem Reis mit Hühnchen und machte sich darüber her.

„Wo steckst du das alles hin, Süße?“

„So viel esse ich nun auch wieder nicht. Warte, ich hole uns noch eine Flasche Wein.“ Sie schwang schnell ihre Beine aus dem Bett und lief barfuß in die Küche. Sie hörte wie er im Schlafzimmer die ersten Akkorde spielte. Schnell lief sie zurück. „Warte, nicht anfangen. Du bist unfair.“ Sie öffnete die Flasche, schenkte sich ein und lehnte sich zurück. „Jetzt!“

Panu musste wieder lachen. „Und ich?“

Gespielt hektisch schenkte sie ihm ein. „Oh, entschuldigen sie, ich wusste nicht, dass sie, als ernsthafter Musiker, während der Arbeit trinken.“ Sie hielt ihm das Glas hin. „Bitte schön, zum Wohl!“

„Kippis, Little Beauty!“

Sie konnte nicht anders, sie musste ihn einfach erneut küssen. Sie beugte sie sich etwas vor und legte ihre Lippen auf die seinen.

Panu stöhnte auf. „Mmmh, Chickencurry. Ich habe Hunger!“

„Spiel!“ Lachend haute Emilia ihm ein Kissen auf den Kopf. „Bitte“, fügte sie liebevoll hinzu.

Und er spielte und sang, und dann spielte sie und sang und dann sangen sie gemeinsam.

Und solange sie spielten, tranken, aßen und sich küssten, kamen bei beiden keinerlei Gedanken an die Zukunft auf. Doch als sie im Morgengrauen erschöpft von dem langen, ereignisreichen Tag einschliefen, war beiden bewusst, dass sie noch immer nicht darüber gesprochen hatten, wie es mit ihnen weitergehen sollte.

Emilia und Panu wünschten sich unabhängig voneinander, dass es weiterginge – aber keiner wusste, wie?

*

„Ich hoffe doch, dass es diesmal nicht so ein Drama gibt wie letzten Monat. Habt ihr schon verabredet, wann ihr euch wiederseht?", Eva sprach halb genervt, halb belustigt zu Emilia und Panu.

Emilia löste sich leicht von Panu und schaute Eva strafend an. Panu wiederum blickte Eva fragend an. „Was für ein Drama?"

„Nichts", Emilia zog sein Gesicht wieder zu sich herunter und küsste ihn sanft. „Sie spinnt mal wieder."

Eva gab Emilia einen Tritt gegen das Schienbein. „Ich spinne? Also wer hier spinnt, ist ja wohl noch nicht ganz raus."

„Sei ruhig!" Emilia gab ihrer Freundin einen leichten Schubs und widmete sich dann wieder ganz Panus Lippen.

Sie standen am Helsinki Airport, in einer Ecke vor der Rolltreppe, die in den Sicherheitsbereich führte, und warteten auf ihren Abflug nach Deutschland.

Mikka, der sie hergefahren hatte, war auf der Suche nach einem Parkplatz. Auch er wollte sich noch kurz von den beiden verabschieden.

Evas und Mikkas Beziehung, wenn man das so nennen konnte, hatte sich in den vergangenen vier Tagen vertieft.

„Schau doch mal, wo Mikka ist!" Emilia, immer noch dicht an Panu gekuschelt, machte ihrer Freundin mit einer Handbewegung klar, dass sie störte.

Eva verstand und verzog sich. „In zehn Minuten treffen wir uns da oben." Sie zeigte mit dem Finger die Rolltreppe hinauf. „Mach's gut, Panu!"

„Moi, moi, Eva, bis bald." Panu löste sich von Emilia und drückte Eva kurz.

„Und jetzt, Harmaa-silmä?" Er nahm Emilias Gesicht in beide Hände und schaute ihr tief in die Augen.

Emilia zuckte mit den Schultern. „Immer wieder die gleiche Frage... ich weiß es doch auch nicht."

Er küsste sie sachte. „Gut, ich habe eine Idee. Am Letzten in diesem Monat spielen wir in Utrecht, in den Niederlanden, ein kleines Konzert. Das ist nur knapp vier Stunden von Mainz entfernt. Würdest du kommen?"

„Das sind noch ganze zwei Wochen?!"

Panu musste lachen. „Ja! ...aber... alles ganz locker – besser, als dass wir uns überhaupt nicht sehen, oder?"

Emilia schaute betreten nach unten. „Ja, da hast du wohl recht. Okay, in zwei Wochen also in Holland. Wie lange haben wir da für uns?"

„Nicht lange, wir sind am nächsten Tag schon in Hannover. Also nur die Nacht und einen sehr kurzen Morgen."

Emilia schaute Panu traurig an. „Okay!"

„Okay? Das kam so zögerlich?"

„Mmmh, nein, es kam nur bedauernd, dass die Zeit so knapp ist. Aber ich freue mich jetzt schon darauf, dich wiederzusehen."

„Ich mich auch, Little Beauty, ich freue mich auch auf dich." Sanft zog er sie zu sich hoch und küsste sie hingebungsvoll.

„Bis in zwei Wochen." Emilia löste sich von ihm und ging langsam in Richtung Rolltreppe.

„Bis dann, Harmaa-silmä. I will miss you!"

„Dito!" Emilia machte noch einmal einen Schritt zurück und legte ihre Arme um seinen Hals. „Tulen todella kaipaamaan teitä!" Mit ihrem letzten leidenschaftlichen Kuss drückte Emilia all ihre Sehnsucht nach ihm aus. Dann drehte sie sich um, ohne noch einmal zurückzublicken.

Panu schaute der davon eilenden Emilia lange nach. Ich werde dich wirklich vermissen, waren ihre Worte gewesen -in ihrem süßen, nicht ganz korrekten Finnisch.

Panu fuhr sich wieder einmal irritiert durch die Haare. Und jetzt? Er stellte sich immer wieder die gleiche Frage: Wie sollte es weitergehen?

Und auch Emilia stellte sich diese Frage immer und immer wieder, während sie längst im Flieger nach Frankfurt saß.

13

„How can I not love you? What do I tell my heart? When do I not want you? Here in my arms!"

(How can I not love you - Joy Enriquez)

„So, Frau Schreiber, erzähl doch 'mal, wie war es noch so an Panus Geburtstag? Wir hatten gestern gar keine Zeit zum Reden." Eva schaute sie erwartungsvoll an.

Emilia hingegen sah aus dem Fenster des Flugzeuges und kämpfte mit den Tränen. Aber es war anders als beim letzten Mal. Ihrer Verzweiflung war eine unerträgliche Sehnsucht gewichen – nach Panu, und dem Wunsch, nie mehr aus Helsinki weg zu müssen. Sie blickte kummervoll auf die immer kleiner werdenden Straßen und Häuser Helsinkis, auf die sich entfernenden Wälder.

Reiß dich zusammen! In zwei Wochen siehst du ihn wieder – es hätte auch alles ganz anders kommen können, versuchte sie sich selbst zu beruhigen.

Emilia erinnerte sich mit Unbehagen an ihren Streit vor zwei Tagen. Sie wandte sich nun doch ihrer Freundin zu und erzählte stockend von Janis Entdeckung und Panus Reaktion. Als Emilia geendet hatte, fing Eva an, wie eine Verrückte auf Janis und Panu zu schimpfen.

Emilia musste sie immer wieder daran erinnern, dass sie nicht so laut sein solle, da sich die anderen Fluggäste schon nach ihr umdrehten. Außerdem versicherte sie ihr immer wieder von Neuem, dass die Sache längst geklärt war.

„Aber wie konnte dieser Blödmann so schlecht von dir denken? Kennt er dich denn gar nicht?"

„Eva, wie soll er mich kennen? Ich habe ihm nichts über mich erzählt." Emilia schaute ihre Freundin resigniert an. „Und wenn ich ihm etwas aus meinem Leben erzählt habe, war es immer nur die halbe Wahrheit. Also, wie soll er mich kennen?"

Eva überlegte kurz. „Ja, vielleicht hast du ja Recht, …aber **heeeh** , du bist Bambi!"

Emilia musste lachen und auch Eva stimmte herzlich ein. Emilia merkte wieder einmal, welches Glück sie hatte, solch eine tolle Freundin zu haben. Liebevoll beugte sie sich zu ihr hinüber und nahm Eva in den Arm. „Ich habe dich so verdammt lieb."

„Und ich dich erst… und wenn ich daran denke, wie diese Finnen mit dir umgegangen sind, dann … ich könnte …!"

Emilia drückte Eva besänftigend die Hand. „Sei nicht so streng! Denk lieber daran, was für einen tollen Tag wir gestern mit **diesen** Finnen hatten."

„Ja, du hast ja Recht. Gestern war echt klasse!"

*

Am Tag vor ihrer Rückreise – der Tag nach dem heftigen Streit, hatten sich Panu und Emilia mit Mikka und Eva verabredet. Sie waren alle zusammen gleich morgens mit der Fähre nach Suomenlinna gefahren.

Und Eva war genauso begeistert von der kleinen Insel, wie Emilia einen Monat zuvor.

Zu Emilias Verwunderung war ihre Freundin am meisten von der kleinen lutherischen Kirche beeindruckt und zog den völlig verdatterten Mikka mit sich in das Kirchenschiff.

„Mein lieber Finne, wenn du je die Absicht hast, aus mir eine ehrbare Frau zu machen und mich nicht länger nur als deine Mätresse siehst", erklärte sie ihm energisch, hob die Arme und deutete auf die schöne, aber schlichte Einrichtung der Kirche, „dann werden wir hier heiraten. Alles klar?"

Sie blickte ihn verschmitzt an.

Er musste grinsen. „Mein hübsches, deutsches Weib. Selbstverständlich würde ich nur hier und nur dich heiraten!"

Eva blickte zu Emilia und Panu, die ihnen scherzend in die Kirche gefolgt waren. „Ihr habt gehört was der alternde Finne mir versprochen hat. Ihr seid meine Zeugen!"

Mikka hielt ihre Hand und sprach auf Deutsch ein paar Worte. „Sie Frau von mich dann!"

Eva und Emilia hätten sich am liebsten gekringelt vor Lachen, beherrschten sich jedoch, solange sie inmitten geweihter Mauern standen.

Die vier verbrachten gemeinsam einen tollen Tag auf der wunderschönen Festungsinsel. Nun verstand Eva auch Emilias Schwärmerei. Sie konnte sich sogar richtig gut vorstellen, dass ihre Freundin hier leben könnte.

Gegen Nachmittag fuhren sie mit der Fähre zurück nach Helsinki und liefen vom Marktplatz in Richtung Restaurant *Savu* auf die kleine Insel Tervasaari, wo sie einen Tisch bestellt hatten. Emilia ließ es sich nicht nehmen, ihrer Freundin nach dem Essen den Teerschnaps als Absacker aufs Wärmste zu empfehlen.

Panu und Mikka wollten Eva warnen, trauten sich aber nicht, als Emilias strenger Blick sie traf.

„Du nicht, Süße?" Eva schaute ihre Freundin verwundert an, als diese für sich und die Männer einen Wodka bestellte.

„Nein, den hatte ich beim letzten Mal und ich habe gehört, man müsste hier den finnischen Wodka probieren, der wäre auch sehr lecker." Unschuldig schaute Emilia zu den beiden Männern, die nicht wussten, wo sie vor Lachen hinschauen sollten.

Als die Bedienung die Schnäpse brachte, prostete Emilia in die Runde und befahl Eva: „Ex und Hopp!"

Eva schüttete das Gebräu artig auf einmal ab und verzog augenblicklich das Gesicht. „Verdammt, was ist das?" Sie schüttelte sich und trank schnell einen Schluck Wein hinterher. „Ich habe das Gefühl, ich habe die A5 im Hals. Den ganzen Weg vom *Hattenbacher Dreieck* bis nach *Basel*. Pfui Teufel, wer trinkt denn so 'was?"

Die drei anderen schüttelten sich vor Lachen.

„Niemand, wirklich niemand." Panu klopfte ihr leicht auf die Schultern. „Deine Freundin dachte scheinbar, dir schmeckt so etwas."

„Danke! Freundin?" Eva blickte Emilia böse an. „Biest!"

Lachend verließen die vier das Restaurant und fuhren dann noch gemeinsam ins Studio, das Mikka Eva unbedingt zeigen wollte. Hier trafen sie auf Miro, Rami und Niina.

Der Abend endete für die Sieben mit viel Lachen, Spielen und Singen...

...und die Nacht begann für Emilia und Panu, wie immer, mit viel Leidenschaft!

*

Nur noch zwei Tage, dann würde sie Panu wiedersehen. Die letzten zehn Tage waren für Emilia mit die anstrengendsten ihres Lebens gewesen.

Nicht nur, dass sie vor Sehnsucht nach ihm fast verging. Nein, sie wurde mit Dingen konfrontiert, um die sie sich bisher nie kümmern musste. Was sie noch vor gut einer Woche fast spielend gemeistert hatte, viel ihr zunehmend schwerer. Emilia hatte das Gefühl in ein tiefes Loch zu fallen – nichts war mehr so wie früher. Das wollte sie ja auch nicht mehr, aber wie sie schon vermutet hatte, war der Schritt in die neugewonnene Freiheit, ein schwerer Schritt – und sie hatte Angst diesen nicht meistern zu können.

Sie musste sich nach einer Wohnung umsehen, da es auf die Dauer bei Eva zu eng wurde. Sie musste darüber nachdenken, wie sich ihre künftige Arbeitssituation darstellen sollte. Dass sie nicht mehr zurück in die Firma konnte und wollte, war ihr klar. Aber was sollte sie sonst tun? Die Bank fragte sie über ihre finanziellen Mittel aus, die Versicherungen über bestehende Policen. Emilia hatte weder von dem Einen noch dem Anderen die leiseste Ahnung. Sie verwies alle an ihren Anwalt. Aber auch dieser bombardierte sie mit tausend Fragen, auf die sie so gut wie nie eine Antwort wusste. Das Schlimmste aber war der Gedanke, an das ihr heute noch bevorstehende persönliche Zusammentreffen mit Joachim.

Emilia plagten seit ihrer Ankunft immer heftiger werdende Alpträume. Sie nahmen täglich an Intensität zu. Ohne die höher dosierte Einnahme von Schmerzmitteln hätte sie diese Tage voller Ungewissheiten und die von Sehnsucht nach Panu erfüllten Stunden, wohl kaum überstanden. Schlimmer noch, sie hatte das Gefühl, dass ohne diese Pillen im Moment überhaupt nichts mehr ging. Kurz vor dem Termin mit Joachim, war sie bei ihrem Hausarzt, Dr. Trautmann, gewesen und hatte ihn um ein neues Rezept für ihre Medikamente gebeten, da fast all ihre Reserven aufgebraucht waren.

Dr. Trautmann weigerte sich jedoch standhaft, ihr etwas aufzuschreiben. Er meinte, sie solle erst einmal wieder zur Vernunft kommen und sich mit Joachim und ihrer Mutter versöhnen. Emilia war empört über diese Einmischung in ihre Privatangelegenheiten und wurde den Verdacht nicht los, dass Joachim und Vera dahintersteckten. Sie dachte über die vergangenen Jahre nach. Wie leicht hatte sie bei jeder Kleinigkeit Medikamente von Dr. Trautmann bekommen. Verdächtig leicht. Und jetzt sollte plötzlich Schluss sein?

Sie ging vom Arzt aus direkt zu Evas Wohnung und stellte besorgt fest, dass ihr die Tabletten gerade noch drei Tage reichten.

Drei Tage! Heute, morgen und übermorgen. Dann würde sie Panu wiedersehen! Das müsste sie also hinbekommen. Danach musste sie sehen, wie es weiterging.

Sie verdrängte den Gedanken und die aufkeimende Panik, schluckte eine Tablette und machte sich auf den Weg zu Joachim. Emilia wusste nicht, was sie erwarten würde. Nach den ersten bösen und feindseligen Worten vor ein paar Wochen und dem darauffolgenden Schweigen, war dies heute der erste persönliche Kontakt. Hätte der Anwalt nicht noch weitere Unterlagen benötigt, um das Scheidungsverfahren einleiten zu können, wäre sie diesem Treffen auch weiterhin aus dem Weg gegangen.

Joachim erwartet Emilia im Wohnzimmer ihres Hauses. Er war freundlich und bot ihr etwas zu Trinken an.

„Also, Lia", er begann das Gespräch, nachdem sich Emilia mit einem Glas Wasser auf die Couch gesetzt hatte. „Was ist los mit dir? Steckst du in einer Selbstfindungsphase? Soll ich dir ein wenig mehr Freiraum geben? Ich weiß, ich bin um einiges älter und habe dir vielleicht nicht immer die Aufmerksamkeit gegeben, die du brauchst. Aber was du jetzt hier machst, habe ich wirklich nicht verdient." Joachim sprach leise und eindringlich.

Er hatte es im Handumdrehen geschafft, Emilia ein schlechtes Gewissen zu machen und sie als Hauptschuldigen dastehen zulassen. Womit er in Emilias Augen ja auch nicht ganz Unrecht hatte. Sie war es schließlich, die eine Affäre mit einem jüngeren Mann angefangen und ihn deshalb verlassen hat.

„Joachim, ich weiß auch nicht genau, wie das alles geschehen konnte. Aber ich will das hier alles nicht mehr. Ich werde dich und Mutter verlassen. Ich muss endlich mein eigenes Leben leben."

„Denkst du denn gar nicht an die Firma? An mich, an meine Gefühle, an die Gefühle deiner Mutter?"

Emilia versuchte verzweifelt, sich nicht in die Enge treiben zu lassen. Aber ihre Schuldgefühle machten es schier unmöglich. Er redete und redete, beschuldigte sie, erzürnte sich und fragte schließlich, ob ein anderer Mann dahinter stecke.

Emilia hatte nicht viel entgegenzusetzen und gestand ihm letztendlich, dass sie sich in einen anderen Mann verliebt hatte. Aber trotz wiederholten Drängens sagte sie Joachim nicht, um wen es sich handelte.

Nach gut einer Stunde war Emilia körperlich und seelisch am Ende. Wie ein Kind bat sie Joachim um Erlaubnis, sich in ihrem Zimmer eine Kopfschmerztablette holen zu dürfen.

In ihrem Zimmer angekommen, brach sie erst einmal in Tränen aus. Sie war mit der Gesamtsituation vollkommen überfordert. Zu ihrem großen Unglück konnte sie nicht einmal auf ihre Freundin zurückgreifen, die bestimmt Rat gewusst hätte. Eva war für eine Woche mit ihrem Langzeit-Lebensabschnitts-Gefährten, Moritz Anders, zu einer Autorenlesung gefahren.

Sie hatte Emilia vor ihrer Abreise jedoch noch gestanden, dass sie sich wider besseres Wissens in Mikka verliebt hätte und dies wohl das letzte Mal sei, dass sie mit Moritz Privates und Geschäftliches verknüpfen würde. Egal wie es mit Mikka weiterginge, Eva hatte vor, die Beziehung während dieser Reise zu beenden. Mit einem Augenzwinkern hatte sie Emilia aber noch zu verstehen gegeben, dass es mit dem finnischen One-Night-Stand definitiv irgendwie weiterginge.

Emilia war auf die Klarheit, die scheinbar zwischen den beiden herrschte, neidisch gewesen. Aber natürlich gönnte sie ihrer Freundin dieses Glück.

Sie wischte die Tränen weg und putze sich die Nase. Ich muss nachdenken.

Im Bad nahm sie zwei Aspirin und fand zu ihrer Freude auch noch ein Päckchen Schlaftabletten. Schnell steckte sie diese ein. Als sie darüber nachdachte, Eva kurz anzurufen, wurde ihr bewusst, dass sie ihre Handtasche samt Handy im Wohnzimmer hatte liegen lassen. Mist! Rasch ging sie wieder die Treppen hinunter und sah sich zu ihrem Entsetzen nun auch noch mit ihrer Mutter konfrontiert. Diese thronte, wie immer bildhübsch, auf der Couch und unterhielt sich mit Joachim.

„Hallo, Lia! Wieder zur Besinnung gekommen?" Kalt fixierte sie ihre Tochter.

Irritiert nahm sie in diesem Moment wahr, dass Joachim ihr iPhone zurück in die Tasche legte. „Es hat geläutet. Aber als ich dran gegangen bin, wurde aufgelegt. Wahrscheinlich dein Liebhaber."

Vera lachte gehässig auf und Joachim blickte verächtlich auf Emilia. „Lia! Ich gebe dir nur noch diese eine Chance. Pack deine Sachen bei Eva zusammen und komm zurück! Dann werde ich alles vergessen, was du uns angetan hast. Ansonsten...."

Emilias Kopf schwirrte. Ansonsten? Ansonsten, was?!

„Ansonsten, was?" Emilias Stimme zitterte.

„Ansonsten werden wir dich fertig machen. Du tust uns das alles nicht ungestraft an." Joachim und Vera starrten die verstört dreinblickende Emilia feindselig an.

Ihr wurde schwindelig, sie hatte das Gefühl, in einen Abgrund zu fallen. Abrupt drehte sie sich um und lief Richtung Tür. Sie hörte hinter sich ihr Handy klingeln. Entsetzt blieb sie stehen, schaute zurück und sah, wie Joachim danach griff.

„Nein!", sie schrie die Worte heraus. „Nein, ich will das nicht mehr! Ich kann nicht mehr." Mit schnellen Schritten war sie bei Joachim, riss ihm das Handy aus der Hand, schnappte ihre Tasche und rannte aus dem Haus, als wäre der Teufel hinter ihr her.

*

„Emilia, Emilia...", sie konnte die Stimme Panus, die aus ihrem Handy krächzte, nicht hören. Sie lief die Straße hinunter in Richtung Volkspark und machte erst halt, als sie unter einem der vielen Bäume so außer Puste war, dass sie verschnaufen musste. Sie ließ sich auf die Wiese fallen und stierte keuchend vor sich hin. Sie sah auf ihre Hand und das Handy, dass sie noch immer krampfhaft festhielt. Erkannte, dass es noch immer an war und drückte dann wie wild auf den Tasten herum, um es auszuschalten.

Emilia hatte sich die letzten Jahre oft schlecht gefühlt und war auch oft verzweifelt gewesen. Und sie war immer der Meinung gewesen, das dies ausschließlich an ihr gelegen hatte. Was hätte sie auch zu Jammern gehabt? Sie hatte doch das perfekte Leben geführt. Erst mit ihrem Auszug und ihrer Liaison mit Panu kamen Probleme auf sie zu, die sie alleine nicht mehr in den Griff bekam. Sie war in einer Situation, die sie selbst überhaupt nicht mehr beeinflussen konnte, und das jagte ihr eine Heidenangst ein.

Joachims Drohungen konnte Emilia überhaupt nicht einordnen, geschweige denn, damit umgehen. Was hatte er vor? Was konnte er tun? Warum wollte er sie überhaupt fertig machen und was hatte das zu bedeuten?

Sie blickte hilfesuchend auf ihr Handy. Eva! Sie musste Eva anrufen. Ihr Handy klingelte und sie ging zögerlich und ohne auf die Nummer zu achten dran. „Hallo?"

„Emilia?"

„Panu!" Ihr Herz machte einen Satz.

„Emilia, was war da eben los? Warum hast du so geschrien, und wer war der Mann an deinem Telefon?"

Panus Stimme klang rau und angespannt.

„Panu, ich...", Emilia wusste nicht wie sie ihm das alles erklären sollte, „...ich hatte Stress mit meinem Mann ...Ex ...ich meine... er war das am Telefon... es läuft nicht gut im Moment." Sie stockte. Was sollte sie sagen, was würde er denken? Wie konnte Panu diesen Wirrwarr verstehen?

Einen unendlichen Moment lang war es still am anderen Ende.

„Emilia, ich verstehe dich nicht ganz. Ich weiß auch nicht, wie ehrlich du zu mir bist und ich weiß auch manchmal nicht mehr was, ich glauben soll. Janis hat mir gestern noch verschiedene Interneteinträge von dir und deinem Mann gezeigt. Unter anderem den von deinem Geburtstag vor ein paar Wochen. Ihr habt glücklich zusammen ausgesehen. Ich wollte das eigentlich gar nicht, aber dann habe ich doch alles gelesen. Dein Mann scheint Geld zu haben, du führst ein gutes Leben. Was willst du? Was erwartest du – was willst du von mir?"

Emilia merkte wie Übelkeit in ihr hochstieg. Sie konnte nicht mehr, konnte jetzt nicht auch noch mit Panu diskutieren – das war zu viel!

„Panu, ich kann wirklich nicht alles erklären, nicht am Telefon, bitte vertrau mir... wenigstens ein bisschen...", und dann sagte sie etwas, das sie nie hatte sagen wollen, jedoch aus Selbstschutz einfach, ohne lange zu überlegen aussprach, „...mehr kann ich dir heute nicht sagen. Wir wollten doch alles locker sehen, also sollten wir das auch tun." Sie schluckte schwer an ihren eigenen Worten. Sie war kurz davor sich zu übergeben.

Panus Stimme klang leer und fremd in ihren Ohren, als er antwortete: „Okay! Wie besprochen, alles total locker. Wir sehen uns in zwei Tagen."

Sie versuchte zu retten, was zu retten war. „Panu, ich vermisse dich und kann es kaum erwarten, dich wiederzusehen. Ehrlich!"

Hörbar besänftigt kam seine Antwort. „Ich freue mich auch auf dich. Vielleicht haben wir ja eine kleine Chance zum Reden?!"

„Ja, vielleicht?!"

Erleichtert über seine Kompromissbereitschaft verabschiedete sie sich von ihm. „Bis Freitag!"

„Ja, bis dann!"

Emilia ließ das Handy neben sich ins Gras fallen, legte den Kopf auf ihre Knie und begann hemmungslos zu schluchzen. Ich sollte bei den Wasserwerken anfangen oder endlich mein Leben in den Griff bekommen.

Verzweifelt dachte sie darüber nach, was sie als Nächstes tun sollte. Sie hatte nicht eine müde Akte mitnehmen können, wie sollte sie das dem Anwalt erklären? Ging es noch peinlicher? Dreiunddreißig Jahre und so unselbstständig. Was musste denn noch alles passieren, damit sie ihr Leben in geregelte Bahnen bringen würde? Was konnte sie, Emilia, dafür tun? Ja, was?

Mit hängenden Schultern ging Emilia durch die nächtlichen Straßen von Mainz und zermarterte sich das Hirn.

Was? Was konnte sie tun?

*

Die Fahrt nach Utrecht verging schnell. Emilia hatte sich Evas Auto ausgeliehen und die Strecke in fast vier Stunden hinter sich gebracht.

In Utrecht selbst hatte sie das von Panu ausgesuchte *Grand Hotel Karel V.* schnell gefunden und wie schon vor eine paar Wochen in Paris, hatte Panu für alles gesorgt. Nachdem sie angekommen war und den Schlüssel in Empfang genommen hatte, ging sie schnellen Schrittes auf das Zimmer. Ihr Blick suchte unruhig den Raum nach einer Nachricht von Panu ab.

Bleib wo du bist – bin kurz weg. Komme gleich wieder!

Seine markante Handschrift, die kurzen knappen Worte, der bloße Gedanke ihn in wenigen Minuten wiederzusehen, versetzten Emilia in Ekstase.

Es war jetzt kurz vor zwölf Uhr Mittag. Sie wusste, dass die Band so gegen drei Uhr mit dem Soundcheck starten würde. Sie hatten also noch ein paar Stunden für sich.

Schnell huschte Emilia unter die Dusche. Ihr Kopf dröhnte wieder, wie schon die vergangenen Tage. Sie musste unbedingt noch ein Schmerzmittel einnehmen, sonst würde sie die Nacht nicht überstehen. Ohnehin hatte sie die vergangenen Tage nur mit Schlaf – und Aufputschmitteln bewältigen können. Emilia wusste, dass es so nicht weiter gehen konnte und da Dr. Trautmann ihr sowieso nichts mehr verschrieb, musste sie dringend eine Lösung finden. Sie wusste nur nicht, wie sie diese Zeit ohne Pillen überstehen sollte.

Wieder eine Frage in ihrem Leben, auf die sie keine Antwort wusste!

Nachdem sie aus der Dusche gestiegen war und sich in ein Handtuch gehüllt hatte, kramte sie in ihrem Kulturbeutel nach den Tabletten und schluckte sie schnell hinunter. Sie wollte sich gerade die Haare föhnen, als Panu in der Tür stand. Wie immer bei seinem Anblick, machte ihr Herz einen Aussetzer.

Er sah einfach zum Anbeißen aus. Die abgewetzten Jeans, das rote Shirt, das er sich gerade über den Kopf zog und damit den Blick auf seinen muskulösen Oberkörper freigab. Die Haare wie immer zerzaust und ein unwiderstehliches Lächeln auf den Lippen, das bis zu seinen traumhaften Augen strahlte.

„Hei, Kaunis."

Mehr sagte er nicht. Mehr brauchte er auch nicht zu sagen. Emilia, die vor seinem Erscheinen noch darüber nachgedacht hatte, mit ihm zu reden, ihm erst einmal alles zu erklären, war mit zwei Schritten bei ihm und fiel in seine offenen Arme. Sie atmete tief ein, sog seinen Geruch ein, als ob sie ihm das letzte Mal so nah sein konnte.

Seine Hände fuhren über ihren Rücken und lösten das Handtuch, das langsam zu Boden glitt. Er zog scharf die Luft ein, als sich die nackte Emilia noch enger an ihn drängte.

Sie hob den Kopf und blickte ihn erwartungsvoll an. Wie immer musste sie sich strecken, um ihn zu küssen. Seine Lippen waren weich und warm, sie hob ihre Hände und umfasste sein Gesicht. Gierig legten sich ihre Lippen auf seine, nicht ohne ihn auch nur einen Moment aus den Augen zu lassen. Sie sah das Verzücken und die Lust. Sie liebte diesen Blick und kostete jede Sekunde aus.

Seine Zunge fuhr über ihre leicht geöffneten Lippen, was bei Emilia ein wollüstiges Stöhnen auslöste. Immer weiter küssend hob er sie hoch und trug sie zum Bett, wo er sie sanft ablegte, sich geschickt seiner restlichen Klamotten entledigte und dann zu ihr legte.

Sie konnte das Feuer in seinen Augen sehen, doch heute hatte er es offenbar nicht eilig. Liebevoll küsste er Emilia, berührte sie zart und erregte sie aufs Äußerste. Jeder Versuch ihrerseits, seinen Körper zu erkunden, wurde sanft unterbunden. Emilia verging vor Lust und wandte sich unter seinen Händen, seinen Lippen. Als sie noch dachte, sie würde es keinen Moment länger aushalten, kam er zu ihr und liebte sie, wie er sie noch nie zuvor geliebt hatte.

*

Ein sanfter Kuss weckte Emilia. Sie konnte die Augen vor Erschöpfung kaum öffnen.

„Ich muss weg, Little Beauty. Wir sehen uns später."

Emilia riss erschrocken die Augen auf. „Nein!"

„Doch, Kaunis! Sorry, aber wir haben gleich Soundcheck."

Emilia sah ihn vorwurfsvoll an. „Warum hast du mich nicht früher geweckt?"

„Es tut mir leid, aber du hast so tief geschlafen, dass ich es einfach nicht übers Herz gebracht habe, dich zu wecken. Außerdem konnte ich dich so einmal genau beobachten und mir hat gefallen was ich gesehen...", er grinste sie schelmisch an. „...und gehört habe."

„Warum? Was hast du gehört? Habe ich im Schlaf geredet?"

„Ja, hast du!" Er wollte sich von ihr lösen, aber sie klammerte sich an ihn. „Bitte, noch einen Kuss."

„Hör auf mich so zu bitten, Harmaa-silmä, sonst schaffe ich es nicht zu gehen – und ich muss gehen!" Liebevoll legte er seine Lippen auf die ihren und küsste sie ausgiebig. „Mmmh. Dich zu küssen ist teuflisch gut!" Sanft löste er sich von ihr und stand auf. „Um neunzehn Uhr startet die Vorgruppe. Der Backstage-Ausweis liegt da." Er deutete auf den kleinen Tisch neben dem Bett. „Das *Tivoli* ist gerade mal fünfhundert Meter entfernt. Frag einfach an der Rezeption nach dem Weg."

Emilia setzte sich auf. „Okay! ...Panu? ...Was habe ich im Schlaf gesagt?" Neugierig schaute sie zu ihm auf.

Panu beugte sich erneut zu ihr herunter. „Du hast immer wieder meinen Namen erwähnt und etwas von vermissen und von…", er hielt inne – schmunzelnd über Emilias empörtes Gesicht, da er nicht weiter sprach, gab er ihr einen innigen Kuss und ging aufgekratzt zwinkernd zur Tür hinaus. „…bis später!"

Frustriert fiel Emilia zurück in die Kissen. Mist, wie konnte sie nur die Zeit mit ihm verschlafen. Sie stand auf und ging ins Bad. Sie kramte nach ihrer letzten Glückspille und schluckte sie. Jetzt war sie sich sicher, diese Tablette würde sie wachhalten und sicherstellen, dass ihr das heute Nacht nicht noch einmal passieren würde, einfach so einzuschlafen. Die Nacht mit Panu konnte kommen.

Emilia strahlte ihr Spiegelbild an. Eigentlich konnte sie sich denken, was sie im Schlaf ausgeplappert hatte. Und heute Nacht würde sie es ihm auch sagen, egal, welche Konsequenzen es haben würde. Sie würde ihm sagen, dass sie ihn liebte – aus tiefstem Herzen liebte!

*

Ab welchem Zeitpunkt war dieser Abend schief gelaufen?

Emilia versuchte verzweifelt, sich zu erinnern, was passiert war. Ihr Kopf dröhnte, sie war betrunken, high – und sie konnte fliegen, sie flog!

Was war geschehen?

Als sie um kurz vor sieben im *Tivoli* erschienen war, hatte Panu sie lachend begrüßt. Auch seine Bandkollegen, außer Janis natürlich, hatten sie aufs Herzlichste willkommen geheißen. Danach hatte Panu ihr ein junges Mädchen vorgestellt.

„Emilia, das ist Hortenss von Hagenau, genannt Tess. Sie ist auch aus Deutschland. Wir kennen sie schon lange, sie ist einer unserer treuesten Fans und hat früher in unserer Heimat viel für ihren Sport trainiert. Wenn ihr Lust habt könnt ihr euch das Konzert ja gemeinsam anschauen. Ich geh dann mal zu den Jungs." Er streichelte Emilia sanft über die Wange, nickte Tess freundschaftlich zu und ging hinter die Bühne.

Emilia begrüßte die junge Frau herzlich. Auch Tess freute sich sichtlich, mit jemanden reden zu können.

„Du bist also die Neue von Panu? Süß!"

Emilia schaute Tess prüfend an. Sie hatte in Finnland für ihren Sport trainiert? Welcher Sport sollte das wohl sein?

Tess sah nicht sportlich aus. Sie war gut zehn Zentimeter größer als Emilia, hatte aber sicher zwanzig Kilogramm Übergewicht. Ihr Gesicht war aufgedunsen, als ob sie viel zu viel trank. Ihre Pupillen war so erweitert, dass Emilia wirklich nur erahnen konnte, dass ihre eigentliche Augenfarbe grün sein musste. Ihre roten, schulterlangen Haare, waren stumpf und ungepflegt.

Als sie sich umdrehte, um mit Emilia in Richtung Bühne zu gehen, fiel ihr auf, dass Tess humpelte.

„Du fragst dich bestimmt, welchen Sport ich treibe." Tess grinste Emilia offen an. „Ich war Eisschnellläuferin, und gar keine Schlechte. Dann war ich leider zu übermütig und brach mir bei einem Motorradunfall das Bein. Leider auch noch so kompliziert, dass ich seit einem Jahr nicht mehr trainieren kann." Sie sagte dies Alles sehr nüchtern, ohne Emotionen. „Jetzt betätige ich mich eben als Kind reicher Eltern, also einfach…", sie grinste Emilia an, „…Kind reicher Eltern sein! Cooler Job. Viel Alk – viel kiffen – viel Spaß – viele Jungs, was will ich mehr!"

Emilia blickte sie zweifelnd an, ließ das Ganze aber unkommentiert. Irgendwie war ihr die junge Frau sympathisch. Auch Tess schien nicht zu wissen, wie ihr Leben weitergehen sollte. Offensichtlich gab es Parallelen zwischen ihnen beiden!

„Wie alt bist du?"

„Knapp vierundzwanzig und du?"

„Dreiunddreißig Jahre."

„Komm, alte Frau, ich zeig dir 'mal, wie wir jungen Leute Spaß haben!" Lachend hakte sie sich bei Emilia unter, ging mit ihr zur Bar und bestellte zwei Wodka-Orange. Emilia wollte keine Spaßbremse sein und trank mit.

Kurz vor dem Auftritt der Band, ging Emilia noch einmal hinter die Bühne, um Panu Glück zu wünschen. Bevor sie aber bis zu ihm vordringen konnte, fing Janis sie ab.

„Du kleines, elendes Miststück", er hielt sie am Arm fest und fixierte sie kalt. „Bleib bloß von Panu weg. Ich habe ihn ja immer gewarnt, aber das hätte selbst ich von dir nicht gedacht. Wage dich ja nicht mehr in seine Nähe oder du bekommst Ärger mit mir!"

Emilia blieb wie angewurzelt stehen. Was sollte das bedeuten? Sie verstand nicht, was Janis von ihr wollte. Sie versuchte an ihm vorbei zu Panu zu schauen, der jedoch in diesem Moment nicht in ihre Richtung sah sondern mit Mikka sprach. Bevor Janis ebenfalls zu den Jungs zurück ging, drehte er sich noch einmal zu Emilia um und zischte sie wütend an. „Fuck off, senkin huora!“[31]

Geschockt ging Emilia zurück in die kleine Halle, die etwa zweihundert Leute fasste und bis auf den letzten Platz gefüllt war. Sie schaute nach Tess. Diese stand immer noch an der Bar. Emilia ging zu ihr und bestellte zwei Wodka.

Tess schaute sie prüfend an. „Alles klar, Alte?“ Sie lallte schon.

„Ja, ja...“, Emilia machte eine wegwerfende Handbewegung, „... alles klar. Ich fühle mich nur nicht so gut.“

„Oh, da kann ich für Abhilfe sorgen. Komm, wir gehen Einen durchziehen?“

Emilia wehrte erschrocken ab. „Nein, danke. Das ist nichts für mich. Komm, wir hören uns das Konzert an.“

Sie zog Tess sanft mit sich und ging an den Rand der Bühne. Die Show begann wie immer – zuerst kamen die Jungs.

Tess kreischte hysterisch, als Miro die Bühne betrat. „Den will ich schon lange, aber das Weichei kommt einfach nicht zur Sache!“ Sie schaute Emilia erwartungsvoll an, als ob sie irgendeine Antwort auf ihren Kommentar erwartete. Aber Emilia hörte ihr gar nicht mehr zu. Sie hatte nur Augen für Panu, als er wie immer als Letzter die Bühne betrat. Seine Stimme zog sofort jeden in seinen Bann, auch Emilia. Sie versuchte Blickkontakt zu ihm zu bekommen, schaffte es aber nicht. Es kam ihr so vor, als schaue er absichtlich nicht zu ihr. Aber er wusste doch wo sie stand. Die Halle war übersichtlich.

Emilia fühlte sich schlecht und wusste nicht, wie sie sich verhalten sollte.

Bitte, schau mich an, dann weißt du, dass ich dich liebe, und egal, was Janis dir gesagt hat, es stimmt nicht. Ich liebe dich. Sie versuchte, ihm ihre Gedanken zu schicken, wie es schon oft zwischen ihnen funktioniert hatte.

Panu blickte auf und schaute Emilia fest an, als er ein Lied über gebrochene Herzen, Betrug und Hass sang, *„...damn, I hate you, I hate you, I hate you...“* Sein Blick traf Emilia kalt und verachtend.

Sie hatte das Gefühl, ihr würde der Boden unter den Füßen weggezogen. Sie verstand die Welt nicht mehr. Noch vor wenigen Stunden war alles so klar, so wunderschön gewesen, und jetzt das.

Ihr Phone gab einen SMS-Ton von sich. Sie drehte sich herum und lief aus der Halle hinaus Richtung Toilette.

---

31 Hau ab, verdammte Schlampe!

Ihr war schlecht. Sie schaute auf ihr Handy. Eine Nachricht von Eva.

<Emilia was ist passiert? Spinnst du total? Wenn Panu das sieht, ist es aus. Mikka hat mir eben diesen Link geschickt. Melde dich!>

Emilia öffnete den Link und ging sprachlos in die Knie.

Auf *YouTube* war ihr Lied eingestellt. Das Lied, das Panu und sie in Helsinki im Aufnahmestudio gesungen hatten. Dass er ihr auf ihr iPhone gespielt hatte: „*Could I have this kiss forever...*" Es war untermalt mit Bildern von ihr und Panu. Nicht zusammen, sondern einzeln, in den verschiedensten öffentlichen Momenten ihres Lebens. Doch ein gemeinsames gab es. Das Bild ihres Kusses, das der Paparazzi am Flughafen geschossen hatte, auf dem Emilia nicht richtig zu erkennen war, sowie das Foto, als sie Blank gezogen hatte.

Das Video war unterschrieben mit: *Danke, blonder Finne, du warst wirklich gut! Kiitos Emilia.*

Emilia scrollte weiter. Ein Internetblock titelte:

Moonset Road Sänger, Panu, verarscht! Da hat der blonde Finne wohl seinen Meister gefunden. Mit dieser Stimme und diesem Lied wird das wohl der Durchbruch für die kleine Deutsche sein. Da kann sie wirklich gut sagen: Kiitos Panu! – Wir bleiben dran!

In Emilias Kopf drehte sich alles. Wer hatte das getan? Warum? Und warum glaubte Panu diesen Mist?

Die Tür ging auf und Tess kam herein. „Na, was ist los mit dir? Du siehst Scheiße aus. Möchtest du jetzt vielleicht doch einen Joint?"

Emilia nahm Tess das Glas aus der Hand und trank es in einem Zug leer. „Ja, dazu hätte ich jetzt Lust. Aber können wir woanders hingehen, ich möchte hier nicht mehr bleiben."

„Klar! Komm lass uns ein bisschen um die Häuser ziehen und Spaß haben!"

Das taten sie dann umgehend. Emilia wusste zeitweise weder, wo sie war, noch was sie tat. Sie hatte verdrängt, dass sie ihre Freundin zurückrufen sollte, sowie alles andere auch. Tess und sie hatten jede Menge getrunken und Emilia hatte noch ein paarmal an einem Joint gezogen. Vielleicht hatte sie auch noch die eine oder andere Substanz zu sich genommen. Sie wusste es nicht mehr und es war ihr egal.

Irgendwann stand Emilia an einer Betonmauer und versuchte, hinaufzuklettern. Sie hörte Tess hinter sich lachen und lachte hysterisch mit. Ihr tat die rechte Seite über ihrem Schambein höllisch weh. Sie konnte sich jedoch beim besten Willen nicht mehr erinnern, warum. Als sie es geschafft hatte, auf den schmalen Vorsprung zu klettern, streckte sie jubelnd die Arme in die Luft und schrie: „Ich habe es geschafft. Ich bin frei, ich kann tun und lassen was ich will. Fuck you world, I'm flying!"

Sie fing zu singen an. *„I believe I can fly...!"*

Und Emilia flog! Sie breitete die Arme noch weiter aus und flog. Keiner konnte sei mehr aufhalten. Sie war frei. Sie flog...

14

„It seems to me, that there are more hearts broken in the world that can't be mended. Left unattended – What do we do? What do we do? Alone again naturally..."

(Alone again – Gilbert O´Sullivan)

Leise stöhnte Emilia auf. Ihr ganzer Körper schmerzte. Wie konnte man sich nach einer durchzechten Nacht nur so schlecht fühlen. Einen Kater hatte sie schon öfters einmal gehabt, aber in Verbindung mit Drogen nahm das scheinbar ganz andere Ausmaße an. Sie versuchte sich zu bewegen, aber es gelang ihr nicht. Sie hatte das Gefühl, festgebunden zu sein.

Emilia probierte, ihre Augen zu öffnen, aber auch das funktionierte nicht. Allein der Versuch war schon äußerst schmerzhaft. Verdammt! Sie musste auf die Toilette, sie musste sich bewegen. Sie startete noch einen Versuch, in dem sie ihren linken Arm anheben wollte. Vor Schmerzen schrie sie laut auf. Es hallte in ihrem Kopf. Oh, mein Gott, was ist passiert?

Sie vernahm leise Stimmen, die sie aber nicht verstehen konnte. Sie spürte, wie jemand ihren Arm berührte. Sie wollte etwas fragen, aber auch ihre Zunge wollte ihr nicht gehorchen. Sie wollte...!

Emilia sank hinab in die Dunkelheit.

*

„Also, Herr Schreiber, Frau Fahnenbruck, eines ist ganz klar:", er blickte über seine randlose Lesebrille auf Joachim. „Ihre Frau war über und über mit Alkohol, Tabletten und Drogen vollgepumpt, als sie von der Brücke stürzte. Sie hatte wirklich unbeschreibliches Glück, dass sie diesen Sturz überhaupt überlebt hat." Der Arzt des niederländischen Krankenhauses sah nun abwechselnd von Joachim zu Vera.

„Drogen?" Joachim sah den Arzt ehrlich verwundert an.

„Ja, Drogen!" Er wandte sich an Joachim, „Hat ihre Frau irgendwelche Medikamente dauerhaft zu sich genommen?"

Joachim sah seine Schwiegermutter an, die schnell antwortete: „Lia nimmt schon seit Jahren Schlaf, -Schmerz und Beruhigungsmittel."

„Na, dann ist es ja nicht verwunderlich, dass sie in diesen Vollrausch gestürzt ist. Sie muss total high gewesen sein und wird nicht mehr gewusst haben, was sie tat. Leider gibt es keine Zeugen für den Unfallhergang."

„Können sie uns sagen, wie es Lia geht und welche Verletzungen sie hat?"

„Also, ihr Gesamtzustand ist mittlerweile stabil. Sie hat sich das linke Schlüsselbein, den linken Arm und das linke Bein gebrochen. Sie hat mehrere Schnittwunden im Gesicht, an beiden Armen und den Beinen, außerdem eine schwere Gehirnerschütterung. Bei dem Sturz hat sie sich vier Rippen gebrochen, dabei wurde leider die Milz verletzt, so dass wir zurzeit eine Milzruptur nicht ausschließen können. Ihre Tochter hatte großes Glück. Wir werden sie zur Beobachtung noch eine weitere Nacht auf der Intensivstation behalten. Ich muss jetzt weiter, wenn sie noch weitere Fragen haben, melden sie sich bitte!" Der Arzt verabschiedete sich und ließ Joachim und Vera im Flur des Krankenhauses stehen.

„Ich muss Eva anrufen." Joachim griff zu seinem Handy.

Vera legte ihre Hand auf seinen Arm. „Joachim, warum? Sie macht uns nur Ärger."

Joachim schaute seine Schwiegermutter an, blickte in ihr kaltes Gesicht und steckte das Handy wieder weg.

*

Eva versuchte verzweifelt, irgendjemanden zu erreichen. Sie war am Sonntagmorgen von ihrer Autorenlesung zurückgekommen und hatte zu Hause weder Emilia noch ihr Auto vorgefunden.

Emilia hatte auf ihre SMS vom Freitagabend nicht mehr geantwortet und Eva geriet langsam in Panik. Emilia ging auch nicht ans Handy. Es war ausgeschaltet. Sie erreichte weder Panu noch Mikka. Sie hatte es in ihrer Verzweiflung sogar bei Joachim und Vera probiert, aber auch dort hatte niemand abgenommen. Erst bei ihrem zwanzigsten Anruf ging Maja, die Haushälterin, ans Telefon und gab ihr die Auskunft, dass Joachim und Vera am Samstag in den frühen Morgenstunden überstürzt weggefahren und bisher nicht wieder gekommen seien. Wohin, konnte ihr Maja leider nicht sagen.

Es war kurz vor Mittag. Eva wusste, dass Mikka mit den Jungs heute, am Tag vor der deutschen Einheit, in Berlin am Brandenburger Tor spielen sollten. Sie wählte immer und immer wieder Mikkas Nummer, schickte ihm mehrere SMS' und wartete, wartete, wartete.

Als gegen drei Uhr ihr Handy klingelte, schrie sie vor Nervosität hinein. „Emilia?"

„Hallo, Eva, hier ist Mikka."

„Wo ist Emilia, was ist passiert." Eva konnte vor Panik kaum atmen und fing, für sie ganz untypisch, zu weinen an. Ihre Nerven lagen blank.

„Eva, beruhige dich. Ich weiß es nicht. Wir haben sie seit Freitagabend nicht mehr gesehen."

„Ich soll mich beruhigen? Sag mal, spinnst du?", sie schrie ihn an. „Was ist passiert, nachdem Panu diese Scheiße gesehen hat?"

Mikka versuchte ruhig zu bleiben. „Eva, wir müssen gleich auftreten, können wir später sprechen?"

„Nein, können wir nicht. Verdammt! Emilia ist weg, das ist ja wohl wichtiger als euer Scheiß-Auftritt."

Mikkas Ton wurde schärfer. „Du kannst jetzt wirklich nicht von uns erwarten, dass wir uns nach allem, was sie Panu angetan hat, Gedanken um sie machen. Sie scheint ein gerissenes Luder zu sein."

Eva kreischte hysterisch. „Du finnisches Arschloch! Sie ist weder gerissen noch sonst was. Sie ist verzweifelt, sonst hätte sie sich schon bei mir gemeldet. Was hat Panu getan?"

Mikka versuchte ruhig zu bleiben und Evas Wutausbruch zu ignorieren. „Er hat gar nichts getan. Janis hat ihr vor dem Konzert gesagt, dass sie sich von Panu fernhalten soll, und nach dem Konzert war sie verschwunden. Wir sind dann noch mit Panu ins Hotel gefahren, um seine Sachen zu holen. All ihre Habseligkeiten waren noch da, von ihr jedoch keine Spur. Das war's, mehr ist nicht passiert."

Eva brach wieder in Tränen aus. „Mikka, da stimmt was nicht. Sie hätte sich gemeldet. Sie war zeitweise depressiv. Wenn sie sich jetzt etwas angetan hat...?" Eva konnte nicht weiterreden und schluchzte haltlos.

Mikka wusste nicht, was er sagen oder wie er reagieren sollte. „Eva, was erwartest du? Sie hat Panu belogen und ausgenutzt und dann auch noch dieses verdammte Video ins Netz gestellt. Mein Mitleid für sie hält sich echt in Grenzen."

Eva schluckte schwer. „Sie war das nicht – nie hätte Emilia so etwas gemacht. Nie!"

„Wer soll es denn sonst gewesen sein? Nur sie und wir hatten diese Aufnahme – niemand sonst. Eva, vielleicht verkennst du deine Freundin auch ein wenig. Vielleicht war sie nur an Panu interessiert, um berühmt zu werden, was sie ja auch schon fast geschafft hat."

„Warum sollte sie? So ist Emilia nicht!" Eva konnte sich das Ganze nicht erklären.

„Denk doch einmal darüber nach: Das Foto mit ihrem nackten Hintern, die Gesangsaufnahmen, das Lügen im Hinblick auf ihre Ehe. Du sagtest selbst am Anfang, sie wolle nur ihren Spaß. Dann die Trennung von ihrem Mann! Sie hat wahrscheinlich kein Geld mehr und muss ihr Luxusleben irgendwie finanzieren. Nicht jeder kann alle paar Tage irgendwohin fahren oder fliegen, oder?"

Eva grübelte darüber nach, wie sie ihm verständlich machen konnte, wie Emilia wirklich war. Was Mikka sagte, klang für einen Außenstehenden logisch, aber er kannte Emilia nicht. So war sie nicht! „Mikka, das ist nicht Emilia – so ist sie nicht. Die Firma gehört ihr – nicht Joachim. Sie hat genug Geld, sie braucht den ganzen Mist nicht!"

Am anderen Ende der Leitung wurde es still. „Das liest sich aber in den Interneteinträgen ganz anders. Eva, ich kann jetzt wirklich nichts mehr dazu sagen. Wir müssen uns langsam für die Show vorbereiten. Wir telefonieren später nochmal, okay?"

„Ja, ist gut. Tust du mir bitte noch einen Gefallen? Bitte frag Panu, ob sie sich bei ihm gemeldet hat." Sie merkte wie er zögerte. „Bitte, Mikka!"

Evas Stimme klang so verzweifelt, dass ihm gar keine andere Wahl blieb. „Warte kurz."

Sie hörte wie er den Hörer ablegte. Eva hielt die Luft an, als Mikka nach wenigen Minuten wieder dran war.

„Nein, er hat nichts von ihr gehört!" Er vermied tunlichst, ihr zu sagen, wie sauer Panu auf seine Frage reagiert hatte, und nicht nur er, sondern auch der Rest der Band, die dabei standen. „Wir sprechen später."

„Ja, bis dann." Angestrengt überlegte Eva, was sie noch tun konnte, um irgendetwas über Emilia in Erfahrung zu bringen. Sie forschte im Internet – Nichts! Sie rief Corinne und Jürgen an, vielleicht hatte Emilia sich ja bei ihrer Schwägerin gemeldet? – Nichts! Eva saß den ganzen Nachmittag am Telefon und wenn sie gerade nicht telefonierte, hoffte sie auf einen Anruf.

Gegen Abend kam ihr der rettende Gedanke. Sie rief einen alten Freund an.

„Hallo, Frank!"

„Eva? Hallo! Moment...", er räusperte sich und sie konnte hören, wie eine Tür ins Schloss fiel, „...was verschafft mir die Ehre?"

„Ich brauche deine Hilfe. Ich suche Jemanden."

„Eva, du weißt, ich darf dir keine Informationen geben."

„Lieber Frank, du bist der einzige Polizist, den ich kenne und bei dem ich noch etwas gut habe. Sei so lieb und tu mir den Gefallen!" Sie sprach zuckersüß und bittend, aber jeder, der Eva kannte, wusste, dass sie hier um nichts bat, sondern forderte.

„Eva, du bringst mich echt in Schwierigkeiten." Er sprach hektisch weiter: „Um was geht's?"

In kurzen knappen Worten erklärte Eva ihm den Sachverhalt. Er versprach, sich darum zu kümmern und sich schnellst möglich wieder bei ihr zu melden. Keine halbe Stunde später hatte Eva die Informationen, die sie brauchte.

„Auf deine Beschreibung passt ein Vorfall von Freitagnacht. Eine junge Frau ist von einer Mauer gestürzt und liegt nun verletzt in einem Krankenhaus in Utrecht."

„Danke, Frank, vielen Dank." Eva notierte sich herzklopfend die Telefonnummer des Krankenhauses und wählte mit zittrigen Fingern. „Hallo, können sie Auskunft geben, ob bei ihnen eine Emilia Schreiber eingeliefert wurde?" Vor lauter Aufregung sprach Eva deutsch.

„Wann soll das gewesen sein?" Eine freundliche Stimme antwortete ebenfalls in Deutsch.

„Freitagnacht!" Eva wurde schlecht. Bitte lass es nicht Emilia sein.

„Ja, eine Emilia Schreiber ist seit Freitagnacht bei uns. Sind sie mit ihr verwandt?"

Evas Stimme versagte fast. „Wie geht es ihr?"

Die freundliche Stimme wurde ungeduldig. „Sind sie eine Verwandte."

„Ja, die Schwester." Eva wusste, dass sie nur durch diese Notlüge an weitere Informationen kommen würde.

„Oh, Entschuldigung! Hier steht, ich darf keine Auskunft über den Gesundheitszustand der Patientin geben. Es tut mir leid." Ohne ein weiteres Wort legte die Dame auf und ließ eine völlig verstörte Eva am anderen Ende zurück.

Sie wählte erneut eine Nummer. „Bitte, sofort ein Taxi nach Utrecht in den Niederlanden. Kosten egal!" Eva gab ihre Adresse durch, legte auf und schnappte sich geradewegs den Koffer, den sie am Morgen erst in die Ecke gestellt hatte, und ging hinunter auf die Straße. Ihr war eiskalt und sie hatte das Gefühl, ihr Blut sei ins Stocken geraten. Sie musste an Emilia denken und an das, was ihr passiert war. Warum war sie verletzt. Was war geschehen? Ihr gesamter Zorn richtete sich gegen Panu und den Rest der finnischen Männerwelt. Nur durch diesen Zorn überstand sie die fast vierstündige Fahrt im Taxi, ohne eine weitere Träne zu vergießen.

*

Emilia versuchte erneut vergeblich, die Augen zu öffnen. Aus der Ferne hörte sie Stimmen an ihr Ohr klingen und versuchte, sich darauf zu konzentrieren, leider ohne Erfolg. Was war bloß passiert? Sie zermarterte sich das Hirn, wie es zu diesem Filmriss gekommen sein konnte.

„Frau Schreiber?" Irgendjemand hob ihr Augenlid an und leuchtete direkt in ihre Pupille.

Arrrrggggg – Schmerz lass nach – mach das Ding aus. Emilia stöhnte auf.

„Es wird noch eine Weile dauern, Herr Schreiber, aber sie kommt langsam zu sich. Bitte, bleiben sie nur kurz bei ihr, sie braucht noch viel Ruhe." Die Stimme war sanft und hatte einen leichten Akzent, aber ansonsten vollkommen fremd.

„Ja, Herr Doktor. Wir bleiben nur kurz. Wir möchten uns nur vergewissern, dass es ihr gut geht."

Oh nein! Hilfe! War das wirklich die Stimme ihrer Mutter gewesen? Herr Doktor? Wo bin ich? Unter schier unmenschlicher Anstrengung und heftigen Schmerzen hob Emilia schützend ihre rechte Hand an die Augen, die sie gleichzeitig langsam öffnete. Schwach konnte sie Umrisse zweier Personen erkennen. Der Raum, in dem sie sich befand, war ganz hell. Sie hörte ein schrilles, immer wiederkehrendes Piepsen an ihrem Ohr. Oh Gott! Erschöpft ließ sie den Arm fallen und schloss wieder die Augen.

„Lia?!" Joachim?? Sie dachte sie hörte nicht richtig.

Nein! Geh weg. Ihre Gedanken schrien in ihrem Kopf.

„Lia, bist du wach?" Oh Gott, Mutter! Auch das noch.

Emilia beschloss, nicht wach zu sein. Sie hielt die Augen geschlossen und hoffte, dass die beiden so ganz schnell gehen würden.

Langsam kam ihr Gedächtnis zurück. Emilia erinnerte sich an Utrecht, an Panu, an das Hotelzimmer. Sie lächelte in Gedanken. Aber dann schossen ihr immer mehr Bilder durch den Kopf! Das Konzert, Evas SMS, das Video, Panus Hassbotschaft, Tess, Trinken, Rauchen...! Emilia stöhnte auf. Nein, das war alles nicht geschehen. Das konnte einfach nicht wahr sein. Sie musste das alles geträumt haben. Erneut versuchte sie, die Augen zu öffnen. Es fiel ihr, trotz der Schmerzen, schon etwas leichter. Waren sie weg? Ja! Sie war allein und ließ ihren Blick durch den Raum wandern. Sie lag definitiv im Zimmer eines Krankenhauses. Sie sah die vielen Schläuche, mit denen ihr Körper wohl an die verschiedensten Apparate angeschlossen war. Emilia versuchte den Kopf zu heben. Dabei baute sich sofort ein heftiger Druck in ihrem Nacken auf, was sie mit schmerzverzerrtem Gesicht sogleich wieder in die Kissen zurück sacken ließ.

Okay, weiterdenken, auch wenn es weh tut.

Sie erinnerte sich wieder an den Streit mit Joachim und ihrer Mutter, an deren gemeine Worte. Sie dachte an Eva, die wahrscheinlich noch immer auf ihren Rückruf wartete. Sie musste sie dringend anrufen, Eva machte sich bestimmt große Sorgen. Was war mit Tess? War sie auch verletzt? Hatten sie beide einen Unfall gehabt? Emilia grübelte. Sie dachte an ihren nächtlichen Gang durch Utrecht. An die Bars – das Tätowier-Studio!

Nein, das konnte jetzt nicht sein. Sie, Emilia, hatte sich nicht tätowieren lassen. Mach, dass das nicht wahr ist! Unter Schmerzen fuhr sie mit der rechten Hand vorsichtig an ihrem Hüftknochen entlang Richtung Schambein. Da! Da war eine Erhebung. Offensichtlich eine Schwellung. Also doch. Oh Gott! Siedend heiß viel es ihr wieder ein – sie hatte sich wirklich tätowieren lassen. Wahnsinn!

Was war sonst noch passiert?

Über das angestrengte Grübeln war Emilia erneut eingeschlafen und erwachte erst wieder, als eine männliche Stimme zu ihr sprach.

Panu?! Sie öffnete schnell die Augen. Zu schnell, ihr wurde schwindelig und sie musste sie sofort wieder schließen.

„Frau Schreiber, wie geht es ihnen? Haben sie Schmerzen?“ Die freundliche Stimme hatte es begriffen. Sie hatte Schmerzen, verdammt große Schmerzen.

„Ja, aua...“, mehr brachte sie nicht heraus. Ihr Mund war trocken. „Durst!“

Als man ihr ein Glas an die Lippen hielt, öffnete sie erneut die Augen und nippte gierig. Wasser!

„Langsam, nicht zu viel auf einmal.“ Eine Pflegerin stand lächelnd vor ihr und nahm gerade wieder das Glas von ihren Lippen.

„Mehr!“

„Gleich bekommen sie mehr, erst einmal muss ich sie untersuchen.“ Emilia sah in die braunen Augen eines grauhaarigen Mannes, der angesichts seiner weißen Kleidung offensichtlich Arzt war.

„Was ist passiert...?“ Emilia kamen die Worte nur schwer über die Lippen.

„Hallo, Frau Schreiber, schön das sie wach sind. Ich bin Dr. van Buyten.“ Freundlich lächelte er sie an. „Sie sind von einer Mauer sechs Meter in die Tiefe gestürzt. Sie hatten Glück im Unglück. Bäume und Sträucher haben ihren Sturz abgebremst, sonst wären sie wahrscheinlich nicht mehr bei uns.“

Emilia schloss wieder die Augen und versuchte sich zu erinnern. Ja, genau. Sie war mit Tess zu dieser Brücke gegangen und wollte auf die Mauer klettern. Was sie wohl auch getan hatte. Und dann hatte sie sich so sie frei gefühlt – konnte fliegen! Immer mehr Bruchstücke dieser Nacht reihten sich in Emilias Kopf wieder zusammen. Mit geschlossenen Augen fragte Emilia den Arzt. „Warum habe ich solche Schmerzen?“

Er zählte ihre zahlreichen Verletzungen auf und erklärte ihr, dass immer noch die Gefahr eines Milzrisses bestand. Er berichtete ihr, dass ihr, in einer mehrstündigen Operation, die Brüche an Bein, Arm und Schlüsselbein gerichtet worden waren.

Emilia stöhnte auf, als er ihr leicht auf den Bauch drückte.

„Ihr Mann und ihre Mutter sind draußen und würden sie gerne sehen.“

„Nein!“ Emilia riss entsetzt die Augen auf. „Ich möchte sie nicht sehen. Bitte nicht.“

„Aber meine Liebe“, missbilligend schaute die ältere Krankenschwester sie an. „Sie harren schon seit Stunden hier aus und machen sich große Sorgen um sie. Das wäre nicht nett.“

Gott, wenn sie wüsste...

Emilia schaute hilfesuchend zu Dr. van Buyten. Dieser hatte offensichtlich durch das Gespräch mit Joachim und Vera seine eigenen Schlüsse gezogen und mit so einer Reaktion ihrerseits gerechnet. Er tätschelte beruhigend Emilias Hand. „Seien sie unbesorgt, wir sind da, wenn sie uns brauchen."

„Ist Eva da?"

„Eva? Nein, eine Eva ist nicht da. Sollen wir sie anrufen?" Der Arzt wies die Schwester an, die Nummer zu notieren.

Aber Emilia konnte sich nicht an Evas Nummer erinnern. Sie bat die Schwester, auf ihrem Handy nachzuschauen.

Nachdem diese Emilias Kleider durchsuchte hatte, zuckte sie entschuldigend mit den Schultern. „Es tut mir leid, ich finde es nicht!"

Bevor Emilia noch etwas erwidern konnte, klopfte es an der Tür, die im nächsten Moment, ohne Aufforderung, leise geöffnet wurde. Joachim und Vera traten ein. Was dann geschah, war für Emilia unfassbar. Eine Show der Superlative wurde in ihrem Krankenzimmer inszeniert. Ihre Mutter stand weinend am Bett und Joachim hielt Emilias Hand mit sorgenverzerrtem Gesicht. Es war eine so brillante Vorstellung, dass sogar Emilia fast glaubte, sie würden sich ehrlich Sorgen um sie machen. Aber nur fast!

*

Die Taxifahrt nach Utrecht war für Eva die Hölle. Sie war zum Nichtstun verdammt. Sie hatte zwar immer wieder versucht, Joachim oder Vera zu erreichen – jedoch ohne Erfolg. Sie überprüfte die verschiedenen Interneteinträge auf ihrem IPhone. Eva schaltete den Musiksender *Viva* ein. Es lief eine Zusammenfassung mit den Musik-Highlights des heutigen Mega-Events am Brandenburger Tor. Ihr Zorn, der nach knapp drei Stunden Fahrt eigentlich fast verraucht gewesen war, entbrannte aufs Neue, als sie Panu sah, wie er mit den Jungs die Bühne in Berlin rockte. Wie konnten sie so unbeschwert aufspielen? Emilia ging es schlecht! Warum taten sie das?

Eva wusste tief in ihrem Inneren, dass sie ungerecht war. Aber als Mikka sie nach dem Auftritt anrief, um zu fragen was es Neues gab, legte sie wortlos auf und schickte ihm eine SMS: <Finnen sind für uns gestorben!>

Mikka versuchte es daraufhin gleich noch mehrmals, aber sie ignorierte das Klingeln.

Als das Taxi vor dem Krankenhaus hielt, war es bereits kurz vor zweiundzwanzig Uhr. Eva gab dem Taxifahrer die verabredeten sechshundert Euro und sprang aus dem Auto. Nachdem sie sich bis zur Intensivstation durchgefragt hatte, stand sie nun vor verschlossener Tür und wusste nicht weiter. Als eine junge Krankenschwester vorbei kam, fragte sie diese nach Emilia.

„Sind sie eine Verwandte?"

„Ich bin Eva, ihre Schwester."

Das hörte die ältere Krankenschwester, die sich am frühen Abend um Emilia gekümmert hatte. „Ahh, Eva. Frau Schreiber hat schon nach ihnen gefragt. Kommen sie bitte mit."

Eva hätte am liebsten einen Luftsprung gemacht. In wenigen Minuten würde sie Emilia sehen, der es zumindest so gut zu gehen schien, da sie nach ihr fragen konnte.

Nachdem sie angeklopft hatte, öffnete sie leise die Tür. Die Schwester hatte ihr erlaubt, für ein paar Minuten zu ihr zu gehen. Als Eva Emilia im Bett liegen sah, schossen ihr sofort die Tränen in die Augen. Oh, mein Gott.

Ihre kleine süße Emilia – über und über mit Schläuchen, Verbänden und Pflastern bedeckt. Sie war so weiß wie die Bettdecke, unter der sie lag. Mit schnellen Schritten war sie am Bett, ging drum herum, damit sie rechts von Emilia stand, wo die unverbundene Hand auf der Decke lag. Eva nahm diese sanft in ihre Hand und streichelte über die zarten Finger der verletzten Freundin.

Emilia öffnete die Augen. „Eva?!" Beim Anblick ihrer besten Freundin, schluchzte Emilia auf und sofort liefen ihr die Tränen über die Wangen. „Eva, ich... bin... froh...!"

„Schsch, du sollst dich doch nicht anstrengen. Ich bin ja da. Jetzt wird alles wieder gut, Süße."

Die Freundinnen hielten sich an den Händen, schauten sich nur an und weinten gemeinsam. Erst nach einer ganzen Weile konnten sie sich etwas beruhigen und Emilia fing leise und stockend an, von den Geschehnissen Freitagnacht zu berichten. Eva sagte nicht viel dazu. Sie unterbrach Emilia nur, wenn sie das Gefühl hatte, dass sie das Erzählen zu sehr anstrengte. Als die Krankenpflegerin kurz den Kopf zur Tür herein streckte, um Eva an die Zeit zu erinnern, sah sie eine schlafende Emilia mit Eva an ihrer Seite, die ihr die Hand hielt. Leise schloss sie wieder die Tür und entschied die beiden „Schwestern" in ihrer Zweisamkeit nicht zu stören.

Es war kurz vor Mitternacht, als Emilia anfing, wirres Zeug zu reden. Ein Arzt hatte nochmals nach ihr gesehen und Eva geraten, sich ein Hotelzimmer zu nehmen und am nächsten Morgen wieder zu kommen.

„Herr Schreiber und Frau Fahnenbruck werden morgen auch schon sehr früh wieder da sein."

Eva wurde hellhörig. „Die beiden sind hier? Seit wann?"

„Ich glaube seit gestern Morgen, aber ich bin mir nicht sicher. Sie haben auf jeden Fall gleich alles in die Wege geleitet um Frau Schreiber nach Mainz verlegen zu lassen, mit der Bitte um weitere Behandlung in der psychiatrischen Klinik in...", er schaute auf seine Unterlagen, „... Moment hier steht es irgendwo..., in Alzey!"

Der Arzt nickte Eva freundlich an. „Sie sind sehr besorgt wegen des Selbstmordversuchs im Drogenrausch. Sie glauben, dass sie im Moment nicht zurechnungsfähig ist."

Eva glaubte sich verhört zu haben. Selbstmord? Alzey? Drogen?

„Wäre es vielleicht möglich, hier für mich ein Bett beizustellen?"

„Nein, tut mir leid. Das ist auf der Intensivstation nicht möglich. Wenn sie diese Nacht stabil bleibt, wird sie aller Voraussicht nach morgen auf Station verlegt. Sie ist jung, von starker Konstitution und hat wohl das Schlimmste überstanden. Sie können beruhigt gehen. Wir tun Alles für ihre Schwester, damit es ihr bald besser geht." Immer noch freundlich lächelnd wünschte er ihr eine gute Nacht, schritt den Flur entlang und ließ eine total geschockte Eva zurück.

Selbstmord! Alzey! Drogen! Eva musste nachdenken, aber sie war zu erschöpft, um auch nur einen einzigen klaren Gedanken fassen zu können. Sie setzte sich im Flur vor der Intensivstation auf einen Stuhl, stellte sich den Wecker ihres Handys auf sechs Uhr, legte den Kopf zurück und war augenblicklich eingeschlafen.

*

„Entschuldigung. Ihr Handy klingelt." Sanft wurde Eva von einer Nachtschwester an der Schulter gerüttelt.

„Danke. Tut mir leid. Mein Wecker! Kann ich zu Frau Schreiber?" Eva war sofort hellwach und richtete sich auf.

„Also, ich weiß nicht." Die Schwester schaute sich unsicher um.

„Bitte! Ich muss auch wirklich nur ein paar Minuten zu ihr, bitte!"

„Meinetwegen, kommen sie!" Sie folgte der jungen Pflegekraft und ging schnurstracks in Emilias Zimmer.

Emilia lag mit offenen Augen da und blickte Eva lächelnd entgegen. „Hey, du bist früh."

„Ja, bin ich, und wir haben nicht lange Zeit für irgendwelchen Smalltalk." Sie wandte sich an die Schwester. „Könnten sie bitte sofort einen Arzt rufen, sowie einen Psychologen? Dringend!" Die Schwester, alarmiert durch Evas eindringliche Bitte, versicherte ihr, sich sofort darum zu kümmern.

„Emilia, wie geht es dir? Bist du bei klarem Verstand?"

Emilia schaute die Freundin erstaunt an. „Ja, bin ich. Was ist los?"

Mit knappen Worten berichtete ihr Eva, was sie tags zuvor erfahren hatte und was sie diesbezüglich unternehmen wollte. Sie setzte sich auf das Bett, holte Zettel und Stift heraus und fing an zu schreiben. Als die beiden Ärzte eintrafen, erläuterte sie auch diesen ihren Plan und bat darum, Emilia auf ihren geistigen Zustand hin zu untersuchen. Wenn sie Emilia bescheinigen konnten, dass sie im Vollbesitz ihrer geistigen Kräfte war, mussten sie nur noch als Zeugen unterschreiben. Sie hielt ihnen das Geschriebene hin.

Die etwas verblüfften Ärzte erklärten sich einverstanden, untersuchten Emilia auf das Genaueste und setzten dann ihre Unterschriften auf Evas Zettel.

„So!" Eva atmete auf. „Jetzt können Joachim und Vera kommen!"

*

„Das kann doch nicht sein!"

Eva musste bei dem lauten Stimmengewirr auf dem Flur lächeln und sah auf die Uhr. Es war kurz vor neun. Die Herrschaften hatten also ausgeschlafen.

Eva tätschelte beruhigend Emilias Hand. „Dann werde ich den Zweien mal unseren Brief zeigen."

Emilia blickte ihrer Freundin gespannt nach. „Tu das!"

Eva trat auf den Flur und schaute direkt in die wütenden Gesichter von Joachim und Vera.

„Was soll das? Warum lässt man uns nicht mehr zu Lia?"

„Du Biest!" Mit erhobener Faust kam Vera auf sie zugelaufen. „Das hast du veranlasst!"

Wutschnaubend kam Joachim hinter ihr her. „Ich bin ihr Ehemann und habe das Recht, meine Frau zu sehen."

Mittlerweile waren drei Ärzte und zwei Schwestern hinzugekommen.

Eva blickte gelassen in die Runde. „Aber bitte, Joachim, Vera! Das hier ist ein Krankenhaus. Wir sollten das nicht hier im Flur regeln." Sie wandte sich an einen der Ärzte, der Emilia am Morgen untersucht hatte. „Hätten sie vielleicht ein ruhiges Plätzchen für uns, an dem wir die Angelegenheit besprechen können, ohne sie oder die Patienten zu belästigen?"

Der Arzt lächelte sie freundlich an, stellte sich dann Joachim und Vera als Dr. van de Merwe vor und führte sie in ein kleines Schwesternzimmer. „Ich bleibe bei ihnen, falls es noch Fragen gibt."

Dankbar lächelte Eva Dr. van de Merwe an und reichte Joachim das Schriftstück, das sie am Morgen verfasst hatte.

Hiermit verfüge ich, Emilia Schreiber, im Vollbesitz meiner geistigen Kräfte, dass nicht mein Mann, Joachim Schreiber, oder meine Mutter, Vera Fahnenbruck, bei einer zeitweiligen Unzurechnungsfähigkeit meinerseits, über meine Geschicke entscheiden sollen, sondern meine beste Freundin, Eva von Lechtow, dies tun soll, der ich hierbei aufs Vollste vertraue. Unterschrieben war die Verfügung vom behandelnden Arzt, dem Psychologen, Eva und Emilia!

Joachim verschlug es die Sprache. Soviel Raffinesse hatte er selbst Eva nicht zugetraut. Schmerzlich wurde ihm bewusst, dass diese Runde an sie gegangen war. „Das wird ein Nachspiel haben, das fechten wir an. So einfach geht das nicht."

Vera war hochrot geworden. Eva blickte sie grinsend an. Sie erinnerte sie an einen Dampfkessel, der kurz vorm Explodieren stand.

„Ich kann es euch auch gleich hier sagen. Emilia möchte nicht, dass ihr sie noch weiter besucht. Ihr könnt heimfahren und alles Weitere hört ihr dann von ihrem Anwalt." Sie schaute Joachim entschlossen an. „Joachim, ich wünschte es wäre nie soweit gekommen, aber du bist zu weit gegangen. Emilia für unzurechnungsfähig erklären und einweisen zu lassen, das war eine Nummer zu primitiv – unterste Schublade, du Schwein!" Sie drehte sich um und ließ die beiden einfach stehen.

Der Arzt folgte ihr sprachlos. So eine resolute Frau wie Eva war ihm noch nie untergekommen. Die junge Frau Schreiber konnte froh sein, solch eine „Schwester" zu haben!

15

„Ohh, Life goes on, and it's only gonna make me strong..."
(LeAnn Rimes – Life goes on)

Nach zwei Wochen verließ Emilia mit Eva die Klinik in Utrecht. Die Freundinnen hatten während dieser Zeit lange und gute Gespräche geführt. Eva war nicht von Emilias Seite gewichen.

Hauptthema war der Tod von Emilias Vater gewesen, den diese offensichtlich nie verarbeitet hatte und die folgenschweren Vorwürfe, die daraufhin von ihrer Mutter gegen sie erhobenen wurden. Während eines ausgiebigen Gesprächs mit dem Psychologen, hatte Emilia auch erfahren, dass sie ihren Tablettenmissbrauch in den Griff bekommen musste, bevor daraus eine Sucht würde. Noch, so der Psychologe, hatte Emilia die Schwelle zur Abhängigkeit nicht überschritten. Aber sie musste in Behandlung, das war ihr nun klar geworden. So ein schwerwiegendes Kindheitstrauma, musste aufgearbeitet werden.

Deshalb hatte Eva noch von Utrecht aus einen Termin bei einem Psychotherapeuten in Mainz vereinbart. Sie waren sich auch beide darin einig, dass alle weiteren Schritte hinsichtlich der Scheidung zurückgestellt werden mussten, bis Emilia psychisch wieder etwas gefestigter war.

Das Thema Panu hingegen war heikel. Jedes Mal, wenn Eva versuchte, mit ihrer Freundin darüber zu reden, blockte sie ab.

Wie der Arzt richtig vorhergesagt hatte, schritt Emilias körperlicher Heilungsprozess gut voran. Als Eva ihre Freundin nach der Entlassung im Rollstuhl an diesem schönen Herbsttag zum Auto brachte, beobachtete sie Emilia dabei, wie sie sich bei dem Versuch abmühte, sich eine Zigarette anzustecken. Ihre Hand zitterte jedoch so sehr, dass sie es nicht schaffte und das Feuerzeug zornig auf die Straße schleuderte. Eva hob es wortlos auf, gab ihr Feuer und wartete geduldig, bis Emilia zu Ende geraucht hatte. Emilia war währenddessen noch stiller geworden. Die Ärzte hatten Eva vorgewarnt, dass mit dem Entzug der Tabletten, starke Stimmungsschwankungen einhergehen könnten. Bisher hatte Emilia immer noch Schmerzmittel verabreicht bekommen. Da die Behandlung ihrer physischen Verletzungen jedoch bald abgeschlossen war, hatte sie Eva am Morgen gestanden, dass sie wahnsinnige Panik davor habe, wenn sie diese nicht mehr einnehmen dürfe und auch auf sonst keine Mittel zurückgreifen könne. Eva war ein wenig hilflos gewesen und versuchte ihr damit Mut zu machen, dass sie schon am Nachmittag ihr erstes Gespräch beim Psychologen haben würde.

Emilia stemmte sich aus dem Rollstuhl und setzte sich auf den Beifahrersitz. Sofort schmerzten ihre Rippen und sie stöhnte leise auf. Ihr Bein steckte, genauso wie ihre Hand, noch in einer Gipsschiene. Um die Schulter trug sie eine Bandage und ihre Rippen steckten in einem Stützkorsett. Ihre äußerlichen Wunden waren so gut wie verheilt, außer ein paar leichten Verfärbungen im Gesicht und einer großen Narbe am Haaransatz ihrer linken Schläfe.

Eva setzte sich hinter das Steuer des Mietwagens und schaute ihre Freundin an. „So, Süße! Ab nach Hause, schnall dich an!" Eva fuhr los und drehte das Radio laut. Belanglos plaudernd, versuchte sie Emilia auf andere Gedanken zu bringen.

„...don't you ever break my heart again...damn, I hate you, I hate you..."

Vor Schreck hätte Eva beinahe das Steuer verrissen. Hektisch fummelte sie am Lautstärkeregler herum, mit dem Ergebnis, dass es noch lauter wurde und ihnen Panus Stimme nun in den Ohren dröhnte. Sie sah verzweifelt zu Emilia. Diese war leichenblass geworden und saß stocksteif mit aufgerissenen Augen neben ihr. Ihr Blick war starr und ihre Hände verkrampft. Lautlos liefen ihr die Tränen über die Wange. Eva hätte schreien können vor Zorn. Sie hatte Emilia seit dem Abend, als sie sie endlich im Krankenhaus gefunden hatte, nicht mehr weinen sehen.

Sie fand endlich den richtigen Knopf und das verfluchte Radio verstummte. Sie waren noch nicht auf der Autobahn, so dass Eva rechts heranfahren und auf dem Grünstreifen anhalten konnte. Sie beugte sich zu Emilia. „Süße! Was kann ich tun?"

Matt mit den Schultern zuckend, erwiderte die Freundin ihren Blick. „Nichts!"

Sanft streichelte Eva ihr über die Wange. „Wirklich nichts?"

„Nein! Fahr einfach weiter. Das wird schon wieder."

Eva warf ihr einen zweifelnden Blick zu, ließ den Motor wieder an und fuhr los.

*

„Ich war acht Jahre alt, als mein Vater und ich diesen Unfall hatten. Noch heute sehe ich die Bilder vor mir!" Emilia saß bei der Psychologin in Mainz und erzählte von ihrer Kindheit. Heute war ihre dritte Sitzung. In den ersten beiden Stunden war Emilia nicht sehr kooperativ sondern fahrig und nervös gewesen – hatte geblockt.

Frau Dr. Waldner hatte sich ganz langsam herangetastet und Emilia alle Zeit der Welt gelassen. Sie hatte ihr, um deren Selbstheilungskräfte zu unterstützen, ein Homöopathisches Mittel gegen ihre depressiven Verstimmungen verschrieben.

„Es war an einem Montag gewesen. Im Sommer!" Emilia berichtet stockend: „Ich wollte unbedingt noch einmal an den See zum Schwimmen. Papa hatte eigentlich keine Zeit gehabt, da am Abend Gäste kommen sollten. Vera war stinksauer und hat ihn angeschrien. Dass er mir nicht immer solche Hirngespinste durchgehen lassen sollte, ich wäre schließlich nicht alleine auf der Welt. Vater hatte nur gelacht und ihr klar gemacht, dass ich für ihn aber das Wichtigste auf der Welt sei." Emilia blickte die Therapeutin verwirrt an. „Daran habe ich mich noch nie erinnert. Aber das hat er wirklich gesagt, und darauf wurde Vera noch wütender und hat auf Russisch geflucht. Vera ist gebürtige Russin, sie kommt aus St. Petersburg." Emilia schweifte ab und erzählte die Geschichte des Kennenlernens ihrer Eltern. Nach und nach gelang es ihr, sich zu erinnern. „Papa hat mir immer erzählt, dass er sehr lange um Vera werben musste und schon fast aufgegeben hatte, als sie plötzlich doch in die Heirat einwilligte." Sie begann zu grübeln. „Kurz vor diesem Tag, vor unserem Unfall, hatten sie einen großen Streit. So heftig, dass ich meinen Vater zum ersten Mal schreien gehört habe. Er hat nie geschrien – er war immer die Ruhe in Person gewesen. Er war lieb und fürsorglich. Aber an diesem Tag hat er mit Vera gestritten und dabei geschrien. Ich kann mich aber nicht mehr erinnern, um was es dabei ging." Fragend schaute sie Frau Dr. Waldner an.

„Das macht nichts, Emilia. Stören sie sich nicht daran. Wenn es wichtig war, wird es ihnen irgendwann einfallen. Für unsere Arbeit hier spielt es im Moment ohnehin keine Rolle." Sie lächelte Emilia aufmunternd an. „An was können sie sich noch erinnern?"

„Mmmh, das Vera nie nett zu mir war. Immer nur dann, wenn Gäste da waren. Ansonsten hat sie mich mit Missachtung gestraft, oder war hämisch mir gegenüber. Ist es normal, dass ich sie nicht mehr Mutter nenne, sondern nur beim Vornamen?"

„Ja, das ist vollkommen normal. Fahren sie fort."

„An jenem Tag bin ich glücklich zu Papa ins Auto geklettert. Ich war vorher lange krank gewesen. Ich hatte eine Lungenentzündung gehabt. An diesem Tag hatte der Arzt mir erlaubt, wieder schwimmen zu gehen, und das wollte ich dann sofort. Wir sind losgefahren und haben im Auto gesungen. Papa liebte Gesang und ich auch. Genau! Im Radio lief *„Voyage, voyage"* und wir haben lauthals mitgesungen. Wir konnten beide kein Französisch und haben uns den Text zusammengereimt wie wir wollten. Wir haben gelacht…" Emilia stockte, „…und dann hat Papa geschrien, und ich habe immer noch gelacht, weil ich dachte er macht Spaß, und dann krachte es fürchterlich, es drehte sich alles und ich wurde in meinem Sitz hin und her geschmissen. Dann war alles still. Und Papa war Tod und ich lebte noch." Emilia schluckte die aufkommenden Tränen runter. „Hätte ich nicht unbedingt schwimmen gehen wollen, wäre das alles nicht passiert!"

„Das dürfen sie so nicht sehen, Emilia. Unfälle passieren."

„Ja?! Aber Vera hat es so gesehen, sie war außer sich gewesen. Sie muss meinen Vater wohl sehr geliebt haben?!"

Die Therapeutin ließ dies unkommentiert und verabredete mit Emilia einen neuen Termin.

*

Seit Emilias Unfall in Utrecht war mittlerweile ein Monat vergangen. Eva saß mit ihrer Freundin in ihrem Apartment und sie sprachen wieder einmal über Emilias Zukunft. Die Anwälte hatten bis zur endgültigen Klärung aller scheidungsrelevanten Details eine Unterhaltszahlung erwirkt, mit der Emilia gut leben konnte. Sie wusste, dass sie sich irgendwann mit der bevorstehenden Scheidung befassen musste, aber noch stand ihr nicht der Kopf danach. Sie war froh über die derzeitige Regelung, denn so hatte sie erst einmal Ruhe. Ihre Therapie machte Vorschritte und sie fühlte sich von Tag zu Tag besser.

„Hey, Eva! Heute geht es mir richtig gut. Ich denke, es wird langsam wieder. Nur leider rauche ich mehr als gut für mich ist." Emilia schaute ihre Freundin lächelnd an.

„Oh, Süße. Ich wünsche mir so, dass du wieder in Ordnung kommst, wieder mehr am Leben teilnimmst. Das sich alles wieder normalisiert." Eva zwinkerte ihrer Freundin verschmitzt lächelnd zu. „Ich möchte doch irgendwann wieder einen Mann mit nach Hause bringen können, ohne dass ich Angst haben muss, du drehst durch!"

Emilia musste lachen. „Das verstehe ich vollkommen. Deine Libido ist ja schließlich noch nicht in Rente, auch wenn du stark auf die Vierzig zugehst!"

Eva lachte herzlich mit. Endlich konnte man mit Emilia wieder scherzen. „Ja, genau. Ich bin in der Blüte meines Lebens und übe seit Wochen Verzicht. Grausam!"

„Hat sich Mikka bei dir gemeldet?" Emilia sprach seinen Namen leise aus. Es war das erste Mal, dass sie über einen Finnen sprachen.

„Ja, hat er. Mehrmals!"

„Und?"

„Ich habe ihn ignoriert."

„Wegen mir?!"

„Jaaa, auch. Aber auch, weil mich sein Handeln enttäuscht hat." Eva blickte ihre Freundin gespannt an. Wie weit konnte sie gehen? Was konnte sie ihr sagen?

„Er glaubt also auch, ich hätte das Video ins Netz gestellt!"

„Ja, das tut er."

„Ich war es nicht!" Emilias Stimme wurde leiser.

„Ich weiß, Süße, ich weiß!"

„Wer aber war es dann, wenn nicht ich?"

„Das weiß ich leider auch nicht, aber wir werden es 'rausfinden. Irgendwann."

„Mmmh", Emilia stand auf. „Ich gehe eine rauchen und dann erzähle ich dir, was ich mit meinem Leben anfangen will!" Sie lachte wieder laut auf, als sie in das verblüffte Gesicht von Eva schaute. „Mund zu! Du siehst komisch aus."

„Wie? Du weißt was du in Zukunft machen möchtest?"

„Ja, meinst du denn, ich habe in den letzten zwei Wochen nur tatenlos rumgesessen und Löcher in die Wand gestarrt?"

Eva überlegte ob sie lügen sollte, entschied sich aber dagegen. „Ja, allerdings, den Eindruck hatte ich. Ich dachte nicht, dass du zum Denken fähig bist!"

„Danke, liebste Freundin, sehr nett! Bin gleich wieder da." Auf eine Krücke gestützt, humpelte Emilia Richtung Terrasse.

Eva war drauf und dran aufzustehen, um ihr zu folgen, ließ es dann aber, da sie das Gefühl hatte, dass Emilia einen Moment für sich allein brauchte.

Als Emilia zurückkam, sah sie tatsächlich entspannter aus. „Ich werde ein Fernstudium zur Musik-Therapeutin anfangen. Die Unterlagen müssten die nächsten Tage kommen."

„Als **was**?" Evas Mund stand erneut offen.

„Musik-Therapeutin!"

„Okay!?? Wie kommst du darauf, und was habe ich mir darunter vorzustellen?"

„Also", Emilia setzte sich und fing an, Eva ihr Vorhaben zu erklären. „Musiktherapeut ist ein eigenständiger Heilberuf. Durch das gezielte Einsetzen von Musik kann man therapeutische Erfolge z.B. bei Schlaganfall-Patienten, ADHS-Kindern, Parkinson-Patienten und Menschen, die im Wachkoma liegen, erzielen. Das Fernstudium dauert mindestens ein Jahr, möglicherweise auch ein bisschen länger. Ich habe mich genau erkundigt. Man sollte gute Vorkenntnisse besitzen, eventuell Pädagogik, Medizin oder Psychologie studiert haben, aber es ist nicht unbedingt notwendig. Das Beherrschen eines Instruments, oder sogar mehrerer, wäre natürlich von Vorteil!" Emilia grinste ihre Freundin an. „Gitarre, Klavier und Flöte beherrsche ich. Kinder mag ich. Ich scheue mich nicht, mit kranken Menschen umzugehen und das Schönste ist, ich kann den Beruf ausüben, wo immer ich will."

Immer noch war Eva sprachlos.

„Ich habe mich wirklich eingehend damit beschäftigt. Schon vor ein paar Wochen, noch vor Utrecht, habe ich mich auf dem Arbeitsamt und im Internet ausführlich erkundigt. Das ist genau der Beruf, der mir Spaß machen würde! Was sagst du dazu?"

„Wow, Kleine, jetzt bin ich echt platt. Was ich dazu sage? Mach! Mach, was dir gut tut! Mach, was immer du willst, nur bitte werde wieder glücklich!"

Emilia lächelte die Freundin an. „Das habe ich vor, das habe ich wirklich vor. Ich möchte endlich rundum glücklich sein. Ohne Alpträume, ohne Ehemann, ohne Vera und ohne Tabletten. Übrigens, die Musiktherapie wird auch bei Depressionen angewandt und zwar sehr häufig und mit sehr guten Erfolgen. Ich denke, die Musik hat auch mich über die ganzen Jahre hinweg unterstützt, sonst säß ich wohl schon längst in der Klapse!"

Eva sprang auf und umarmte Emilia heftig.

„Aua, meine Schulter, meine Rippen. Pass doch auf, du Monster!" Emilia musste über die Überschwänglichkeit ihrer Freundin lachen.

„Ich freu mich so. Bald wirst du wieder die Alte sein – meine Emilia!"

„Nein, Eva! Ich werde nie wieder die **alte** sein. Und das möchte ich auch nicht. Ich werde **ich** sein, mit allen Ecken und Kanten. Und ich schaffe das. Die ersten Hürden habe ich bereits genommen, als nächstes folgt meine Scheidung und dann…", Emilia wurde nachdenklich.

„Und dann?“

„...und dann muss ich Panu vergessen!“

*

„Eva?“ Mikkas Stimme klang ungläubig.

„Ja!“

„Was ist passiert?“

„Meinst du heute, gestern oder vor sechs Wochen in Utrecht?“

Am anderen Ende der Leitung wurde es still.

„Können wir uns treffen und reden?“

„Ja, das können wir. Ich bin in Köln.“

„Für wie lange?“

„Noch drei Tage, dann geben wir ein Konzert in München!“

„Gut – morgen Mittag in Koblenz!“

„Okay!“

Eva und Mikka vereinbarten noch Uhrzeit und Treffpunkt bevor sie auflegten.

Eva saß im Vorzimmer des Anwaltsbüros und wartete auf Emilia. Seit diese ihr vor zwei Wochen offenbart hatte, wie sie ihr Leben weiter leben wollte, hatte Eva den Wunsch gehabt, Mikka anzurufen.

Auch sie, Eva, musste ihr Leben überdenken. Sie hatte mit Moritz Schluss gemacht, wie sie es geplant hatte. Aber ihr weiteres Vorhaben, eine schöne Zeit mit Mikka zu verbringen, hatte Emilias Absturz bislang verhindert. Eva war nie eine Frau gewesen, die ihre Chancen verpasste. Daher musste sie nun herausfinden, ob ihre Beziehung zu Mikka eine Chance hatte. Deswegen hatte sie Mikka auch eben angerufen und dieses Treffen mit ihm vereinbart. Was Eva außerdem sehr am Herzen lag, war herauszubekommen, wer dieses verfluchte Video der Öffentlichkeit zugänglich gemacht und dadurch so viel Leid verursacht hatte.

Emilia kam zur Eingangstür des Anwaltsbüros hereingestürmt. Naja, was man so hereinstürmen nennen konnte, drei Tage nachdem ihr der Gips am Bein abgenommen worden war. Ihre Haare waren länger geworden und klebten ihr nun verschwitzt an der Stirn. „Hallo, Eva!“ Entschuldigend schaute sie in die Richtung der Sekretärin. „Bin ich zu spät?“

„Nein, sie müssen sowieso noch kurz warten.“

Emilia nickte der jungen Dame freundlich zu und wandte sich wieder an Eva. „Diese Therapie ist echt der Hammer. Weißt du, an was ich mich vorhin erinnert habe?!"

„Langsam, Süße, hol erst 'mal Luft."

„Vera... sie ist doch gebürtige Russin. Und ich konnte mich heute an einen Tag erinnern, an dem ein großer, düster aussehender Mann bei uns war – kurz vor unserem Autounfall." Sie setzte sich erschöpft hin. „Es gab einen Riesenkrach zwischen ihm und Vera und Vater kam irgendwann dazu. Und stell dir vor, was der Mann behauptete?!"

Eva schüttelte verwirrt den Kopf.

„Er hat damals behauptet, dass Vera **seine** Frau sei!"

„Waaaas?" Eva glaubte, sich zu verhört zu haben.

„Ja, und wenn das wirklich stimmt, dann waren Vater und Vera nie richtig verheiratet, weil Vera ja schon in Russland verheiratet war..."

Eva schwieg zunächst verblüfft, folgerte dann aber langsam: „Wenn sie nie richtig verheiratet waren, dann hat sie auch kein Anrecht auf sein Erbe...", jetzt starrte sie Emilia mit großen Augen an, „...und dir würde alles alleine gehören."

„Nein, nicht ganz. Ich muss ja die Hälfte mit Joachim teilen!"

„Warum solltest du? Du hast doch einen Ehevertrag!"

Jetzt war es an Emilia verblüfft zu schauen. „Eva, stimmt. Wir haben ja damals, auf dein Anraten hin, einen Ehevertrag abgeschlossen. Daran habe ich gar nicht mehr gedacht. Wo ist dieser absolut geniale Vertrag?"

Auf Evas Gesicht machte sich ein diabolisches Grinsen breit. „Auch ich war nicht untätig, Süße. Ich habe nachgeforscht und herausbekommen, dass euer Ehevertrag bei diesem Notar in Hamburg, bei dem ihr ihn abgeschlossen habt, hinterlegt wurde. Und da liegt er immer noch. Ich wollte das jetzt sowieso gleich deinem Anwalt mitteilen. Zusammen mit deinen Neuigkeiten wird das einschlagen wie eine Bombe!"

„Oh, Eva", Emilia beugte sich zu ihrer Freundin. „Es wird alles gut. Ich bin mir so sicher!" Fest umarmten sie sich.

In diesem Moment stand die Anwaltsgehilfin hinter ihrem Schreibtisch auf, öffnete die Tür zum Büro ihres Chefs. „Frau Schreiber, Frau von Lechtow, gehen sie doch bitte hinein, Herr Bläser hat jetzt Zeit für sie."

*

Mikka und Eva saßen sich in einem Cafe in der Innenstadt von Koblenz gegenüber und konnten nicht mehr aufhören zu reden. Sie sprachen über Utrecht, Panu, Emilia, das Video und den Unfall. Aber auch über Evas Schweigen und Mikkas Misstrauen! Sie redeten und redeten. Eva versuchte ihm, ihre Seite der Geschichte verständlich zu machen. Mikka versuchte dasselbe aus seiner Sicht.

„Eva, ich habe deine große Klappe vermisst!"

Sie schaute ihn provozierend an. „Du alternder Finne, du hast ja nur Angst, keine mehr abzubekommen!"

Sie nahmen sich ein Hotelzimmer und verbrachten die darauffolgenden Stunden mit allem, nur nicht mit reden. Als sie sich am nächsten Morgen verabschiedeten, fragte Mikka: „Darf ich Panu erzählen, was passiert ist?"

Eva überlegte. Emilia hatte ihr gesagt, einer ihrer nächsten Schritte sei, **ihn** zu vergessen. „Ich weiß nicht was das noch bringen soll?"

„Ich auch nicht, aber wäre es ihm gegenüber nicht fair?"

„War er fair zu ihr?"

„Was hätte er tun sollen?"

„Nachfragen? Zuhören?"

„Eva, wir drehen uns im Kreis. Noch immer ist nicht geklärt, wer dieses Video ins Netz gestellt hat. Es hat Panu ziemlich viel Ärger eingebracht. Er hat Verträge, die erfüllt werden müssen. Da gibt es keine Klausel: Sing mit einer süßen Deutschen ein Duett und lass die Welt daran teilhaben!"

„Du hast Recht, wir kommen so nicht weiter. Mach's von deinem Gewissen abhängig. Wenn du meinst, du musst es ihm sagen, dann sag's ihm. Wenn nicht, lass es sein! Ganz einfach!"

„Ganz einfach?! Du bist gut! Verdammt, was soll ich nur machen?"

„Wie geht es ihm?"

„Er ist ruhiger geworden und sein herzliches Lachen erklingt nur noch selten. Nur auf der Bühne ist er der Alte!"

„Meinst du er liebt sie?"

„Hmm? Ich glaube, er würde sie lieben, wenn nicht alles so kompliziert wäre." Er blickte Eva ernst an. „Ja, ich glaube, dass er sie liebt."

„Vielleicht solltest du es ihm doch erzählen."

„Ja, vielleicht?!"

Sie trennten sich, nicht ohne eine weitere Verabredung zu treffen.

*

„Panu, kann ich mit dir über Emilia reden?"

Panu schaute seinen Freund wütend an. „Nein!"

Mikka wollte nicht so einfach aufgeben. „Ich denke, da sind ein paar Sachen, die du erfahren solltest!"

„Fuck off!"

„Okay! Lass uns noch etwas trinken."

Sie waren im Studio. Es war das erste Adventwochenende und sie hatten die Hälfte ihrer Europa-Tournee hinter sich. Diese ging noch bis kurz vor Weihnachten, aber im Moment hatten sie ein paar Tage frei. Sie nutzten die Zeit, um in Helsinki zu entspannen und Show-Proben zu machen. Mikka hatte seit seinem Zusammentreffen mit Eva lange überlegt, ob er Panu von Emilia erzählen sollte und letztlich entschieden, dass er es tun musste. Leider sah sein Freund das anders.

Miro kam zu späterer Stunde auch noch dazu und zu dritt tranken sie ein paar Gläser Wein und etliche Jägermeister. Sie sprachen über die vergangenen Konzerte und erfreuten sich an der immer größer werdenden Fangemeinde.

Panu trank reichlich an diesem Abend und erwachte am nächsten Morgen mit heftigsten Kopfschmerzen.

Verfluchter Mist! So einen Hangover hatte er schon lange nicht mehr gehabt. Warum hatte er so viel getrunken? Das war alles Mikkas Schuld. Hätte er nicht angefangen, von Emilia zu reden, wäre der Abend anders verlaufen. Vage konnte sich Panu noch an die letzten Gespräche gegen Morgen erinnern. Er hatte immer noch nichts von Emilia hören wollen. Aber Mikka hatte nicht locker gelassen und ihm von seinem Gespräch mit Eva erzählt.

Verdammt! Sie hatte einen Unfall gehabt, war schwer verletzt gewesen ...aber sie hatte doch auch gelogen und betrogen!

Panu dachte zurück an Utrecht, an den Moment, als Janis ihm das Video vorgespielt hatte. Er hatte eben noch Emilia und Tess eine schöne Show gewünscht, als Janis auf ihn zugekommen war und ihm dieses beschissene Video gezeigt hatte. Er war aus allen Wolken gefallen. Janis hatte ihm gesagt, dass er schon immer die Vermutung gehabt habe, dass mit Emilia irgendetwas nicht stimme. Erst die Aktion in Helsinki, als er erfahren habe, dass sie verheiratet war und dann das! Es war für Janis ein leichtes gewesen, ihn zu überzeugen, dass diese Frau nur durch ihn berühmt werden wollte. Mehr nicht! Aber nachdem was Mikka ihm letzte Nacht erzählt hatte, bekam er erneut Zweifel.

Warum hätte sie das tun sollen? Emilia war nicht so, sie wollte nicht ins Rampenlicht. Jedenfalls hatte er immer diesen Eindruck von ihr gehabt, als er mit ihr zusammen war. Aber die Tatsachen sprachen im Moment einfach gegen sie.

Panu fühlte sich schlecht und das lag nicht nur am übermäßigen Alkoholgenuss des vergangenen Abends. Überhaupt ging es ihm seit Utrecht nicht mehr wirklich gut. Und nun, da er wusste, was Emilia passiert war, ging es ihm so richtig schlecht! Er sah sie vor sich. Klein, zierlich, süß und so verdammt heiß! Er griff nach seinem Handy. Sollte er sie anrufen? Was sollte er sagen? Was wollte er sagen?

Er hatte versucht, sie zu vergessen, und wie er das versucht hatte. Erst letzte Woche, beim Konzert in München, hatte er eine große Blondine ausgespäht und mit ihr 'rumgemacht. Sie war hübsch gewesen, nett und willig – aber er konnte nicht. Er wollte sie nicht. Immer wieder hatte er versucht, die Bilder von sich und Emilia zu verdrängen – ohne Erfolg. Immer nahm er irgendwo ihren Geruch wahr, wurde durch irgendetwas an ihre grauen Augen erinnert oder hörte ihre rauchige Stimme.

Er betrachtete das Tattoo auf seiner Wade; Never break my heart again! **Sie** hatte es geschafft. Die kleine, unschuldig wirkende Deutsche hatte genau das geschafft!

Trotzdem oder gerade deshalb musste er wissen, wie es ihr ging. Er wählte ihre Nummer. Es war kurz nach neun Uhr morgens und in Deutschland somit eine Stunde früher.

„Hallo?"

Sein Puls begann zu rasen, als er ihre verschlafene Stimme hörte. „Hei!"

Die nun folgende, für ihn schier unerträgliche Stille, brachte sein bis vor kurzem noch rasendes Herz zum Stocken.

„Panu?"

„Ja!"

„Was willst du?"

„Wie geht es dir?"

„Danke, gut!" Ihre Antwort war kurz und knapp.

„Was ist in Utrecht passiert?"

„Ich bin gestürzt, aber es ist alles wieder Okay!"

Er schluckte schwer. Sie gab ihm keine Chance für ein Gespräch. „Mikka hat es mir erst gestern erzählt."

„Das hätte er nicht tun müssen."

„Emilia…"

„Was?"

„Ich wollte eigentlich nur hören, dass es dir gut geht."

„Mir geht es gut. Danke."

Er zögerte kurz und hoffte sie würde weiter reden. Sie schwieg. „Okay, dann mach es gut."

„Danke, du auch. Viel Erfolg bei eurer Tournee!"

Er hörte es klicken. Sie hatte aufgelegt. Panu fiel zurück in sein Kissen. So hatte er sich das Gespräch nicht vorgestellt. Verdammt! Er vermisste sie. Er vermisste ihr Lachen, ihr Rot-Werden, ihren Gesang, ihre Leidenschaft ...jetzt, da er ihre Stimme gehört hatte, fügte ihm die Sehnsucht nach ihr fast körperliche Schmerzen zu.

*

Emilia lag wie betäubt in ihrem Bett. War das eben wirklich passiert? Hatte er sie angerufen? Ihr Herz raste wie verrückt. Sie hatte das Gefühl, als wolle es ihr aus der Brust springen. Sie war auf dieses Gespräch nicht vorbereitet gewesen. Wie auch? Was fühlte sie jetzt? Sie versuchte, in sich hinein zu hören. Aber alles was sie hören konnte, war ihr laut klopfendes Herz! Sie starrte an die Decke und grübelte.

Genau so fand Eva sie Stunden später vor. „Emilia? Was ist los?"

„Panu hat angerufen!" Emilia starrte emotionslos an die Decke.

Eva kam erschrocken näher. Oh nein! Bitte nicht schon wieder alles von vorn! In Gedanken verfluchte sie sich und Mikka. Hätte sie doch bloß den Mund gehalten. „Und?"

„Nichts und! Er hat gefragt, wie es mir geht."

„Und?"

„Ich sagte ihm, dass es mir gut geht", sie blickte auf ihre Freundin. „Und das stimmt ja auch. Mir geht es wieder gut!"

„Mmmh, ja? Wirklich?"

Emilia richtete sich auf. „Wie viel Uhr haben wir?"

„Es ist kurz nach zwölf! Warum?"

„Okay", zufrieden lächelnd stieg sie aus dem Bett. „Ich habe jetzt knapp vier Stunden im Bett gelegen und nachgedacht. Ich habe weder geweint, noch hatte ich das Bedürfnis, eine Tablette zu nehmen. Das ist gut. Ich glaube, ich bin auf dem besten Weg, ihn zu vergessen!"

„Ja?!" Zweifelnd schaute Eva sie an.

„Ja! Ich gehe jetzt duschen und dann zu meiner Gesprächstherapie. Was wolltest du von mir?"

„Der Anwalt hat angerufen. Er hat Neuigkeiten und möchte uns sprechen. Heute Nachmittag."

„Gut. Dann treffen wir uns später dort." Emilia lächelte die Freundin offen an und ging ins Bad.

Eva verließ verwirrt das Zimmer. Sie musste dringend mit Mikka sprechen. Sie griff zum Handy und wählte seine Nummer. Als er abhob, sprach sie schnell und leise. „Er hat sie angerufen."

„Echt? Das hätte ich nicht gedacht. Ich habe ihm gestern alles erzählt. Er war betrunken und wollte nichts hören. Wann hat er sie angerufen?"

„Irgendwann heute Morgen."

„Eva, das ist noch nicht zu Ende. Da kommt noch was!"

„Ja, das glaube ich auch. Aber was?"

Mikka zögerte. „Ich weiß nicht, vielleicht...?"

Auch Eva stockte. „Vielleicht was? Ich habe Angst um sie."

„Pass gut auf sie auf! Ich kümmere mich um Panu!"

„Mach ich! Wann sehen wir uns wieder?"

„Wir sind am Mittwoch in Frankfurt. Soll ich morgen zu dir fliegen?"

Eva zögerte. Mikka hier? Ein verlockender Gedanke, aber was würde Emilia denken? „Ich weiß nicht? Und Emilia?"

„Das musst du wissen. Sie ist deine Freundin."

Eva dachte nach. „Okay, dann komm! Ich glaube, das schafft sie. Sie hat Panus Anruf überstanden, dann wird sie auch dich verkraften!"

„Danke, meine Liebe, sehr nett!"

„Bis morgen!"

„Bis dann!"

*

„Frau Schreiber, bis auf ein paar Kleinigkeiten ist alles eindeutig geklärt. Sie sind alleinige Besitzerin des Modeunternehmens *Fahnenbruck Design*. Durch den Ehevertrag ist klar geregelt, dass ihr Ehemann keinen Anspruch auf die Firma hat. Er hat lediglich Anspruch auf das, was bis heute zusätzlich erwirtschaftet wurde. Von wie viel wir hier reden, muss noch errechnet werden. Da wir aber alle Umsatzstatistiken der vergangenen Jahre haben, ist das ein Leichtes." Der Anwalt schaute Eva und Emilia an. „Rechtlich gehört das Haus ebenfalls ausschließlich ihnen. Ihre Mutter war zum Zeitpunkt der Eheschließung mit Herrn Fahnenbruck bereits in Russland verheiratet. Daher ist die

Ehe mit ihrem Vater nicht rechtsgültig, so dass seitens ihrer Mutter ebenfalls keinerlei Ansprüche auf Haus oder Firma erhoben werden können. Im Gegenteil, es ist noch zu klären, ob Anzeige wegen Bigamie erstattet wird. Wir müssen diesbezüglich jedoch noch die Verjährungsfrist prüfen."

Emilias Augen wurden immer größer. Erstaunt und aufgeregt lauschte sie den Ausführungen des Anwalts.

„Ihr Gesamtvermögen wird auf circa elf Millionen Euro geschätzt. Das Scheidungsverfahren habe ich eingeleitet und nun geht es nur noch darum, die Modalitäten mit ihrem Ehemann und ihrer Mutter zu klären."

„Wahnsinn!" Eva sprang auf und umarmte die Freundin überschwänglich. „Du bist reich, Kleine! Jetzt kannst du den beiden heimzahlen, was sie dir jahrelang angetan haben!"

Emilia erwiderte die Umarmung lächelnd. „Eva, sei nicht so gehässig. Das werde ich nicht tun." An ihren Anwalt gewandt fügte sie in ruhigem Ton hinzu: „Ich möchte ein paar Dinge geklärt haben. Erstens: Joachim und Vera können das Unternehmen behalten, ich möchte es nicht. Meine Bedingung ist, dass sie mir einen fairen Preis dafür bezahlen und den Namen *Fahnenbruck* nicht mehr im Firmennamen führen. Zweitens: die beiden können das Haus behalten, müssen aber die Hälfte des zu erzielenden Kaufpreises spenden. Das können sie ja sogar noch von der Steuer absetzen. Wohin die Spende gehen soll, teile ich noch mit. Drittens:", Emilia zögerte, „...naja, vielleicht erledigt sich das ja von selbst, da kenne ich mich nicht aus. Vera muss den Namen Fahnenbruck ablegen. Sie hat ihn nicht verdient!" Emilia sprach leise, ruhig und sachlich, zeigte keinerlei Emotion. „Die beiden haben mir mein Leben nicht gerade leicht gemacht. Ich war irgendwann jedoch alt genug, mein Leben allein in den Griff zu bekommen und habe dies, letztlich auch aus Bequemlichkeit, nie getan. Ich kann und will sie nicht für alles verantwortlich machen. Sie waren immer für die Firma da, haben hart gearbeitet und das Tag und Nacht, mit viel Herzblut. **Sie** haben die Firma dahin gebracht, wo sie heute ist – nicht ich!"

„Frau Schreiber, das ist sehr großzügig von ihnen. Aber wollen sie das wirklich? Vielleicht schlafen sie noch einmal drüber?" Der Anwalt blickte von Emilia zu Eva.

Evas hatte zunächst ihren Ohren nicht trauen wollen, aber nun stand sie auf und legte den Arm um die Schulter ihrer Freundin. „Das meinst du ernst, oder?"

„Ja!“

Eva wandte sich wieder dem Anwalt zu. „Ich denke, sie können alles in die Wege leiten, um diese unglückliche Angelegenheit so schnell wie möglich abzuschließen.“

Emilia und Eva verabschiedeten sich. Auf dem Weg nach draußen drehte sich Emilia noch einmal um. „Bitte, würden sie auch gleich meine Namensänderung mit beantragen. Ich möchte wieder Fahnenbruck heißen und werde mich ab sofort auch so nennen. Danke!“

Als die beiden Freundinnen auf der Straße standen, quietschten sie vor Vergnügen.

„Du bist reich, steinreich!“

„Ja, und das schon ewig und wusste nichts davon!“ Emilia tanzte über die Straße und sang: *„Ich wär' so gerne Millionär, da wär mein Konto niemals leer, ich wär' so gerne Millionär ... millionenschwer!“*

*

„Mikka kommt gleich!“

„Das ist okay für mich. Ich freu mich, ihn wiederzusehen.“

„Ehrlich?“

„Ja, es ist wirklich okay! Mach dir keine Gedanken. Ich lade euch heute Abend zum Essen ein, ich kann's mir ja jetzt leisten!“ Emilia lachte herzlich. „Aber jetzt muss ich erst nochmal weg. Ich gehe in die Bibliothek – lernen. Bis dann!“

Als Emilia gegangen war, schaute Eva ihr noch lange nach. Sie wirkte glücklich – für Außenstehende. Aber Eva sah den Schmerz in ihren Augen. Den Abend zuvor hatte sie von ihrer Therapiestunde erzählt. Sie waren nun bei Utrecht angelangt und arbeitete den Abend und die Nacht des Unfalls auf.

„Eva glaub mir, ich weiß wirklich nicht, wie dieses Video ins Netz gekommen ist!“ Emilia war aufgestanden und rastlos im Zimmer umhergelaufen. „Ich habe mir das Hirn zermartert, aber ich komm nicht drauf. Wäre das nicht passiert, wäre alles ganz anders verlaufen. Ich hätte nie mit Tess so viel getrunken oder Drogen genommen. Ich wäre doch nie auf diese blöde Mauer geklettert und ein Tattoo hätte ich mir erst recht nicht stechen lassen!“

Eva hörte fassungslos zu. „Ein was? Ein Tattoo – **du**?!“

„Ja, ich!“ Emilia grinste verschämt. „Aber das kann wirklich nur ich sehen.“

„Wo? Wo kannst nur du es sehen?“ Eva schaute die Freundin entgeistert an.

Verlegen drehte Emilia sich zu Eva um, nestelte an ihrer Jeans und zog sie rechts soweit runter, dass ihr Hüftknochen zum Vorschein kam. Und da, wenige Millimeter über Emilias Scham, kam eine Tätowierung zum Vorschein.

Nun verschlug es Eva wirklich die Sprache. Sie erkannte ein dicht bewimpertes, blaues Auge, das über Wellen schaute: Panu!

„Emilia, du liebst ihn… du liebst ihn wirklich. Was willst du tun?“ Eva war vollkommen aufgewühlt.

Emilia lächelte. „Natürlich liebe ich ihn! Aber es ist zu viel schief gelaufen. Zu viele Lügen, zu viel Misstrauen. Ich möchte ihn anrufen, wenn er hier in Frankfurt ist und ein klärendes Gespräch mit ihm führen. So dass wir beide irgendwie, unabhängig voneinander, weitermachen können!“

Eva wollte protestieren, aber die Freundin hob abwehrend die Hand. „Eva, **ich** entscheide was ich mache!“

Damit hatte sie ihre Meinung klar zum Ausdruck gebracht und duldete keine Widerrede.

*

„Du bist vielleicht eine tolle Freundin! Super, welch‘ fantastische Essenseinladung für eine Millionärin!“

Mikka und Emilia schmissen sich weg vor Lachen über Evas empörtes Gezeter. Eva hatte sich noch gewundert, dass Emilia so leger angezogen war, als alle drei gegen achtzehn Uhr zum Essen aufgebrochen waren. Jetzt standen sie am Bahnhof, vor der *Meenzer Worschtstubb*, wo ihnen Emilia soeben klar gemacht hatte, dass sie hier essen würden.

„Ich wollte Mikka zeigen, wo es so eine richtig gute, deutsche Worscht gibt! Mitä syöt?“[32]

„Syön Currywurstia[33]!“ Mikka musste immer noch lachen. Schaute jetzt aber verblüfft zu Emilia, die weiter finnisch mit ihm sprach.

„Mitä juot?“[34]

„Olut!“

---

32 Was isst du?

33 Ich esse eine Currywurst!

34 Was trinkst du?

Emilia drehte sich um und bestellte. „Drei Bier und dreimal Currywurst, bitte!"

„Woher kannst du auf einmal unsere Sprache?" Mikka glotzte Emilia an, als käme sie von einem anderen Planeten.

„Opettelen suomea!"[35]

„Warum?"

„Haluan elää siellä!"[36]

Mikka, der gerade an seinem Bier trank, verschluckte sich und schaute erstaunt, von Emilia zu Eva. „Du möchtest was?

„Haluan asua Suomessa!"[37]

„Du möchtest in Finnland leben? Warum?"

Eva fiel fast die Wurst aus der Hand. „Was willst du?"

„Ich werde nach Helsinki, besser gesagt, nach Suomenlinna ziehen. Ich habe mir schon einige Häuser im Internet angeschaut. Ich denke, es wird kein Problem sein...", sie musste lachen, „...mit meinem Geld dort eine Immobilie zu bekommen!"

„Du bist verrückt! Warum?" Eva konnte nicht fassen, was sie soeben gehört hatte.

„Weil es im Moment der einzige Ort ist, wo ich mir vorstellen kann, zu leben!"

Mikka und Eva quasselten jetzt wild durcheinander. „Wegen Panu? ....und Panu? Why? ...Warum? ...Miksi?

Emilia musste wieder lachen. „Hey, ihr zwei, ganz locker. Deswegen wollte ich mit euch in kein gutes Restaurant gehen. Ihr hättet mich ja total blamiert."

„Süße, nimmst du wieder Drogen? ...ich meine Tabletten?"

„Nein, Eva! Ich war noch nie so klar im Kopf wie in diesem Augenblick. Ich möchte in Helsinki leben, weil ich mich wirklich in die Stadt verliebt habe. Ich kann mir momentan einfach keinen schöneren Ort zum Leben vorstellen!"

„Und was willst du dort machen...?", Mikka kippte sein Bier auf einen Zug herunter und schaute die strahlende Emilia fragend an, „... und überhaupt, warum?"

„Also", Emilia holte tief Luft. „Ich habe viel vor. Ich möchte Kindern Musikunterricht geben. Ich möchte dort mein Fernstudium als Musiktherapeutin fertig machen, finnisch lernen, um dann eventuell

---

35 Ich lerne finnisch!

36 Ich möchte dort leben!

37 Ich möchte in Finnland leben!

noch eine logopädische Ausbildung dranzuhängen. Ich möchte das Haus, das ich kaufen werde, behindertengerecht umbauen. Es sollen ein paar Gästezimmer zur Verfügung stehen, in denen die...", Emilia überlegte kurz, „...sagen wir mal Patienten, über die Dauer der Therapie wohnen können. Ich möchte noch ...oh, was ich alles noch will! Hallo, ihr zwei ...glotzt mich nicht so betreten an...", Emilia grinste glücklich, „...ich habe Geld! Ich kann Gutes tun, soviel ich will. Ich kann einfach machen, was **ich** will!"

Eva und Mikka standen sprachlos vor einer unwiderstehlich euphorischen Emilia.

Emilia merkte, dass sie die beiden mit ihrem Enthusiasmus überforderte und versuchte die Situation ein bisschen zu lockern. „Mikka, ich würde gerne am Mittwoch auf euer Konzert kommen. Könntest du mir eine Karte besorgen? Ich möchte mit Panu reden, das heißt, wenn er das auch will!"

„Ich... ja, mache ich."

„Danke, Mikka! Themenwechsel! Wie geht es bei euch beiden weiter?"

Die zwei blickten sich an und zuckten gleichzeitig mit den Schultern. Emilia biss herzhaft in ihre Wurst und nuschelte kauend: „Schön, dass ihr euch so einig seid!"

16

„Cause every time we touch – I get this feeling – And every time we kiss – I swear I could fly – Can't you feel my heart beat fast – I want this to last – Need you by my side..."

(Every time we touch – Maggie Reilly)

Emilia war allein nach Frankfurt auf das Konzert von Moonset Road gefahren. Eva hatte mitkommen wollen, stieß bei Emilia jedoch auf Widerstand. „Wenn du mitkommen möchtest, dann wegen Mikka, nicht wegen mir!"

„Aber..."

„...nix aber! Wegen Mikka, ja! Wegen mir, nein!"

Eva hatte daraufhin beschlossen, zu Hause zu bleiben. Als Mikka am Morgen des Konzertes gerade dabei war, Evas Wohnung zu verlassen, hatte Emilia noch eine dringende Frage an ihn. „Ich weiß nicht ob es gut ist, wenn ich Panu vor dem Konzert anrufe, was meinst du?“

„Ich glaube nicht, dass das gut wäre!“

„Würdest du ihm dann bitte nach dem Konzert sagen, dass ich mich gerne mit ihm unterhalten möchte?“

„Ja, das mache ich!“

„Danke Mikka!“

„Kein Problem!“

Nun stand Emilia im Innenraum der *Frankfurter Festhalle* und wartete mit den anderen Fans auf das Erscheinen der Band.

Ihr Herz fing immer heftiger an zu schlagen. Sie wusste, sie musste hier durch. Und sie wusste auch, dass sie bereit dazu war, aber sie hatte trotzallem eine Heidenangst.

Wie immer erschienen erst Panus Bandkollegen. Das Gekreische um Emilia herum steigerte sich, als nacheinander Janis, Miro, Mikka und Rami auf die Bühne kamen. Als die ersten Gitarrenklänge durch die Halle schallten, erschien **er**. Mit so viel Elan und Fröhlichkeit wie immer.

Unwillkürlich hielt Emilia die Luft an. Seit dem verhängnisvollen Tag in Utrecht Ende September, hatte sie ihn nicht mehr gesehen. Er sah wie immer gut aus oder sogar noch eine Spur besser. Als seine Stimme erklang, lief ihr eine Gänsehaut über den Rücken. Heftig stieß sie die Luft aus und schloss die Augen. Sie schlang die Arme um sich, als ob ihr kalt wäre. Ihr war nicht kalt! Sie hatte nur das Gefühl, als müsse sie sich irgendwo festhalten. Atemlos und in völliger Starre lauschte sie den ersten beiden Liedern. Dann machte Panu einen Scherz, witzelte auf deutsch-englisch mit seinen Fans und Emilia entspannte sich etwas. Sie erfreute sich an seiner, ihr so vertrauten Stimme und begann irgendwann, die Musik zu genießen. Leise sang sie mit. Emilia öffnete die Augen und konnte sie ab diesem Moment nicht mehr von ihm abwenden. Ihr Herz flog ihm zu. Sie konnte es nicht vermeiden. Ihr Verstand sagte ihr, dass es aussichtslos war, aber ihr Herz wollte nicht hören. Sie fieberte dem Moment entgegen, in dem sie ihn wiedersehen würde. Nur noch eine Stunde!

*

„Panu?“ Mikka blickte fragend zu seinen Kumpel. „Bist du entspannt?“

Panu lachte ihn fröhlich an. Er hatte gerade eine Dusche genommen und fühlte sich super locker. Das Konzert vor mehreren tausend

Zuschauern war klasse gelaufen, die Fans waren fantastisch gewesen und die Band hatte alles gegeben. „Warum sollte ich nicht entspannt sein?"

„Emilia ist hier und möchte mit dir reden!"

„Wo?"

„Sie wartet draußen, vor dem Backstage-Bereich."

Panus Muskeln spannten sich an. In wenigen Minuten konnte er sie wiedersehen – wenn er wollte!

Heute erst war ein Brief von seinem Anwalt gekommen und mit ihm, die Klage seiner Plattenfirma in Höhe von mehreren tausend Euro. Wegen Vertragsbruchs! Dieses blöde Duett.

„Was will sie?"

„Ich weiß es auch nicht genau, aber ich glaube, sie möchte dir noch Einiges erklären!"

„Mmmh?!" Panu zögerte nur kurz. „Sag ihr, wir treffen uns in einer halben Stunde in der Bar des *Marriott Hotels*!"

„Mach ich!"

Panus Gedanken fuhren Achterbahn. Emilia hier! Und sie wollte mit ihm reden! Wenn er heute alles erwartet hätte, das bestimmt nicht! Er schaute Mikka nach, wie er nach draußen ging und setzte sich zu den Jungs, um ein Bier zu trinken.

Was sie ihm wohl sagen würde?

Er schüttelte sich leicht und versuchte dem Gespräch der Jungs zu folgen.

Janis sah ihn prüfend an. „Ich habe Emilia eben gesehen!"

„Ja, Mikka hat mir gesagt, dass sie hier ist. Ich treffe mich gleich mit ihr!"

„Warum?"

„Sie möchte reden!"

„Und du wirst ihr glauben!"

„Mmmh? …ich weiß ja nicht, was sie sagen wird."

„Sie ist eine Lügnerin!"

„Janis, lass stecken. Er weiß schon, was er tut!" Miro sah ihn warnend an.

Dieser schnappte wütend sein Bier und stand auf. „Die Kleine macht nur Ärger, warum will das keiner von euch sehen?"

Nun schaute auch Rami auf. „Janis, das geht uns nichts an. Lass Panu sein Ding machen. Er wird schon das Richtige tun."

*

Emilia betrat die *Sportsbar* im *Marriott Hotel*. Sie schaute sich um. Überall hingen riesige Leinwände, auf denen Sportübertragungen zu sehen waren. Emilia warf einen kurzen Blick darauf. Fußball auf den einen, Eishockey auf den anderen. Wie passend!

Wo sollte sie sich hinsetzen? An die Bar? Oder lieber in eine ruhigere Ecke? Es waren kaum Gäste da. Emilia entschied sich für die Empore hinter der Bar. Zwei junge Männer spielten Kicker gleich neben dem Tisch an dem sie jetzt Platz nahm. Sie schaute sich um. Sie wurde immer nervöser. Hätte sie bloß noch eine geraucht. Die Bedienung kam und sie bestellte sich ein Glas Weißwein. Es waren jetzt erst fünfzehn Minuten vergangen. Als ihr Getränk kam, nahm sie einen großen Schluck, schloss die Augen und versuchte sich zu entspannen. Aber wie konnte sie sich entspannen bei dem Gedanken, dass sie Panu in wenigen Minuten wiedersehen würde. Wie oft hatte sie sich in den letzten Wochen eingeredet, sie könne ihn einfach vergessen! Ihr wurde von Minute zu Minute klarer, dass dies überhaupt nicht möglich war. Sie konnte ihn nicht vergessen. Schon der bloße Gedanken an ihn löste eine Sturmflut an Emotionen in ihr aus. Vielleicht war sie ja doch noch nicht soweit? Ihr wurde speiübel. Ich muss hier raus. Emilia winkte dem Kellner und bezahlte.

Sie war definitiv noch nicht soweit! Panik überkam sie. Sie schnappte ihre Jacke und stolperte Richtung Ausgang. Sie war völlig kopflos und merkte, wie ihr die Tränen der Verzweiflung in die Augen stiegen.

„Du wolltest doch nicht etwa schon gehen?" Seine Stimme, dieser Blick! Ihr wurde schwarz vor Augen....

Sie war Panu, der eben zur Tür hereingekommen war, geradewegs in die Arme gelaufen.

„Ja, ich...", sie stockte und blickte zu ihm auf, „...ich kann doch nicht!" Eine Träne kullerte ihr über die Wange. „Es tut mir leid. Es tut mir alles so leid!"

Panu wusste nicht was er tat – es war wie ein Reflex „Komm mit!" Er schnappte Emilia wie ferngesteuert am Arm und zog sie durch die große Empfangslobby mit sich zu den Fahrstühlen.

Im Lift drückte er auf ein Stockwerk, ohne Emilias Arm loszulassen. Als habe er Angst, sie würde ihm wegrennen. Sie schauten sich schweigend in die Augen bis sie oben waren. Als sich die Fahrstuhltür öffnete, ging er mit schnellen Schritten zu einer Zimmertür, schloss auf und schob Emilia hinein. Das Klicken der sich schließenden Tür, dröhnte in ihren Ohren. Sie bekam Panik. Was tat sie hier?

„Panu, ich...“, ihre Stimme brach.

„Ja?“

Hilflos zuckte sie mit den Schultern. „Ich... es war alles so schlimm... ich konnte mich an nichts erinnern. Ich ...es dauerte ewig, alles wieder....“

Mit einem kurzen Schritt war er bei ihr und nahm sie in die Arme. Er hob ihren Kopf an und schaute in ihre Augen. „Damn, you're still looking beautiful!“

„Panu, ich wusste nur noch, dass alles schrecklich geendet hatte. Aber ich konnte mich nicht mehr an unseren...“, Emilia zögerte und schaute ihn mit tränenglitzernden Augen an, „...ich konnte mich nicht mehr an unseren letzten Kuss erinnern, und ich wollte das so gerne... aber ich konnte nicht!“ Verzweifelt suchte sie seinen Blick.

Sein Gesicht kam näher. Fasziniert schaute sie in seine blauen Augen, nahm den Duft seines Atems wahr, spürte seine Wärme. Sie blickte auf seine Lippen! Alle klaren Gedanken waren wie weggewischt. Wie kann es sein, dass man so willenlos wird? Das war nicht ihr Plan gewesen. Sie hungerte nach seinem Kuss – seinem Mund. Als dieser zart auf ihren traf, schluchzte Emilia auf.

„Harmaa-silmä, was machst du mit mir?“, flüsterte er an ihren Lippen.

„Panu... bitte...ich...wir...“

„Ja?“ Seine Zunge verlangte Einlass und in Emilia brach jeder Widerstand. Sie hob die Hände und vergrub sie in seinen Haaren. Sanft drängte er sie an die Wand. Sie öffnete ihre Lippen und erwiderte seinen Kuss hingebungsvoll. So war es gewesen! Ihre Erinnerungen kamen zurück. Der letzte Kuss in Utrecht, bevor er augenzwinkernd aus dem Zimmer gegangen war. So leidenschaftlich war er gewesen. Sie schluchzte erneut auf.

Panu löste sich leicht von ihr und schaute ihr tief in die Augen. „So war jeder Kuss gewesen, Kaunis! Jeder!“ Er beugte sich wieder vor, küsste Emilias Lider, Stirn, ihre Wangen und fand den Weg zurück zu ihren Lippen. Ihre Hände fuhren an seiner Brust entlang und schoben sein Shirt hoch. Sie wollte seine Haut spüren. Er streifte sein Shirt mit einem Ruck ab. Als ihre Finger zart seinen Rücken berührten, stöhnte Panu auf. Er drängte sich hart an sie und vertiefte den Kuss.

„Du hast zu viel an!“ Mit einer geschickten Handbewegung zog er ihr den Pulli aus, um sofort wieder seine heißen Lippen auf die ihren zu legen. Mit einer Hand öffnete er ihren BH, mit der anderen fuhr er ihr durch die Haare. Als sie ihre nackten Oberkörper aneinander pressten, zuckten beide vor Erregung zusammen. Seine Lippen wanderten ihren Hals entlang und bildeten eine heiße Spur zu ihrer Brust, wo er ihre harten Knospen zärtlich liebkoste. Emilias Kopf fiel nach hinten, ihre Hände krallten sich in seine Schultern.

Sie hatten das Denken wieder einmal ausgeschaltet.

Während Panu sie weiter küsste, hob er sie hoch und trug sie zum Bett. Im Zimmer war es stockdunkel und nur ein bleicher Lichtstrahl der Straßenlaterne fiel durch das offene Fenster und warf seinen Schein auf die weiße Wand über dem Bett.

Gierig sog Emilia Panus Duft auf. Sie küsste seine Brust, als er sich sanft mit ihr hinlegte. Seine Finger glitten in ihren Hosenbund und schoben ihre Jeans, ohne sie zu öffnen, herunter.

Sie ist noch dünner geworden. Er konnte ihre Hüftknochen spüren, die leicht hervortraten. Zart streichelte er über ihren Bauch und machte sich kurz Gedanken über ihre Verletzungen. Mikka hatte gesagt, dass es etliche Knochenbrüche gewesen sein mussten.

Emilia umfasste sein Gesicht und zog ihn zu sich hoch. Ihre Lippen hungerten nach seinen Küssen. Sie wollte ihn auf sich spüren. Ihre Hände fuhren seinen Rücken entlang, nahmen das Anspannen seiner Muskeln wahr. Gleichzeitig bemerkte sie aber auch einen leichten Widerstand, als sie Panu auf sich ziehen wollte. Er legte sich neben sie und hauchte zärtlich: „Ich bin zu schwer für dich. Ich habe das Gefühl, du bist noch zerbrechlicher geworden."

Wieder legten sich seine Lippen zart auf ihre und er hob sie auf sich. Emilia stöhnte auf, als sie seine harte Männlichkeit durch ihr Spitzenhöschen spüren konnte. Sie wusste nicht mehr, wie lange sie so engumschlungen dagelegen hatten. Sie spürte nur dieses unbändige Verlangen, ihn endlich in sich zu spüren. Sie löste sich von ihm, streifte ihr Höschen ab und öffnete seine Jeans. Nicht ohne mit ihrer Zunge weiter seine Brust zu liebkosen, an seinen Hüftknochen entlang zufahren – Stück für Stück tastete sie sich so weiter nach unten.

Panus Hände krallten sich in die Laken. Dann gab es für ihn kein Halten mehr. Er griff unter ihre Arme und zog sie mit einem Ruck auf sich. Sie öffnete ihre Schenkel und senkte sich auf ihn. Mit einem lustvollen Stöhnen drang er in sie ein. Emilias Oberkörper bäumte sich auf und er umfasste ihre Brüste. In ihrem vertrauten Rhythmus fanden beide die absolut körperliche Erfüllung. Erschöpft sackte Emilia auf seine schweißnasse Brust und umschloss seine Lippen.

*

Panu hatte ein gedämpftes Licht eingeschaltet, aus der Minibar ein Fläschchen Wein geholt und für beide eine Zigarette angezündet. Entspannt aneinander gekuschelt, die Bettdecke um sich geschlungen, saßen sie ans Kopfende des Bettes gelehnt. Keiner von beiden sprach. Zu groß war die Angst, durch Worte den Moment zu zerstören. Aber beide wussten, dass sie reden mussten!

Emilia beugte sich über Panu, um ihre Zigarette auszudrücken. Dabei schaute sie ihn an. „Wir müssen..."

Schnell schoss er vor und drückte seinen Mund hart auf ihren. Sie zog unwillkürlich die Luft ein und fühlte seinen Atem ihren Hals hinunterziehen, der nach Wein, Zigaretten und Sex schmeckte Ein sehnsuchtsvolles Ziehen machte sich in ihrem Schoß breit. Nein! Ihre Gedanken schrien. Sie mussten endlich reden!

„Ja!", flüsternd kam dagegen ihre Einwilligung zu allem, nur nicht zum Reden über die Lippen. Sanft liebten sie sich ein zweites Mal.

Wieder eng aneinander geschmiegt fing Emilia danach zu reden an. Es sprudelte geradezu aus ihr heraus. „...Drogen und Betrunken in Utrecht – keine Selbstmordgedanken – Freiheit ...Joachim und Vera – Scheidung ...Mikka und Eva ...Zukunft ...Verletzungen – singen und das Video...!" Hier stockte Emilia, da sie merkte, dass Panu sich leicht verkrampfte. Sie richtete sich auf und schaute ihn fest an. „Du musst mir glauben! Ich habe nichts damit zu tun! Ich weiß nicht, wie das passiert ist?"

„Emilia!" Er blickte ihr zweifelnd ins Gesicht. „Wie soll ich das alles glauben? Niemand, wirklich niemand, außer uns hatte dieses Tape! Ich würde dir so gerne alles glauben, was du mir sagst...", er zögerte, „...aber es fällt mir nach alldem so schwer!"

Traurig schlug sie die Augen nieder. Sie verstand ihn ja, aber es tat so weh. „Ich weiß! Aber ich kann dir keinen Beweis liefern, noch nicht! Du musst mir in dieser Sache einfach vertrauen!"

„Mmmh, das ist nicht einfach... ich...", er hätte ihr gerne erzählt, wie es ihm die letzten zwei Monate ergangen war, aber allein bei dem Gedanken an diese Zeit wurde er so zornig, dass er die Worte herunterschluckte.

Emilia wollte sich aufsetzen und stützte sich gedankenlos auf ihren linken Arm. „Aua!" Mit schmerzverzerrtem Gesicht sackte sie zurück an Panus Schulter.

„Was ist?" Vorsichtig richtete er sich auf und schaute Emilia besorgt an.

„Nichts! Das ist nur mein Schlüsselbein. Bei unüberlegten Bewegungen macht es mir manchmal noch Ärger. Aber es geht schon wieder." Sie rieb sich die verletzte Schulter.

„Welche Verletzungen hattest du noch?" Er beugte sich vor und küsste sanft ihre Narbe.

Emilia seufzte auf und berichtete stockend von ihren zahlreichen körperlichen Blessuren.

„Warum bist du auf diese verdammte Mauer geklettert?" Panu setzte sich auf und konnte die Wut in seiner Stimme kaum unterdrücken. Er beobachtete sie genau, als sie antwortet.

„Ich...", wieder einmal zuckte sie hilflos mit den Schultern, „... ich war betrunken, dann die Drogen, und das alles mit den Tabletten gemischt... ich weiß auch nicht warum. Wir wollten Spaß haben...!"

Wieder unterdrückte Panu die aufkeimende Wut. Sie hatte ihm nie von ihrem Kindheitstrauma und den daraus resultierenden Depressionen erzählt – auch von ihrem massiven Konsum von Schmerzmitteln hatte er nichts gewusst!

Wieder eine Lüge?

„Wo war Tess, was hat sie gemacht?" Die Frage kam gepresst.

„Ich weiß es nicht. Ich kann mich nur noch daran erinnern, dass wir lachten. Dann flog ich...! Ja, und dann lag ich im Krankenhaus. Mehr weiß ich nicht mehr. Ich weiß noch nicht mal, ob Tess noch dabei war, als ich...", Emilia fing an zu zittern. Ob vor Kälte, vor Scham oder Aufregung wusste sie selbst nicht. Panu beobachtete, wie sie sich die Arme um ihre nackte Brust schlang und augenblicklich ruhiger wurde.

Egal was damals passiert ist! Jetzt ist sie hier bei mir! Und nur das zählt im Moment. Er beugte sich zu ihr vor, nahm sie in seine Arme und fing von Neuem an, sie zu küssen.

Hingebungsvoll, wie immer, erwiderte sie sein sehnsuchtsvolles Drängen. Sie liebten sich zärtlich und einfühlsam.

Wenn auch nichts in ihrer beider Leben zu harmonieren schien, ihre Körper waren im Einklang.

*

Panu blickte die schlafende Emilia lange an.

Es wurde langsam hell und der anbrechende Tag gab immer mehr von ihrem zarten Körper preis. Die Bettdecke war an ihre Füße gerutscht und sie lag nackt auf dem Rücken. Der linke Arm lag angewinkelt auf ihrem Bauch. Er konnte eine Narbe an ihrem Handgelenk erkennen. Am linken Schienbein entlang verlief eine etwas längere und an ihrer linken Schläfe, kurz unterm Haaransatz, befand sich eine weitere.

Sein Herz zog sich zusammen. Sie war schmaler als noch vor ein paar Wochen, fast schon knochig. Ihre Hüftknochen traten hervor und als er jetzt noch einmal genauer auf ihre Scham sah, traf ihn beinahe der Schlag. Vorhin in der Dunkelheit hatte er dort einen blauen Fleck vermutet. Aber dem war nicht so. Unter dem rechten Hüftknochen, knapp über ihrer Scham, war eine Tätowierung. Er rutschte vorsichtig von ihr weg, richtete sich auf und schaute es sich genau an. Was er sah, war ein blaues Auge – dicht bewimpert – das über Wellen schaute.

Sein Atem stockte. Er hatte das Gefühl, als blicke er in einen Spiegel. Seine Gedanken überschlugen sich. Was sollte er Denken? Was konnte er glauben? Was wollte sie von ihm? Was wollte er von ihr?

Erschöpft ließ er sich wieder neben sie in die Kissen sinken und blickte in ihr liebliches Gesicht. Er zog die Bettdecke über sie beide und umschlang Emilia liebevoll. Sie seufzte leise auf und lächelte im Schlaf. Während er ihr die Haare aus der Stirn strich, küsste er zärtlich ihre Lippen.

„Verdammt! Ich glaube ich habe mich... in dich verliebt!" Er sprach das leise aus, eher zu sich selbst, legte seinen Kopf dicht neben ihren aufs Kissen und schloss die Augen.

Emilias herrlichen Apfelduft genussvoll einatmend, schlief er erschöpft ein.

*

Panu hörte sein Handy aus weiter Ferne klingeln. Er schnaubte und drehte sich um. Seine Hand fasste nach Emilia. Er griff ins Leere. Verwundert öffnete er die Augen. Sie lag nicht mehr neben ihm. Er blickte sich im Zimmer um, das nun vom Sonnenlicht hell erleuchtet war.

Das Klingeln hatte aufgehört. Er schaute auf die Uhr. Kurz nach Zehn. Erschrocken setzte er sich auf. Um elf Uhr war Abfahrt nach Mannheim. Jemand klopfte an seiner Tür.

„Panu, bist du wach?" Miro!

„Ja, bin ich. Ich komme gleich!"

Das Klopfen hörte auf.

Wo war Emilia? Im Bad? Er schaute sich genauer um. Ihre Sachen waren weg. Stöhnend warf er sich zurück in die Kissen – und hörte ein Rascheln. Erstaunt fasste er unter sich und fand ein Blatt Papier. Mit ihrer zarten Handschrift hatte ihm Emilia eine Nachricht hinterlassen. Er machte sich eine Zigarette an und las.

Liebster Panu,

ich weiß nicht, wie ich all das, was ich dir sagen möchte, in Worte fassen soll?!
DU hast mein Leben verändert. DU kamst und hast mich so genommen wie ich bin, oder wie du glaubtest, dass ich bin! Du wusstest nichts von mir und ich wusste nur sehr wenig über dich.
Die letzten fünf Monate waren Himmel, aber auch leider Hölle für mich!
Ich weiß, dass wir uns körperlich stark(gibt es hierfür eine Steigerung? Vielleicht: Wahnsinnig?!) zueinander hingezogen fühlen. Aber was noch? Kann das alles sein? Werden wir uns nicht irgendwann „satt" haben? Und dann?
Es ist so viel falsch gelaufen. Ich weiß, das ist alles allein meine Schuld. Aber ich kann das alles leider nicht mehr rückgängig machen. Wenn ich könnte, würde ich es tun!!!
Ich hätte dir viel früher die Wahrheit über mich sagen müssen, aber ich wollte nicht! Ich war zu egoistisch und wollte die wenigen **wunderschönen** *Momente, die wir hatten, nicht zerstören. Damit habe ich leider mehr zerstört, als ich je gedacht hätte. Das Schlimmste für mich ist, dass du mir nicht vertrauen kannst! Mir nicht glaubst!!! Ich versuche es aus deiner Sicht zu sehen und zu verstehen, aber es will mir nicht ganz gelingen.*
Liebster Panu, ich bin nun soweit mein Leben neu zu gestalten. Es selbst in die Hand zu nehmen. Ohne Ehemann, ohne Mutter und ohne Tabletten! Leider sehe ich in meiner Zukunftsplanung „UNS" nicht! Ich könnte schreien und heulen, dass das so ist, aber das würde nichts ändern!
Bitte verzeih mir, dass ich ohne Abschied gehe! Glaube mir, es bricht mir das Herz! Bitte denk nicht mit Groll an mich, wenn du das liest. Ich weiß einfach keinen anderen Weg!
Ich wünsche dir alles Liebe (das hört sich so abgedroschen an, aber es kommt wirklich von Herzen) ....DU rockst die Welt!!!
Du bist der Mann, den ich mir immer gewünscht habe....aber ich weiß, es würde „so" leider nicht funktionieren!
Meine Wunschliste an einen Mann fängt mit „VERTRAUEN" an... das kannst du mir leider nicht schenken.
Ich werde dich nie, niemals vergessen.... Minun pitää lähteä!!![38]

38 Ich muss gehen!

In Liebe Emilia
PS: Wenn ich je rausbekommen sollte, wer und wie dieses Video ins Netz gekommen ist, soll ich es dich wissen lassen? ...vergiss es, ich denke, das würde dann auch nicht mehr wichtig sein!
Bye, Bye Balu!!!!

Panu las den Brief mehrmals. Dann stand er auf, nahm eine Dusche, packte seine Sachen zusammen und ging zu seinen Bandkollegen frühstücken.

Als sie um elf Uhr im Tour-Bus Richtung Mannheim saßen, blickte er aus dem Fenster. Er bebte innerlich. Vor Leidenschaft!? Ja! Vor leidenschaftlicher Wut, Verzweiflung, Enttäuschung und Sehnsucht!

17

„Your life is now – in this undiscovered moment – lift your head up above the crowd – we could shake this world – if you would only show us how – your life is now..."

(Your life is now – John Cougar Mellencamp)

Emilia hatte es wirklich geschafft. Es war jetzt kurz vor Weihnachten und sie schaute auf das Haus, das sie auf Suomenlinna demnächst kaufen würde. Es war alles wahnsinnig schnell gegangen. Nach ihrem Abschied von Panu vor fast vier Wochen, an den sie nicht mehr denken wollte, hatte ein Makler ihr dieses Haus gezeigt. So wie sie sich vier Monaten zuvor in Stadt Helsinki und die Insel Suomenlinna verliebt hatte, so schnell war ihr Herz auch diesem alten Anwesen zugeflogen. Es handelte sich um ein marodes Fabrikgebäude am Gästehafen von Suomenlinna. Sie wusste, dass sie viel Geld, Zeit und Geduld in dieses Haus stecken musste. Geld und Zeit hatte sie genug. Und um ihren Traum zu verwirklichen, war sie auch bereit, sich in Geduld zu üben.

Durch Mikkas gute Beziehungen zu einer befreundeten Innenarchitektin, hatte Emilia diese nach einem kurzen Treffen engagiert und mit ihr all ihre Pläne besprochen.

Inka Pikka hatte sofort verstanden, wie sich Emilia den Umbau wünschte. Schon wenige Tage nach ihrem ersten Kontakt hatte Inka einen Rohentwurf zur Hand gehabt und Emilia vorgestellt. Diese war begeistert gewesen – stimmte fast allen Vorschlägen zu und brachte noch mehr eigene Ideen ein.

Die beiden Frauen verstanden sich auf Anhieb. Inka hatte ihr klar gemacht, dass man jetzt im Winter, jeden Tag mit Schneefällen rechnen musste. Und das Material deswegen nur schwer auf die Insel zu bekommen war. Auch wenn es im Moment unwahrscheinlich klang, da hier in Helsinki der wärmste Winter seit fünfzig Jahren herrschte. Es würde trotzallem nur in kleinen Schritten voran gehen.

Emilia musste das akzeptierten. Sie wusste, dass sie jetzt nichts übers Knie brechen konnte und fügte sich. Der Makler hatte ihr versprochen, schnellst möglich alle Modalitäten zu klären, und alles unter Dach und Fach zu bringen. Er rechnete noch mit einem Vertragsabschluss in diesem Jahr! Sobald er grünes Licht gab, würde Inka sich einschalten und die ersten Renovierungsarbeiten in die Wege leiten.

Natürlich war es noch ein langer Weg bis alles fertig sein würde, aber sie freute sich schon jetzt auf das Ergebnis.

Emilia hatte sich bis auf weiteres in dem Hostel auf der kleinen Insel eingemietet. Dort fühlte sie sich sofort wohl.

Sie unternahm lange Spaziergänge auf der Insel oder Ausflüge nach Helsinki und arbeitete an ihrem Fernstudium. Abends saß sie oft auf ihrem Zimmer, griff zur Gitarre und sang mit rauchiger Stimme ihre Lieblingslieder.

Ab und zu hörten Touristen sie singen und baten sie, doch im Aufenthaltsraum für sie zu spielen. Emilia, die ihre anerzogene Schüchternheit immer mehr ablegte, tat ihnen nur zu gerne den Gefallen. Die Touristen- und Nachbarskinder liebten sie. Und sie liebte es, den Kindern mit ihrer Musik Freude zu bereiten. Meist wurde aus dem ersten Zuhören ein Mitsingen. Emilia verstand es immer wieder, die Menschen durch ihre Freundlichkeit und ihre neugewonnene Aufgeschlossenheit zu begeistern.

Ihre Zukunftsvisionen nahmen immer deutlichere Formen an. Sie wollte hier in Finnland so etwas wie ein kleines „Kurhaus“ für Kinder und junge Erwachsene eröffnen. Für Menschen, die durch die Musik vielleicht wieder ins Leben zurück finden konnten. Für Traumatisierte und körperlich Beeinträchtigte. Nach und nach war die Idee in Emilia gewachsen und ausgereift. Für ihre Idee musste sie allerdings noch Psychologen, Physiotherapeuten und Logopäden, sowie Ergotherapeuten und Ärzte gewinnen, die sich vorstellen konnten, in Finnland mit ihr zu arbeiten.

Emilia war bewusst, dass sie als Fremde auch auf Schwierigkeiten stoßen würde. Sei es durch die Sprachbarriere, die übliche Wortkargheit der Nachbarn, über die schon Bertholt Brecht sagte: „Die Finnen schweigen zweisprachig!“, oder Behördenwillkür, die es wie in jedem anderen Land sicher auch hier gab.

Die finnische Sprache empfand Emilia immer noch als schwierig zu erlernen. Was ihr am besten an dieser Sprache gefiel, war, dass man alles so sprach, wie man es schrieb.

Sie bemühte sich redlich und machte große Fortschritte. Die Finnen waren ein dankbares Volk, die es freute, wenn man wenigstens versuchte, ihre Sprache zu sprechen!

Da sie in Helsinki noch keinen Therapeuten für sich gefunden hatte, flog sie einmal in der Woche nach Deutschland. Während der Sitzungen bei ihrer Psychologin arbeitete sie ihr Leben weiter auf, was ihr sichtlich gut tat. Sie nahm wieder ein bisschen zu, rauchte weniger und fühlte sich körperlich immer besser. Wenn sie in Mainz war, übernachtete sie bei Eva. Die beiden Frauen führten nächtelang Gespräche über Emilias Zukunft und Eva konnte nicht umhin, sich immer wieder zu wundern, wie sich ihre Freundin verändert hatte und mittlerweile alles so locker zu meistern schien.

„Wie hast du so schnell ein Haus gefunden? Und warum hat dir die Bank so einen großen Kredit gegeben? Es ist doch alles noch in der Schwebe?“

„Nein, nicht alles ist in der Schwebe. Ich hatte ein kurzes heftiges Zusammentreffen mit Vera. Sie hat mir gedroht! Nicht nur damit, dass sie dafür sorgen will, dass ich die Firma verliere und am Ende mit nichts dastehe, sondern auch, dass, wenn ich mich nicht still und leise aus ihrem Leben verabschiede, sich frühere Freunde von ihr um mich kümmern würden. Daraufhin habe ich Joachim aufgesucht und ihn vor vollendete Tatsachen gestellt. Ich hatte mein Vorhaben mit dem Anwalt besprochen und mir ein Schreiben aufsetzen lassen, das ich Joachim vorgelegt habe. Er war ganz klein mit Hut gewesen.“ Emilia dachte an das Gespräch mit ihm zurück.

*

Anfang Dezember, kurz nachdem sie das Haus in Finnland entdeckt und sich zu dessen Kauf entschlossen hatte, war sie abends, ohne Ankündigung vor ihrem ehemaligen Zuhause erschienen. Maja, die ihr die Tür öffnete, sah sie erstaunt an. „Frau Schreiber?! Weiß ihr Mann Bescheid, dass sie kommen?“

„Hallo, Maja! Nein, ich komme unangemeldet. Würden sie ihn bitte rufen?“ Ohne Maja weiter zu beachten, trat Emilia ein. Die sichtbar nervöse Haushälterin ging eiligen Schrittes Richtung Wohnzimmer. Emilia hörte sie sagen: „Herr Schreiber, ihre Frau ist da.“ Sie brauchte nicht lange zu warten und Joachim stand vor ihr.

„Hallo, Lia!“ Mit verkniffenem Gesichtsausdruck schaute er sie fragend an.

„Hallo, Joachim, kann ich mit dir reden?“

„Natürlich, Lia, mit mir hättest du schon die ganze Zeit reden können. **Du** wolltest mich ja nicht mehr sehen!“

„Ja, das stimmt. Ich wollte das so! Aber jetzt brauche ich deine Unterschrift, deswegen bin ich hier.“ Emilia versuchte ruhig zu bleiben. Sie war aufgeregt, wollte das aber auf keinen Fall zeigen.

„Warum sollte ich dir irgendetwas unterschreiben?“ Aus seiner Stimme war nun jegliche Höflichkeit verschwunden. Eiskalt starrte er sie an.

„Weil du mir ‘was schuldig bist.“

Er lachte hart auf. „Was soll ich dir schuldig sein? Ich habe doch über all die Jahre wie ein Blöder geschuftet, um dir dieses Leben zu ermöglichen. Und was hast du getan?“

Emilia fing leicht zu zittern an. „Joachim, ich habe die letzten Wochen viele Nachforschungen anstellen lassen und es kamen Dinge zum Vorschein, die mich wirklich geschockt haben. Dinge die du und Vera getan habt!“

Sie meinte, eine Spur von Angst in seinen Augen zu sehen. „Können wir uns im Wohnzimmer unterhalten? Ich finde das ist kein Gespräch für den Hausflur!“

Überrascht über ihre forsche Art, deutete er mit der Hand in Richtung Wohnzimmer. „Bitte.“

Emilia ging vor und setzte sich auf einen Sessel. Kurz kniff Joachim die Augen zusammen, da dies normalerweise sein angestammter Platz war, setzte sich dann aber ihr gegenüber auf die Couch.

„Ist Vera da?“

„Nein!“

„Auch gut! Es wäre zwar schön gewesen, wenn sie alles mithören würde, aber du wirst ihr das später ja bestimmt brühwarm erzählen.“

Er sagte nichts, sondern schaute sie nur durchdringend an. Er wusste nicht was kommen würde und war aufs Äußerste angespannt.

„Ich weiß gar nicht, wo ich anfangen soll." Emilia zögerte kurz. „Am besten bei unserer Hochzeit oder besser gesagt, kurz davor. Wir haben einen Ehevertrag!"

„Ich weiß! Den werde ich aber anfechten, da ich nachweislich alles für die Firma getan habe und du nichts!"

Sie ließ sich nicht provozieren. „Wir haben einen gültigen Ehevertrag, in dem steht, dass alles, was vor unserer Heirat in meinem Besitz war, auch mir gehört. Nur der Zugewinn wird geteilt!"

„Weiter." Kalt blickte er sie an.

„Ich möchte die Firma nicht. Du kannst sie mir gerne abkaufen. Natürlich für einen angemessenen Preis!"

„Sie gehört dir nicht alleine. Vera ist Eigentümerin der anderen Hälfte."

„Leider falsch. Vera war nie rechtlich mit meinem Vater verheiratet und hat deshalb keinen Anspruch auf seine Firma!" Emilia legte die Heiratsurkunde von Vera Nowikow und Jegor Winogradow auf den Tisch.

Joachim wich jegliche Farbe aus dem Gesicht. Er sprang auf und schnappte sich das Dokument. „Das musst du erst einmal beweisen, dass das echt ist!" Wütend zerknüllte er die Kopie.

Emilia lächelte leicht. „Wenn du möchtest, dass ich es beweise, muss ich die Polizei einschalten. Damit würdest du Vera ausliefern. Sie würde entweder wegen Bigamie angeklagt beziehungsweise des Landes verwiesen werden, da sie kein Recht mehr hätte, hier zu leben!" Emilia bluffte! Weder das eine noch das andere konnte Vera passieren. Doch die Täuschung war gelungen. Joachim setzte sich wieder hin.

„Ich bin noch nicht fertig. Ich habe mit Dr. Trautmann gesprochen. Nach langem Hin und Her hat er mir gesagt, dass ihr mir jahrelang Valium untergejubelt habt, um mich ruhigzustellen. Vera hat schon in meinen Kindertagen damit angefangen und die Steigerung folgte nach meinen Fehlgeburten. Ich habe Dr. Trautmann empfohlen, in Pension zu gehen. Er hat sofort zugestimmt."

„Du wusstest doch, was du alles nimmst. Du warst doch alt genug!"

„Ja, irgendwann war ich alt genug. Da war ich aber auch schon nicht mehr ich selbst. Irgendwann konnte ich nicht mehr alles überblicken. Ich gebe zu, einen Teil der Schuld trifft auch mich. Aber ihr habt mich soweit gebracht!"

„Auch das musst du beweisen!"

Emilia griff nach ihrem Telefon. „Soll ich Dr. Trautmann anrufen oder besser gesagt, seinen Sohn? Dieser hat vor kurzem herausgefunden, dass sein Vater euch eine Sonderbehandlung zuteil kommen ließ, warum auch immer. Dies wollte er unterbinden. Er steht nicht gut mit seinem alten Herrn und würde jederzeit bezeugen, was ich dir eben gesagt habe!"

Joachims Gesichtsfarbe wechselte von weiß zu hochrot.

„Du kleines Miststück." Er sprang auf und ging auf sie zu. „Ich lasse mir von dir nicht mein Leben zerstören."

Emilia wurde kurz schlecht vor Angst.

Hätte ich doch nur Jemanden mitgenommen. Das hier ist ja so bescheuert wie in irgendeinem Thriller. Das Opfer geht immer alleine zu seinem Mörder!

Emilia versuchte die Situation richtig zu deuten und sprach leise und versöhnlich. „Joachim, ich möchte dein Leben nicht zerstören. Ich möchte nur mein Eigenes endlich leben. Deswegen habe ich ja Vorschläge, wie wir gemeinsam aus dieser unglücklichen Verbindung herauskommen."

Er machte wieder einen Schritt zurück. „Du hast mich doch betrogen, mit diesem finnischen Freak. Mich trifft hier überhaupt keine Schuld!"

„Ja, das habe ich. Aber... auch du hast mich jahrelang betrogen! Nicht nur mit immer wechselnden Bekanntschaften, sondern auch mit... Vera!" Emilia musste schlucken, als sie den Namen ihrer Mutter nannte. Sie hätte alles von den beiden erwartet, aber nie wäre ihr auch nur im Entferntesten der Gedanke gekommen, dass sie ein Verhältnis haben könnten. Und das nicht erst seit kurzem, sondern, wie ein Privatdetektiv heraus gefunden hatte, bereits seit etlichen Jahren. Vermutlich schon seit ihrer Heirat mit Joachim.

Dieser stand nun erneut auf und lief unruhig im Zimmer umher. „Wie kommst du darauf, dass ich mit Vera ein Verhältnis habe? Hat Eva etwas gesagt?"

Emilia hatte das Gefühl, ihr Herz bliebe stehen. **Eva**? Hatte sie davon gewusst? Trotz des Schocks reagierte sie schnell. „Eva? Nein! Ich habe meine Informationen anderweitig bekommen!"

„Okay, Emilia, was willst du von mir?"

Sie merkte, dass Joachim langsam klein beigab und spielte ihren letzten Trumpf aus. „Ich habe noch weiter nachgeforscht und was ich gefunden habe, ist nicht wirklich schmeichelhaft für dich. Du hast vor unserer Hochzeit über Jahre deine ehemaligen Geschäftskollegen betrogen. Ich habe es hier schwarz auf weiß." Emilia hielt ein Schreiben hoch, aus dem hervorging, dass Joachim vor 1996 mehrfach die Bilanzen in seinem damaligen Betrieb gefälscht hatte. Emilia konnte, laut der Recherche des Privatdetektivs, die früheren Geschäftspartner als Zeugen anführen. „Ich werde es nicht gegen dich verwenden, wenn du mit folgenden Forderungen einverstanden bist. Ich weiß, dass ist Erpressung, aber scheiß drauf!"

Ihr zukünftiger Ex-Mann, der sich bei ihren klaren Worten wieder gesetzt hatte, schaute sie so dämlich an, dass Emilia unweigerlich hart auflachen musste. „Hör zu, Joachim, ich möchte dich nicht zu Grunde richten, aber ich will das, was mir zusteht. Ich will, dass du mir meine Firma abkaufst und ich will die Hälfte des Zugewinns der mir gehört. Deinen betrogenen Geschäftskollegen zahlst du Alles nach und nach zurück. Wie du das machst ist mir egal. Aber ich lasse es durch meinen Anwalt kontrollieren! Ich will, dass du dieses Haus schätzen lässt, und glaube mir, ich werde überprüfen, ob du den richtigen Preis angibst. Ich möchte nur die Hälfte davon. Meinen Anteil wirst du an die Organisation *Musik hilft* spenden. Damit hast du dann sogar noch einen Steuervorteil." Emilia lächelte leicht. „Dann möchte ich, dass die Firma nicht mehr den Namen Fahnenbruck trägt!"

Joachim saß in sich zusammengesunken auf der Couch und schaute sie erstaunt an. „Das ist das Lebenswerk deines Vaters. Wie kannst du den Namen nicht mehr weitergeführt haben wollen? Das kann ich nicht verstehen, Lia. Auch wenn du uns hasst – dein Vater hat doch alles aufgebaut."

„Ja, es war sein Lebenswerk! Aber ich glaube nicht, dass er es gut finden würde, wie sich hier die letzten zwanzig Jahre entwickelt haben. Ich werde meinem Vater zu Ehren etwas aufbauen, das es verdient, seinen Namen zu tragen. **Ich** werde das tun!" Sie schaute zu Joachim, wartete auf dessen Einwand. Als dieser nicht kam, redete sie einfach weiter. „Des Weiteren wird unsere Trennung eine absolute Trennung sein! Das heißt, wir werden gegenseitig auf alle Ansprüche verzichten. Scheidung bedeutet in diesem Moment: Trennung auf ewig! Ich möchte nichts mehr von dir hören oder sehen. Das gleiche gilt für Vera. Leider ist es gesetzlich nicht möglich, sich von einem Elternteil zu trennen, aber ich werde alles Erdenkliche in die Wege leiten, damit diese Frau nie wieder in meine Nähe kommt."

„War's das jetzt?"

Emilia überlegte kurz. „Ja, das war's. Du musst mir jetzt nur noch unterschreiben, dass ich auf die Hälfte unseres Vermögens Zugriff habe und du mir alle Kontovollmachten erteilst. Ich rufe Maja, damit sie als Zeugin unterschreibt!"

Danach ging alles sehr schnell. Joachim gab jegliche Gegenwehr auf. Er hatte offenbar realisiert, dass Emilia nicht zu Scherzen aufgelegt war und alles, was sie eben gesagt hatte, ernst meinte. Maja und er unterschrieben das ausgedruckte Formular. Danach stand Emilia auf, um zu gehen.

„Warum? Warum jetzt? Warum tust du uns das an? Haben wir nicht jahrelang alles für dich getan?"

„Ja, habt ihr!" Emilia schüttelte bei ihren eigenen Worten den Kopf. „Nein, habt ihr nicht! Joachim, ihr habt mich wie einen Hund gehalten, den man füttert, wenn er knurrt. In meinem Fall mit Tabletten! Ich habe das nie wahr haben wollen, ich war gefangen in meiner kleinen Welt! Aber Gott sei Dank habe ich mit knapp dreiunddreißig Jahren erkannt, dass das, was hier passiert ist, nicht richtig war. Das Schlimmste daran ist, dass ich nicht nur euch einen Vorwurf machen muss, sondern auch mir selbst. Ich hätte viel früher erkennen müssen, dass hier etwas komplett falsch lief. Leider wurde mir das erst diesen Sommer bewusst, als ich mich das erste Mal verliebt habe. Für meine Liebe war es zu spät! Aber früh genug, um mein neues Leben zu beginnen!"

Emilia war aufgestanden und zur Haustür gegangen. „Ich möchte dich noch etwas fragen…", sie schaute Joachim in die Augen, „…hast du etwas mit dem Video von Panu und mir zu tun?"

Zögernd, als würde er sich jedes einzelne Wort genau überlegen, antwortete er: „Ja! Ich habe es ins Netz gestellt. An dem Tag, als du das letzte Mal hier warst, habe ich das Lied von deinem Handy heruntergeladen. Ich wusste nicht gleich etwas damit anzufangen. Aber schon am nächsten Tag kam Vera der Gedanke, nach Bildern von euch Zwei zu suchen und es mit der Musik ins Netz zu stellen. Ich wusste nicht, wie ich dich zurück bekommen sollte und ich dachte, das wäre vielleicht ein guter Weg!"

„Das war ein schlechter Weg!" Emilia sah Joachim ein letztes Mal in die Augen.

„Ja, das weiß ich jetzt auch. Leb wohl, Emilia!"

Emilia zuckte leicht zusammen. Es war das erste Mal, dass Joachim sie Emilia nannte. „Leb wohl, Joachim. Sag Vera, sie soll mich nie wieder kontaktieren!"

Sie drehte sich um und verschwand aus ihrem **alten** Leben. Erleichtert trat sie auf die Straße und freute sich auf ihr **neues** Leben!

*

Das alles erzählte Emilia nun ihrer Freundin.

Eva war völlig erstaunt über Emilias Vorgehensweise. Sie konnte nicht fassen, dass sie das getan hatte. Allein! Ohne Hilfe!

Was Emilia ihr aber wohlweislich verschwieg, war Joachims Anspielung auf Evas Wissen, was die Affäre mit Vera anging und sein Eingeständnis, dass er und Vera für das verheerende Video verantwortlich waren. Sie wusste selbst noch nicht, wie sie mit dieser Information umgehen sollte. Und sie wollte auf keinen Fall, dass Eva Mikka davon erzählte.

Die Sache zwischen Mikka und Eva schien immer ernster zu werden. Immer wenn Emilia ihre Freundin besuchte, kamen Anrufe von ihm.

„Wie läuft es eigentlich mit Mikka?"

„Was soll ich sagen?" Eva hob die Hände in die Luft und grinste. „Nicht schlecht! Wirklich nicht schlecht. So ein alternder Finne hat viele Vorzüge." Prüfend schaute Eva auf Emilias Reaktion bei dem Wort „Finne". Aber es kam keine. „Also, wenn ich mal schwärmen darf? Er ist großzügig. Du weißt, das liebe ich an einem Mann. Er akzeptiert, dass ich kein bisschen romantisch bin und dieses ganze Gedöns nicht brauche. Er ist ein sehr guter Liebhaber." Sie leckte sich über die Lippen. „Wirklich gut! Er redet mir nicht in mein Leben und vor allem versteht er, dass ich viel arbeiten muss und möchte! Was will ich mehr. Er ist halt ein finnischer Traummann!"

Diesmal bemerkte Eva ein leichtes Zucken an Emilias Lidern. Sie wollte sie aus der Reserve locken. Sie wusste, dass es gemein war, aber wie sollte sie sonst an Emilia Gefühlswelt herankommen. Seit ihrem Frankfurt-Besuch konzentrierte diese sich nur auf den Aufbau ihres neuen Lebens. Sie hatte nur kurz und knapp über den Abschied von Panu berichtet, ohne große Emotionen. Auch wenn Eva damals sehen konnte, dass sie geweint hatte. Emilia hatte nüchtern von ihrem Brief an ihn erzählt und dass die Sache damit für sie abgeschlossen sei. Sie müsse nach vorne schauen und sich nicht mehr von irgendwelchen Männern oder Müttern ihr Leben bestimmen lassen. Sie wisse nun was sie wolle und würde das auch durchziehen!

„Was machst du Weihnachten?" Emilia holte die Freundin aus ihren Gedanken.

„Ich treffe mich mit Mikka. Wo wissen wir noch nicht. Möchtest du dabei sein?"

„Mmmh, über die Feiertage passiert eh nichts. Ich denke nicht, dass die Umbauarbeiten dann schon beginnen können. Also ja, warum nicht."

„Super! Was wollen wir machen?"

„Also, ich hätte zwei Vorschläge. Entweder in ein Ice-Hotel in Lappland oder in die Karibik!"

„Wow! Das nenne ich mal eine Spannbreite!" Eva musste lachen. „Lassen wir Mikka entscheiden. Ich weiß auch nicht, ob er bei den nächsten Konzerten mitspielt oder pausiert."

„Wo spielen sie als nächstes?" Emilia stellte diese Frage ganz nebenbei, als sei es total unwichtig.

„Ich weiß es nicht. Ich müsste fragen!"

„Nein, schon gut. Ist nicht wichtig!" Emilia versuchte desinteressiert zu wirken. Eva durchschaute sie jedoch.

Es brach ihr beinahe das Herz, ihre allerliebste Freundin so still vor sich hin leiden zu sehen!

*

Weihnachten wurde dann doch ganz anders als geplant.

Mikka hatte versprochen, sich mit den Jungs und ihren Familien zum Weihnachtsfest zu treffen. Eva wollte nicht mit. Sie wollte auf keinen Fall auf Panu treffen. Der Gedanke an ihn, ließ sie jedes Mal von Neuem aggressiv werden. Sie wusste zwar, dass eigentlich Emilia die Hauptschuld an allem trug, aber sie konnte nicht verstehen, wie man Emilia nicht glauben konnte und ihr irgendetwas Böses unterstellte. Konnte der Typ nicht sehen, dass sie Bambi war?!

Also packten Emilia und sie die Bikinis ein und flogen für eine Woche nach Aruba. Dieser Urlaub war für Emilia Entspannung pur. Sie wusste, dass sobald sie wieder in Finnland war, der Stress losgehen würde. Einen Tag vor ihrem Abflug hatte sie den Kaufvertrag unterschrieben und war selig!

Nach einer Woche in der Wärme kamen die Frauen am 30. Dezember zurück. Nach kurzem Koffer umpacken starteten sie gleich weiter in Richtung Flughafen Kittilä in Lappland. Nah der schwedischen Grenze in dem Touristengebiet Ylläs, hatte Mikka für drei Tage ein Ice-Hotel gebucht.

Emilia war begeistert. Sie war restlos fasziniert von der starren Eiswelt, aus der jedes Jahr im November das sogenannte *Snow-Village* entstand. Aber nicht nur das beeindruckte Emilia, sondern auch die verschneite Landschaft rundherum. Deren Schönheit und Weite war wie aus dem Bilderbuch. Sie hatte Bilder vom verschneiten Suomenlinna und Helsinki gesehen und schon diese hatte Emilia als wunderschön empfunden. Aber was sie hier sah, raubte ihr den Atem. Der eisige Winter hatte die Natur in seiner Gewalt. Die Bäume, die unter der schweren Schneelast aussahen, als würden sie sich verbeugen – oder die verschneiten Wege, die außer Kufen-, Rentier- und Hundepfoten-Spuren unberührt waren.

Eva sah das Ganze ein wenig anders. Sie verkraftete den Umschwung von +30°C auf -20°C weniger gut. Sie war mürrisch und zeigte dies auch.

Eine Überraschung hatte Mikka für beide dabei. Als sie gerade an der Ice-Bar einen Drink nahmen, kam Miro herein.

„Ich hoffe, ihr habt nichts dagegen. Aber Miro wäre sonst alleine gewesen und das konnte ich nicht verantworten." Brüderlich klopfte er seinem Freund auf die Schultern.

„Hei, Eva!" Er blickte zu Emilia. „Hei! Wie geht es dir?"

„Kiitos, voin hyvin! Kuinka voit?"[39]

„Danke, auch gut!" Erstaunt blickte er von Emilia zu Mikka.

Dieser lachte laut heraus. „Da staunst du, was? Emilia möchte ein echtes finnisches Mädchen werden!"

„Was?" Miro stand der Mund offen.

„Bitte einen Wodka für den verwirrten jungen Mann." Emilia bestellte auf Englisch und wandte sich wieder Miro zu. „Ich lerne Finnisch, da ich hier ein Haus gekauft habe!"

„Ein Haus...", verstört kippte er den Schnaps hinunter. „Habe ich irgendetwas verpasst?"

„Ihr entschuldigt uns. Madame ist kalt und sie ist mürrisch. Ich gehe sie mal wärmen!" Mikka grinste frech in die Runde.

Eva gab ihm einen Stoß in die Rippen. „Komm mit, alter Finne, und sei ruhig!" Lachend zog Mikka sie an sich und die beiden verließen engumschlungen die Bar.

*

„So, du hast also ein Haus in Finnland gekauft!" Miro blickte Emilia durchdringend an.

„Ja!"

---

39 Danke, mir geht es gut! Wie geht es dir?

„Wo?"

„Auf Suomenlinna!"

Miro verschluckte sich beinahe. „Wo?"

„Du hast schon richtig gehört!"

„Okay! Kannst du einem einfach gestrickten Finnen das alles erklären?"

Emilia musste lachen. „Ja, kann ich. Also mein Lieber: Es trug sich zu, das zu einer Zeit, als die Welt noch in Ordnung war, ein junges Mädchen auf einen jungen Mann traf..." Emilia erzählte ihm die ganze Geschichte. Ihre Liebe-auf-den-ersten-Blick-Story was Helsinki betraf. Ihr Zukunftsvorhaben. Sie erzählte ihm alles! Sie versuchte dabei, Panus Namen zu vermeiden, und wenn er doch fiel, sprach sie in einem neutralen Tonfall.

Der sonst eher ruhige Miro hörte ihr begeistert zu und stellte immer wieder Zwischenfragen. Die meisten über ihr Kurhaus-Projekt. „Wenn du möchtest, könnte ich das eine oder andere Mal eine Musikstunde geben?!"

„Das würdest du tun?"

„Ja, klar! Sehr gerne sogar. Auch mir hat die Musik geholfen. Ich war auch schon ganz unten. Ich hatte einen prügelnden Vater und eine saufende Mutter. Meine Kindheit verbrachte ich in einem Heim." Miro erzählte ihr das Ganze so emotionslos, als ob er über das Wetter reden würde. „„Wo die Sprache aufhört, fängt die Musik an", ein Zitat des Deutschen E.T.A. Hoffmann. Da glaube ich fest dran. Ich bin dabei, Emilia, wann immer du mich brauchst. Ruf an!"

Emilia ließ seine Geschichte unkommentiert, freute sich jedoch unheimlich über das Vertrauen, das Miro ihr entgegenbrachte. „Ich werde dich bestimmt anrufen. Danke, Miro! Wann geht ihr denn wieder auf Tour?"

„Am 15. März für knapp fünf Wochen. Bis dahin wollen wir uns weiter um neue Songs kümmern. Wir haben schon ein paar sehr schöne eingespielt." Er schaute sie begeistert an. „Aber das weißt du ja. Manche hast du schon gehört!"

Emilia musste schlucken. Ja, das hatte sie!

„Panu hat ein neues Lied getextet und komponiert. Es ist echt wunderschön. Das müsstest du hören. Du wärst begeistert!" Er blickte auf Emilia und sah den Schmerz in ihren Augen. „Sorry! Das war dumm. Es tut mir leid."

„Schon gut. Ich habe ja davon angefangen."

„Darf ich dich etwas fragen?"

Emilia schaute Miro skeptisch an. „Kommt darauf an?"

„Was ist damals in Utrecht passiert? Ich meine... nach dem Konzert?"

Emilia musste wieder schwer schlucken, fing aber trotzdem stockend an zu erzählen. Sie holte sich alles haarklein zurück ins Gedächtnis. „...und als ich dann mit Tess..."

Miro blickte sie finster an. „Tess! Ein hoffnungsloser Fall. Verwöhntes Kind reicher Eltern!"

Sie erzählte weiter und endete mit ihrem Erwachen im Krankenhaus.

„Und wo war Tess?"

Sie überlegte kurz. „Ich weiß es nicht. Darüber habe ich mir auch schon den Kopf zerbrochen. Am Anfang glaubte ich ja, dass wir einen gemeinsamen Unfall hatten. Seit ich herausgefunden habe, dass dem nicht so war, überlege ich immer wieder krampfhaft, wo sie war als ich fiel."

Miro brummelte etwas auf Finnisch vor sich hin. Sie verstand nur „...hullu ...hölmö ...piru". Irgendetwas mit „verrückter... blöder... Teufel", aber sie fragte lieber nicht nach. Miro sah ziemlich genervt aus.

„Wenn ich die das nächste Mal sehe, kriegt sie was zu hören. Dieses dumme Kind. Wie kann man mit dreiundzwanzig Jahren noch so unverantwortlich sein? Ich könnte ihr gerade Mal, den..."

Beruhigend legte Emilia ihre behandschuhte Hand auf seinen Arm. „Miro, lass gut sein. Es ist doch alles gut gegangen. Ich bin an allem alleine schuld. Ich brauchte niemanden, der mir die Drogen und den Alkohol eingeflößt hat. Das habe ich ganz alleine geschafft!"

Er beruhigte sich wirklich und bestellte noch zwei Wodka. „Warum bist du nach dem Konzert verschwunden? Warum hast du Panu nicht alles erklärt?"

Emilia fühlte sich verunsichert. Sie senkte den Blick. Was sollte sie Miro sagen? „Ich hatte mit dem Video nichts zu tun!"

„Ich weiß. Ich glaube dir!"

Erstaunt schaute Emilia auf. „Du glaubst mir?"

„Ja!"

Ein einfaches „ja", ohne Zweifel, ohne Fragen! Emilia sprach aufgeregt weiter: „Aber Panu glaubt mir nicht. Immer noch nicht. Auch nach Frankfurt nicht!"

Stirnrunzelnd dachte Miro nach. „Mmmh, ja – ich weiß." Er blickte ihr offen in die Augen. „Liebst du ihn?"

Emilia senkte rasch den Kopf, so dass er die Tränen in ihren Augen nicht glitzern sehen konnte. Aber sie war nicht schnell genug gewesen.

„Ja, du liebst ihn! Das ist gut!"

„Gut?" Sie lachte bitter auf. Was ist daran gut?

*

Miro und Panu saßen Bier trinkend im *Guana* in der Aleksanterinkatu und blickten auf die vorbeilaufenden Passanten. Noch waren alle dick eingemummt. Es war der erste Februar, mitten in der Woche und es war viel los auf den Straßen von Helsinki. Interessiert schauten die beiden Freunde dem Treiben zu und gaben hier und da einen Kommentar über das Aussehen oder Verhalten der Vermummten ab. Auf einmal erstarrte Panu. Die Starre löste sich in Sekunden und er sprang so schnell auf, dass der Stuhl kippte. „Da ist Emilia!" Hektisch zeigte er aus dem Fenster.

Miro überlegte kurz und sagte dann ruhig. „Ja, da ist sie!"

Sie stand gegenüber vor dem *World-Trade-Center* und unterhielt sich wild gestikulierend mit einer Frau.

„Was macht sie hier?" Panu schaute wie hypnotisiert zu ihr hinüber. Sie war genauso dick eingepackt wie jeder andere hier. Sie trug eine grasgrüne Wollmütze, die sie tief ins Gesicht gezogen hatte. Trotzdem hatte er sie erkannt. Er hätte sie unter tausend vermummten Frauen erkannt. Sie lachte laut auf, und er meinte ihre vertraute Stimme zu hören.

„Einkaufen?!" Miro überlegte krampfhaft wie er Panu mitteilen sollte, was er wusste.

Die Augen immer noch auf Emilia gerichtet sagte Panu genervt. „Du weißt was ich meine. Was macht sie hier in Helsinki?"

„Sie wird mit der Fähre gekommen sein, um Essen einzukaufen!"

Panus Kopf flog herum. „Spinnst du?" Er sah wieder aus dem Fenster und überlegte, ob er zu ihr hinausgehen sollte.

Miro nahm all seinen Mut zusammen. „Panu, bitte raste jetzt nicht aus", beschwörend sprach Miro nun auf seinen Freund ein: „Emilia wohnt auf Suomenlinna!"

„Ja, klar, und ich bin Schwede und habe mich nur als Finne getarnt!"[40]

---

40 Finnen und Schweden sind wie Deutsche und Holländer beim Fußball

Er ließ sie nicht aus den Augen. Sie sprach immer noch mit der Frau. In diesem Moment kam ein junger Mann dazu und umarmte Emilia herzlich. Panu merkte wie sich seine Muskeln anspannten. Sie lachte erfreut auf, als der Fremde etwas zu ihr sagte, nahm sein Gesicht zwischen ihre Hände und gab ihm links und rechts einen Kuss auf die Wange. Er musste wegschauen. Panu merkte, wie leidenschaftliche Wut sich in ihm breit machte. Aus weiter Ferne hörte er Miros Stimme. „Sie lebt wirklich auf der Insel, seit Dezember ...sie hat dort ein Haus gekauft ...und ich war schon öfters... Silvester ..."

Panu hörte nichts mehr. In seinen Ohren rauschte es. Er schnappte seine Jacke, warf Miro noch einen bösen Blick zu, „Du zahlst!", und ging schnellen Schrittes aus der Bar. Ohne Mütze, Handschuhe oder Schal lief er ins Freie. Sein Blick war zornig auf Emilia gerichtet. Schnurstracks ging er über die Straße, direkt auf sie zu. In diesem Moment konnte er wirklich ihr Lachen hören und sehen, wie sie dem jungen Mann die Hand auf den Arm legte. Er glaubte, platzen zu müssen. Er spürte noch immer diese leidenschaftliche Wut in sich, die offensichtlich nur Emilia in ihm auslösen konnte.

Sie blickte auf, als er nur noch wenige Schritte von ihr entfernt war. Als sie ihn sah, erstarb ihr Lächeln und ihre Augen weiteten sich. Er sah Furcht und Erschrecken in ihnen. Abrupt blieb er stehen, schaute sie einen Moment an und ging mit schnellen Schritten in die entgegengesetzte Richtung davon.

*

Miro kam auf Emilia zu. Er hatte in aller Eile bezahlt und ebenfalls die Bar verlassen. Er konnte nur noch von Weitem die blonden Haare seines Freundes sehen und war dann auf die andere Seite gegangen. „Also eines muss ich sagen, Emilia – du hast wirklich ein gutes Händchen für Scheiß-Situationen!" Er blickte von Emilia zu Inka und dem jungen Mann. „Was macht ihr hier?"

„Wir wollten nach Möbeln schauen!" Inka schaute fragend zu Miro.

Die immer noch erstarrte Emilia brachte kein Wort heraus.

„Wäre es für euch okay, wenn ich Emilia für eine Weile entführe. Ich bringe sie in etwa einer halben Stunde wieder zurück?" Inka stimmte erstaunt zu und sagte Miro, wo er sie später finden konnte.

Miro schnappte Emilias Arm und zog sie mit sich in Richtung *Cafe Engel*, ein paar Hundert-Meter die Straße entlang. Auch er war wütend. Wütend auf sich und wütend auf Emilia! Als sie im Cafe ankamen und sich setzten, platzte es aus Miro heraus.

„Emilia, so geht das nicht mehr. Ich habe dich mehrfach gebeten, Panu mitzuteilen, dass du hier lebst. Ich habe dir angeboten, dass ich das für dich mache! Ich habe es satt, etwas zu wissen, was meines Erachtens wichtig für meinen Freund ist. Heute hast du mich soweit gebracht, dass ich zugeben musste, dass ich ihm etwas verheimlicht habe. Es war ein ziemlich beschissenes Gefühl, in Panus zornige Augen blicken zu müssen!"

Emilia saß in sich zusammengesunken ihm gegenüber. In ihren Augen glitzerten die Tränen. „Ich weiß, das ist alles falsch gelaufen. Wieder einmal!"

Miro war diesmal gnadenlos mit Emilia. „Was gedenkst du zu tun?"

„Sag ihm ruhig alles." Sie blickte auf. „Ich würde auch verstehen, wenn du nicht mehr kommen würdest."

„Das muss ich mir tatsächlich noch überlegen. Jetzt geht Panu erst einmal vor." Miro stand auf und verließ grußlos das Cafe.

Emilia blieb noch eine Weile bewegungslos sitzen und starrte die Wand an. Das hatte sie nicht gewollt.

*

„Emilia, was ist da vorhin passiert?" Inka und ihr junger Praktikant, Vesa, schauten sie neugierig an.

Sie versuchte ihnen zu erklären, wie es zu dieser Situation gekommen war, schaffte es aber nicht, alle Zusammenhänge in die richtige Reihenfolge zu bringen. „Seid mir nicht böse, ich möchte einfach nur noch heim. Ist das für euch okay?"

„Natürlich! Kein Problem!" Vesa hakte sich bei ihr unter und winkte Inka zu, als sie in Richtung Marktplatz zum Fähranleger gingen. „Das war doch Panu Turunen von Moonset Road, oder?" Vesa fragte sehr eindringlich.

„Ja, das war er!"

„Kennst du ihn näher?"

„Mmmh, ich kannte ihn mal näher!"

„Kannst du ihn mir mal vorstellen?"

„Weiß nicht, vielleicht irgendwann 'mal?!"

Verträumt blickte Vesa aufs Meer. „Meinst du, er ist schwul?"

Emilia musste hart auflachen. „Nein, Vesa! Panu ist definitiv nicht schwul. Ich wünschte, er wäre es!"

„Oh schade. Ich würde mir das auch wünschen. Der ist so heiß!" Mit seinem Finger strich sich Vesa über den Po und tat so, als ob er sich verbrennen würde.

Erneut musste Emilia lachen, aber diese Mal wesentlich ausgelassener.

Ja, er ist so verdammt heiß. Sie dachte an seinen zornigen Gesichtsausdruck. Egal was er tat oder wie er aussah. Er war ein Traummann! Ihr Traummann!

*

„Panu, können wir reden?" Vorsichtig war Miro hinter ihn getreten. Er saß an der Bar im Studio und fixierte die gegenüberliegende Wand. Zu Miros erstaunen hielt er keine Flasche Bier in der Hand, sondern einen Becher Kaffee.

„Kein Bier?"

„Nein! Ich denke, ich habe die letzten Monate genug gesoffen. Das muss irgendwann einmal aufhören."

„Ja, da hast du wohl recht."

Panu warf seinem Kumpel einen kurzen Blick zu.

Miro versuchte das Gespräch in Gang zu halten. „Reden oder schweigen?"

„Du redest! Ich schweige!"

„Gut!" Miro wusste nicht wo er anfangen sollte und begann mit Silvester.

Panus Blick verfinsterte sich. „Du hast mit Emilia Neujahr gefeiert?"

„Ja!"

„Weiter!"

„Sie hat mir an jenem Tag erzählt, dass sie ein Haus auf Suomenlinna gekauft hat..." Miro berichtete von ihren Plänen. „...im Januar habe ich sie dann das erste Mal besucht und mir alles zeigen lassen. Panu es ist wirklich traumhaft. Besser gesagt, es wird traumhaft. Ich habe Inkas Entwürfe gesehen. Inka war übrigens die Frau, mit der Emilia heute gesprochen hat."

„Und der Typ?"

„Das war einer von Emilias Mitbewohnern. Er möchte Innenarchitektur studieren und hat zufällig mitbekommen, an welchem Projekt

Emilia arbeitet. Er hat sie gefragt, ob er ihr helfen dürfe und Inka ihn als Praktikanten einstellen würde. Das taten die beiden dann auch."

„Mmmh, Mitbewohner?"

Miro lachte leise auf. „Ja, im Hostel. Zimmernachbar! Schwuler Zimmernachbar!" Er betonte das Wort „schwul" besonders und konnte ein wenig Erleichterung in Panus Gesicht sehen.

„Sie wohnt im Hostel?"

„Ja. Und sie gibt Kindern Musikunterricht."

„Und was machst du bei ihr?"

„Ich unterstütze sie dabei. Es macht mir Spaß, mit den Kindern zu arbeiten. Ich möchte mich auch einbringen, wenn ihr Kurhaus fertig ist."

„Warum hast du mir nichts davon erzählt?"

„Tja, das ist schwer zu sagen. Zum einem, weil Emilia mich darum gebeten hatte und zu anderem, weil ich nicht wusste, wie du reagieren würdest!"

„Was hast du denn gedacht, wie ich reagiere?"

„Sauer?"

„Und euch kam nie der Gedanke, dass ich es irgendwann zufällig...", er sagte dies sarkastisch, „...mitbekommen würde und dann erst recht sauer sein könnte?"

„Doch, klar!" Zerknirscht stand Miro auf, holte sich aus dem Kühlschrank ein Bier und setzte sich wieder neben Panu auf den Barhocker. „Mann, Scheiße, Panu! Was sollen wir denn tun? Wir alle laufen wie auf Eiern um dich herum, nur um dich ja nicht zu reizen oder gar aus Versehen durch ein unbedachtes Wort an Emilia zu erinnern. Egal was wir tun, wir machen es falsch. Und da sie jetzt nun 'mal hierher gezogen ist, können wir nicht leugnen, dass es sie gibt!"

Panu schaute seinen Freund zornig an. „Du hättest schon unserer Freundschaft wegen sagen müssen, dass du dich mit ihr triffst. Verdammt, was läuft da?"

Miro verstand erst nicht, was er meinte und blickte ihn verwirrt an. Als er aber nach wenigen Sekunden kapierte, was Panu da andeutete, knallte er heftig die Bierflasche auf den Tresen und schnellte hoch. „Du blöder Mistkerl! Was da läuft? Nichts läuft da. Stell dir vor – Mann und Frau können auch einfach nur Freunde sein." Miro bebte vor Zorn. „Was denkst du denn eigentlich von mir? ...von ihr? Nicht jeder ist so schwanzgesteuert wie du! ...und wenn etwas laufen würde – was würde dich das angehen? **Du** glaubst doch, dass sie der Teufel in Menschengestalt ist! **Du** vertraust ihr doch nicht! Also, was willst du?"

Auch Panu war nun wütend aufgesprungen. „Was erzählst du da? Das ist doch eine ganz normale Frage, bei deinen Heimlichkeiten. Emilia ist eine attraktive Frau, du bist ein freier Mann. Das ist doch gar nicht so abwegig!"

„Ich höre mir die Scheiße nicht länger an! Wir reden wieder, wenn du bei klarem Verstand bist! Vielleicht solltest du mal darüber nachdenken, dieser jungen, attraktiven Frau zu vertrauen und dir einzugestehen, dass du sie liebst!" Miro drehte sich herum und lief Richtung Tür. Mit einem lauten Knall fiel diese ins Schloss und Panu war allein.

Panus Zorn kannte keine Grenzen. Er tobte und schmiss mit voller Wucht seine volle Tasse gegen die Wand. „Du Arschloch! Ich liebe sie nicht! Sie ist mir scheißegal!"

Ruhelos lief er im Studio herum. Er musste sich irgendwie abreagieren, fand aber kein Ventil. Erstarrt blieb er stehen, als plötzlich Musik erklang.

„...could I have this kiss forever..."

Er vernahm seine Stimme und kurz darauf Emilias. Er blickte sich um und sah Janis, wie er vom Tonstudio aus auf ihn zukam.

Er hatte das ganze Gespräch mit angehört und sich seine eigenen Gedanken dazu gemacht.

„Du liebst sie nicht? Das glaubst du doch selber nicht! Nutze lieber deine letzte Chance, bevor du keine mehr bekommst!" Durchdringend sah Janis seinen Frontsänger an.

Dieser war still und nachdenklich geworden. „Und das sagst du? Gerade du?" Panu sah ihn verwirrt an.

„Auch ich kann mich irren. Und ich denke, in Emilia habe ich mich geirrt!"

„Verdammt, was soll ich tun?"

„Das musst du schon selbst herausfinden. Dabei kann dir keiner helfen!"

„Vihaan sitä, että rakastan häntä!"[41] Panu blickte verzweifelt aufs Meer.

---

41 Ich hasse es sie zu lieben!

18

„Welcome to my life. You see it is not easy. But I'm doing all right. Welcome to my dream, it's the only one who needs me. And stays right by my side"

(Welcome to my life – Sunrise Avenue)

„Eva?" Emilia saß wieder einmal bei ihrer Freundin in Mainz und sie unterhielten sich über ihre Scheidung. „Warum hat mich Joachim gefragt, ob du mir erzählt hättest, dass er mit Vera ein Verhältnis habe?"

Eva schaute die Freundin lange und eindringlich an. „Hmmh, vielleicht weil er dachte, dass ich die Vermutung, die ich ihm gegenüber geäußert habe, auch dir mitteilen würde."

„Wusstest du davon?"

„Ich habe es geahnt!"

„Hättest du mir je davon erzählt?"

„Ich glaube nicht." Eva sah Emilia offen an.

„Warum wolltest du damals meine Freundin werden?"

„Das habe ich dir doch hundert Mal gesagt. Wer möchte nicht mit dir befreundet sein?"

„Und warum sagtest du, dass Joachim und du etwas voneinander wüssten, was sonst keiner erfahren sollte?"

In diesem Moment verfluchte Eva die psychologischen Therapiestunden. „Weil das eben so ist!"

„Was wusstest du?"

„Er hat seine ehemaligen Geschäftspartner betrogen."

„Ja, ich weiß!" Emilia überlegte, wie sie die nächste Frage stellen sollte. „Und was wusste er über dich?"

Eva zögerte. „Ich... hatte...war..."

Das Klingeln des Telefons rettete sie. Eilig griff sie nach dem Hörer. „Ach, hallo, Mikka...!" Eva schaute ihre Freundin entschuldigend an und ging aus dem Raum. Als sie zurückkam berichtete Eva aufgeregt, dass sie sich mit Mikka in zwei Wochen in Helsinki treffen und danach gemeinsam ein paar Tage Urlaub machen wollten. Das alles noch bevor die Frühjahrstour von Moonset Road starten würde.

Emilia freute sich. „Wenn du kommst, können wir gemeinsam shoppen gehen. Ich habe immer noch nicht die endgültige Auswahl an Möbeln getroffen. Inka wird dir gefallen und Vesa sowieso. Das wird lustig."

„Ja, das glaube ich auch. Wenn es dort nur nicht so kalt wäre!"

Emilia musste lachen. „Daran gewöhnst du dich, glaube mir!"

„Bestimmt nicht! Ich mag's lieber warm!"

„Ich freue mich, wenn du kommst. Aber dann bist du ja über Fassnacht gar nicht in Mainz?! Wirst du das nicht vermissen?"

„Nein, ich denke nicht! Und wenn doch, feiern wir eben in Helsinki Fassnacht!"

Die Freundinnen mussten lachen. „Das wäre auf jeden Fall 'was anderes!"

*

„Hallo, Miro." Emilia stand im Aufenthaltsraum des Hostels und begrüßte ihn erfreut. „Schön, dass du wieder einmal vorbeischaust!"

„Hei, Emilia. Wie geht es dir?"

Sie lächelte ihn an. „Danke gut! Und dir? Hast du vor zwei Wochen noch viel Ärger bekommen?"

„Ja!"

„Das tut mir leid!"

„Ich weiß, aber es ist schon wieder gut."

„Schön. Was kann ich für dich tun?"

„Ich wollte eigentlich nur schauen, wie du so vorankommst."

„Warte, ich hol schnell meine Jacke und dann zeige ich dir alles." Flugs lief sie den Gang entlang und kam wenige Minuten später zurück. Als sie gemeinsam aus dem Haus traten, trafen sie auf Vesa. „Tuletko sinä mukaani?"[42]

„Nein, Emilia, ich kann nicht mit, ich treffe mich gleich mit Inka in der Stadt. Bis später."

Auf dem kurzen Weg zu ihrem neuen Haus, versuchte Emilia, sich auf Finnisch mit Miro zu unterhalten. „Kaunis maisema!"[43]

„Joo!"

„Mikä päivämäärä nyt on?"[44]

„Tänään on helmikuun viidestoista päivä!"[45]

„Puhun hyvää suomalainen?"[46]

„Es geht!"

---

42 Kommst du mit?

43 Schöne Landschaft!

44 Welches Datum haben wir heute?

45 Heute ist der 15. Februar!

46 Spreche ich gut finnisch?

Emilia gab Miro einen Schubs, so dass er beinahe in den Schnee fiel. „Hallo! Ich bemühe mich. Ehrlich!"

„Ja, es ist ja auch schon richtig gut. Ehrlich!"

„Ehrlich?!" Emilia lächelte. „Hast du Eva und Mikka gesehen?"

„Nein! Die zwei sind nur unterwegs. Vor allem verbringen sie die meiste Zeit in der Sauna!"

Jetzt musste Emilia schallend lachen. „Ja, das glaube ich. Eva hasst diese eisige Kälte. Dass sie überhaupt hierhergekommen ist, wundert mich. Vor allem, da wir in Deutschland Fastnacht haben und Eva einer der größten Narren ist, der 'rumläuft."

„Ja, sie hat auch schon irgendetwas von Fastnacht gemurmelt. Ich glaube sie will Samstag eine Party schmeißen?!"

„Echt? Wo?"

„Weiß nicht. Musst du sie selbst fragen." Er schaute Emilia durchdringend an. Ein bisschen sauer war er immer noch auf sie. Diese kleine Deutsche hatte ihr aller Leben ein wenig komplizierter gemacht. Aber er konnte nicht leugnen, dass er sie gern mochte. Er bewunderte ihre Hingabe, mit der sie ihr Ziel verfolgte. Und das ganz uneigennützig. Wie könnte man ihr lange böse sein?

Wild gestikulierend erzählte sie ihm gerade, wie die Außenfassade des Hauses und die Terrasse aussehen sollten. Sie war so in Fahrt, dass Miro nur noch lächeln konnte. Als sie das Gebäude erreichten, schaute er sich begeistert um und war völlig beeindruckt, wie weit der Innenausbau schon vorangeschritten war. In den meisten Zimmern lagen bereits Wasser-und Stromleitungen. Im großen Aufenthaltsraum war der Kamin eingebaut und der Holzboden fast fertig verlegt. Überhaupt war er von dem großen Raum, der den Mittelpunkt des Hauses bildete, regelrecht gefesselt.

„Wann werden die denn mit dem Boden fertig?"

„Ich weiß nicht, sie sagten 'was vom Wochenende!"

„Gut!" Miro klatschte erfreut in die Hände.

Emilia lächelte ihn an und freute sich über seine Euphorie. Sie wollte ihn gerade weiter durchs Haus führen, als ihr Handy klingelte.

„Hallo, Süße!"

„Hei, Eva!"

„Was hast du Samstag vor?"

„Ich denke, ich gehe auf eine Fastnachts-Veranstaltung?!"

„Ja, genau! Woher weißt du?"

„Miro ist gerade bei mir und hat mir von deiner Idee erzählt."

„Gut. Dann sag ihm gleich, dass er mitkommen muss!"

„Mach ich!“

„Panu ist auch eingeladen!“

Emilia schluckte. „Okay!“

„Kommst du trotzdem?“

„Kommt er?“

„Ja!“

Emilias Gedanken überschlugen sich. Was sollte sie tun? Sie konnte nicht ewig davon laufen.

„Ich komme! Gibt es ein Motto?“

„Deutschland!“

„Na super.“ Sie kicherte leicht hysterisch. „Wo feierst du?“

„In Mikkas Wohnung.“

„Schön, ich freu mich. Bis dann!“

Sie legte auf und berichtete Miro von dem Gespräch.

„Saksa?!“[47] Er blickte Emilia belustigt an.

„Joo!“

*

Emilia zermarterte sich das Hirn, wie sie sich für Evas Party verkleiden sollte. Dirndl, Fußballer oder Würstchen?

Sie war aufgeregter, als sie sich eingestehen wollte. Wie würde Panu auf sie reagieren? Und sie auf ihn?

Nach einiger Zeit des Grübelns kam ihr eine prima Kostümidee und sie überlegte, wie sie diese umsetzen konnte.

Am Samstagabend, pünktlich um sieben Uhr, stand Emilia vor Mikkas Wohnungstür. Sie war in einen dicken Mantel gehüllt und hatte die Kapuze tief ins Gesicht gezogen. In ihrer Hand hielt sie eine Harke. Der Taxifahrer sowie die Passagiere auf der Fähre hatten sie verwundert angeschaut.

Als Emilia jetzt im Treppenhaus stand, zog sie den Mantel aus und ging langsam die Stufen hoch.

Ihre Freundin stand schon an der Tür. „Emilia?! Du bist der Knaller! Komm rein!“

Vor ihr stand ein echter deutscher Gartenzwerg. Emilia hatte sich eine rote Zipfelmütze aufgesetzt, die Backen rot geschminkt und einen weißen Vollbart ins Gesicht gehängt. Dazu trug sie eine grüne Latzhose, ein dottergelbes T-Shirt und rote Gummistiefel.

---

47 Deutschland?!

Eva dagegen trug ein sexy Dirndl und passend dazu kam Mikka als Bayer in Lederhosen dazu. Die beiden krümmten sich vor Lachen, als sie sich Emilia genauer betrachteten.

„Ich fass es nicht! Wo hast du das denn her?"

„Eigenkreation!"

„Erzähl mir nicht, dass du das selbst genäht hast." Eva schaute ihre Freundin verwundert an.

„Naja, gut. Nicht ich habe genäht, sondern eine Nachbarin." Lachend hob sie die Harke in die Luft und zog eine kleine Gießkanne hervor, die sie zwischen Brust und Latzhose eingeklemmt hatte. „Aber, ich hatte die Idee und habe den Stoff sowie meine Werkzeuge besorgt!"

Es klingelte erneut an der Tür.

„Wie viele sind denn eingeladen?"

Mikka zuckte mit den Schultern. „Weiß ich nicht. Eva hat jeden eingeladen, der sie freundlich angelächelt hat."

Emilia musste grinsen. Das sah ihrer Freundin ähnlich.

Sie ging an die Bar und bestellte einen Cocktail, als zwei Fußballer und eine weitere Dirndlträgerin herein kamen. Es waren Janis, Rami und Niina. Während Janis sie großzügig übersah, kamen Niina und Rami freundlich lächelnd auf sie zu.

„Wie geht es dir?" Rami blickte sie fragend an.

„Danke, gut!"

Niina schaute sie durchdringend an. „Und deine Verletzungen?"

„Sie verheilen gut, danke. Wirklich gut!"

Emilia machte Smalltalk, auf den sie sich nur schwer konzentrieren konnte. Denn sobald es an der Tür klingelte, setzte ihr Herz aus. Panu jedoch ließ weiter auf sich warten.

Die Party war trotzdem ein voller Erfolg. Die Gäste hatten sichtlich und hörbar Spaß.

Gegen elf Uhr, als Emilia schon sicher war, dass er nicht mehr käme und sich langsam entspannte, stand plötzlich Heino vor ihr, der sie durch seine schwarzen Brillengläser fixierte. „Hei, Kaunis!"

Sie war wie vom Donner gerührt, „Hei, Panu!", und brachte kaum einen Ton heraus. Mit offenem Mund blickte sie zu ihm auf.

Er trug eine schwarze Bundfaltenhose und ein rotes Jackett. Die Haare hatte er nach hinten geföhnt und auf der Nase saß die typische schwarze Sonnenbrille. Heino halt!

„Kuinka voit?“[48]

„Kiitos, hyvin! Ja sinä?“[49]

„Mmmh, okay!“

Emilia musste schwer schlucken, als er auf ihre Frage, wie es ihm den ginge, mit „okay“ antwortete.

„Was macht dein Haus, der Umbau?“

„Es geht gut voran. Wir liegen im Zeitplan. Ich denke, dass ich schon nächsten Monat mein Zimmer beziehen kann.“

„Das freut mich für dich. Fühlst du dich wohl auf der Insel?“

Emilia lächelte. „Ja, das tue ich!“

Sie konnte seine Augen nicht sehen, konnte nicht sehen, was er dachte. „Du bist ein goldiger Gartenzwerg!“ Er lächelte sie an.

„Danke. Singst du heute noch für uns, Heino?“

„Ich denke schon. *„Schwarzbraun will die Haselmus“!*“

Emilia lachte laut heraus. Sie liebte seine deutschen Versprecher. „Ich freu mich drauf!“

„Möchtest du noch etwas trinken?“

Sie schaute auf ihr Glas, das sie gerade leer getrunken hatte. „Ja, gerne. Noch einen Cocktail, bitte!“

Panu nahm ihr das Glas aus der Hand. Seine Finger berührten leicht die ihren. Es durchzuckte sie wie ein Stromschlag. Auch Panu erstarrte und blickte auf ihre Hände. Dann drehte er sich ruckartig um und ging kopfschüttelnd vor sich hin brabbelnd Richtung Bar.

Emilia schaute ihm nach und atmete tief ein. Sie war so angespannt in seiner Gegenwart gewesen, dass sie nun das Gefühl hatte, keine Luft mehr in den Lungen zu haben.

Bis jetzt war ja alles gut gelaufen. Sie blickte sich um und bemerkte, dass Miro sie beobachtete. Auch die Augen von Mikka, Janis und Niina waren auf sie gerichtet. Verlegen senkte sie den Blick, da sie wusste, dass alle den gleichen Gedanken hatten: Pass auf, was du machst, Kleine!

Natürlich machten sie sich Sorgen um Panu und versuchten ihn, zu schützen. Dafür waren gute Freunde schließlich da!

Sie lächelte und drehte sich herum, um nach Eva Ausschau zu halten. Sie tanzte gerade mit einem Eishockeyspieler den Ententanz und war in bester Stimmung. Emilia stutzte. Eva passte doch normalerweise wie ein Schießhund auf **sie** auf, warum jetzt nicht?

---

48 Wie geht es dir?

49 Danke gut! Und dir?

„Bitte schön!“ Panu drückte ihr einen Cocktail in die Hand.

„Danke!“ Sie blickte zu ihm auf. Noch immer trug er diese saublöde Sonnenbrille. „Wir werden beobachtet!“ Emilia versuchte locker zu klingen und lächelte etwas verkrampft in die Runde.

Panu folgte ihrem Blick und sofort senkten sich alle Blicke. Er drehte sich wieder zu ihr um und lachte ihr offen ins Gesicht. „Du hast Recht. Wir sind eine Attraktion!“

„Attraktion?! Wohl eher ein Vulkan, von dem jeder erwartet, dass er gleich ausbricht!“

„Vulkan?“ Sein Lachen verwandelte sich augenblicklich in ein sehnsüchtiges Lächeln. „Du bist wie ein Vulkan, Kaunis. Einer, der in meinen Armen immer wieder ausgebrochen ist!“

Erschrocken hielt Emilia die Luft an. „Das ist nicht fair. Hör auf so zu reden!“ Die wenigen Worte hatten sie sofort erregt und das nicht nur gefühlsmäßig.

„Wer hat gesagt, dass ich fair bin?, rau brachte er die Worte raus und schaute herausfordernd auf sie herab.“

Sie zuckte resigniert mit den Schultern. Sie wusste nicht, was sie sagen sollte.

Da griff er an seine Sonnenbrille und setzte sie auf den Kopf, so dass sie endlich seine blauen Augen sehen konnte. Er sah ihr tief in die Augen, schob seine Hand unter ihr Kinn und hob es an.

Emilia senkte aufgewühlt die Lider – sie spürte den Funkenflug, der das erloschen geglaubte Feuer auf ein Neues entfachte. Nur durch diese Berührung – seine kleine, sanfte Berührung, verlor sie ihre über Monate aufgebaute Selbstbeherrschung und war durch die Wärme seiner Hand, die sich heiß auf ihrer Haut einbrannte, in Flammen gesetzt. Und genau dieses unstillbare, wahnsinnig machende Verlangen, nach ihm – seinen Berührungen, seinen Küssen, war gerade jetzt wieder da, als ob es die Monate der Trennung nie gegeben hätte.

Panu strich mit seinen Fingerspitzen zart über ihre Lippen.

Emilia erschauerte und blickte ihn bittend an. „Panu, nein...“

Ihre Bitte missachtend, beugte er sich leicht vor, sog ihren, ihm so vertrauten Apfelduft sehnsüchtig ein, streifte mit seinem Mund über ihre Stirn und murmelte: „Ich bin immer noch heiß auf dich, Harmaa-silmä. You are still damn hot!“, dann lachte er plötzlich heißer auf und als wolle er die Situation wieder in den Griff bekommen, flüsterte er ihr neckend ins Ohr: „Even... wenn du als Gartenzwerg nicht ganz mein Typ bist.“

Emilia schüttelte verwirrt den Kopf. „Panu. Ich...“

„Entspann dich, Süße. Ich werde jetzt nicht über dich herfallen – nicht hier!“ Er ließ ihr Kinn los und gab ihr sanft lächelnd einen Stups auf die rot geschminkte Nase.

„Alles klar bei euch beiden?“ Eva stand auf einmal hinter Emilia und schaute Panu todernst ins Gesicht.

„Ja, natürlich. Was sollte nicht klar sein?“ Er grinste sie provozierend an. „Wir führen nur anregende Gespräche.“

Emilia drehte sich hastig herum. „Alles okay, Eva. Wolltest du nicht, dass ich ‘was singe? Ich wäre jetzt bereit!“

„Ich auch!“ Panu grinste noch immer.

*

Nachdem Emilia *„Life is life“* zum Besten gegeben hatte, Panu *„Schwarzbraun ist die Haselnuss“* und Miro *„Die deutsche Nationalhymne“*, begann ein wildes Karaoke-Singen. Der Höhepunkt war erreicht, als gegen zwei Uhr morgens Mikka ans Mikro ging und für Eva ein Ständchen sang.

Emilia war erstaunt, wie schön seine Stimme klang. Sie war sanft und tonsicher. Er sang von Milow *„You and Me“*!

Eva schaute ihn verzückt an. Als er geendet hatte, nahm er ihre Hand und zog sie an sich. In Englisch, so dass alle Anwesenden ihn verstehen konnten, fing er an zu sprechen: „Liebe Freunde, Eva und ich müssen euch etwas mitteilen...“

Emilia schaute sich nach Panu um. Er stand mit Miro an der Bar und beobachtete sie. Schnell senkte sie den Blick, als er ihr zuprostete.

„... wir kennen uns zwar noch nicht lange, aber ich denke, dass tut unseren Gefühlen, die wir für einander haben, keinen Abbruch...“

Emilia lauschte verwirrt seinen Worten. Sollte das etwa eine Liebeserklärung werden?

„...deswegen haben wir uns entschieden, dass wir unser lasterhaftes Leben legalisieren wollen, bevor wir viel zu alt dafür sind...“

„Du zu alt! ...nicht ich! Du alternder Finne!“ Eva gab ihm einen leichten Klaps auf den Arm. Er packte sie und legte seine Lippen auf ihre. „Still, deutsche Schönheit!“

Die Gäste johlten und applaudierten. Emilia war wie versteinert. Hatte sie das eben richtig verstanden? Eva und Mikka wollten heiraten? Das konnte nicht sein?!

„...also, um das Ganze zum Abschluss zu bringen...“, die beiden hielten sich im Arm und strahlten„ ...am Montag, den 20. Februar, also in zwei Tagen, werden wir um fünfzehn Uhr in der lutherischen Kirche auf Suomenlinna heiraten! Und ihr seid alle herzlichst eingeladen, mit uns zu feiern!“

Emilia war sprachlos. Sie schaute auf die beiden, die nun von allen Seiten beglückwünscht wurden und wusste nicht, wie sie reagieren sollte. Miro war neben sie getreten. „Na, wer hätte das gedacht?“ Er grinste sie an.

„Also, ich bestimmt nicht.“ Sie schüttelte fassungslos den Kopf. „Ich muss da mal hin!“ Sie ging zu ihrer Freundin und schaute sie strafend an. Eva lachte ihr entgegen. „Nicht sauer sein, Süße. Wir wollten euch alle überraschen.“

„Das ist euch auch gelungen.“ Immer noch verwirrt über das eben gehörte nahm Emilia die Freundin in den Arm.

„Gott, ich wünsche euch alles Glück der Welt, Große!“ Sie wandte sich an Mikka. „Und du behandelst sie gut. So wie sie es verdient!“

Mikka salutierte und schlug die Hacken zusammen. „Jawohl, Ma'm! Mein Auftrag lautet: Mache Eva glücklich! Wird erfüllt!“

Jetzt musste Emilia auch lachen und drückte Eva und Mikka abwechselnd. Langsam kam wieder Leben in sie und aufgeregt plapperte sie mit ihrer Freundin über den kommenden Montag!

„Du musst für uns singen. Machst du das?“

Emilia zögerte nur kurz. „Natürlich mache ich das! Wenn ich das Lied bestimmen darf?“

Eva überlegte. „Na, von mir aus. Dein Geschmack ist ja nicht der schlechteste.“ Feixend und lachend gingen die Freundinnen an die Bar, um auf diesen besonderen Moment anzustoßen.

Emilia blickte sich suchend um. Sie sah Panu nicht mehr.

„Er ist eben gegangen. Seine Mutter hat morgen Geburtstag und seine Maschine geht früh.“

„Okay!“ Sie tat so, als ob das Ganze sie nichts anginge. Aber genauso wenig, wie sich selbst, konnte sie Eva etwas vormachen.

Die Freundinnen sahen sich an und zuckten resigniert mit den Schultern. Eva prostet Emilia zu. „Auf die Liebe!“

Emilia lächelte wehmütig. „Ja, auf euch... auf die wahre Liebe!

*

Eva blickte zu Mikka und zögerte. Es war Sonntagmorgen, der Tag vor ihrer Hochzeit. Sie wusste, sie musste ihm noch eine wichtige Sache über sich erzählen, aber es fiel ihr schwer. „Mikka?" Sie saßen sich am Frühstückstisch gegenüber.

„Ja?"

„Weiß ich alles über dich?"

Er schaute sie erstaunt an. „Warum? Bekommst du kalte Füße?"

Sie blickte erschrocken zurück. „Nein! Aber es gibt Dinge, die ich noch nie jemanden gesagt habe ...und ich dachte dir geht es vielleicht genau so?"

Mikka musste lachen. „Was für ein dunkles Geheimnis hast du denn?"

Wieder zögerte Eva. „Ich habe in jungen Jahren Dinge gemacht, auf die ich nicht gerade stolz bin!"

Er lachte. „Ich auch! ...glaub mir, ich auch!"

„Ich...habe...ich wollte es Emilia irgendwann erzählen, aber...", Eva stotterte herum.

„Eva, ich verstehe kein Wort. Was hat Emilia damit zu tun?"

„Eigentlich nichts. Aber ich denke, du solltest es wissen, da du mich morgen heiraten willst!"

„Nicht nur willst...ich werde dich heiraten! Egal, wie deine Jugendsünden aussehen!" Lachend stand er auf und stellte sich vor sie. „Erzähl! So schlimm kann es gar nicht sein!"

„Was ich dir jetzt sage, weiß nur Emilias baldiger Ex-Ehemann, vielleicht noch seine Geliebte, Emilias Mutter, aber sonst niemand!"

„Eva, mach es nicht so spannend! Was ist es?"

Eva senkte verlegen den Kopf und wurde rot. Sie konnte nicht fassen, dass ihr das gerade passierte. Sie, die Kaltschnäuzige, die immer über den Dingen stand, druckste in diesem Moment herum, wie ein kleines Schulmädchen. „Emilia hat sich schon immer gefragt, was ihr Mann gegen mich in der Hand haben könnte. Warum ich damals ihre Freundin wurde und sie vor Joachim beschützt habe", wieder zögerte sie. „Ich habe Joachim während meiner Studienzeit durch meine damalige Tätigkeit kennengelernt", sie schluckte. „Ich war im Begleit-Service tätig, um mir mein Studium zu finanzieren. Ich habe mich an jeden verkauft, der mir dafür Geld bezahlt oder berufliche Vorteile verschafft hat!" Eva senkte den Blick. Mikka sagte nichts. Ihr kam sein Schweigen wie Stunden vor.

„Okay! Hast du jemanden umgebracht?" Prüfend schaute er sie an.

Eva blickte ihn entsetzt an. „Nein!“

Erleichtert atmete er auf. „Gott sei Dank. Ich dachte schon, du hättest etwas wirklich Schlimmes getan!“ Er lächelte, zog sie von ihrem Stuhl hoch und nahm sie in die Arme. „Ich liebe dich, Eva von Lechtow. Und du wirst es nicht schaffen, mich je wieder loszuwerden!“

„Es stört dich nicht?“

„Nein! Die Hauptsache ist, du weißt jetzt, wo du hingehörst. Nämlich zu mir!“ Er küsste sie fest auf den Mund und Eva atmete erleichtert auf. Als sie sich voneinander lösten fragte Eva: „Meinst du, ich soll es Emilia sagen?“

„Möchtest du?“

„Nein!“

„Dann lass es!“

19

„Don't think; just do, only love should control you. Just think; just do, about the things your heart tells you. Be on my side, I love you and I'll ever do! Share your life with me… now, forever and always!“

(Share your life with me – Moonset Road)

Miro und Emilia hatten den Sonntag damit verbracht, alles für die Hochzeit am nächsten Tag zu organisieren. Eva hatte ihnen mitgeteilt, dass sie das Restaurant *Walhalla* schon vor zwei Wochen gebucht hatten und die beiden nur noch für ein wenig Programm sorgen mussten.

Sie ließen die Köpfe rauchen. Musik war das Einfachste, aber was noch? Sie heirateten an Rosenmontag, da Eva so ein begeisterter Fastnachter war. Also musste es etwas närrisches sein – aber was?

„Ein Büttenredner!“ Emilia schnipste mit den Fingern. „Das ist es!“

„Ahh…okay! Woher nehmen?“

„Tja, wenn ich das wüsste. Morgen, an Rosenmontag, wird wohl kein Narr dieser Welt Zeit haben, um nach Finnland zu fliegen und einen Vortrag auf einer Hochzeit zu halten!“

Emilia grübelte und googelte. Als ihr die rettende Idee kam, schaute Miro sie geschockt an. „Das ist jetzt nicht dein Ernst?“

„Doch! So machen wir das. Anders geht das nicht! Aber jetzt nochmal zur Musik in der Kirche."

Für die Kirche hatten sich Mikka und Eva zwei Lieder gewünscht. Von den Jungs *„Share your life with me"* beim Einzug und *„I will follow him"* beim Hinausgehen. Ansonsten hatten sie freie Hand. Miro und Emilia entschieden, dass Emilia noch *„The Rose"* von Bette Midler singen sollte. Ein typisches Hochzeitslied und so wunderschön.

Für nachts war dann ein großes Feuerwerk geplant, das Miro über einen befreundeten Musiker organisieren wollte.

Emilia hatte nicht wirklich viel Zeit zum Nachdenken, aber wenn sie die Situation überdachte, dann wurmte es sie schon ein bisschen, dass Eva sie nicht sofort in ihre Hochzeitspläne eingeweiht hatte sondern erst zwei Wochen später, im Beisein aller anderen. Aber als Eva sie nach der großartigen Ankündigung gefragt hatte, ob sie ihre Trauzeugin sein wolle, hatte sie sofort zugestimmt. Eva hatte eigentlich auch nicht wirklich gefragt! „Süße, und du bist meine Trauzeugin!" Das war's gewesen.

Mikka hatte sich nicht entscheiden können, wen er als Trauzeugen nehmen sollte. Am liebsten hätte er die ganze Band genommen. Zum Schluss hatte er sich dann aber doch für Miro entschieden, da er ihn am längsten kannte.

„Was noch, Miro?" Emilia schaute ihn fragend an. Es war jetzt später Nachmittag und die beiden waren hundemüde. Sie waren morgens erst gegen fünf Uhr ins Bett gekommen und hatten sich heute Morgen schon wieder für neun Uhr verabredet.

„Ich weiß nicht, was noch? Ich denke es reicht. Die zwei können froh sein, dass wir überhaupt irgendwas auf die Beine stellen, so kurzfristig."

„Da hast du Recht. Ich verstehe auch nicht, warum Eva nicht früher etwas gesagt hat?!"

„Ja, wie soll man in den wenigen Tagen, etwas Vernünftiges auf die Beine stellen." Miros Handy summte. Er schaute auf die Nachricht, stand abrupt auf und ging eilig zur Tür. „Ich muss kurz was erledigen."

Weg war er. Emilia schaute ihm verdutzt nach. Was war das denn? Doch ihr blieb nicht viel Zeit zum Grübeln. Sie beugte sich über das leere Blatt Papier, das vor ihr lag und begann zu schreiben.

*

Die Trauung in der kleinen Kirkko auf Suomenlinna war wunderschön. Eva sah traumhaft aus. Sie trug ein langes, cremefarbenes Brautkleid aus weich fallender Seide. Ihre langen, dunkelbraunen Haare fielen ihr in großen Locken über die nackten Schultern.

Mikka trug einen dunkelgrauen Smoking. Stolz führte er zu den Klängen von *„Share your life with me"* seine schöne Braut zur Kirche herein.

Miro und Emilia standen bereits am Altar und sahen ihnen bewegt entgegen.

Emilia hatte seit Stunden nicht mehr an Panu gedacht. Sie hatte ihn auch noch nicht erblickt. Aber jetzt, da seine Stimme erklang, getragen von dem alten Gemäuer, lief ihr eine Gänsehaut über den Rücken.

Die Band stand schräg hinter ihr, und somit war auch er außerhalb ihres Blickfeldes.

Emilia zitterte leicht, obwohl die Kirche beheizt war. Das musste sie auch, da draußen immer noch Minustemperaturen herrschten. Die Kirche war bis auf den letzten Platz gefüllt. Emilia sah einige bekannte Gesichter aus Deutschland. Sogar Moritz, Evas Verflossener, war gekommen. Als Emilia weiter über die Reihen schaute, sah sie aus dem Augenwinkel, wie Miro sich wegdrehte und irgendetwas hinter dem Rednerpult hervor holte. Seine Gitarre! Denn nun war er mit seinem Gitarrensolo an der Reihe, und da er als Trauzeuge nicht bei der Band sein konnte, hatte er seine Gitarre heimlich dort deponiert, um seinen Part des Stücks trotzdem übernehmen zu können. Miro legte noch mehr Gefühl als sonst in sein Spiel, was eigentlich kaum noch möglich war. Als das Lied endete und Eva und Mikka beim Altar angekommen waren, lehnet Miro die Gitarre gegen die Wand und stellte sich zu Mikkas Rechten.

Die vier lächelten sich an.

Auch Emilia drehte sich herum und konnte Panu nun zum ersten Mal ansehen. Er trug ebenfalls einen grauen Smoking, genau wie Janis und Rami. Emilia schluckte schwer, fuhr sich mit der Zunge über die Lippen und senkte den Blick.

*

Panu wurde heiß. Wenn sie wüsste, wie gut sie in diesem Moment aussieht. So unschuldig, so sexy! Sie trug ein tiefblaues, schulterfreies Etuikleid. Ihre Haare waren länger als vor ein paar Monaten und sie hatte sie in leichten Wellen hinters Ohr geklemmt. Als sie nun mit der Zunge über ihre Lippen fuhr, zog es ihm die Eingeweide zusammen. Sie hatte nur kurz zu ihm herüber gesehen. Der Blick in ihre grauen, vertrauten Augen reichte jedoch, um sein Verlangen nach ihr zu entfachen. Die Zeremonie begann, aber Panu bekam nur die Hälfte davon mit. Er konnte seinen Blick nicht von Emilia abwenden. Sie war so verdammt zierlich geworden. Nicht mehr so knochig, aber irgendwie zarter, als er sie in Erinnerung hatte. Er versuchte, sich vorzustellen, was sie darunter trug. Sein Blick blieb an ihren Hüften hängen. Das Tattoo! Sein Blut geriet in Wallung und eine Woge der Erregung überrollte ihn – er musste an sich halten, um nicht laut aufzustöhnen.

Gerade reichte Eva ihrer Freundin den Brautstrauß, damit Mikka ihr den Ring überstreifen konnte. Zärtlich hielt Mikka Evas Hand und küsste dann sanft ihre lächelnden Lippen. Sie waren nun offiziell verheiratet!

Emilia gab Eva den Strauß zurück, trat einen Schritt nach vorn und drehte sich herum. Im nächsten Moment war die Kirche von ihrer starken klaren Stimme erfüllt.

Panu konnte ihr in diesem Moment nur noch auf den Rücken schauen. Er hörte ihre Stimme, er sah ihre gestrafften Schultern und fühlte, wie sein Herz ihr entgegenflog. Er überlegte kurz und ging dann seitlich an der Wand entlang in den Kirchenraum, um sie von vorne betrachten zu können.

Sie fixierte mit einem Blick voller Bewunderung und Liebe ihre Freundin und sang mit dieser irrsinnig prägnanten Stimme *„The Rose"*!

Eva fing leise zu weinen an, worauf Mikka zärtlich den Arm um sie legte. Als Emilia geendet hatte, fielen sich die Freundinnen in die Arme, drückten sich und ließen ihren Tränen freien Lauf. Mikka räusperte sich und Emilia und Eva ließen voneinander ab. Miro trat an Emilias Seite und nahm sie in die Arme.

Panu beobachtet genau, wie Miro mit Emilia umging und es durchfuhr ihn ein nahezu unerträglicher Schmerz, als er die beiden so einträchtig dastehen sah. **Er** sollte neben ihr stehen und sie in den Armen halten – nicht Miro!

Als sich alle wieder so weit gefasst hatten, gingen zuerst die Gäste aus der Kirche. Draußen in der verschneiten Winterlandschaft stimmten Rami, Panu und Janis die ersten Takte zum Abschlusslied an. Als das Brautpaar strahlend die Kirche verließ, sangen alle zusammen *„I will follow him"!*

Es war wunderschön. Alles war wunderschön. Die Kirche, die Stimmung, die Musik und die Liebe, die im Fall von Eva und Mikka gesiegt hatte.

Panu schaute wieder zu Emilia. Sie fror. Miro legte ihr gerade seine Jacke über die Schultern. Finster blickte Panu seinen Kumpel an. Miro bemerkte den Blick und erwiderte ihn mit einem gleichgültigen Schulterzucken.

Panu kochte. Er merkte, wie ihn wieder dieser leidenschaftliche Zorn packte. Er musste sich zwingen, wegzusehen und sich ganz auf die Musik zu konzentrieren, um wieder runter zu kommen. Dennoch fiel sein Blick abermals auf Emilia, die gerade schüchtern zu ihm herüberschaute, nachdem Miro ihr etwas ins Ohr geflüstert hatte. Seine Augen verdüsterten sich und seine Lippen wurden schmal. Die beiden waren so vertraut, das passte ihm nicht.

Nein! Das passte ihm ganz und gar nicht!

*

Vor der Kirche standen mehrere Kutschen, die das Brautpaar sowie die Gäste kurz darauf in das knapp fünf Minuten entfernte Restaurant brachten.

Nachdem alle dort ankamen, gab es noch vor dem Restaurant, in der verschneiten Landschaft von Suomenlinna, einen Sektempfang. Als die Gäste dann in die Räumlichkeiten traten, fanden sie sich in einem riesigen Gewölbekeller wieder, der festlich geschmückt war. An einer langen Tafel, die in Evas Lieblingsfarben gelb und rot eingedeckt war, fanden alle Gäste Platz.

Es war eine kurzweilige, fröhliche und ausgelassene Feier.

Miro und Mikkas Vater ließen Mikkas Leben in einem Potpourri aus lustigen Erlebnissen und Liedern an der Hochzeitsgesellschaft vorbeiziehen.

Als Emilia an der Reihe war, ihre Rede auf das Brautpaar zu halten, ging das Ganze nicht ohne Emotionen von statten. Sie bedankte sich in einer gefühlvollen Ansprache bei Eva, für deren jahrelange Freundschaft und all die Zeit, die sie gemeinsam verbracht hatten.

Emilia blickte lächelnd auf das glückliche Brautpaar. „Für euch! Das beste Beispiel dafür, dass Liebe keine Grenzen kennt." Sie räusperte sich und trug mit ihrer rauchigen, von Gefühlen erfüllten Stimme, sanft vor: *„Eine liebevolle Geste, die Dein Herz berauscht. Ein tiefer Blick, der Deine Seele erkundet. Ein sanftes Lächeln, das Dir Zuver-*

sicht gibt. ***Liebe*** *verlangt keine Worte,* ***Liebe*** *hat keine Muttersprache.* ***Liebe*** *berührt, erforscht und lässt Dich erstrahlen!"*

Sekundenlang war es mucksmäuschenstill im Raum. Verstohlen wischten sie die anwesenden Frauen die Tränen aus den Augenwinkeln und die Männer hüstelten verlegen.

Mikka, der sich als Erster wieder gefasst hatte, sprang auf und drückte Emilia fest an sich. „Dein Gedicht – dein Leben!", raunte er ihr ins Ohr.

Eva stand ebenfalls auf und schloss Emilia liebevoll in ihre Arme. „Du Nuss... warum sagst du **uns** das? Sag das lieber dem Mann, der **dich** schon einmal hat erstrahlen lassen!"

Während die Frauen sich noch umarmten, lud Mikka die Gäste mit ausladender Gestik ein, an dem soeben bereitgestellten Buffet, ihren Hunger zu stillen.

„Wir haben für jeden etwas. Sogar auf die Fastnachts-Kreppel[50] muss heute keiner verzichten. Greift zu!"

Nachdem Essen, als Mikka Evas Strumpfband, der deutschen Tradition entsprechend, mit den Zähnen ausgezogen hatte und dieses unter den jubelnden Gästen versteigert worden war, ging Niina ans Mikro um Emilia und Miro anzukündigen.

„Liebe Eva, lieber Mikka. Ihr habt euren Trauzeugen ja leider nicht viel Zeit gelassen, um etwas für euch vorzubereiten. Aber die beiden waren nicht untätig. Und so könnt ihr sie heute, am höchsten närrischen Feiertag der Mainzer Fastnacht, hier bewundern. Hier ein Blick in eure Zukunft!"

Emilia und Miro kamen als altes, tattriges Ehepaar in den Raum gewackelt und stellten sich an die Mikros. Schon allein ihr Aussehen brachte die Gäste zum Lachen. Jeder auf einen Gehstock gestützt, standen sie nun krummbeinig da. Sie in einem altbackenen lila Kostüm, rundlich ausgestopft. Er mit Glatze, dickem Bierbauch und Hornbrille.

Dann begann ein verbaler Schlagabtausch, bei dem ein Witz den anderen jagte – und das Ganze auch noch auf Englisch. Eva und Mikka aber auch die Gäste krümmten sich vor Lachen.

Und wenn Emilia oder Miro einmal die Worte fehlten, weil sie vor lauter Lachen nicht weiter kamen, wurde auf finnisch-deutsch improvisiert. Der Vortrag war ein voller Erfolg und als die Büttenrede mit einem dreifachen Helau endete, gab es tosenden Applaus. Ohne eine

---

50 Mit Marmelade gefülltes Hefegebäck(Berliner)

Zugabe durften sie jedoch nicht gehen. Und so gaben sie auf dem Weg nach draußen noch Einen zum Besten.

Miro und Emilia liefen lachend zum Umziehen und freuten sich, dass alles so gut geklappt hatte. Als sie wieder zurückkamen, spielten die Jungs gerade ein Ständchen.

Emilia blickte sich nach Eva und Mikka um. Singend standen sie vor der Band und klatschten begeistert mit.

Miro kam hinter ihr her. „Bevor wir jetzt die Tische zur Seite schieben, um besser tanzen zu können, solltet du und Panu erst noch singen."

Emilia nickte wissend und sah aus dem Augenwinkel, wie Panu langsam auf sie zukam. Er hatte Jackett und Krawatte ausgezogen und die obersten Knöpfe seines Hemds geöffnet. Als er vor ihr stand und sie zu ihm aufblickte, verging sie fast vor Sehnsucht.

„Möchtest du zuerst oder soll ich?"

Sie zögerte. „Ich denke, erst ich. Dann habe ich's hinter mir."

„Du tust ja gerade so, als ob das für dich etwas Neues wäre. Du bist doch mittlerweile schon ein richtiger Profi."

Emilias Augen wurden schmal. „Ich mache das nur für Freunde und **nur** Privat. Nicht kommerziell!" Sie drehte sich ruckartig herum und ließ ihn stehen.

Panu sah ihr verwirrt hinterher und verstand die Welt nicht mehr. Was hatte er denn schlimmes gesagt, dass sie so heftig reagierte.

Miro, der nur einen Meter entfernt stand, blickte ihn vorwurfsvoll an. „Du schaffst es aber auch immer wieder, was? Kannst du es nicht gut sein lassen?"

„Was habe ich denn gemacht?"

„Na, die Anspielung auf das Video!"

Panu schüttelte fassungslos den Kopf. „Miro, soweit habe ich überhaupt nicht gedacht, ehrlich!"

„Na, das musst du ihr erklären, nicht mir."

Sie mussten das Gespräch beenden, da Emilia bereits am Mikro stand und ihr Lied ankündigte. „Liebes Brautpaar, liebe Gäste. Eva hat sich ein Lied von mir gewünscht, das ich mir selbst aussuchen durfte. Ich habe mich für ein deutsches Lied entschieden und die englische Übersetzung auf den Tischen verteilt. Ich hoffe es gefällt euch. Es heißt *„Liebe ist"* von Nena!" Sie blickte gespannt zu Eva und Mikka, als sie die ersten Töne sang.

„Du guckst mich an, und ich geh mit – und der ist ewig, dieser Augenblick. Da scheint die Sonne, da lacht das Leben – da geht mein Herz

auf, ich will's dir geben. Ich will dich tragen, ich will dich lieben - denn die Liebe ist geblieben. Hat nicht gefragt, ist einfach da - weglaufen geht nicht, das ist mir klar...“

Emilia sang und erfüllte mit ihrer tiefen, leidenschaftlichen Stimme den ganzen Raum!

„Du und ich das ist ganz sicher wie ein schöner tiefer Rausch - von der ganz besond'ren Sorte - und wir 'ham ein Recht darauf - uns immer wieder zu begegnen, immer wieder anzusehen, wenn die große weite Welt ruft - werd ich sicher, mit dir gehen.“

Sie senkte den Kopf und schloss für einen kurzen Moment die Augen. Als sie wieder aufsah, schaute sie zunächst auf Eva und Mikka, die völlig gebannt an ihren Lippen hingen. Dann wanderte ihr Blick suchend in die Menge und traf auf Panu. Während sie weitersang, sah sie ihm fest in die Augen.

„Liebe will nicht, Liebe kämpft nicht, Liebe wird nicht - Liebe ist! Liebe sucht nicht, Liebe fragt nicht, Liebe ist - so wie du bist!“

Den Rest des Liedes hörte Panu nicht mehr. Er war paralysiert von ihrem Blick – ihrer Stimme.

„Liebe ist - so wie du bist!“

Er musste sich zusammenreißen, um sie nicht von da vorne wegzuzerren, sie in seine Arme zu schließen und...?

Seine Gedanken überschlugen sich. Was sie sang meinte sie, genauso, Wort für Wort – das spürte er. Sie schaute ihn dabei an – sie meinte ihn. Was sollte er tun? Er stand wie angewurzelt da.

Er reagierte erst wieder, als er von weit her seinen Namen hörte. Miro kündigte ihn als Nächsten an. Panu ging nach vorn, stoppte kurz bei Janis und flüsterte ihm etwas zu. Dieser nickte und machte grinsend das Zeichen für „okay“.

Dann ging Panu ans Mikro, sah zum Brautpaar und sprach ein paar herzliche Worte. Eva starrte ihn leicht angesäuert an. Für sie war er immer noch der Böse, das war ihm vollkommen klar. Mikka tätschelte beruhigend Evas Hand.

„Für euch, *„She's the one“* von Robbie Williams!“

„I was her - she was me, we were one - we were free and if there's somebody calling me on - she's the one - if there's somebody calling me on - she's the one. We were young - we were wrong, we were fine all along - if there's somebody calling me on - she's the one.“

Emilia hatte sich seitlich in eine hintere Ecke verdrückt. Sie dachte darüber nach, was sie eben getan hatte. Sie hatte ihm, ihrer Meinung nach, sehr deutlich gezeigt, dass sie ihn liebte. Was würde er nun tun? Sie lauschte verzückt seiner Stimme. Er hatte ein wunderschönes Lied ausgesucht. Von hier aus konnte sie Eva gut sehen und beobachtete amüsiert, wie deren Gesichtsausdruck nun langsam von sauertöpfisch zu ergeben wechselte. Emilia sah Panu an und spürte wieder dieses sehnsuchtsvolle Ziehen. Sie bemerkte seinen suchenden Blick.

Als er sie entdeckt hatte, war ihr Herz kurz davor, zu bersten. Er hob seine Hand und zeigte in ihre Richtung. Mit tiefer Inbrunst und voller Überzeugung sang er: *„...if there's somebody calling me on – she's the one...* ***Emilia*** *you are the one!"*

*

Das Lied war zu Ende. Emilia hörte den Beifall der Gäste aus weiter Ferne. Sie starrte noch immer wie gebannt auf Panu. Und jetzt?

Panu gab Miro, ohne den Blick von Emilia zu wenden, das Mikrofon, sagte etwas zu ihm und kam dann langsam auf sie zu. Abwartend, vorsichtig! Ganz gegen seine Art.

Keiner von beiden nahm nunmehr noch Notiz von den vielen Augenpaaren, die in diesem Augenblick auf sie gerichtet waren. Die Welt um sie herum hatte aufgehört zu existieren. Als Panu direkt vor ihr stand, hob er eine Hand und legte sie Emilia sanft auf die Wange. Ihre Hand legte sich wie von selbst auf die seine. Und so standen sie minutenlang da und schauten sich tief in die Augen!

„Minä rakastan sinua, Kaunis!"[51]

Emilias Augen weiteten sich. „Oletko varma?"[52]

Er neigte den Kopf ein wenig zur Seite, beugte sich zu ihr vor und hauchte ganz nah an ihrem Mund: „Ihan varmasti!"[53]

Seine Lippen waren so dicht an ihren, dass sie seinen Atem spüren konnte. Wie hypnotisiert sah sie ihm in die Augen. „Ich liebe dich auch!"

„Sicher?"

„Ganz sicher!"

Vorsichtig – abwartend, als wäre es ihr erster Kuss – ihre erste Berührung, legte sich sein Mund auf ihren. Zart strichen seine Lippen

51 Ich liebe dich, Schöne!

52 Bist du sicher?

53 Ganz sicher!

an ihrem Mundwinkel entlang. Seufzend vertieften sie den Kuss und kosteten jede Sekunde aus, so als ob damit die monatelange Entbehrung wett gemacht werden könnte.

Als Panu das Gemurmel der anderen Gäste wahrnahm, löste er sich vorsichtig von ihr und richtete sich langsam auf. Er nahm Emilias Hand. „Mennäänkö…?“[54]

Glücklich strahlte sie ihn an. „Ja, gehen wir!“

Sie warfen dem Brautpaar einen kurzen, fragenden Blick zu und deuteten mit dem Kopf Richtung Ausgang.

Mikka, Eva, Niina, Rami und Miro standen beisammen und hatten alles genau beobachtet. Wie auf Kommando scheuchten sie die beiden winkend zur Tür hinaus und schrien: „ **Raus !**“

Als die beiden draußen waren, lachten die Freunde laut auf und klatschten sich erleichtert ab.

Panu zog Emilia an der Hand hinter sich her. „Wo ist deine Jacke?“

„Ich weiß nicht, irgendwo drinnen.“ Emilia klapperte mit den Zähnen.

Panu überlegte kurz. Vor der Tür standen immer noch die Kutschen. „Du steigst ein, ich hole unsere Jacken!“

„Nein!“ Emilia schaute ihn verzweifelt an. „Geh nicht weg! Ich…“, sie zögerte, „…kommst du wieder?“

Er beugte sich zu ihr herunter, nahm ihr Gesicht fest zwischen seine Hände und gab ihr einen leidenschaftlichen Kuss. Sie spürte augenblicklich keine Kälte mehr, nur noch leidenschaftliche Hitze, die nun in ihr emporstieg. Als er sich widerstrebend von ihr löste, flüsterte er: „Ich bin gleich wieder da, versprochen!“

„Okay!“

---

54 Gehen wir?

20

„From this moment life has begun, from this moment you are the one, right beside you is where I belong!"

(From this moment on – Shania Twain)

Emilia balancierte mit ihren hohen Schuhen durch den Schnee und stieg in eine der Kutschen. Wie aus dem Nichts tauchte ein Fuhrmann auf und reichte ihr eine Decke.

„Kiitos!"

„Missä?"[55]

Emilia war zu verwirrt, um finnisch denken oder sprechen zu können. „Ich warte noch auf meinen Freund."

Der Mann nickte kurz und setzte sich auf den Kutschbock.

Sie schaute in den klaren Nachthimmel. Ein paar Sterne waren sichtbar. Tief atmete sie die frische Luft ein. Als Panu wenige Minuten später zu ihr kam, strahlte sie ihn glücklich an. Er war zurück gekommen! Er reichte ihr die Jacke und verkroch sich dann zusammen mit ihr unter die Decke. Innig umschlungen sahen sie sich an.

„Und jetzt?"

Panu wollte gerade antworten, als auf der Terrasse des Restaurants das Feuerwerk begann.

Sie lächelten sich an.

„Wie in einem Kitsch-Roman. Happy End mit Feuerwerk!" Emilia schüttelte amüsiert den Kopf.

„Was heißt hier Ende, jetzt fängt alles erst richtig an, Little Beauty!" Zart legten sich seine Lippen auf ihre.

Grade, als sie den Kuss vertiefen wollte, schob er sie sanft von sich. „Verdammt, es hat sich nichts verändert. Du bringst mich immer noch um den Verstand!" Zum Kutscher vorgebeugt, sprach er ein paar schnelle Sätze auf Finnisch und die Droschke setzte sich in Bewegung

„Wohin fahren wir?"

„Überraschung!"

„Du immer mit deinen Überraschungen!" Sie boxte ihm liebevoll in die Seite und kuschelte sich noch tiefer in seine Arme. Die Fahrt dauerte nicht lange.

---

55 Wohin?

Und als der Kutscher mit einem lauten „Brrrrrr" seine Pferde zum Anhalten zwang, fiel sie aus allen Wolken, als sie sah, wo ihre Kutschfahrt endete. „Das ist mein Haus!"

„Mmmh, ja!"

Sie setzte sich auf. „Es brennt Licht!"

„Ja!"

Sie blickte abwechselnd vom Haus zu Panu.

Liebevoll strich er ihr über die Wange. „Bitte sei mir nicht böse, aber ich habe das alles schon seit ein paar Tagen vorbereitet."

Verblüfft richtete Emilia sich auf. „Was vorbereitet?"

Er streifte die Decke ab, reichte ihr die Hand und stand auf. „Komm mit!"

Immer noch verwundert folgte Emilia ihm. Er öffnete die Eingangstür des Hauses, griff seitlich auf den Boden, hob einen Kerzenleuchter mit flackernden Kerzen hoch und zog die Tür hinter sich zu. Sie waren allein.

„Panu, ich..."

„Psst!" Er verschloss mit seinen Lippen ihren Mund. „Odottaa!"[56]

Als sie den großen Raum betraten, der später einmal der Aufenthaltsraum werden sollte, riss Emilia erstaunt die Augen auf. Der Fussboden war fertig verlegt und im Kamin loderte ein behagliches Feuer.

Aber das war noch nicht alles. Der ganze Raum war erhellt vom flackernden Licht hunderter von Kerzen, die überall auf dem Boden verteilt waren. Unter dem hinteren Fenster befand sich ein riesiges Matratzenlager mit unendlich vielen Kissen und Decken. Und rechts neben der Tür stand eine Kühlbox, auf der jemand ein Tablett mit zwei Sektgläsern abgestellt hatte.

Panu ließ kurz ihre Hand los und ging zu einem kleinen CD-Player auf einem der Fenstersimse, nahm die Fernbedienung und drückte auf Start. Leise ertönte die Musik von Moonset Road.

„Panu, was ...wie?"

Schnell war er wieder bei ihr und nahm sie in die Arme.

„Nicht böse sein. Miro und Janis haben mir ein bisschen geholfen."

„Janis?"

---

56 Warte!

Panu lachte leise auf. „Ja, Janis. Er war gerade hier und hat die ganzen Kerzen angezündet. Aber das ist eine lange Geschichte. Darf ich dir meinen Plan für die kommenden Stunden verraten?“

„Plan?“ Noch immer völlig verwirrt starrte sie ihn an.

„Ich liebe dich! Habe ich das schon gesagt?“ Er küsste ihr Haar, ihre Wangen, ihren Hals.

Emilias Denken kam ins Stocken. „Gesagt? ...ja ...aber... auf... finnisch...“, unter seinen zärtlichen Küssen brachte sie das nur mühsam hervor.

„Und weil ich dich liebe...“, er drückte sie sanft aber bestimmt von sich weg, „...machst du es dir hier...“, er deutete auf die Kissen links vom Kamin, „...bequem. Und ich werde mich, nachdem ich uns ein Glas Sekt eingeschenkt habe, auf die andere Seite setzen.“

Emilia schaute auf die Kissen, während Panu sich an der Kühlbox zu schaffen machte. „Aber, die sind doch ewig weit...“

„...genau, die sind recht weit voneinander weg, und das mit gutem Grund. Ich kann, wenn du in meiner Nähe bist, an nichts anderes denken, als dich nackt in meinen Armen zu halten.“

Sehnsuchtsvoll schaute Emilia ihn an. „Ja, genau so geht es mir doch auch. Deswegen kann ich nicht verstehen...?“

„...warum wir so weit entfernt sitzen müssen? Süße, wir haben es bisher nicht geschafft, miteinander zu reden – über **alles** zu reden! Und wenn das hier zwischen uns funktionieren soll, müssen wir das dringend nachholen. Und da dachte ich mir, bevor ich dich später auf dieser großen Spielwiese...“, er zeigte in Richtung Fenster, „...stundenlang lieben werde, müssen wir uns unterhalten. Aber das geht nur, wenn wir die Finger voneinander lassen. Also setz dich bitte!“

Emilia verzog gespielt schmollend den Mund. „Muss das wirklich sein? Jetzt?“

Streng blickte Panu sie an. „Ja, das muss sein! Wir müssen reden, viel reden!“

„Du hast ja recht.“ Widerwillig setzte sich Emilia auf die Kissen.

Panu kam mit der Flasche Sekt und zwei Gläsern zurück und schenkte ihnen ein. Als er ihr das Glas reichte und ihre Finger sich dabei leicht berührten, durchfuhr es beide wie ein elektrischer Schlag.

„Siehst du?! Das passiert, wenn wir uns berühren. Unser Denken setzt aus. Das hat uns in den letzten Monaten zwar viele schöne Momente gebracht, aber auch viel Kummer. I would like to share only beautiful moments with you!“ Er blickte sie zärtlich an.

„Ich doch auch!“

Panu ließ sich auf dem anderen Kissen nieder und verschränkte seine langen Beine.

„Wo fangen wir an?“ Etwas hilflos blickte Emilia ihn an.

„Am besten vor zweihundertvierunddreißig Tagen. Da haben wir uns in Alzey das erste Mal getroffen.“

Emilia blieb vor Staunen der Mund offen stehen. „Das hast du dir gemerkt?“

Er musste lachen. „Naja, gemerkt?! Ich habe recherchiert!“

„Wie schön!“, sie seufzte glücklich auf.

Lächelnd sprach Panu weiter: „Als ich dich dort geküsst habe, war es ein Spaß. Ich wollte überhaupt nichts von dir, du hast mich schlicht weg fasziniert, als du wie in Trance getanzt hast. Und nach dem Kuss wollte ich einfach nur Sex mit dir haben.“

„Witzig, mir ging es ähnlich – ich war schließlich glücklich verheiratet.“ Sie sah wie sich sein Blick verdunkelte und fügte schnell hinzu: „Ich meine… verheiratet!“

Er fuhr fort, ohne weiter auf ihren Kommentar einzugehen: „Auf dem Seekonzert hast du mir den Atem geraubt. Aber ich wollte immer noch nichts anderes außer Sex!“

Emilia seufzte. „Ich auch!“

„Als du dich dann nicht gleich gemeldet hast, wurde ich schon ein wenig sauer …das war ich nicht gewohnt!“

„Gut so!“ Sie schmunzelte vor sich hin.

„Dann kam Helsinki. Das war Wahnsinn, der Hammer! Ich merkte, wie du anfingst, mir immer mehr zu bedeuten, mehr als mir lieb war!“

„Dito!“

Nun erzählte Emilia weiter. Von den Horrortagen nach ihrem Abflug. Ihrer tiefen Verzweiflung, weil sie ihn so sehr vermisst hatte. Dann die Trennung von Joachim. Ihrem Besuch in Paris. Von ihrem zweiten Treffen in Helsinki. Seinem Geburtstag, Janis‘ Entdeckung und dem Streit.

„Panu, da wusste ich schon, dass ich dich liebe!“ Sie streckte die Hand nach ihm aus.

Er schaute sie fragend an. „Warum hast du nichts gesagt?“

„Ich dachte …nein, ich wusste, dass du zu diesem Zeitpunkt keine Verpflichtungen eingehen wolltest. Aber ich wollte dich so sehr, egal wie! Ich hatte einfach Angst oder war zu egoistisch?!“

Gedankenverloren schaute er sie an. „Ich glaube, da war mir auch schon alles klar, aber ich wollte es nicht wahr haben!“

Emilia berichtete das erste Mal ausführlich über die jahrelangen Probleme mit ihrem Mann und ihrer Mutter. Über die ständige Einnahme diverser Tabletten, ohne die sie es all die Jahre nicht geschafft hätte, ihr Leben überhaupt einigermaßen zu bewältigen. Ohne die sie manchmal nicht mehr hatte sein können – wollen. „...und dann kam Utrecht!"

Panu verzog schmerzvoll das Gesicht. „Ich hätte bei dir sein müssen!"

„Quatsch! Du hast dich von mir betrogen gefühlt. Ich hatte dir ja auch allen Grund dafür gegeben!"

Sie stand auf und beugte sich zu ihm herunter. Sie nahm sein Gesicht in ihre Hände und küsste ihn zärtlich. „Du kannst überhaupt nichts dafür, was in Utrecht passiert ist. Ich alleine bin dafür verantwortlich!"

Er zog sie auf seinen Schoss, umschlang von hinten ihre Taille und hielt sie fest an sich gepresst. Seufzend lehnte sie sich an ihn. „Panu, das Video..."

„...ich weiß, du warst das nicht. Das hättest du nie gemacht. Aber in diesem Moment war das die einzig logische Erklärung gewesen. Wer hätte es sonst sein können?"

Emilia schluckte. „Es war Joachim!" Sie berichtete stockend von dem letzten Gespräch mit ihrem Ehemann. Von seiner langjährigen Liebesbeziehung zu ihrer Mutter und seinem Versuch, sie durch die Veröffentlichung des Videos zurück zu gewinnen. „Er hätte damit beinahe alles zerstört...", Emilia hatte einen Kloß im Hals, „... zwischen uns..."

Panu fluchte leise vor sich hin und Emilia spürte, wie sich sein ganzer Körper versteifte. Ihr liefen inzwischen die Tränen über die Wangen, da die Erinnerungen zu schmerzhaft waren. Dennoch streichelte sie ihm beruhigend über den Arm.

Sanft drehte er sie zu sich um. Als er ihre Tränen sah, verfinsterte sich sein Blick. „Du hast so sehr gelitten und natürlich war ich mit Schuld. Hätte ich dir doch gleich geglaubt. Hätte ich bloß mit dir geredet. Aber nein, ich war das große, egoistische Schwein und dachte nur an meinen Spaß!"

Sie küsste ihn unter Tränen. „Dich trifft keine Schuld. Du konntest mir einfach nicht vertrauen, was ich verstehen kann!"

Panu berichtete nun stockend von seiner Erkenntnis in Frankfurt, als er sie nachts eingehend betrachtete hatte. „Als ich das Tattoo gesehen habe, das blaue Auge, die Wellen, da wusste ich, dass du mich liebst. Da erst habe ich mir eingestanden, dass auch ich mich in dich verliebt hatte. Dann dein Brief am Morgen, der mir klar machte, dass du von mir nur Vertrauen wolltest. Das war jedoch das Einzige, was ich dir zu diesem Zeitpunkt nicht geben konnte."

„Warum jetzt?" Sie blickte ihm in die Augen.

„Weil ich jetzt weiß, wie du bist. Du kannst dich zwar verstellen, aber du bist immer du geblieben. Und wer so intensiv und aufrichtig lieben kann wie du, kann nicht falsch sein. Ich habe lange gebraucht, aber Miro und Janis haben mir die Augen geöffnet!"

„Janis?" Emilia sah ihn ungläubig an.

„Ja, Janis!" Er berichtete von seinem Streit mit Miro, seiner totalen Verwirrung, als er erfahren hatte, dass Emilia hier in Helsinki lebte. Von seinem anschließenden Gespräch mit Janis – wie dieser versucht hatte, ihm begreiflich zu machen, dass er sich in ihr geirrt habe und er nicht mehr glaube, dass sie für das Video verantwortlich sei, da sie ja bisher keinerlei Nutzen daraus gezogen habe.

Panu zögerte und sprach aufgewühlt weiter. „Ich war wild vor Eifersucht auf Miro. Er hatte Kontakt mit dir und ich nicht!"

„Eifersüchtig? Auf Miro? Du spinnst ja!"

Verlegen strich er sich die Haare aus der Stirn. „Ihr ward so vertraut miteinander, habt zusammen Neujahr verbracht. Auch heute, bei der Trauung. Ihr habt ausgesehen wie ein Paar. Ich hätte Miro am liebsten weggezerrt und mich an deine Seite gestellt."

Emilia lächelte. „Schön!"

„Schön?" Empört drückte er sie fest an sich. „Was ist daran schön?"

„Dass du genauso bei mir sein wolltest, wie ich bei dir!"

„Und jetzt sind wir beieinander und so schnell lasse ich dich auch nicht mehr los."

„Das hoffe ich doch sehr, Mr. Turunen. Weil ich dich so verdammt sehr, wahnsinnig, doll liebe!"

„Tahdon sinut...so much!"[57]

Eng aneinander geschmiegt sprachen sie über Emilias Vorhaben, auf Suomenlinna zu leben und zu arbeiten. Über ihr Fernstudium und ihre Visionen. Sie erzählte ihm, dass sie das Kurhaus *Bernhard Fahnenbruck Talo*[58] nennen wolle. Im Gedenken an ihren verstorbenen

57 Ich will dich...so sehr!

58 Haus

Vater. Panu war begeistert und versprach, sie zu unterstützen so gut er konnte.

Sie sprachen über die Zukunft – ihre Zukunft.

Beiden war klar, das nur wenn sie ihre Lebenswünsche, ihre gesteckten Ziele unabhängig voneinander weiter verfolgen würden, sie auch eine echte Chance auf ein gemeinsames Leben hätten.

Sie legte ihre Lippen auf seine. „Müssen wir noch weiter reden?"

Sein kehliges Lachen erklang. „Nein, ich glaube, das reicht für heute!"

Er stand auf, hob sie hoch und ging mit ihr auf die andere Seite des Raumes. Sie ließen sich auf dem großen Matratzenlager nieder. Zärtlich küsste er sie. Er schob die Träger ihres Kleides herunter und küsste ihre Schultern.

Emilia seufzte auf. Ihre Hände fuhren unter sein Hemd, streichelten über seinen Rücken. Sie spürte seine harten Muskeln und verging fast vor Verlangen nach ihm.

Unvermittelt machte er sich noch einmal von ihr los, stand auf und ging zum CD-Player.

„Du hast in deinem Brief geschrieben, dass auf deiner Wunschliste der Eigenschaften deines Traummannes, Vertrauen ganz oben steht. Hier ist ein Lied mit meiner Wunschliste. Und du erfüllst jeden Punkt!"

Er drückte auf Play und kam schnell wieder zu ihr.

Während er von Neuem begann, Emilia liebevoll zu küssen, erklang ein Lied von Sunrise Avenue *„Sex and Cigaretts"*!

Emilia lauschte gespannt!

„Here's my wish list: Deep eyes - soft lips - and a life so she don't need mine - a good heart - strong mind - all real outside - and truly all just mine!"

Sie konnte immer noch nicht fassen, dass dieser Mann – dieser unglaublich charismatische Sänger, **sie** liebte. Aber als sie dieses Lied hörte, wurde ihr bewusst, wie ernst es ihm war!

Sie wusste, dass nun alles in ihrem Leben im Einklang war!

Zärtlich empfing sie seine Lippen und legte ihre ganze Liebe in diesen Kuss.

Sie zogen sich gegenseitig langsam aus und erforschten ihre Körper, als ob es das erste Mal wäre. Als sie sich endlich ganz spürten, wurden sie von den Wellen der Erregung davongetragen!

„Minä rakastan sinua, Blauauge!"

„Ich lieb dich, Harmaa-silmä!"

21

„I have, the time of my life…"

(Time of my life – Jennifer Warnes& Bill Medley)

Er nahm mich in die Arme und küsste mich, er küsste meinen Nacken, meine Augenlider, meinen Hals, meinen Bauchnabel. Bitte, lass es keinen Traum sein, aus dem ich gleich erwache.

Ich versuchte mich aufzurichten, aber irgendetwas Hartes, Schweres drückte mich wieder in die Kissen. Ich fühlte Panus heißen Atem überall. Das konnte kein Traum sein.

Bitte lass mich aufwachen und in seinen Armen liegen.

Mich überkam Panik. Warum kam ich nicht hoch, was war los. Ich fing an, mich unter der Kraft zu winden, unter den Fingern, die überall auf meinem Körper waren. Ein Stöhnen entfuhr meinen Lippen. War es Erregung oder das angstvolle Ausstoßen der restlichen Lungenluft?

„Emilia, Harmaa-silmä, schau mich an. Ich möchte die Lust in deinen Augen sehen."

Da ist sie! Panus rauchige Stimme. Ich träume nicht! Es ist alles wahr, ich liege im Bett mit dem erotischsten Mann auf Gottes Erden und er liebt mich – und wie er mich liebt.

Emilia öffnete ihre Augen und schaute in sein Gesicht. Sie hob eine Hand, fuhr ihm durch die kurzen, blonden Haare und versuchte, ihn an sich heran zu ziehen, wollte seine Lippen spüren.

Er ließ es nicht zu. „Ich möchte in deine grauen Augen schauen, wenn ich in dich eindringe, ich möchte dein Verzücken sehen." Langsam beugte er sich über sie und schien es zu genießen, alles qualvoll in die Länge zu ziehen. Emilia versuchte ihre Beine um ihn zu schlingen, um ihn in sich aufnehmen zu können.

Als sie ihn leise auflachen hörte, sah sie ihn strafend an. „Sadist!"

„Ja, und ich liebe es und ich liebe dich. Du bist so damn hot und du gehörst zu mir und ich besitze dich."

Seinen Worten folgten Taten – mit einem sanften Stoß nahm er Besitz von ihr. Emilias Körper bebte vor Ekstase, ihre Augen weiteten sich vor Verlangen. Sie legte beide Arme um Panus Nacken und zog ihn an sich – sie wollte endlich seine Lippen spüren, seinen Atem riechen, ihn wieder schmecken!

Und endlich ließ er es geschehen. Seine stahlblauen Augen verschwammen in ihren.

Sie lächelten sich an! Einer so glücklich wie der andere. Nun spürte sie seinen heißen Atem, sog förmlich seinen Duft ein ...und endlich trafen **seine** Lippen auf **ihre**!

„...and then he kissed me..." (The Chrystals)

Promi-News!

- Hortenss von Hagenau aus Krankenhaus entlassen -

Die ehemalige Eisschnellläuferin Hortenss von Hagenau befindet sich nach wochenlangem Krankenhausaufenthalt in einem Schweizer Sanatorium. Nach Angaben ihrer Familie, erlitt die 24-Jährige schon Anfang Oktober letzten Jahres einen Schlaganfall. Nach noch unbestätigten Gerüchten sind die medizinischen Folgen, außer einer erheblichen Beeinträchtigung des Sprachzentrums auch eine halbseitig Lähmung. Die deutsche Nachwuchshoffnung von 2010 hat sich nach einem schweren Motorradunfall vor gut einem Jahr nie wieder soweit erholt, dass sie ihren Sport weiter ausüben konnte. Im letzten Jahr machte „Tess", wie sie von Freunden genannt wird, nur noch mit Negativ-Schlagzeilen von sich reden. Ob Alkoholexzesse, Drogenmissbrauch, immense Gewichtszunahme oder wechselnde Männerbekanntschaften! Bekannte der ehemaligen Sportlerin berichten, dass sie „lebensmüde" war. Wir bleiben dran!

Lieder als Kapitel

„Where do I begin?" (Shirley Bassey / Francis Lai / Carl Sigman)
Wo beginne ich? Um die Geschichte zu erzählen, wie großartig eine Liebe sein kann – die süße Liebesgeschichte, die älter ist als das Meer – die einfache Wahrheit über die Liebe die er mir gibt. Wo fange ich an?

„Reality" (Richard Sanderson / Vladimir Cosma)
Ich habe dich überraschend getroffen. Ich habe nicht bemerkt, dass mein Leben sich für immer verändern würde. Sah dich dort stehen. Ich wusste nicht dass es mich interessiert. Da war etwas ganz besonderes in der Luft.

„It's my life" (Bon Jovi / Jon Bon Jovi / Richie Sambora / Max Martin)
Es ist mein Leben – es ist jetzt oder nie – ich werde nicht für immer leben – Ich möchte nur leben solange ich am Leben bin.

„One moment in time" (Whitney Houston / Albert Hammond / John Bettis)
Jeden Tag den ich lebe – möchte ich haben– einen Tag des Gebens – das Beste von mir – ich bin nur Eine – aber nicht alleine. Meinen besten Tag – den hatte ich noch nicht. Ich will einen Moment der Zeit – Wo ich mehr sein kann, als ich immer dachte ich könnte sein – wenn alle meine Träume nur einen Herzschlag entfernt sind.

„Damn silence" (Sunrise Avenue / Samu Haber/Jukka Backlund / Riku Rajamaa)
Und ich weiß nicht – die richtigen Worte die ich sagen soll – ich habe noch nie irgendetwas auf diese Weise gefühlt – kannst du nicht irgendetwas sagen – und diese gottverdammte Stille unterbrechen?

„Take my breath away" (Berlin / Giorgio Moroder / Tom Whitlock)
Nimm mir den Atem – Beobachte jede Bewegung in diesem dummen Liebesspiel – Verfolgt von der Vorstellung. Irgendwo ist eine Liebe in Flammen...

„In my head" (Jason Derulo / Moe Faisal / Claude Kelly / J.R Rotem)
In meinem Kopf – Ich sehe dich über mir. In meinem Kopf – du füllst meine Fantasie. In meinem Kopf – du schreist...ohhh. In meinem Kopf – geht es zur Sache!

„Unbelievable" (Craig David / Mark Taylor / Paul Barry)
Es ist so unglaublich – und ich möchte etwas so Schönes nicht gehen lassen – herabfließend wie ein Wasserfall. Ich fühle, dass du schon immer – für immer ein Teil von mir bist.

„Freedom" (Aretha Franklin / Teddy White)
Yeah denk nach – lass die Gedanken gehen, lass dich frei sein. Oh Freiheit ....Lass uns ein bisschen Freiheit haben.

„Broken hearted girl" (Beyoncé Knowles/K.Edmonds/M.Storleer Eriskson/T. Erik Hermansen)
Du bist all das – was ich dachte dass du nie sein würdest und nichts von dir sein konnte. Aber, du lebst immer noch in mir – also sag mir, wie kann das sein? Du bist der Einzige, den ich wünsche zu vergessen, der Einzige den ich liebe. Ich möchte nicht ohne dich sein Baby – ich möchte kein gebrochenes Herz.

„Somebody help me" (Sunrise Avenue/Samu Haber/Jukka Backlund)
Ich muss dich auf der Stelle sehen – du stößt mich weg. Hier gibt es wirklich etwas – ich muss dich jetzt ganz fest halten – ich will dich so haben – Ich denke du fühlst das gleiche.

„Follow me!" (Uncle Kracker/Matthew Shafer/ Mike Bradford)
„Ich mache mir keine Gedanken darüber, dass du einen Ring trägst...
Folge mir, es ist alles in Ordnung – Ich bin derjenige der dich in der Nacht zudeckt – und wenn du fortgehen möchtest, kann ich dir garantieren, dass du nie mehr jemanden wie mich finden wirst.

„How can I not love you?" (Joy Enriquez / R. Kraft / „Babyface"K. Edmonds / G. Fenton)
Wie kann ich dich nicht lieben? Was soll ich meinem Herzen sagen? Wann will ich dich nicht? Hier in meinen Armen!

„Alone again" (Gilbert O'Sullivan)
Es sieht für mich so aus, dass mehr Herzen auf der Welt gebrochen sind, als man reparieren kann. Unbeaufsichtigt gelassen – Was sollen wir tun? Natürlich wieder alleine.

„Life Goes On" (LeeAnn Rimes / Desmond Child / Andreas Carlsson)
Ohh, das Leben geht weiter, und es macht mich nur stärker...

„Cause every time we touch" (Maggie Reilly / Stuart MacKillop / P. Risavy)
Weil jedes Mal wenn wir uns berühren – Ich bekomme das Gefühl – und jedes Mal wenn wir uns küssen – ich schwöre, ich könnte fliegen – kannst du nicht meinen schnellen Herzschlag spüren – Ich möchte dass das so bleibt – ich brauche dich an meiner Seite...

„Your life is now" (John Cougar Mellencamp / Green)

Dein Leben ist jetzt – in diesem unentdeckten Moment – hebe deinen Kopf über die Menge – wir können diese Welt erschüttern – wenn du uns nur zeigen würdest, wie – dein Leben ist jetzt!

„Welcome to my life" (Sunrise Avenue / Samu Haber / Jukka Backlund)
Willkommen in meinem Leben. Du siehst es ist nicht einfach. Aber ich bin Okay. Willkommen in meinem Traum, er ist der Einzige der mich braucht und an meiner Seite bleibt.

„Share your life with me" (Moonset Road / S.M.K)
Denke nicht nach, mach es einfach, nur Liebe sollte dich kontrollieren... Denke nach, mach es, alles was dein Herz dir sagt... Sei an meiner Seite, ich liebe dich und werde das immer tun! Teile dein Leben mit mir...jetzt, für immer und ewig.

„From this moment on" (Shania Twain / Robert John „Mutt" Lange)
Von diesem Moment an hat das Leben begonnen, von diesem Moment an, bist du Derjenige, genau neben dir ist es, wo ich hingehöre.

„I have, the time of my life" (J.Warnes& B.Medley / F. Previte / J.DeNicola, / D.Markowitz)
Ich habe die Zeit meines Lebens!

Lieder im Buch!

„Greatest love of all" (Whitney Houston / Michael Masser / Linda Creed)
Ich habe die größtmögliche Liebe von allen in mir gefunden ...

„Have you ever really loved a woman?" (Bryan Adams / M. Kamen / R. John Lange)
Hast du jemals eine Frau richtig geliebt? Wenn du eine Frau richtig lieben willst, musst du sie verstehen, du musst ihr Innerstes kennen, jeden Gedanken hören, jeden Traum sehen, und gib ihr Flügel wenn sie fliegen will, und wenn du selbst hilflos in ihren Armen liegst, dann weißt du, dass du wirklich eine Frau liebst!

„From a distance" (Bette Midler / Julie Gold)
Aus der Ferne sieht die Welt blau und grün aus und der Schnee hüllt die Berge in weiß...
Aus der Ferne ist dort Harmonie...
Aus der Ferne haben wir alle genug und niemand ist in Not...

Aus der Ferne sind wir Instrumente, marschieren in einer gemeinsamen Band, spielen Lieder der Hoffnung...

Aus der Ferne siehst du aus wie mein Freund, auch wenn wir im Krieg sind...
Gott beobachtet uns aus der Ferne...

„Could I have this kiss forever?" (Whitney Houston / Enrique Iglesias / Diane Warren)
Immer und immer sehe ich in deine Augen – du warst alles auf was ich Lust hatte – du hast mich gefangen. Ich will dich halten, ich will dir Nahe sein, ich will dich nie wieder loslassen...
Ich wünschte diese Nacht würde niemals enden – ich muss wissen...
Könnte ich dich für die Ewigkeit halten? Kann ich in deine Augen schauen? Könnte ich diese Nacht haben, um sie mit dir zu teilen? Kann ich dich nahe bei mir halten? Kann ich dich für alle Zeit halten? Kann ich den Kuss für immer haben?

„Und wenn ein Lied!" (Söhne Mannheims)

„Ich wär so gerne Millionär!" (Die Prinzen)

„Liebe ist!" (Nena / Jörn-Uwe Fahrenkrog-Petersen)

„She's the one" (Robbie Williams / Karl Wallinger)
Ich war sie – sie war ich, wir sind eins – wir sind frei und wenn irgendjemand mich fragt – sie ist die Eine – wenn irgendjemand mich fragt – sie ist die Eine. Wir waren jung – wir haben uns getäuscht, es war alles gut zwischen uns – wenn irgendjemand mich fragt – sie ist die Eine.

„Sex and Cigaretts" (Sunrise Avenue / Samu Haber)
Hier ist meine Wunschliste: Tiefgründige Augen – weiche Lippen – und ein eigenes Leben, so dass sie Meines nicht braucht – ein gutes Herz – starken Willen – ein echtes Äußeres – und alles ist wirklich nur Meins!

Verlagsverzeichnis schickt gern:

Iatros-Verlag & Services GmbH
Friedrich Klausing Str.12A, 14469 Potsdam
Tel.: (0331) 96 79 69 30 • Fax: (0331) 96 79 69 34
www.iatros-verlag.de • info@iatros-verlag.de